本書は，『万葉集』を代表する歌人大伴家持の作品そのものを考察の対象にする。
表現分析によって析出される個々の作品の方法は「ひとつの点」かもしれないが，
それぞれの「点」が相互に関連し合い，いくつかの「軌跡」を見出すことができれば，
それこそが万葉「歌人」として歩んだ家持の姿を見定めるきっかけとなろう。

Otomo-no-Yakamochi : The *Manyoshu*-Poet

北海道大学大学院文学研究科
研究叢書

万葉歌人大伴家持

作品とその方法

廣川晶輝

北海道大学図書刊行会

研究叢書刊行にあたって

北海道大学大学院文学研究科は、その組織の中でおこなわれている、極めて多岐にわたる研究の成果を、より広範囲に公表することを義務と判断し、ここに研究叢書を刊行することとした。

平成十四年三月

万葉歌人大伴家持――目　次

凡例

凡例

一、『万葉集』の原文の引用は、原則として、鶴久・森山隆編『万葉集』(おうふう)によった。
一、『万葉集』の訳文の引用は、原則として、伊藤博校注『万葉集 上・下』(角川文庫)によった。
一、『万葉集』の歌番号は、旧編国歌大観番号によった。
一、『古事記』の引用は、原則として、山口佳紀・神野志隆光校注『古事記』(新編日本古典文学全集、小学館)によった。
一、『日本書紀』の引用は、原則として、小島憲之・直木孝次郎・西宮一民・蔵中進・毛利正守校注『日本書紀』(新編日本古典文学全集、小学館)によった。
一、『続日本紀』の引用は、原則として、青木和夫・稲岡耕二・笹山晴生・白藤禮幸校注『続日本紀』(新日本古典文学大系、岩波書店)によった。
一、『懐風藻』の引用は、小島憲之校注『懐風藻 文華秀麗集 本朝文粋』(日本古典文学大系、岩波書店)によった。
一、律令の条文の引用は、『律令』(日本思想大系、岩波書店)によった。
一、『令義解』の引用は、『令義解』(新訂増補国史大系、吉川弘文館)によった。
一、『古語拾遺』の引用は、安田尚道・秋本吉徳校注『古語拾遺』(新撰日本古典文庫、現代思潮社)によった。
一、『新撰姓氏録』の引用は、佐伯有清著『新撰姓氏録の研究 本文篇』(吉川弘文館)によった。
一、『延喜式』の引用は、『延喜式』(新訂増補国史大系、吉川弘文館)によった。
一、祝詞の引用は、青木紀元編『祝詞』(桜楓社)によった。
一、『類聚国史』の引用は、『類聚国史』(新訂増補国史大系、吉川弘文館)によった。

凡例

一、『説文解字』の引用は、『説文解字注』（上海古籍出版社）によった。
一、『尚書』およびその孔安国注の引用は、『十三経註疏　1　周易　尚書』（芸文印書館）によった。
一、『文選』およびその李善注の引用は、『文選』（芸文印書館）によった。
一、『芸文類聚』の引用は、『芸文類聚』（上海古籍出版社）によった。
一、『初学記』の引用は、『初学記』（中華書局）によった。
一、『玉台新詠』の引用は、『玉台新詠　古詩源』（世界書局）によった。
一、引用文献は、氏名刊行年をもって示し、詳細を「引用・参照文献目録」に示した。何にもましてプライオリティを重視している。
一、人名は、氏で統一した。
一、引用文献において、適宜現在の字体に改めたところもある。
一、文中に引用した注釈書は次の通り。用いた略称をあわせて示す。

北村季吟『万葉拾穂抄』――『拾穂抄』
契沖『万葉代匠記』――『代匠記』
荷田春満『万葉集童蒙抄』――『童蒙抄』
賀茂真淵『万葉考』――『考』
橘千蔭『万葉集略解』――『略解』
岸本由豆流『万葉集攷証』――『攷証』
鹿持雅澄『万葉集古義』――『古義』
木村正辞『万葉集美夫君志』――『美夫君志』
井上通泰『万葉集新考』――『新考』
折口信夫『口訳万葉集』――『口訳』
鴻巣盛広『万葉集全釈』――『全釈』

諸氏『万葉集総釈』――『総釈』
佐佐木信綱『評釈万葉集』――『佐佐木評釈』
金子元臣『万葉集評釈』――『金子評釈』
窪田空穂『万葉集評釈』――『窪田評釈』
武田祐吉『新訂万葉集全註釈』――『全註釈』
土屋文明『万葉集私注　新訂版』――『私注』
高木市之助・五味智英・大野晋『万葉集』（日本古典文学大系）――『大系』
澤瀉久孝『万葉集注釈』――『注釈』
小島憲之・木下正俊・佐竹昭広『万葉集』（日本古典文学全集）――『全集』
青木生子・井手至・伊藤博・清水克彦・橋本四郎『万葉集』（新潮日本古典文学集成）――『集成』
諸氏『万葉集全注』――『全注』
伊藤博『万葉集』（角川文庫）――『角川文庫』
小島憲之・木下正俊・東野治之『万葉集』（新編日本古典文学全集）――『新全集』
伊藤博『万葉集釈注』――『釈注』

序　大伴家持への視座

『万葉集』の編纂者のひとりにも数えられる万葉歌人大伴家持についてのすぐれた研究書は数多くあり、私たちはそれらから家持に関する数多くのことを学び取ることができる。本書を始めるにあたって、それらの研究の蓄積に圧倒されながらも、本書が本書なりのどのようなスタンスに立ち大伴家持へのアプローチをはかるのか、その自覚について述べることから始めなければならないだろう。

＊

作品と作家との間にある深くて暗い谷をめぐる諸般の問題は、『万葉集』の「作品」を論じるうえでも決して無縁ではないだろう。我々は、いったいどのように作品と触れ合えばよいのだろうか。テクスト論のように作品の外側に在るもののいっさいを切り捨てようとする態度は、一見厳密のようであっても、そのさきに見えて来るべきものが見えにくい(あるいはない)。「確実」という衣を纏っていても、考察によって見えるものは、「作品」それぞれが持つひとつの閉鎖された世界でしかないだろう。一方、作品の外側にあるものを無批判的に(それこそ無批判的に)作品内に持ち込もうとする態度には全く同調できない。近時の身﨑壽二〇〇二は手厳しくも、「能天気に家系などをもちだしたり、作品内容をそのまま作家の生活史に直結させての『伝記』的考証らしきものをふりまわす体の万葉『歌人』論は役にたたない。」と述べる。また、菊川恵三二〇〇二も、「歌を歌人の実体験の反映として享受しがちになる」あり方を戒め、「歌人の具体的・伝記的な人物像に迫る」ことは「ある断念の上でなされる作業であることに自覚的であるべきだ」と述べている。テクスト論のように作家を全く切り捨ててしまうのでもなく、また、作家にかかわる情報を無批判的に作品内に持ち込むのでもなく、我々は、『万葉集』における作品と作家との間のこの問題に対して、どのような視座を設定しなければならないのだろうか。身﨑二〇〇二が「作者／作家／〈作家〉」と題して、菊川二〇〇二が「作品と歌人」と題して、『［必携］万葉集を読むための基礎百科』（学燈社『別冊国文学』、二〇〇二年一一月）という「万葉集のページを繰る時に、その手を進めることに役立つような、案内役」（編者神野志隆光氏の「はじめに」の文章）をめざす書物に並んで収載されている現在のありようがある。我々は件の問題に対して、常に自覚的でなければならないだろう。

　筆者の抱いている苦悩は、近時の身﨑二〇〇二によって簡便にわかりやすい形でまとめられている。少々長いが、その身﨑論文を引用しておこう。

　だが、それならば、万葉集研究では作家論的な研究などというものは一切不可能だ、として、きりすててしまうべきかというと、そうでもないようにおもわれる。同一「作者」署名による作品群の個々の分析から、相互検証へとすすんだとき、わたくしたちがそこに、まぎれもなくひとつの表現主体の存在を認識できるなら、つまり一種の仮説検証法によって同一署名作品群に共通の個性を、あるいは一貫した表現意識の展開といったものを発見できるとしたら、そこに、その時代に現実の存在としていき、表現者としてのみちをあゆんだ一人の作家の存在をみとめてもいいのではないだろうか。ここでは、「作家」と区別するために、これをかりに〈作家〉としておきたい。

　本書は、付けられている署名をもとにして、『万葉集』に多くの作品を遺す大伴家持の作品そのものを考察の対象にする。そして、それぞれの作品の表現を分析しそれぞれの作品に採られている方法を析出したい。まさに地を這うような歩みであり、それぞれの作品から析出されるのは「ひとつの点」であるかもしれないが、それぞれの「点」が相互に関連し合い、いくつかの「軌跡」を見出すことができたとしたら、そこにこそ万葉「歌人」として歩んだ家持の姿を見定めるきっかけがあるのではなかろうか。

ここで、「歌人」と断っていることについて、本書なりの立場を述べておきたい。大伴家持は『万葉集』の編纂者のひとりに数えられる。この編纂にたずさわったということ、そして、そのことにも関係するのだが、『万葉集』巻十七～二十がいわゆる家持歌日誌であるということは、家持作品を研究するうえでのひとつの視座を設けることにつながり得るように思われる。『万葉集』には、誰が書いたかわからない題詞や左注が付いているウタが多く、それらのウタを読む時には、題詞や左注のありようをウタの分析に持ち込むことを禁欲的に慎まねばならない。そうしたウタとは異なって、題詞や左注や序文をも含めて、いまこうある形に作品を作り上げ『万葉集』に遺したその方法を問えることの意義は大きいと考える。つまり、『万葉集』に載る家持の作品をいまこうある形に作り上げた、家持の「歌人」としての方法をより鮮明に問うことができるのである。なお、近時の鐵野昌弘二〇〇二もこうした意義を、「『作歌者家持』と『編纂者家持』」とタームを設定して詳しく論じている。本書としてもこの鐵野論文の拓く地平を受け止めていこう。

*

家持作品に採られた作歌の方法について考える時、決して避けて通ることができないのが、彼の作品に対して与えられ続けて来た、そしていまだに与えられている「模倣」という評価についてであろう。たしかに、家持の作品には彼以前の歌人の歌に見られる表現が数多く用いられている。これはまぎれもない事実である。しかし、その事実から「模倣」という評価をすぐさまに導き出すことは、はたして妥当なのであろうか。

ひとつに、万葉和歌史における家持の位置というものも勘案しなければ、見誤ってしまう点も大きいのではないだろうか。『万葉集』の時代もその第四期に入れば、しかも、『万葉集』の終焉の歌(巻二十・四五一六歌)を詠んでいる家持にとっては、彼以前に歌の長い歴史が厳然と横たわっているわけである。第二期の歌人柿本人麻呂の作歌の営みに対して、前代の伝統をどう継承しまた人麻呂なりの創造をどのように盛り込んだのかという考察がなされている。周知の清水克彦一九五六と土橋寛一九五六である。その論考で明らかにされたように、前代の伝統を作歌の中に取り入れることは第二期の人麻呂においても行われていた。同じことは家持にも言えるのではないだろうか。単に「模倣」という一言で片付けてしまうのではなく、それまでの和歌史の伝統とどう向き合っているのかということを考える視座を、我々としても用意しておかなくてはならないであろう。

ふたつに、家持の作品を分析するうえでは、ただ、そうした時代的な位置という点を勘案するだけでは不十分であると思われる。つまり、一見「模倣」に見えるところにこそ家持の歌人の資質を見出すことができるのではないか、という逆転の発想が可能であり、また必要であると考える。

家持は、彼以前の歌人たちが歌い継いで来た「亡妻挽歌」の系譜を継承すべく「悲傷亡妾歌」を制作した。また、これも系譜を見出すことができる「皇子挽歌」を再現するかのように「安積皇子挽歌」を制作した。これらのふたつの作品では、彼以前の諸作品からの表現の摂取がおびただしい。そしてこれを従来「模倣」と片付けることがしきりであった。しかし、このあり方に対してこそ逆転の発想が求められるのではないだろうか。つまり、そこには、系譜に乗る先達の表現を積極的に学び取ろうとする姿勢が見出されるわけだが、系譜に乗る諸作品の表現を取り入れることによって、自らの作品をその系譜上に位置づけようとする意識が見られるのではないかということだ。こうした営みには、方法的な要素を見出しておいてよいのではないだろうか。本書では、方法的に「学び取る」彼のこのような営みを、〈歌まなび〉という言葉で言い表わすことにしたい。

長い本書の中では、このような方法的に「学び取る」家持の特性に注目する視座を持ち続けよう。そうすることで、「学ぶ」ことによって歌人として生長し、そして、『万葉集』の編者のひとりと成り得る歌人としての資質を身につけて行った家持の軌跡を辿ることができると思われるからである。

本書は、大きく「I 在京期の作品」と「II 越中期の作品」とに分かれている。

＊

ここで、本書で取り上げる歌の制作年を示しつつ、彼の歌人としての活動を中心にしての略年譜を挙げ、これからの論の便宜をはかっておこう。

養老二年(七一八)	出生
天平四年(七三二)	坂上大嬢への贈歌(3四〇八、8一四四八)
天平五年(七三三)	「初月のうた」(6九九四)
天平十年(七三八)	内舎人任官
	「黄葉集宴歌」(8一五八一〜一五九一)
天平十一年(七三九)	「悲傷亡妾歌」(3四六二〜四七四)
天平十二年(七四〇)	「東国行幸従駕歌」(6一〇二九〜一〇三六)
天平十五年(七四三)	「久迩京讃歌」(6一〇三七)
天平十六年(七四四)	「活道岡集飲歌」(6一〇四二・一〇四三)
	「安積皇子挽歌」(3四七五〜四八〇)
天平十七年(七四五)	従五位下
天平十八年(七四六)	宮内少輔任官
	越中国守任官
	「八月七日の宴歌」(17三九四三〜三九五五)
天平十九年(七四七)	「悲緒を申ぶる歌」(17三九六二〜三九六四)

天平感宝元年（七四九）　「越中五賦」
　「二上山賦」（17三九八五～三九八七）
　「布勢水海に遊覧する賦」（17三九九一～三九九二）
　「立山賦」（17四〇〇〇～四〇〇二）
　「陸奥国出金詔書を賀く歌」（18四〇九四～四〇九七）
天平勝寶二年（七五〇）　「吉野行幸儲作歌」（18四〇九八～四一〇〇）
　「巻十九巻頭歌群」（19四一三九～四一五〇）
　「處女墓歌に追同する歌」（19四二一一～四二一二）
天平勝寶三年（七五一）　少納言任官・帰京
天平勝寶五年（七五三）　巻十九巻末歌群（19四二九〇～四二九二）
天平宝字三年（七五九）　万葉集終焉の歌（20四五一六）
以下略

詳しくは各章・各節で論ずることになるが、それぞれにおいてめざすところをごく簡単に述べておきたい。「Ｉ　在京期の作品」では、家持が天平十八年に越中国守に任官し都を離れるまでの時期の作品を考察する。まず、「第一章　初期作品」においては、彼のいわゆる「習作期」の歌を扱う。その当時の作歌状況を辿っておくことは、その後の家持の歌人としての歩みを見定めるうえでも重要であろう。そこでは、その当時の作歌状況を多面的に捉えることに力を注ぎ、彼の歌人としての出発点のありようを確かめておきたいと思う。

次に、第二章と第三章では、右にすでに述べたように、大きな系譜を引き継ぐべく作られた、「悲傷亡妾歌」と「安積皇子挽歌」を考察の対象とする。家持の〈歌まなび〉のありようを見定め、歌人としての社会的承認を確認する考察だけに、それぞれ一章分を充てている。

さらに、「第四章　聖武天皇東国行幸従駕歌論」では、天平十二年の東国行幸従駕歌を扱う。家持はすでに内舎人という職にあったわけだが、これは彼にとっておそらく初めての行幸従駕の機会であっただろう。そうしたきわめて公的な歌詠の機会において、家持がどのように歌を詠んだのかを見定めたい。ところで、この章で扱う歌群は家持だけの方法意識によって編まれたものではないであろう。その点、家持の作歌の営みをその作品に採られた方法に注目して考察して行くという本書の立場から言えば、取り上げるには少々適切でないかもしれない。しかし、天皇の行幸に従駕するというきわめて公的な機会において、家持がどのような行幸従駕の歌を歌ったのかは確かめておくに値する。そして、皇統讃美の表現があるとすればそれはどのような讃美表現だったのか、またその方法はどのようなものであったのかを考察することは重要であろう。本書としても、「II　越中期の作品」の「第三章　王権讃美の方法」では、皇統をいかに讃美するかを考察することになる。そのうえでもこの第四章は欠くことができない。

「II　越中期の作品」では、五年にわたる越中国守時代の作品を考察する。

この時期、家持は、作歌の基盤となる部分で在京期とは全く違う状況に置かれていたと言ってよいだろう。その状況を形作るもののひとつに、越中国の自然風土という新しい環境があった。そうした新しい環境が、右の略年譜にある天平十九年の「越中五賦」(「二上山賦」、「布勢水海に遊覧する賦」およびその敬和作品、「立山賦」およびその敬和作品)を作り出す原動力になったことはほぼ間違いないだろう。また、天平勝寶二年の巻十九巻頭歌群には万葉集中ここだけの用例として「堅香子之花」や「鳴」という花鳥が現われるが、これも越中国の自然風土という新しい環境と無縁ではない。

その状況を形作るもののもうひとつに、家持が国守として中心に立つ越中国府の官人集団社会という、これもまた彼にとって新しい環境があった。「第一章　越中歌壇について」では、こうしたふたつ目の点に主に考察の目を向けて行く。

国府という「遠の朝廷」では、国守とその配下といういわば縦関係が存在する。また、一方、天皇を中心とした王権の構造を考え合わせるならば、天皇のいる都(中心)から離れた「天離る鄙」(周縁)の越中国では、国守もその配下も天皇の臣下どうしであり、八十伴の男どうしといういわば横関係が存在する。国守としての家持は、越中期において、それらの官人たちとどのような関係を結んでいたのであろうか、これは越中期の作品を考察するうえで重要な視点であろう。第一章ではこのような点を見定めたい。

ところで、越中国府の官人集団について考察する時、都を離れた筑紫の地で、家持の父大伴旅人が中心となっていわゆる「筑紫歌壇」が形成されていたことは看過し得ないだろう。その筑紫歌壇の代表的作品「梅花宴歌」の中には、

梅の花　今盛りなり　思ふどち　かざしにしてな　今盛りなり(5八二〇)

という歌がある。この歌は、都を遠く離れた地にいる官人たちが、お互いの心を理解し合える「思ふどち」の間柄で結ばれていたことを告げている。本書では、この「第一章　越中歌壇について」において対象とする作品の分析を通して、筑紫歌壇に見られるような結束を越中国の官人集団の中にも見出し、そこに「越中歌壇」なるものが形成されていたことを述べて行きたい。

この章に収めている「第一節　八月七日の宴」で対象とするのは天平十八年の宴席歌群、「第二節　越中賦の敬和について」で対象とするのは右に挙げた天平十九年の作品、「第三節　巻十九巻頭歌群」で対象とするのは天平勝寶二年の家持作の巻頭歌群とその直後の上巳節の宴歌である。これらの作品は、右に挙げた略年譜に見るように越中期のほぼ全般にわたっている。これらの作品を考察することで、越中期における家持と官人集団とのかかわりを見渡すことができると思われる。ただし、第二節と第三節でそれぞれ扱う作品については、結論の少々先取りの感はあるが、前もっての説明が必要であろう。

第二節で扱うのは家持の賦とそれに応える池主の敬和の賦の作品である。これは一見ふたりだけのやりとりのように見られる。しかし、表現を分析することで、そこに国守家持を中心とした越中国府の官人社会のあるべき姿が描かれていることがわかる。また、この作品の中には「対外の視座」がある。その視座に立つことで、内なる越中国府の官人集団と外なる世界との対比がなされ、官人集団の結束が描かれているのである。ゆえにこの章で取り上げる。

第三節で対象とする作品は、四一三九～四一五〇歌の十二首すべてが家持の作であり、家持の個人的心情が詠まれた作品であると捉えられることが一般である。しかし、本書では、十二首の表現を分析することを通して、また、十二首の直後に配列されている「三日守大伴宿祢家持之舘宴歌三首」という題詞の下の上巳節の宴歌との関連を分析することを通して、これら十二首が家持個人の感慨を述べた歌々ではなく、越中国府の官人集団の存在を前提にして作り上げられた作品であることを論ずる。つまり、十二首の中では、望郷の念や妻を都に残している孤独の悲哀を抱く「我れ」の姿が歌群において形作られているのであるが、この「我れ」は、上巳宴歌で集う官人集団にとって交換可能の「我れ」であり、右の感情も官人集団に共有されるものであった。この作品を「越中歌壇について」の章で取り上げるのはこのような理由による。

右に見て来たような越中歌壇との交渉の中から作り出された作品は、まさに越中期特有のものであった。そうした交渉を経て行く中で家持はさまざまな歌を作り出して行ったわけだが、この越中期は家持にとって数多くの長歌作品を作り出した時期でもあった。そこで、第二章では、「長歌作品の方法」として、彼の長歌作品において採られた方法の一端を洗い出すこととしたい。この章ではふたつの節を設け、ふたつの長歌作品について考察する。

まず、「第一節　悲緒を申ぶる歌」では、家持が天平十九年二月に作った、「忽沈二枉疾一殆臨二泉路一　仍作二歌詞一以申二悲緒一一首」と題詞にある長歌作品について考察する。この作品は、大伴家持が病に苦しめられた時のなまの感情を表わしたものとされることが多い。しかし、本書では、「死」を主題として作品化したものとして論じる。題詞に述べられた「悲緒を申ぶる」という目的を実現するために採られた方法を抽出したい。その分析において、この序で家持の作品を論じるために必要な視座として述べ、「I　在京期の作品」において論ずる予定の〈歌まなび〉という切り口が有効に働くことになろう。

次に、「第二節　追同處女墓歌」では、有名な菟原娘子の伝説を詠む長歌作品を考察の対象とする。家持以前に高橋虫麻呂・田辺福麻呂という歌人がこの伝説を歌にしているわけだが、これらの先行作品にどのように角度をもって接して行くのか、まさに文学的な営為としての「追同(＝追和)」の問題にこの節では取り組むことになる。家持はどのような方法を用いて、この伝説を歌にしたのか、そして新しい菟原娘子の歌を創り上げたのかについて論じる。

「第三章　王権讃美の方法」では、聖武天皇への讃美となるふたつの作品を取り上げ、家持の皇統意識のありようを見定めたい。まず「第一節　陸奥国出金詔書を賀く歌」では、家持の作歌活動のうちで最も長い長歌作品を対象とする。従来この作品は、『続日本紀』に載る陸奥国に金が産出した折の宣命第十三詔に大伴・佐伯両氏の功績を褒める記述があるそのことに感激して当該歌を作った作品であるとされている。そして、先行研究の中には、その「感激」から家持個人の資質をあぶり出そうとするものが多い。しかし、本書としては、作品そのものの分析を通して、家持の皇統讃美の方法を見出すことに意を注ぎたい。

本論の最後に位置する「第二節　吉野行幸儲作歌」では、吉野行幸のためにあらかじめ作っておいた「儲作歌」について考察する。この節では、家持以前に作られて来た数々の吉野讃歌の伝統を家持がいかに受け止め、またいかに彼なりの創造を加えて行ったかが問題となろう。つまり、ここでも、この序で家持の作品を論じるために必要な視座として述べ、「I　在京期の作品」において、また、この「II　越中期の作品」で扱う作品においても論ずる予定の、〈歌まなび〉という切り口がなくてはならないものとなる。吉野讃歌という性格上、この節でも前節同様に家持の皇統讃美の方法を見出すことになるのだが、ここでは、従来にない新しい皇統讃美の方法を見出せる予定である。そして、そこに、本書が追いかけて来た家持の作歌の方法としての〈歌まなび〉の達成の姿を見定めることができそうである。この作品を本書の最後に置いたのはこのためである。

＊

では、さっそく万葉歌人大伴家持の作歌に向かい合って行こう。

＊

本書は、いずれの章節も、一九九九年十一月に北海道大学に提出した課程博士学位論文「大伴家持研究——作品とその方法——」に基づいているが、この北海道大学大学院文学研究科研究叢書にて刊行するための紙数の都合により、縮小した部分も多いことをお断りしておきたい。また、著作を刊行するうえで当然努めるべきことだと思うが、右の学位論文提出以後に学界に提出された最新の研究成果を極力取り入れるべく、論を組み立て直したところもある。

なお、右の学位論文提出以前や以後に公表した論考の公表時期や論題等については、本書末尾の所収論文初出一覧を参照されたい。

Ⅰ　在京期の作品

第一章　初期作品

第一節　「初月のうた」と坂上大嬢への贈歌

一　はじめに

本書のIを始めるにあたって、第一章ではまず、家持の初期の歌作りの状況を多面的に確認することに努めたい。

そのひとつの手だてとなるものとして、この第一節では、『万葉集』巻六に収められその配列から天平五年の作と推定される歌を、まずは扱おう。ここでは、家持の歌の前に載せられている坂上郎女の歌も合わせて考察の対象としなければならないので、その歌も合わせて掲げておこう（九九三歌の題詞の「同」とは「大伴」を表わす）。

　同坂上郎女初月歌一首
月立ちて　ただ三日月の　眉根掻き　日長く恋ひし　君に逢へるかも（6九九三）

大伴宿祢家持初月歌一首
振り放けて　若月見れば　一目見し　人の眉引き　思ほゆるかも（九九四）

二　みかづきの歌

坂上郎女歌の題詞と当該家持歌の題詞にはともに「初月」すなわち三日月とあり、また、歌本文にもともに三日月を詠み込んでいる。まず最初に、「みかづき」の『万葉集』中（以下、集中）の例を確かめておこう。当該歌以外の確かな例として、

若月の　さやにも見えず　雲隠り　見まくぞ欲しき　うたてこのころ（11二四六四）

があるが、他に検討しておかなければならない例として、巻十一の二四六一歌がある。

山葉追出月　はつはつに　妹をぞ見つる　恋しきまでに

この歌は、人麻呂歌集の歌であり、寄物陳思に収められている。ここで、特に問題としなくてはならないのは、原文表記のままにしてある「山葉追出月」の部分である。この歌が載る写本としては、嘉暦伝承本、類聚古集、廣瀬本、神宮文庫本、西本願寺本などがあり、それらはいずれも「山葉追出月」となっており、本文としてこれを採用してよい。[1]この句は、嘉暦伝承本以来多く「やまのはにさしいつるつきの」と訓まれて来た。つまり、「出月」を「イヅルツキ」と訓まれて来たのである。しかし、これに対して『新考』は、

ヤマノハヲオフミカヅキノとよむべし。ミカヅキの漢字は朏（音ヒ）なるを二字に割きて出月とかけるなり。オフは土左日記に
　つとめて大湊より那波のとまりをおはむとてこぎ出にけり
などあるオフにてサシユクといふ意なり

と指摘した。また、『注釈』はこの『新考』説を紹介し、

三日月であれば、この先にも「若月《ミカヅキノ》　清不見《サヤニモミエズ》」(二四六四)とあり、「はつはつ」にかかる序として極めて適切であるので姑くそれに従ふ。

と述べ、さらに、『集成』も「山の端を　追ふ三日月の」と本文を立て、『新考』『注釈』説に賛同している。

近時、この部分に対して綿密な考察を行っているのが、渡瀬昌忠一九八八および渡瀬昌忠一九九一である(渡瀬一九九一には、その論が、小島憲之氏・芳賀紀雄氏の書簡にての情報を取り入れて、渡瀬一九八八を部分的に訂正し、部分的に肉づけをしたものであることが記されている)。渡瀬一九九一は、『説文解字』(七篇上　二四オ)に、「朏　月未盛之朙也。」とある記述に対し、「朙」(=明)が「光」の意味であることを説明し、「けっして三日月と限定できるものではない」ことを指摘する。そのうえで、『尚書』「召誥」に、「越若来三月惟丙午朏越三日戊申太保朝至于洛卜宅」とあり、その孔安国の伝に、「朏明也月三日明生之名於順来三月丙午朏於朏三日三月五日召公早朝至於洛邑相卜所居」とあることを示す。そして、

孔伝に言う「朏は明なり」の「明」は、実は三日月(の光)のことなのであった。

と指摘する。また、『文選』(巻二十)に載る顔延年「応詔讌曲水作詩一首」に、「朏魄雙交月気参変」の二句があり、その李善注に「朏魄雙交謂三日也凡朏魄之交皆在月三日之夕」とあることを指摘する。以上の渡瀬論の示すところを参照すれば、上代人にとって「朏」が「三日月」と理解されていたことが確かめられよう。

そして、『新考』が説いたような、「朏」が「胄」の形で表記され、それが「出月」のように二字分に書写されて行く過程は、「胸」に対して「胷」の字形があること(12二八七八、二八九四、三〇三四、13三三二九)を参照すれば、決して無理な想定ではないであろう。

「朏」は集中になく、『古事記』『日本書紀』『続日本紀』などの上代文献にも見つけることができない。しかし、この二四六一歌は人麻呂歌集の歌である。集中や記紀、続紀などに見つけることができないと言っても、人麻呂(渡瀬氏にならえば、「人麻呂歌集略体歌の作者=表記者」)の独自の用字であるという可能性は高いと言えよう。

本論では、右に見た近時の渡瀬氏の詳論の成果を取り入れて、この二四六一歌を集中の「みかづき」の用例に加えることにしたい。

さて、右のような考察を経て、「みかづき」の用例は、当該の九九三・九九四歌と二四六一歌、二四六四歌のみということになる。また、歌本文にあるわけではないのだが、次の歌も「みかづき」を歌った歌として数え上げておくことは可能だろう。

間人宿祢大浦初月歌二首

天の原　振り放け見れば　白真弓　張りて懸けたり　夜道はよけむ(3二八九)

当該九九三・九九四歌の題詞にはともに「初月」とあるわけだが、右の歌の題詞にも「初月」とあるのである。

三　坂上郎女歌と家持歌との関係について

「みかづき」を歌う歌は右に見た通りである。その中で、「みかづき」と「眉」とを結びつけるその発想において九九三歌と九九四歌は共通する。つまり、家持歌では、「みかづき」を見るとちょっとだけ逢ったあの人の「眉引き」が思われることだ、と歌い、九九三歌でも、月が改まってまだ三日目のその「みかづき」のような「眉根」を掻いて、と「みかづき」が「眉根」を起こす序になっている。こうした二首が並んであることについて、『総釈』(新村出氏担当)は、「この歌の次に家持の同じく月の歌が並んでゐる点から察するに、郎女の作は当時少年であつた家持に、作歌の手本としてこれを示したのではあるまいか。」と両首の関係について述べている。

また、小野寛一九七七aは、

大伴坂上郎女と大伴家持とは、その同じ年にまちがいなく同席したことがあった。家持が大伴の西宅から佐保に坂上郎女をたずねたことがあったのである。坂上郎女は、まだ春浅い頃であったろうか、寒い戸外へ帰って行く甥家持を見送って、

わが背子が着る衣薄し佐保風はいたくな吹きそ家に至るまで（巻六・九七九）

と歌った。／二年前に父をなくした十六歳の家持に叔母坂上郎女は格別の目をかけていたことは言うまでもない。

と述べている。本論としては、『総釈』のように結論を急ぐのではなく、また、小野論文が示すようなふたりの間柄が事実としてあったことも参考にしつつ、当該の二首の表現のあり方を分析することを通して家持歌と郎女歌との関係を考察したい。

「みかづき＝眉」の発想の機微について、『代匠記』（初稿本 九九三歌の条）は、「文選鮑昭詩云。始見二西南樓一、纖々如二玉鉤一。末映二西北隅一、娟々如二蛾眉一。みか月のまゆに似たるを、やかてまゆにいひなして、……」と述べている。契沖の導きに従って『文選』（巻三十）に載る「翫二月城西門解中一五言」と題された詩を参照しておこう。

始見西南樓　纖纖如玉鉤
末映東北墀　娟娟似蛾眉
蛾眉蔽珠櫳　玉鉤隔瑣窓（以下略）

また、『攷証』は、「駱賓王詩に、蛾眉山上月如レ眉云々などあるも、月を眉に比したり。」と述べている。『代匠記』『攷証』ともにこの発想の淵源を漢籍に求めている。一方、『金子評釈』は、『玉台新詠』『遊仙窟』の用例を挙げ、さらに唐代に入るとこの発想に基づく詩が多いことを指摘してはいるが、「かういふ連想は凡常の事だから、和漢偶合としてもよからう」と述べ、漢籍からの影響を特には考えない。しかし、『金子評釈』のように影響を全く考えなくてよいのだろうか。『代匠記』『攷証』が挙げる書名は、上代の文学、特に万葉集に大きな影響を与えている（参照、小島憲之一九六四）。漢籍に広くゆきわたっていたこうした発想を当該歌でも取り入れているということを考えておくべきであろう。

ここで、芳賀紀雄一九八〇を参照しておこう。芳賀論文は、題詞に等しく「初月」を持つ三首の歌（当該歌を含む。前掲）に関して、

いずれも「初月」の比喩的表現が端緒となって詠出されていることに気づく。……看過しえないのは、「初月歌」の題である。芸文類聚（月）によれば、ふつうに「望㆓新月㆒示㆓同羇㆒」と題される梁の何遜の詩が、「望㆓初月㆒」となっていることはゆるがせにできない。駱賓王にも「翫㆓初月㆒」が残り、ともに詠物詩と見うるからである。つまり、歌題として採択されるべき機は熟していたものと察せられ、万葉集では、大浦の作が先鞭をつけたかたちを取っていよう。そして、以上の吟味を容れたのちに、坂上郎女と家持の「初月歌」に目を向けるならば、結局、題詠的性格を帯びた、一種の「詠㆑月」であったと推断できるのではなかろうか。

と述べている。また、『釈注 三』も、

この二首が巻四などの「相聞」の中に収められず、巻六の「雑歌」の中に収められたのは、これが中国詩の詠物詩の影響のもとに成立した詠題的な作品であったからであろう。

としている。こうした、芳賀論文、『釈注』の指摘を考え合わせれば、当該歌のような「みかづき」を見て「眉」を思うという発想の淵源も漢籍にあると捉えておいてよいであろう。

さて、では、このように等しく漢籍由来の同様の発想によっている当該歌二首が並んでいることを、どのように把握したらよいだろうか。『私注』は、「或は坂上郎女の歌と同時に同題で作つたものかも知れぬ。」と指摘する。また、芳賀紀雄一九九三も、坂上郎女と家持双方の歌について、「同じ場での題詠であったことは、ほぼ確実だろう。」と述べている。『釈注』は、さらに、「右の二首は、題詞が類似しており、内容にも通じ合うところがある。『初月《みかづき》』を詠題とする宴などがあって、家持が坂上郎女の所へ来訪した折にやりとりした歌らしい。」と具体的な場を推定している。坂上郎女と家持の当該の二首の中に「歌題」によって歌を詠じ合う場があることを

確かめるこうした諸氏の論考の指摘を組み入れれば、この二首の緊密な結びつきがさらに確認できるであろう。そして、その場のありようは、さきに挙げた『総釈』のようなものであり、ここから、坂上郎女の保護のもと、作歌に励む若き家持の姿が見出されてこよう。

当該二首の結びつきを、表現上のもうひとつの観点から見ておくことにしたい。鈴木日出男一九七〇の成果を、当該の二首を見るうえでの客観的な指標として導入してみたい。周知の鈴木論文はいまここで説明する必要はないであろうが、いま導入するところの骨子を摘記しておこう。鈴木論文は、「心情を直接表現するのが類句的に共有される言葉であるのに対して、それに物象の言葉を独自に関わらせるという一方法」が、「万葉的表現の中心的な方法でさえあるように思われる。」と述べ、右の一方法が万葉集を読むうえで有効であることを示す。そして、その方法について、「たとえば恋の歌にしたところで、その内容がいかに恋を歌うものであるとはいえ、単に恋情表現の言葉だけによるのではなく、言葉としては本来それと無関係であるはずの事物現象も多く歌い込まれているのである。一見するところ、無関係のような自然風物の言葉が引き寄せられることによって、じつはかえって恋情語の羅列以上の緊密さをもって、表現の結晶作用を遂げえていることは、いうまでもない。」と説明を加えたうえで、「そうした表現機能の最もよい例が、ほかならぬ序詞である。」と、序詞への注意を喚起している。序詞のありようにその歌の独自性が発揮されるというのである。いま、この導きに従って、坂上郎女の九九三歌を検討してみよう。

『全注　巻第六』(吉井巖氏担当)が、「『月立ちてただ』は『三日』にかかる序であり、さらに『三日月の』は『眉根』にかかる二重の序。」と述べるように、九九三歌の初句・第二句は「眉根」を起こすための複雑な序詞となっている。そして、その眉根を掻き、「日長く恋ひし君に逢へるかも」と心情が表現される。ここで、九九三歌と同様の心情表現を持つ歌を、当該九九三歌と並べて見てみよう。

月立ちて　ただ三日月の　眉根掻き　日長く恋ひし　君に逢へるかも(6九九三　当該歌)

眉根掻き　誰れをか見むと　思ひつつ　日長く恋ひし　妹に逢へるかも(11二六一四　或本)

住吉の　里行きしかば　春花の　いやめづらしき　君に逢へるかも(10一八八六)

鈴木論文の言うように、「心情を直接表現するのが類句的に共有される」ことが確認できようし、それと同時に、心情部以外の独自性が際立つことになる。ところで、当該九九三歌のように「眉(根)」を掻くことが思い慕う人に逢える兆しだとする俗信に支えられている歌はいくつもある(4五六二、11二四〇八、二六一四、12二八〇八、二八〇九、二九〇三など)。ゆえに、九九三歌の独自性は序詞部分にあるのであり、「みかづき」と「眉」を結びつける発想にあることになる。坂上郎女は、九九三歌を制作するにあたって、漢籍に由来する「みかづき→眉」という発想のわくぐみを用いることによって独自性を獲得し、「表現の結晶作用を遂げえている」と言えよう。

鈴木論文は、序詞のそうした機能を認識したうえで、さらに、「心情表現の言葉と物象叙述のそれとを対応させ、それによって豊かなイメージを作りあげることができた。」と論を展開し、「物象と心情の対応形式の方法」を帰納的に導き出して行く。そして、この方法を、序詞を含まないものの物象叙述部分が歌の中で欠くことができない存在として機能している歌に適用することを提言する。いまその検証部分を引用列挙することは煩瑣にすぎるので引用はしないが、鈴木論文の検証は妥当なものであり、「物象と心情の対応形式の方法」を和歌表現の中に定位していると言える。よって、その方法を援用して、家持の九九四歌の表現に迫ってみたい。家持歌の心情叙述部分は、結句「思ほゆるかも」である。その表現をともに持つ歌を挙げよう。

振り放けて　みかづき見れば　一目見し　人の眉引き　思ほゆるかも(6九九四)

思はぬに　至らば妹が　嬉しみと　笑まむ眉引き　思ほゆるかも(11二五四六)

我妹子が　笑まひ眉引き　面影に　かかりてもとな　思ほゆるかも(11二九〇〇)

梅の花　取り持ち見れば　我がやどの　柳の眉し　思ほゆるかも(10一八五三)

右に見るように、心情叙述部分が類句性を帯びているわけだが、この場合はさらに、波線で示した「眉引き」

「眉」を「思ほゆるかも」と歌うことが類句的に共有されていると言えよう。(2) また、当該歌の「一目見し人」も、きわめて類型的な表現である。となると、この九九四歌においてその独自性を際立たせているのは、初句と第二句の「振り放けて　みかづき見れば」の物象叙述部分であり、また、「三日月→眉引き」の発想の特異性であると言える。

以上、鈴木論文に導かれてここまで述べて来た。坂上郎女九九三歌と家持九九四歌はともに「心物対応構造」を具備し、ともにその物象叙述部分に「三日月」を据えている。しかも「三日月」によって「眉引き」を引き出すという発想も共通する。独自性が見出される物象叙述部分に、これだけの一致が見られるということは、この二首が何らかの関連を持っていることの傍証足り得よう。やはり、この二首からは、坂上郎女の保護のもと漢籍の素養を活かして作歌に励む若き家持の姿が見出されるのではなかろうか。

ところで、その家持歌なりの達成はどこにあるのだろうか。この点については小野寛一九七七aが詳しい。小野論文は、「一目見し人」の用例を精査したうえで「たった一目見ただけ、ほのかに見ただけのあの子なのに、その子の眉が、三日月を見ると思い出されてならない」点を当該歌の中に見出し、そして、「家持は、三日月のかそけき光を受けてそのかそけさにふさわしい『一目見し人』を創造した」。「この歌を人まねと言い、模倣と言うのは当らない。また、ういういしい抒情とか、稚いとかいった評も成り立たないのではないだろうか。」と述べている。家持歌の評価はこの発言で言い尽くされているであろう。坂上郎女歌では「日長く恋ひし　君に逢へるかも」と恋歌めかしているそこのところを、右のような方法を用いることによって受けたのである。

さて、これまでの考察をふまえて、習作期と言われるこの時期に、叔母であり義理の母親でもある坂上郎女に保護された、作歌について学び取る場があったことが確認できよう。しかし、その学び取る姿勢は、小野論文が言うように「人まね」「模倣」とは一線を画した学び取る姿であったと言える。歌人としての家持の始発の中にすでにそうした姿勢のあることを見定めておくことにしたい。なお、家持がそうした学び取ることを通して歌人となっていったことは、第二章および第三章においていっそう明らかになるであろう。

四　人麻呂歌集への視座

ここで、付言しておかなくてはならないことがある。それは、柿本人麻呂歌集への視座が、この時期の家持の歌に早くも見られるということである。当該家持歌の初句・第二句の原文は、「振仰而　若月見者」である。「振仰而」（ふりさけて）についてまず検討しよう。「ふりさけ」の集中の用例は、当該歌を含めて二十四例である。

振放見者（1一四七）、振放見乍（2一五九）、振放見乍（2一九九）、振放見乍（2一九九）、振離見者（3二八九）、振放見者（3三一七）、振仰而（6九九四）、振放見者（10二〇六八）、振仰見（11二四六〇）、振放見乍（11二六六九）、振左氣見者（13三二八〇）、振放見者（13三三〇五）、振酒見者（13三三〇九）、振放見者（13三三二四）、振放見管（13三三二四）、布里佐氣見礼婆（15三六六二）、布里佐氣見都追（17三九七八）、布里佐氣見礼婆（17三九八五）、布利佐氣見都〃（17四〇〇〇）、布里佐氣見都追（18四一二五）、布里佐氣見都追（19四一五四）、振左氣見婆（19四一六〇）、振放見都追（19四一七七）、布利佐氣美都〃（20四三六七）

右の一覧を見てわかるように、当該歌以外の「ふりさけ」はいずれもすぐ下に「見る」が接続し、「ふりさけみれば」や「ふりさけみつつ」と訓まれており、小野寛一九七七aが、「『ふりさけて』で切って『若月見れば』と続けたのは家持の全き独創である。」と述べている通りだが、この「ふりさけ」が「振仰」と表記されている用例は、小野論文も指摘するように、当該歌以外には一例のみである。それは、巻十一の人麻呂歌集の歌、二四六〇歌である。

遠き妹が　振仰見　偲ふらむ　この月の面に　雲なたなびき

天空の月をはるかに仰ぎ見る状態を捉えて、「振仰見」と表記したと思われる。当該歌のこの表記は、右の人麻呂歌集歌の意図的な表記法に依拠しているとは言えないだろうか。つまり、当該歌では「みかづき」を「若月」

と表記している。「みかづき」の集中例はこの節の最初の方で挙げておいたが、当該歌と同じように「若月」の表記を持つものは、巻十一の人麻呂歌集歌、二四六四歌である。ここにもう一度掲げておこう。

若月の　さやにも見えず　雲隠り　見まくぞ欲しき　うたてこのころ(11二四六四)

「若月」は漢籍に用例を見出すことができない。これは、「若」の漢字に「わかい」という意味が与えられたのが日本においてであることを考えれば当然かもしれない。また、『古事記』や『日本書紀』などの上代文献にもこの「若月」という表記は見当たらない。渡瀬昌忠一九八八も指摘するように、ここに柿本人麻呂による表記の特殊性が見出されるところだ。そうなれば、当該の家持歌で、「みかづき」を表わすのにこの「若月」が使われているのも、巻十一の人麻呂歌集歌に学んだためということが言えて来ないだろうか。さらに、さきほどの「振仰」の用例が二四六〇歌であり、この「若月」の用例が二四六四歌というように近接していることも十分に考慮されるべきであろう。『釈注　六』は、二四六〇歌から二四六四歌の五首について、「右五首、月に寄せる恋。」と述べ、これがひとつの歌群になっていることを指摘する。この指摘は、「右の二四六四の歌で、二四一九以下続いてきた天地部が終わる。その次第をまとめると、天地→地象(山・川・海・沼・土・岩・玉)→天象(雲・霧・雨・霜・風・月)ということになる。」という歌群理解に基づいている。家持は、『釈注』の言う、この「月」を扱う部分への目配りをし、その中の表記を選んで、「みかづき」を詠む当該歌において用いたと言ってよいであろう。

この推測は、左に挙げる家持歌の検討を加えて見る時、その蓋然性を増すと考えられる。『万葉集』巻八、春相聞には、

大伴宿祢家持贈二坂上家之大嬢一歌一首

我がやどに　蒔きしなでしこ　いつしかも　花に咲きなむ　なそへつつ見む(8一四四八)

という家持の歌が載っている。小野寛一九七七cは、天平四年の家持十五歳の折に坂上大嬢に贈った歌であると

推定している。巻八春相聞の部の内部の配列を考えた場合、この歌よりも後ろに天平五年の歌（一四五三〜一四五五）が載せられている。また、小野論文はこの題詞の中の「坂上家之大嬢」という記述が「出自の説明である」点から、この歌の初期性を指摘する。この小野論文の推定は妥当であると判断される。さきほどの「みかづきの歌」と同様、彼の作歌活動のごく初期の歌であると言えよう。ところで、「大嬢の成長への期待」（『角川文庫』）を寓意として持つこの歌のキーワードとなるのが、結句「名蘇経乍見武」にある「なそふ」であろう。その「なそふ」の集中例を挙げよう。

ひさかたの　天照る月の　隠りなば　何**名副**　妹を偲はむ（11二四六三　人麻呂歌集）
　掾久米朝臣廣縄之舘饗二田邊史福麻呂一宴歌四首（四〇五二題詞）
ほととぎす　こよ鳴き渡れ　燈火を　都久欲尓**奈蘇倍**　その影も見む（18四〇五四）
　右二首大伴宿祢家持　前件歌者廿六日作之（四〇五五左注）
　七夕歌八首（四三〇六題詞）
秋と言へば　心ぞ痛き　うたて異に　花仁**奈蘇倍**弖　見まく欲りかも（20四三〇七）
　右大伴宿祢家持獨仰二天漢一作之（四三一三左注）
　十八日左大臣宴二於兵部卿橘奈良麻呂朝臣之宅一歌三首（四四四九題詞）
うるはしみ　吾が思ふ君は　なでしこが　波奈尓**奈蘇倍**弖　見れど飽かぬかも（20四四五一）
　右二首兵部少輔大伴宿祢家持追作

こうした分布を勘案して、小野寛一九六九は、

「なそへ」の例は、柿本人麿歌集に一、家持に四ということになる。人麿時代、いわゆる万葉第二期に一例見るのみで、続く赤人・憶良・旅人らの第三期に見られず、また家持の時代すなわち第四期にも家持以外にこの語を用いた者が一人もないということは、この語の特殊性を考えていいのではないか。

と述べ、さらに、

家持歌(一四四八)がこの人麿歌集の歌(二四六三)の「何になそへて」を学んだのであろうということは、他に「なそへ」の例が全くないことと、家持の歌に巻十一の類歌が多いことから明らかである。／家持の「なそへつつ見む」の句が、「何になそへて妹を偲はむ」を受けて生まれたとすれば、「なそへつつ見む」はまさしく「なでしこの花になそへて妹を偲はむ」の心であることが理解されよう。

と指摘する。一連の小野論文の指摘は妥当なものと思われる。

ここで本論なりの視点として考え合わせたいのは、その人麻呂歌集歌二四六三の位置である。さきほど検討した人麻呂歌集の歌は二四六〇歌と二四六四歌であった。この二四六三歌はちょうどその間に位置する。これは、家持が人麻呂歌集の歌を実際に見てその表現を学び取っていたことを改めて保証すると言えるのではないだろうか。身﨑壽氏は、『万葉集』巻十一の配列について論じ、前に置かれている人麻呂歌集歌は、その後に置かれている現代歌群である出典不明歌に対する規範的な歌としてその位置に置かれたものであろうと指摘している。(3) その指摘を当該歌を考察するうえでも取り入れるべきであろう。

さて、以上の考察により、この時期の家持にとって人麻呂歌集がまさによき「規範」として存在していたことが見えて来た。そして、その表現を自らの歌に有効に取り入れることに心を砕き自らの作歌修練にあたっている様相もまた、浮き彫りにされたと言えるのではないだろうか。

（1）『校本万葉集』によれば、「追」が、金沢文庫本では「進」、陽明文庫本・温故堂本では「退」となっているが、草体の近似による誤写と考えられる。また、それらの本が仙覚文永本の中に限定されるので問題としない。

（2）巻十の一八五三歌は、春雑歌に属する。その「眉」は、他の三例の「眉引き」が女性の眉を表わしているのに対して、柳の新しい葉を「眉」に喩えている。これは、「女性の眉・眉引き」を「思ほゆるかも」と歌う歌い方がすでにゆきわたっていたからこそできた比喩表現であったと思われる。

（3）　伊藤博一九七四aにおいて、昭和四十四年六月二十一日の和歌文学会での研究発表「万葉集巻十一・十二の構造」における指摘であることが示されている。

第二節　紀女郎との贈答歌

一　はじめに

前節では坂上大嬢に贈った初期の相聞歌を対象にしたが、この節では、巻八春相聞に収められている紀女郎との贈答歌を考察の対象としたい。その贈答歌をまずは挙げておこう。

紀女郎贈二大伴宿祢家持一歌二首

戯奴變云和氣がため　吾が手もすまに　春の野に　抜ける茅花ぞ　食して肥えませ(一四六〇)

昼は咲き　夜は恋ひ寝る　合歓木の花　君のみ見めや　戯奴さへに見よ(一四六一)

右折二攀合歓花并茅花一贈也

大伴家持贈和歌二首

吾が君に　戯奴は恋ふらし　賜りたる　茅花を食めど　いや痩せに痩す(一四六二)

我妹子が　形見の合歓木は　花のみに　咲きてけだしく　実にならじかも(一四六三)

この贈答歌の題詞や左注には、いつ詠み交わされたものなのかをはっきりと示す記述がないが、収められている巻八の各部立の内部が年代順に配列されていることから、当該贈答歌の作歌年次は、天平五年から天平十五年までの間に求められることになる。

二　歌による交流

　贈答の相手の紀女郎について見ておこう。集中で「紀女郎」の記述を見出せるのは、当該贈答歌を除いて次の通りである。

紀女郎怨恨歌三首　鹿人大夫之女名曰二小鹿一也　安貴王之妻也(4六四三〜六四五題詞)、紀女郎贈二大伴宿祢家持一歌二首　女郎名曰二小鹿一也(4七六二、七六三題詞)、大伴宿祢家持報二贈紀女郎一歌一首(4七六九題詞)、大伴宿祢家持贈二紀女郎一歌一首(4七七五題詞)、紀女郎報二贈家持一歌一首(4七七六)、大伴宿祢家持更贈二紀女郎一歌五首(4七七七〜七八一題詞)、紀女郎裹物贈レ友歌一首　女郎名曰二小鹿一也(4七八二題詞)、紀女郎歌一首　名曰二小鹿一也(8一四五二題詞)、大伴家持贈二紀女郎一歌一首(8一五一〇題詞)、紀少鹿女郎梅歌一首(8一六四八題詞)、紀少鹿女郎歌一首(8一六六一題詞)

いくつかの題詞下の注によって、紀女郎は名を小鹿といったことがわかり、また、「怨恨歌」の題詞下の注によれば、彼女は紀朝臣鹿人の娘であり、安貴王と結婚したことがわかる。その他の経歴は未詳であるが、安貴王の子である市原王が家持と同年代であり親交を深めていた(巻六・一〇四二、一〇四三歌を参照。第三章参照)ことを考え合わせれば、家持よりは年長の女性であったと言えよう。そうした紀女郎と家持のふたりの交流の様子は、右の一覧で題詞を示したところの七六二、七六三歌と家持の七六四歌との贈答歌において端的に示されている。紀女郎の二首は次の通りである。

　神さぶと　いなにはあらず　はたやはた　かくして後に　寂しけむかも(七六二)
　玉の緒を　沫緒に搓りて　結べらば　ありて後にも　逢はずあらめやも(七六三)

特に七六二歌は、自身のことを年老いているあまりに「神さ」びていると歌っている。この「神さぶ」とはおおげさであるが、これは相聞贈答歌ゆえであろう。右の二首に対して家持は、

百年に　老舌出でて　よよむとも　我れはいとはじ　恋は増すとも(七六四)

と詠み、初句から第三句まで随分辛辣な表現を用いて切り返した。いくら紀女郎が年長だからといっても、辛辣にすぎるのではないかとも思われるが、これも、この歌が相聞の贈答歌であり、相手の歌にいかに切り返すかということが求められるために許されるものであろう。

ところで、『全集』は、これらの歌によるふたりの交流に関して、「紀女郎は安貴王の妻で、安貴王の失脚後、自分より十歳以上も若い家持と懇意になったようである。この歌には、家持と通じたことを後悔している気持が歌われている。」と指摘している(七六二歌頭注)。そういう恋の状況がまったく考えられないとは言えないだろうが、そう実直に捉えるよりも、『集成』が、この贈答を、「この三首『老人の恋』を主題にしたやりとりであろう。」と把握し、また、橋本達雄一九八四が、家持の七六四歌を、「おおげさな滑稽感のある歌である。歌のうえの遊びだからであろう。」と捉えるような視点に立ってこの贈答歌を把握する方が、より妥当なのではなかろうか。

紀女郎と家持との右のような歌によるかかわり合い方を参照することで、この時期の家持の歌作りの一端が垣間見られる。つまり、ある主題によって歌を詠み合うことができるような歌の交流である。いま、考察の対象とする一四六〇～一四六三歌にも、そうした交流が見られそうだ。

三　「戯奴」をめぐって

当該の贈答歌を検討するにあたって、まず行きあたるのが「戯奴」という表記である。その表記の下に注として「變云和氣」とあることから、「わけ」と訓むことがわかるのだが、「わけ」の他の集中例は、

大伴宿祢三依歌一首

吾が君は　和氣をば死ねと　思へかも　逢ふ夜逢はぬ夜　二走るらむ(4五五二)

大伴宿祢家持更贈二紀女郎一歌五首（七七七歌題詞）

黒木取り　草も刈りつつ　仕へめど　いそしき和氣と　ほめむともあらず（4七八〇）

であり、「和氣」と仮名書きになっている。つまり当該歌群の「戯奴」という表記は、紀女郎歌にまず現われ、それに応じた家持歌にそのまま用いられており、当該の贈答歌においてのみ用いられていることになる。こうした表記のありようから、この贈答歌の独自性が辿れそうだ。この点について、井手至一九六一が詳細な考察を加えている。以下、少々長くなるが、井手論文の骨子を追っておきたい。

井手論文は、まず、「戯」と「遊（游）」とが類義語であるが、微妙な差をもって集中で使われていることを指摘する。つまり、「戯」が「タハブル」と訓まれていたのに対して、「遊」は上品な「アソブ」という語に引きあてられたり、また「風流士」（2一二六）「風流秀才之士」（6一〇一六左注）の意で「遊士」と表記され、「ミヤビヲ」と訓まれていることを指摘する。そのうえで「遊士」を「風流士」の意に用いた最も早い例として、大伴田主と石川女郎との贈答歌、

遊士と　我れは聞けるを　やど貸さず　我れを帰せり　おその風流士（2一二六）

遊士に　我れはありけり　やど貸さず　帰しし我れぞ　風流士にはある（一二七）

を掲出する。なお、この二首の詠まれた状況については一二六の左注、

大伴田主字曰二仲郎一　容姿佳艶風流秀絶　見人聞者靡レ不二歎息一也　時有石川女郎　自成二雙栖之感一恒悲二獨守之難一　意欲レ寄レ書未レ逢二良信一　爰作二方便一而似二賎嫗一　己提二堝子一而到二寝側一　哽音蹢足叩レ戸諮曰　東隣貧女将レ取レ火来矣　於レ是仲郎暗裏非レ識二冒隠之形一　慮外不レ堪二拘接之計一　任レ念取レ火就レ跡帰去也　明後女郎既恥二自媒之可一レ愧　復恨二心契之弗一レ果　因作二斯歌一以贈二謔戯一焉

を見れば明らかだ。井手論文は、①この贈答歌が当時の貴族的な相聞の場において作られた「謔戯」のものであった点、②石川女郎の方がはじめに相聞の関係にあった大伴田主をミヤビヲと呼び、「遊士」と書き記して贈

り、田主はそのまま同じ言葉と文字を用いて返歌した点、③石川女郎の方が大伴田主よりも年上であった点、④大伴田主は家持の叔父にあたる点、これら四点に注意しなければならないと述べ、大伴田主と石川女郎のこの贈答歌を、当該の贈答歌を考えるうえで看過できない重要な贈答歌と位置づける。そして、

おもうに、『万葉集』巻二(一二六・一二七)に記録された大伴田主と石川女郎との諧謔的なやりとりは、そこに長文の中国文学趣味的な左注も付けられているように、当時の有名な風流譚として、大伴氏をめぐる貴族的知識層に属する歌人の間では広く知られていたはなしであったのではあるまいか。とすれば、その大伴田主の甥にあたる家持と交渉をもった紀女郎が、その風流譚を知らぬはずはなかったわけで、紀女郎は、この風流譚である「遊士《みやびを》贈答歌」にヒントを得て、その「遊士」を捩って「戯奴」として、家持に呼び掛けたのではなかったろうか。

と指摘し、さらに、

その「わけ」という用語なり「戯奴」という用字なりを、相手の家持が、わざと額面通り表面的な意味で受けとった形で返歌していることは、紀女郎の諧謔的技巧による用語と用字の意味するところが家持に理会されたということを意味するわけであって、そこに、彼等の属する階層における文学的知見の拡がりを認めることができるのである。

と結論づける。この井手論文の教えるところは大きい。

第一節では、叔母であり義理の母親ともなった坂上郎女の指導のもとで作歌にいそしむ家持の姿を見出しておいた。「戯奴」という表記をめぐって、ここでは、より広い彼の歌作りのありようを想定することができた。「貴族的知識層に属する歌人」たちとの交流が、この時期の歌作りの背景にあることを確認しておきたい。

四　「合歓」をめぐって

前項では、当該贈答歌の表記「戯奴」を分析することによって家持の歌作りの背景の様相を垣間見ることができた。ここでもそうした様相を見定めておくために、もうひとつの表記「合歓」に触れておきたい。考察にあたって参照するのは、小島憲之一九六四の第五篇第七章「遊仙窟の投げた影」である。小島論文は、当該贈答歌において「ねぶのき」を表わすのに「合歓木」という表記が取られていることに注目する。その考察にあたって、『玉台新詠』の例を参照する。小島論文では一部分のみを引いているのだが、ここではその前後も合わせて『玉台新詠』の用例を挙げておこう。

客従遠方来　遺我一端綺
相去万余里　故人心尚尓
文彩双鴛鴦　裁為合歓被
著以長相思　縁以結不解
以膠投漆中　誰能別離此　（巻一、「古詩八首」の第五首）

密房寒日晩　落照度窓辺
紅簾遥不隔　軽帷半巻懸
方知織手製　詎減縫裳妍
（略）
衣裁合歓襵　文作鴛鴦連
縫用雙針縷　絮是八蠶綿

（巻七、「和徐録事見内人作臥具」）

（略）

小島論文は、右に見たふたつの「合歓」の例を参照し、「それぞれ共寝のふすま、共寝のひだの意であり、何れも閨房に関することばである」ことを確かめる。さらに、漢籍の「合歓」の表記が「合接・合婚・交歓」という性的な意味を帯びた表記であることを確認したうえで、一四六一歌と一四六三歌とについて

女郎の作は、「私だけで見るべきではない、家持さんも見なさい」の意であるが、「夜は恋ひ寝る」の「恋ひ」に意を払はねばならない。つまり「合歓木の花」の「合歓」には、やはり前述の如き恋の合歓を意味するものがあつたとみるべきではなからうか。家持の答歌は、「あなたの姿を思ひ出させるねむは花だけ咲いて実はならないのですか（あなたとの「合歓」は成立しないのではありますまいか）」の意で、やはり二首の贈答は「合歓」（ガフクヮン）の原義をふまへてゐるとみるべきであろう。

と述べ、さらに、

「合歓」の意を活用したこの戯れが、二首の間に流れる主題であるとみるべきである。この相聞歌は「春相聞」の分類の中に入つてゐるが、戯歌的要素をもつ贈答歌である。単に「ねぶ」と云ふ合歓木、昼は咲いて夜は靡き寝ると云ふ姿の中に、更に「合歓」と云ふ男女の「睦び」を示す語を相手の心にも響かせたものであらう。そこに天平歌人紀女郎と家持と云ふ男女の風流な戯歌の姿がみられる。

と述べている。

以上見て来た小島論文の指摘によっても教えられるところは非常に大きい。この節の第二項で、紀女郎と家持のふたりの間に、ある主題によって歌を詠み合うことができる交流を見出しておいた。そしてここにも、『合歓』の意を活用したこの戯れ」が主題としてあり、その主題によって歌を詠み合う交流が見られるわけだ。さらに、この場合、その主題が漢籍の素養にうらうちされたものであることの意味は大きいだろう。「貴族的知識層に属する歌人」（井手至一九六一）たちによって漢籍の素養が共有されているわけだが、共有されているということ

だけならば、天平時代のそうした歌人たちにとってごく一般のことだろう。ここでは、その共有を基盤として、贈答歌が紀女郎と家持とによって実際に詠み交わされた、そのことの意味を考えておきたい。日頃触れている漢籍の教養を、紀女郎という年長の歌人との交流をきっかけとして遺憾なく発揮しているわけだ。ここに改めて、この時期の家持の歌作りの一端を垣間見ることができると言える。

五　ま　と　め――第一章のむすびとして――

第一節では、坂上郎女の歌から学び取る家持の作歌のありようと、規範として存在する人麻呂歌集の歌から学び取る家持のありようとを見出した。この第二節では、「貴族的知識層に属する歌人」たちとの活きた交流が彼のまわりに形作られており、そこから多くのものを学び取っていることを確認できた。身内としての坂上郎女や書かれたものとしての人麻呂歌集歌からの影響ばかりでなく、家持が歌人として多くのものを学び取る状況を多面的に捉えておくことが必要であることを述べて、第一章のまとめとしておきたい。

第二章　悲傷亡妾歌

一　はじめに

この章では、『万葉集』の挽歌の中の「亡妻挽歌」という大きな系譜を継承しようとする、家持の姿を追ってみたい。対象とする作品は、天平十一年に作られた「悲傷亡妾歌」である。まずは、その作品を掲げよう。

　　十一年己卯夏六月大伴宿祢家持悲二傷亡妾一作歌一首

今よりは　秋風寒く　吹きなむを　いかにか独り　長き夜を寝む（3四六二）

　　弟大伴宿祢書持即和歌一首

長き夜を　独りか寝むと　君が言へば　過ぎにし人の　思ほゆらくに（四六三）

　　又家持見二砌上瞿麦花一作歌一首

秋さらば　見つつ偲へと　妹が植ゑし　やどのなでしこ　咲きにけるかも（四六四）

　　移レ朔而後悲二嘆秋風一家持作歌一首

うつせみの　世は常無しと　知るものを　秋風寒み　偲びつるかも(四六五)

又家持作歌一首并短歌

我がやどに　花ぞ咲きたる　そを見れど　心もゆかず　はしきやし　妹がありせば　水鴨なす　二人並び居
手折りても　見せましものを　うつせみの　借れる身にあれば　露霜の　消ぬるがごとく　あしひきの　山道
を指して　入日なす　隠りにしかば　そこ思ふに　胸こそ痛き　言ひもえず　名付けも知らず　跡も無き　世
間にあれば　為むすべもなし(四六六)

反歌

時はしも　いつもあらむを　心痛く　い行く我妹か　みどり子を置きて(四六七)
出でて行く　道知らませば　あらかじめ　妹を留めむ　関も置かましを(四六八)
妹が見し　やどに花咲き　時は経ぬ　我が泣く涙　いまだ干なくに(四六九)

悲緒未㆑息更作歌五首

かくのみに　ありけるものを　妹も我れも　千年のごとく　頼みたりけり(四七〇)
家離り　います我妹を　留めかね　山隠しつれ　心ども無し(四七一)
世間は　常かくのみと　かつ知れど　痛き心は　忍びかねつも(四七二)
佐保山に　たなびく霞　見るごとに　妹を思ひ出で　泣かぬ日は無し(四七三)
昔こそ　外にも見しか　我妹子が　奥槨と思へば　はしき佐保山(四七四)

右の歌々を考察する前に、まずは題詞の特徴に注目することで、この歌群がある構成意識に基づいて構成されていることを確認しておきたい。四六四歌、四六六歌、四七〇歌の題詞は、それぞれ、「又家持見㆓砌上瞿麦花㆒作歌一首」、「又家持作歌一首并短歌」、「悲緒未㆑息更作歌五首」、となっている。傍線を付したように、これらは

「又→又→更」と展開する。この展開のしかたについて、伊藤博一九七四bは、「第三者に見せる型式として『又……更』の構図を持つ例が家持にいくつかある。しかも、こういう例は家持をめぐる歌群に片寄っているのである。」と述べ、「さる読者の目を綿密に計算して整理された、文芸的構成を持つ作品であったことが確実である。」「作家的意識に基づく文芸的構成の『作品』として第三者に提供されたものであろう。」と指摘している。この伊藤論文の指摘を考え合わせれば、右の一連の歌々は、「文芸的構成」意識によって構成されたひとつの「作品」であると言うことができよう。

四六二歌の題詞には「悲傷亡妾」とある。この「妾」について、山本健吉一九七一は、

「景行紀」に弟橘媛を日本武尊の妾と書いてあり、「儀制令」五等親条には、妻妾ともに二等親に位置づけてある。嫡妻と妾とをいちおう区別してはいるが、あつかいは同格であり、近世のように日蔭者あつかいではなかった。

と述べる。山本書に引かれている「儀制令」を参照しよう。「儀制令」には、

凡そ五等の親は、父母、養父母、夫、子を、一等と為よ。祖父母、嫡母、継母、伯叔父姑、兄弟、姉妹、夫の父母、妻、妾、姪、孫、子の婦を、二等と為よ。（傍線論者）

とある。これを参照すれば、四六二歌題詞の「亡妾」は、亡くなった妻のひとりを表わしていることになる。また、「悲傷」の集中例には、

但馬皇女薨後穂積皇子冬日雪落遥㆓望御墓㆒悲傷流涕御作歌一首（2二〇三題詞）
上宮聖徳皇子出㆓遊竹原井㆒之時見㆓龍田山死人㆒悲傷御作歌一首（3四一五題詞）
悲㆓傷膳部王㆒歌一首（3四四二題詞）
悲㆓傷死妻㆒高橋朝臣作歌一首（3四八一題詞）
悲㆓傷死妻㆒歌一首（19四二三六題詞）

智努女王卒後圓方女王悲傷作歌一首(20四四七七題詞)

のように、人の死を悼む例が多い。

さて、以上をふまえて、四六二歌題詞の「悲傷亡妾」は、四六二歌が妻の死を悼む歌であることを示していることになる。そして、右に見た伊藤論文の指摘を参照すれば、また、四六三歌以降の一連の歌そして題詞を見れば、この「妻の死を悼む」のが、四六二歌だけではないことがわかる。四六二〜四七四歌までが、等しく「妻の死を悼む」という主題のもとに構成されていると言えよう。そして、伊藤論文の指摘するように「文芸的構成」がこの歌群にはあると思われる。本書としても、そのような構成意識のもとに構成されたこの歌群が、どのような「作品」に仕上がっているのかを考察したい。この考察を通して、家持が歌人として承認されてゆく過程を見定めることができると考える。

二　「亡妻挽歌」の系譜について

ここで、「妻の死を悼む」という主題に関しての研究史を辿っておきたい。当該歌群は夫から妻の死を悼むわけだが、挽歌の歴史の中にある「女の挽歌から男の挽歌へ」という大きな変遷を説いたのが、周知の西郷信綱一九五八である。たとえば、後宮の女性たちによって詠まれた「天智挽歌群」(2一四七〜一五五)と、次の時代に現われる人麻呂の「泣血哀慟歌」(2二〇七〜二一六)とを考え合わせれば、西郷論文の立てた大きな見取図が妥当なものであることが認められる。(1) そして、西郷論文の見解を受けて、万葉集の挽歌の中に妻の死を悼むというひとつの系譜を見出したのが、橋本達雄一九七〇である。橋本論文は、①万葉集の挽歌のなかで夫婦間の挽歌の占める比率は高い、②夫から妻を悼んだ歌が妻から夫を悼んだ歌の倍ある、③歌数の多い作家として柿本人麻呂、大伴旅人、山上憶良、大伴家持があげられる、という点を検証し、そして、「限られた四作家のつながりなどを考えてみなくてはなるまい。」と述べる。橋本論文の言う「四作家」の作品は、

柿本人麻呂「泣血哀慟歌」(２二〇七〜二一六)
山上憶良「日本挽歌」(５七九四〜七九九)
大伴旅人の亡妻挽歌(３四三八〜四四〇、四四六〜四五三)
大伴家持「悲傷亡妾歌」(３四六二〜四七四)

であり、これらを、妻の死を悼む歌の系譜に乗る作品と定位した。また、橋本論文は、そのサブタイトルにもあるように人麻呂の果たした役割について詳細に論じている。人麻呂について、「日本挽歌史上はじめて、妻の死を悼む夫の挽歌『泣血哀慟』の作を詠んだのであった。」と述べ、このスタイルが人麻呂によって創始されたことを説く。また、「人麻呂によって定立された万葉悼亡歌の形式・内容は、以後の作家の範として学ばれ、継承されてゆくこととなる。」と指摘する。この指摘は、人麻呂「泣血哀慟歌」の果たした役割とその意義を説く点でも重要だが、人麻呂以後の歌人たちが人麻呂の形式・内容を学び、そして、そのことによって、その形式が継承されて来たことを説いたという点でも、大変貴重な指摘であろう。橋本論文が見出した系譜は、青木生子一九七一によって、「亡妻挽歌の系譜」という名を与えられている。

右に見た、先学の貴重な研究に導かれて、本書も、家持の当該「悲傷亡妾歌」が「亡妻挽歌の系譜」に乗る作品であると定位して考察を進めて行くことにする。

ところで、従来、家持の「悲傷亡妾歌」は、右に挙がっている人麻呂「泣血哀慟歌」、憶良「日本挽歌」、旅人の亡妻挽歌の表現との近似から、「模倣」という評価を与えられることが多かった。しかし、単に「模倣」との み捉えるのは、ことの表層だけをなぞった見解にすぎないと考える。右に見た「亡妻挽歌」という系譜に、自らの作品を位置づけようとするために意識的に学び取ったことも考えられてよいのではなかろうか。どのようにして、それらの表現を採り入れて、自らの作品に機能させたのか、この点についても後に言及したい。

三　冒頭二首をめぐって――書持歌の存在意義――

(一)　はじめに

この作品の考察を進めて行くにあたって、まず触れておかなくてはならないのは、全十三首の中で、第二首に、家持の弟書持の歌が一首だけ入っていることについてである。従来、書持の歌がここに入っていることについては、たとえば『私注』の、「家持の作に答へて居るだけの作である。」のような、特に考察の目を向けようとしないものや、その目が向けられたとしても、青木生子一九七一の、「冒頭歌に次いで書持の『和ふる』歌をおき、あたかも旅人の報凶問歌に応ずる日本挽歌の例にも似て以下の作を導き出してゆく手法」のような、あまりにも大きく捉えようとする見解が発せられるにすぎなかった。さらには、伊藤博一九七四bによって、「書持歌と称するものは家持がかりにその立場で詠んだ擬装歌かもしれないという想像さえ導く。」という「擬装歌」説が、一度は提出された。このように、書持の歌がここにあることの意味が問われることはなかったと言えよう。なお、この伊藤論文に対しては、清水克彦一九九〇による、「『即和歌』とは、その場ですぐに和えた歌の意であるから、即和歌の作者は、前歌の作者と同時に生存する人物でなければならない。故人の場合はいざ知らず、現存する人物の名を、作歌者の名として借用するというようなことが、果して可能であろうか。」という反論があり、現在では、伊藤博氏自身が、伊藤博一九九一によってこの「擬装歌」説を訂正している。

このように、従来の研究においては、なぜ書持歌が一首だけここに存在するのか、そして、存在する意義は何なのか、ということが明らかにされてこなかったと言えよう。本論は、当該作品全体を読んで行くためには、この問題をまず解かなければならないと考える。

(二)　「即和歌」をめぐって

その検証の足掛かりとして、四六三歌題詞にある「即和歌」に注目したい。清水論文は、すでに右に挙げたように、「『即和歌』とは、その場ですぐに和えた歌の意」と述べているが、それはどのような「場」なのだろうか。

まず、集中の「即和歌」の用例を見てみよう。後述の説明の便宜上、関連する歌も合わせて挙げることにする。

①　額田王下二近江国一時作歌井戸王即和歌

味酒　三輪の山　あをによし　奈良の山の　山の際に　い隠るまで　道の隈　い積もるまでに　つばらにも
見つつ行かむを　しばしばも　見放けむ山を　心なく　雲の　隠さふべしや(1一七)

反歌

三輪山を　しかも隠すか　雲だにも　心あらなも　隠さふべしや(一八)

右二首歌山上憶良大夫類聚歌林曰　遷二都近江国一時　御二覧三輪山一御歌焉　日本書紀曰　六年丙寅
春三月辛酉朔己卯遷二都于近江一

綜麻形の　林のさきの　さ野榛の　衣に付くなす　目につく我が背(一九)

右一首歌今案不レ似二和歌一　但旧本載二于此次一　故以猶載焉

②　丹比真人笠麻呂往二紀伊国一超二勢能山一時作歌一首

栲領巾の　懸けまく欲しき　妹の名を　この背の山に　懸けばいかにあらむ(3二八五)

春日蔵首老即和歌一首

よろしなへ　我が背の君が　負ひ来にし　この背の山を　妹とは呼ばじ(二八六)

③　大伴坂上郎女宴二親族一之日吟歌一首

山守の　ありける知らに　その山に　標結ひ立てて　結ひの恥しつ(3四〇一)

大伴宿祢駿河麻呂即和歌一首

山守は　けだしありとも　我妹子が　結ひけむ標を　人解かめやも(四〇二)

④　在二久迩京一思下留二寧楽宅一坂上大嬢上大伴宿祢家持作歌一首

一重山　へなれるものを　月夜よみ　門に出で立ち　妹か待つらむ（4七六五）

藤原郎女聞レ之即和歌一首

道遠み　来じとは知れる　ものからに　しかぞ待つらむ　君が目を欲り（七六六）

⑤　嗤ニ咲黒色一歌一首

ぬばたまの　斐太の大黒　見るごとに　巨勢の小黒し　思ほゆるかも（16三八四四）

答歌一首

駒造る　土師の志婢麻呂　白くあれば　うべ欲しくあらむ　その黒き色を（三八四五）

右歌者伝云　有ニ大舎人土師宿祢水通一字曰ニ志婢麻呂一也　於レ時大舎人巨勢朝臣豊人字曰ニ正月麻呂一　与ニ巨勢斐太朝臣一名字忘之也嶋村大夫之男也　両人並此彼白ハ黒色焉　於レ是土師宿祢水通作ニ斯歌一嗤咲者而巨勢朝臣豊人聞レ之即作ニ和歌一酬咲也

まずは、①の例について考えたい。一七歌の題詞と一八歌の左注にもあるように、一七〜一九歌は、天智六年の近江遷都の途上での、額田王と井戸王とによる唱和の歌である。これらの歌は、等しく三輪山に触れているわけだが、その三輪山について、岡田精司一九六八は、

> 大和盆地の東にそびえる三輪山を神体山として鎮座する大三輪（大神）神社は、大物主を祭神とする国津神でありながら、天皇家と、さらには大王の地位と密接な関係をもっていたらしい。……「敏達十年紀」の「天皇霊」と、「崇神四十八年紀」の夢占の話とを綜合すると、三輪山は天皇霊のこもる聖地と考えられていたのではないか、と想像できる。……三輪山は以上のように、「記紀」伝承では王権と密着した聖地としてあつかわれている

と述べ、三輪山と王権との密接なつながりを指摘している。また、『全注　巻第一』（伊藤博氏担当）は、右の岡田論文を参照して、

三輪山は、……大和の地主の神であったので、大和に一朝事があれば、天皇はこの神に鄭重な祈りを捧げなければならなかった。額田王たちが、今、大和を捨てて近江に向かうにあたり、行く先の新都の幸運と繁栄への予祝をこめつつ、手厚く三輪山に惜別の思いを傾けたのは、歴史的必然に基づく行為であった

と述べている。こうした『全注』を参照することで、一七〜一九歌が、三輪山への惜別のための儀礼において歌われた歌であったということがわかる。

ところで、その儀礼が行われた場所について、『全注』は、

「奈良の山の山の際にい隠るまで」によれば、歌は、おそらく国境いの奈良山で行なわれた儀礼時のものと考えられる。

と指摘する。境界の奈良山での儀礼とするこの説は、なかば通説となっているわけだが、身﨑壽一九九八では、

作品の内部世界での〈いま・ここ〉を具体的な地理的状況にあてはめてみるなら、それはいまだ「奈良の山」にいたる以前のどこかでなければならない。そして三輪山が主題化されていることを考慮するなら、まぢかにその三輪山をのぞむことができる地点とかんがえるのが妥当だろう。

というように、修正が試みられている。また、身﨑書は、この儀礼の場についてまとめて、

「三輪山惜別のうた」とそれに和した井戸王のうたとは、天智称制六年の近江への遷都の途上、三輪山の近傍において、中大兄ひきいるところの宮廷人集団によっていとなまれた祭祀的儀礼の〈場〉においてだったとおもわれる。

と述べている。さて、このような検討により、①の例の背景には、右のような儀礼の場があることが確認できた。

次に、②の例は、二八五歌の題詞に示されている通り、紀伊の国への旅の途中に詠まれた歌であることがわかるが、「超㆓勢能山㆒時」という記述からは、境界を越える時の何らかの儀礼において、この二八五・二八六歌が詠まれたことが想定される。

つづいて、③の例について。四〇一歌の題詞には、「大伴坂上郎女宴二親族一之日吟歌」とあり、四〇一・四〇二歌が、坂上郎女が親族を集めての宴席において歌われたものであることがわかる。四〇二歌の大伴駿河麻呂は、坂上郎女の次女坂上二嬢と結ばれた人物であり（巻四、四〇七歌参照）、この宴席に出席するのにふさわしい。この唱和は、義母と婿との間で行われたものであり、その唱和は親族集まっての宴席という場においてなされたことが確かめられる。

順番では、つづけて④について検討すべきだが、それは最後にまわすこととして、さきに⑤の例を検討したい。⑤の例は、中流官人たちの宴席の歌や嗤咲歌が収められている巻十六に属する。そして、この⑤の唱和も笑いに満ちた宴席での歌であることが、左注の記述を合わせ見ることでわかる。つまり、この唱和は、大舎人土師志婢麻呂が、大舎人巨勢豊人・巨勢斐太某両人の顔の黒さを「大黒・小黒」と言ってからかい、それに対して、「巨勢の小黒」とからかわれた巨勢朝臣豊人が逆に、土師志婢麻呂の色の白さを笑い返した、宴席での応酬の歌である。⑤は、中流官人たちの宴席においてなされた例であった。

では、最後に④について触れたい。七六五歌は、当時都が置かれていた久迩京にいる家持が、奈良の邸宅に残してきた妻坂上大嬢のことを思っての歌である。内舎人である家持は、新都での職務のため妻と離れてひとり久迩京にあったのであろう。この七六五歌は、そんなひとりのわびしさを綴った書簡の歌のように見受けられる。しかし、七六六歌の題詞には、「藤原郎女聞レ之即和歌」とある。夫と妻との間の書簡に綴られた歌を「聞く」ことは、「本来はあり得ない。藤原郎女はどういう女性なのかは未詳であるが、『集成』が、「久迩京に仕えた女官であろう。」と指摘するように捉えておいてよいであろう。となれば、この七六五歌は、久迩京において複数の人物が在席する場所で、離れて暮らす妻を思う夫の心境を語った歌であるのではないか。つまり、藤原郎女の七六六歌は、その場にいない大嬢の「妻の心情」を忖度している。第三者が機転をきかせて状況にふさわしい歌を詠じることは、宴席歌の常道である。また、七六六歌の「しかぞ待つらむ」は、七六五歌の「妹か待つらむ」という相手の言葉をふまえて応じている。これらの点から、この藤原郎女による「即和歌」は、「宴席」という場においてなされたと考えてよいのではないだろうか。この④の例の背景には、久迩京における官人どうしの宴席が、唱和の場として想定されよう。

ここで、以上の検討をまとめよう。集中の「即和歌」を分析して言えることは、「即和歌」と記されているところには、儀礼や宴席といった、何らかの場が存在する、ということである。このことから、四六三歌の「即和歌」と記されている背景にも、そうした何らかの場を想定しなくてはならないのではなかろうか。

(三)　冒頭二首の連繫について

以上は、四六三歌題詞の「即和歌」を通しての検討であったが、次には、四六二・四六三歌の表現のあり方から考えてみたい。四六二・四六三歌をもう一度挙げておこう。

十一年己卯夏六月大伴宿祢家持悲㆓傷亡妾㆒作歌一首

今よりは　秋風寒く　吹きなむを　いかにか独り　長き夜を寝む(3四六二)

弟大伴宿祢書持即和歌一首

長き夜を　独りか寝むと　君が言へば　過ぎにし人の　思ほゆらくに(四六三)

傍線部のように、四六三歌は、四六二歌の表現を受ける形、いわば「尻取り式」の形を採っている。この二首のつながりの形については、たとえば、『集成』が、「前歌の言葉を承《う》けながら」と注を施してはいるが、従来あまり触れられていない。この二首の連繫のあり方に注目してみたい。

この考察を行うにあたって、橋本四郎一九七四に教えられることが非常に大きい。橋本論文は、巻三・四〇四〜四〇六歌、巻四・六二七〜六三〇歌の佐伯赤麻呂と娘子とのやりとりをめぐる両歌群について論じる。今後の論述の便宜をはかるため、まず、その両歌群を掲げておきたい。

娘子報〓佐伯宿祢赤麻呂〓贈歌一首

ちはやぶる　神の社しなかりせば　春日の野辺に　粟蒔かましを（3四〇四）

佐伯宿祢赤麻呂更贈歌一首

春日野に　粟蒔けりせば　鹿待ちに　継ぎて行かましを　社し恨めし（四〇五）

娘子復報歌一首

我が祭る　神にはあらず　大夫に　つきたる神ぞ　よく祭るべし（四〇六）

娘子報〓贈佐伯宿祢赤麻呂〓歌一首

我がたもと　枕かむと思はむ　大夫は　をち水求め　白髪生ひたり（4六二七）

佐伯宿祢赤麻呂和歌一首

白髪生ふる　ことは思はず　をち水は　かにもかくにも　求めて行かむ（六二八）

大伴四綱宴席歌一首

何すとか　使の来つる　君をこそ　かにもかくにも　待ちかてにすれ（六二九）

佐伯宿祢赤麻呂歌一首

初花の　散るべきものを　人言の　繁きによりて　よどむ頃かも（六三〇）

傍線部のように、四〇五歌は四〇四歌の表現を、六二八歌は六二七歌の表現を、いわば「尻取り式」に受ける形でつながっており、当該四六二・四六三歌と同じ連繋の形を採っていることがわかる。

ところで、六二七・六二八歌の方は、六二七歌題詞「娘子報〓贈佐伯宿祢赤麻呂〓歌」・六二八歌題詞「佐伯宿祢赤麻呂和歌」というように、「報贈歌―和歌」の関係になっているのだが、四〇四・四〇五歌の方はどうであろうか。こちらは、四〇五歌の題詞に「更贈歌」とあり、次の四〇六歌との間に、「更贈歌―復報歌」の関係を結んでしまっている。これについて、橋本論文は、両歌群がいずれも「娘子」の「報歌」から始まっている構成に着目し、「報」の字が、その前に歌による働きかけが必ずあるということを保証しないという点を指摘する。そして、「第二首の題に『更』の字を置いて赤麻呂の先行歌があったような趣に仕立て、第三首との間に新たなやりとりが展開する体裁がとられている。」「『和歌』と呼ぶ方がふさわしい四〇五に『更贈歌』とあったのは、四〇六と組合すための処置であった。」と述べる。この橋本論文により、四〇四・四〇五歌が、実際は、「贈歌―和歌」の関係にあることがわかる。そして、このことにより、いままで見てきた右の傍線のような連繫が、唱和のひとつの形であることが確かめられる。

つづけて、橋本論文は、万葉集に歌三首を残すのみの赤麻呂の残りの一首が、大伴四綱の宴席歌(六二九歌)をはさんで六三〇歌にあることから、関連があるのが自然であるとして、六二七・六二八歌は、

二人称者を「君」と呼び、「待つ」と歌うこの歌(六二九。論者注)は、女性を装う立場で歌われている。既述のように、女を装って歌うのは宴席歌の常道である。そのことで列席者の反応を期待したものであろう。巻三の赤麻呂歌群の持つ喜劇性は、宴席における披露を思わせるが、喜劇性において通じあう六二七―八も同様に宴席を場とするものであろう。明らかに「宴席歌」である四綱の歌と同じ席での歌と見てまず誤りないものと思われる。

と述べ、両歌群が宴席において披露された虚構であると結論を下している。

橋本論文では、巻三の歌群について、「『春日野』『粟蒔く』『……せば……ましを』『社』と前の歌を承けて、第一首に全面的によりかかっている。」と述べ、一方の巻四の歌群について、「六二七の『白髪』『をち水』を承ける外形の面でも、恋の成否の主導権を完全に『娘子』に握られてその言うところに易々と従おうという内容の面でも、六二八はすっかり前歌にもたれかかっている。」と述べているように、前の歌に「よりかかっている」「もたれかかっている」と述べているのだが、いわば「尻取り式」と言えるこの二首の連繫の形が、宴席における唱和のひとつの形であることを検証していると言えよう。そして、この橋本論文の検証は、当該の四六二・四

六三歌の連繋の形が、宴席における唱和の形であるということを教えてくれるのではなかろうか。

ところで、このような二首連繋のあり方を、問答歌の中にも見て取ることができる。一例として掲げよう。

卯の花の　咲き散る岡ゆ　ほととぎす　鳴きてさ渡る　君は聞きつや(10一九七六)

聞きつやと　君が問はせる　ほととぎす　しののに濡れて　こゆ鳴き渡る(一九七七)

思ふ人　来むと知りせば　八重葎　覆へる庭に　玉敷かましを(11二八二四)

玉敷ける　家も何せむ　八重葎　覆へる小屋も　妹と居りてば(二八二五)

また、これに準ずる連繋の形として、次のような例を挙げることができる。

楽浪の　志賀津の海人は　我れなしに　潜きはなせそ　波立たずとも(7一二五三)

大船に　楫しもあらなむ　君なしに　潜きせめやも　波立たずとも(一二五四)

栲領巾の　白浜波の　寄りもあへず　荒ぶる妹に　恋ひつつぞ居る(11二八二二)

かへらまに　君こそ我れに　栲領巾の　白浜波の　寄る時もなき(二八二三)

実際の歌のかけ合いの場を背景に持つことを志向する問答歌において、このような二首連繋の形があることは、同じような形を採る当該の四六二・四六三歌が、実は、実際に歌を詠み合う場に供せられた唱和であることの傍証となるのではないか。

さて、本論ではさきほど、題詞の「即和歌」という記述のありようから、この四六二・四六三歌の二首が、「儀礼や宴席といった、何らかの場」を背景に持つことを志向していると述べたが、以上の検証により、歌表現からもそれが保証されたと言えよう。そして、「何らかの場」を一歩進めて、「宴席」が「場」としてあったとしておきたい。

（四）「場」について——書持歌の意義——

では、その唱和の「場」は、どのような場が想定されるのであろうか。ひとくちに「宴席」と言っても、さまざまな質の宴席が考えられる。家持は、この「悲傷亡妾歌」を制作した天平十一年当時、すでに内舎人として宮廷に出仕していたから、宮中での官人仲間の宴に出席していたと、まずは想像される。事実、巻十六には、

　　嗤㆓咲痩人㆒歌二首

石麻呂に　我れ物申す　夏痩せに　よしといふものぞ　鰻捕り喫せ賣世反也(三八五三)

痩す痩すも　生けらばあらむを　はたやはた　鰻を捕ると　川に流るな(三八五四)

　右有㆔吉田連老字曰㆓石麻呂㆒　所謂仁敬之子也　其老為㆑人身體甚痩　雖㆓多喫飲㆒形似㆓飢饉㆒　因㆑

　此大伴宿祢家持聊作㆓斯歌㆒以為㆓戯咲㆒也

という家持の戯咲歌がある。この歌は官人たちの宴席において作られたものと想定され、家持がこのような戯咲・おどけの雰囲気に満ちた宴席にも出席していたことがわかる。しかし、このような、戯咲・おどけの雰囲気に満ちた宴席は、四六二・四六三歌の唱和の性格からいって、ふさわしいとは言えないであろう。そして、なおかつ、いまは、弟書持も参加しているという条件がある。書持の経歴はどうであろうか。史書には、その死去の記事も見られないし、官位についての記述も見つけることができない。巻十七・三九五七～三九五九歌の題詞に、「哀㆓傷長逝之弟㆒歌」とあり、左注に、「右天平十八年秋九月廿五日越中守大伴宿祢家持遥聞㆓弟喪㆒感傷作之也」と記されていることにより、二十歳代で死去したであろうことがわかるにすぎない。また、官人としての経歴はいっさい知られない。

家持と書持がともに出席した宴席には、どのようなものがあったのか。巻八には、次のような天平十年の集宴歌が載せられている。その集宴歌群を挙げよう。

　　橘朝臣奈良麻呂結㆓集宴㆒歌十一首

手折らずて　散りなば惜しと　我が思ひし　秋の黄葉を　かざしつるかも（8一五八一）
めづらしき　人に見せむと　黄葉を　手折りぞ我が来し　雨の降らくに（一五八二）
右二首橘朝臣奈良麻呂
黄葉を　散らすしぐれに　濡れて来て　君が黄葉を　かざしつるかも（一五八三）
右一首久米女王
めづらしと　我が思ふ君は　秋山の　初黄葉に　似てこそありけれ（一五八四）
右一首長忌寸娘
奈良山の　嶺の黄葉　取れば散る　しぐれの雨し　間なく降るらし（一五八五）
右一首内舎人県犬養宿祢吉男
黄葉を　散らまく惜しみ　手折り来て　今夜かざしつ　何か思はむ（一五八六）
右一首県犬養宿祢持男
あしひきの　山の黄葉　今夜もか　浮かび行くらむ　山川の瀬に（一五八七）
右一首大伴宿祢書持
奈良山を　にほはす黄葉　手折り来て　今夜かざしつ　散らば散るとも（一五八八）
右一首三手代人名
露霜に　あへる黄葉を　手折り来て　妹とかざしつ　後は散るとも（一五八九）
右一首秦許遍麻呂
十月　しぐれにあへる　黄葉の　吹かば散りなむ　風のまにまに（一五九〇）
右一首大伴宿祢池主
黄葉の　過ぎまく惜しみ　思ふどち　遊ぶ今夜は　明けずもあらぬか（一五九一）

右一首内舎人大伴宿祢家持
以前冬十月十七日集₂於右大臣橘卿之舊宅₁宴飲也

この宴の性格をしばらく追ってみたい。主人の橘奈良麻呂は、時の権力者右大臣橘諸兄の嫡男であり、当時まだ無位の青年であった。しかし、天平八年十一月、橘宿祢の氏姓を賜わった時に、天皇の詔に応える歌(巻六・一〇一〇歌)を詠んでいた。すでに政界に認められていた存在であったろう。この宴は、その青年貴公子を囲んでの宴であった。まず、この宴に集まった人物を見ておこう。系統未詳の久米女王、伝未詳の長忌寸の娘、以上が女性。官人としては、内舎人県犬養吉男、内舎人大伴家持、それに従七位下で春宮坊小属であったと思われる大伴池主。無位無官の県犬養持男、大伴書持。伝未詳の三手代人名、秦許遍麻呂である。このような参加者の構成から、この宴が、青年貴公子を囲んでの気のおけない仲間たちが集まった宴と推定される。次に、この集宴歌の表現を見てみよう。十一首すべてに「黄葉」が詠み込まれている点が特徴である(二重傍線部)。ここからは、晩秋の黄葉を詠むといった題材のもとに、一同が歌を詠み合っているさまが見て取れるのではないか。また、「しぐれ」「露霜」「風」といった秋の素材を盛り込んでいる。さらに、歌々は、同席する他の人の歌の言葉をふまえて詠まれている。ここには、表現技術の競合といった様相も見て取れそうである。このような点を考慮すれば、この宴は、小野寛一九七八aが指摘するように、「文雅の宴」であったと言えるのではなかろうか。

こうした「文雅の宴」に、家持・書持兄弟はそろって出席しているわけである。この歌群を見てわかるように、家持歌は、歌群のまとめの位置に置かれている。小野論文も、「第一部の五首と第二部の五首との総まとめとして、全体の結びの歌として歌われた」と述べ、この歌群における家持歌の位置づけをはかっている。ここに、家持の歌人としての地位が見出されてこよう。一方、この「文雅の宴」に参加している書持についても、単にそうした兄に付き従って出席したというよりも、もっと積極的な理由が見出されるべきではないかと考える。伊藤博一九九一は、書持の一五八七歌について、

「山」のもみじに対し、もみじの葉が天為のままに流れる「川」の美しい光景を描き出している点が重要である。折りかざすもみじに中心を置く5（一五八五歌。論者注）に対し、書持の7（一五八七歌。論者注）は山野におのずからに散るもみじに焦点をあてている。手折り来った奈良山のもみじの美しさは、時雨の降り注ぐまま、散っては流れる山野のさまに想いを致してこそはじめて実感できる、言いかえれば、もみじを折りかざすことの真のめでたさは、それを天然の秋の風情に帰して見ることによってこそ成立するというのが、書持の歌の心である。かく歌うことによって眼前のもみじが情趣を深め、歌の流れに品格が加わる点を見のがすべきではなかろう。

と指摘する。また、巻十七・三九〇一〜三九〇六の「追二和大宰之時梅花一新歌六首」にも触れ、「書持追和新歌六首や奈良麻呂結集宴歌中の一首に見られる書持の自然観(風流観)は、鋭さと鮮度において孤高というべきである。」と述べて、歌人としての力量を彼の中に見出そうとしている。

伊藤論文のように、書持の中に歌人としての力量を見出そうとする研究として、鈴木武晴一九九〇がある。鈴木論文は、天平十三年四月の、家持との贈答(巻十七・三九〇九〜三九一三歌)に注目し、

⑰三九〇九〜三九一三の書持と家持の贈報歌群は、先立つ「譬喩歌」についての関心と理解、またそれを基盤としての新たな「譬喩歌」の創造、さらには「譬喩歌」を媒介としての二人の心通う交流を語り告げる歌群であると捉えることもでき、巻三「譬喩歌」の部の新設に、その中心人物である家持とともに書持が参加していたことをうかがわせるに充分な資料と言えよう。

と言及し、また、

巻三「譬喩歌」の部の創設に家持の弟である書持も『萬葉集』の編纂者の一人として貢献していたのではないかと察せられる。

と述べている。鈴木論文自体が傍点を施した部分については、そのまま従うことは留保しなければならないだろ

う。しかし、書持の中に、家持の文芸を理解でき歌の表現技法についての相当の知識を持っていた歌人像を見出すことには、従うべきと思われる。

ところで、そうした、歌人としての力量の一端は、当該「悲傷亡妾歌」の中にも見出すことができるのではないだろうか。

四六二歌が歌われた時、悲傷の対象である「妹」は作品上に現われていない。このことについて、『窪田評釈』は、「余裕のあるものである。」と述べ、また、橋本達雄一九七四は、

この歌は心を亡妾へ向けてのものではなく、みずからの空閨のさびしさを思いやる形で歌われ、妾の死を直接悼んではいないのである。……少くともこの発想は自分中心になされている。家持がこの一首を作って書持に示した時、はたして亡妾を悼む挽歌という意識があったかさえ疑わしめるような歌である。

家持の自己中心的発想をそのまま承けず、思いを亡妾につなげて拡げる心やさしさを書持は持ち合せていたのであろう。二首の唱和はこの二句あるがゆえに挽歌としての姿をとることができたといってもよいだろう。これは家持の予期していなかったことのように思われる。家持はただ自分のさびしさのみに関心があったことが一首目によって知られるからである。

と述べている。橋本論文のこうした見解があるのも、この作品の冒頭部の「妹の不在」によるところが大きいであろう。この点について、清水克彦一九九〇は、

「過ぎにし人」とは、言うまでもなく、書持の義姉、家持の亡妾であるが、この「過ぎにし人」への言及が、家持の次歌(四六四)で「妹」を呼び起こす原因となっているのであり、家持作歌四六四にとって、書持の即和歌は必要不可欠な前提なのである。

と述べる。この指摘は大変貴重であろう。「過ぎにし人」が呼び水のように作用し、「妹」が作品上に像を結んで来るのである。

その「過ぎにし人」という表現について見てみよう。万葉集中の「過ぎにし」の用例は、以下の通りである。

ま草刈る　荒野にはあれど　黄葉の　過ぎにし君が　形見とぞ来し（1四七　**人麻呂**「安騎野歌」）
……時にあらず　過ぎにし子らが　朝露のごと　夕霧のごと（2二一七　**人麻呂**「吉備津采女挽歌」）
百足らず　八十隈坂に　手向けせば　過ぎにし人に　けだし逢はむかも（3四二七）
行く川の　過ぎにし人の　手折らねば　うらぶれ立てり　三輪の桧原は（7一一一九　**人麻呂歌集**）
子らが手を　巻向山は　常にあれど　過ぎにし人に　行きまかめやも（一二六八　**人麻呂歌集**）
世間は　まこと二代は　ゆかずあらし　過ぎにし妹に　逢はなく思へば（一四一〇）
黄葉の　過ぎにし子らと　たづさはり　遊びし磯を　見れば悲しも（9一七九六　**人麻呂歌集**）
潮気立つ　荒磯にはあれど　行く水の　過ぎにし妹が　形見とぞ来し（一七九七　**人麻呂歌集**）

文字囲みを施したのは、「過ぎにし」人物の形見となるものである。この形見が表わされている例は、太字で示したように、人麻呂作歌の例と、人麻呂歌集歌の例に限られる。先達である人麻呂（人麻呂歌集）の表現に鋭敏な反応を示す家持の姿は、すでに第一章において見てきた。そうした家持であれば、四六三歌において「過ぎにし人」と歌われた時、その背景に「過ぎにし人」の形見を容易に想起できたのではないか。

そして、次の家持四六四歌において、「秋さらば　見つつ偲へと　妹が植ゑし　やどのなでしこ」と歌われる。『拾穂抄』が、「秋来は我なきのちも此石竹を見て思ひ出よと妹がうへをきしとの事也」と指摘するように、「やどのなでしこ」は、死んで行った妻のかけがえのない形見として登場して来る。つまり、「過ぎにし人」の作用があって、四六四歌において「秋さらば　見つつ偲へと　妹が植ゑし　やどのなでしこ」という、かけがえのない妻の形見が歌い起こされるのである。これは、ここに至って、当該「悲傷亡妾歌」の対象である「妻」が作品上に登場することを意味しよう。

書持四六三歌の意義をこのように見定めておきたい。書持は、こうしたいわば勘所を衝く形で「過ぎにし人」

と歌っていると考えられる。四六三歌でこう歌えば、人麻呂(人麻呂歌集)の表現に敏感な兄家持は反応を示して、亡妾の形見、そして亡妾自体を歌の中に詠んで来るのではないかという理解があったのではないか。そして、さらにあえて言うならば、そもそも、この四六二・四六三歌は、「宴席」という場に供せられたのであるから、こうした文芸的理解に基づくふたりの息のあった呼吸は、場で公表するにあたって、家持・書持兄弟によって仕組まれたものであったことを考えておくべきではないか。また、こう考えることによって、『窪田評釈』や橋本達雄一九七四などが持っていた疑問に応えることができるのではなかろうか。

さて、こうしたふたりの文芸的理解に基づく唱和の披露される場についても、そうした文芸的理解を共有できる享受者たちが在席する「場」が考えられなくてはならないだろう。さきほど、家持・書持がともに出席していた宴として、天平十年十月の宴を考察したが、まさしく、あの宴のような「文雅の宴」が、このふたりのやりとりの披露された場としてあったのではなかろうか。

(五)まとめ

当該「悲傷亡妾歌」はその第二首に弟書持の歌を一首含み持っており、その歌の題詞には「即和歌」と記されている。そして、その「即和歌」は、歌が詠まれた「場」を指し示しているのだが、家持はこの「悲傷亡妾歌」という作品を編むにあたり、弟書持の歌をそのままに残し、ひいては、「即和歌」と記し置くことで、歌が詠まれた事情を示している。つまり、「場」の存在を作品の中に残して歌群を構成していると言えよう。ここで、伊藤博一九七四bの、「さる読者の目を綿密に計算して整理された、文芸的構成を持つ作品であったことが確実である。作家的意識に基づく文芸的構成の『作品』として第三者に提供されたものであろう」という指摘を思い起こしたい。つまり、この「悲傷亡妾歌」という作品の中に、あえて「場」を残すということは、右に見た文芸サークルというべき「場」に提供しようという意図のもとに、この作品全体を編んだのではないかということを指し示すのではないか。

伊藤博一九七四bは、「『歌人』家持としての社会的承認を定着させたもの、それが亡妾悲傷歌だったと思われるのである。」と述べている。これは、さきに見た「又→又→更」という読者の目を意識した構成が、この作品が享受されていたことを示すとする想定から導き出された見解であろう。しかし、「悲傷亡妾歌」の中に、「文雅の宴」すなわち、文芸サークルというべき「場」が見出されて来たいま、そうした社会的承認は、文芸的理解を共有できるそうした「場」からすでに開始されていたと捉えることができそうだ。

家持は、『万葉集』の編纂者の主要人物であると考えられているが、どのようにしてその地位を獲得して行ったのかはっきりしていない。しかし、私的かつ個人的作歌の営みの作品と捉えられて来た当該の「悲傷亡妾歌」の中に、文芸的理解に基づいた「場」が考えられて来たいま、そこには、編纂者たるべき、家持の〈歌まなび〉の公的性格が見出されて来るのではなかろうか。

四　歌群構成について

(一)　はじめに

これから、以降の歌群の理解を進めて行くが、右に見た作者家持の意図をふまえ、歌群の構成を綿密に読み解いて行かなくてはならないと考える。なお、これからの検討を進めて行くうえで、「モチーフ」という観点を採り入れることにしたい。「モチーフ」という観点を導入し歌群の展開を論じた嚆矢として、小野寺静子一九七二がある。小野寺論文は、

これら十二首に対して「観念的」であるとか、「模倣」があるとかいわれ、一通りのものとして評価されがちである。常套的な表現、先人の作品によるところが大きいというのが、右のように評価される大きな理由であるが、私はこれらの歌の「模倣」なり「類型」というものは、家持にとっては何かもっと積極的なモ

チーフに支えられてのものであると考えるのである。

と述べ、「この七首（四六三を除く四六二〜四六九歌。論者注）における主要な素材とテーマは、『秋風』『なでしこ』『無常』であるといえよう。」と指摘している。本論の「モチーフ」という捉え方も、この小野寺論文によっている。

（二）「秋風」をめぐって

四六二歌において「今からはきっと秋風が寒く吹くだろうに、秋の長い夜をいったいひとりでどうやって寝ようものやら。」という予感が語られ、四六五歌においてその予感の実現が語られる。諸氏は、「秋風」という語を共有することで四六二歌と四六五歌とが対応することを指摘する。四六五歌の方については、関守次男一九六四が、「移朔而後は七月一日になってからの意であらう。太陰暦の七月・八月・九月が秋に当るところから、立秋の代用として用ゐたのであらう。結局二十四気七十二候の『立秋　涼風至』に本づいたもの」であると指摘して以来、暦法意識によって解かれている。一方の四六二歌は、その題詞に、「十一年己卯夏六月大伴宿祢家持悲傷亡妾作歌」と記されている通り、陰暦であっても夏である六月中の作であるが、夏であるのに「今よりは　秋風寒く　吹きなむを」と歌われるところには、『童蒙抄』の「六月に詠めるなれば、もはや六月の末ごろにてやがて秋近くなれる頃なるべし。」というような解釈によって、表現の矛盾の回避が試みられた。そして、『集成』が、「陰暦夏六月は秋七月の直前なので、暦に基づく季節感からこう言った。」と指摘するように、四六二歌の「秋風」の表現にも、暦法に基づく点を見ておくべきであろう。

以上のように、ともに暦法意識の反映という点で、四六二歌の「秋風」と四六五歌の「秋風」とは対応している。しかし、これらの「秋風」は、暦法意識によってのみ解かれていてよいのだろうか。

ここで、小尾郊一一九六二の記述を参照したい。小尾書は、その第一章「魏晋文学に現れた自然と自然観」

で、「秋は悲哀や憂愁の感情と結びついて考えられる」ことを説明するために、『文選』(巻二十三)に収められている晋の潘岳の「悼亡」の詩を挙げている。少々長くなるが、その詩の前後の記述を合わせて引用したい(なお、詩の白文の引用は省略する。また、紙数の都合上、詩は行を分けず引用する)。

また晋の潘岳の「悼亡」の詩は、妻の亡くなった孤独の悲しみを、秋景から感じとっている。

……………

皎皎と窓中の月は　我が室の南の端を照らす　清商《あきかぜ》は秋と応に至り　溽暑は節に随れて闌なり　凛凛と涼き風は升り　始めて夏の衾の単なるを覚る　豈に曰に重纊無からんや　誰と与に歳寒を同にせん　歳寒を与同にする無く　朗月は何んぞ朧朧たる　展転びて枕席を眄　長き簟は牀の空きに竟く　牀は空くして清塵を委き　室は虚しくして悲しき風来る　独だ李氏の霊無くも　髣髴として尓の容を覩たり　衿に撫れて長く歎息し　覚えず涕は胷を霑す　胷を霑すは安んぞ能く已まん　悲しき懐は中より起こる　寝しつ興めつ目に形を存す　遺言は猶お耳にあり　上は東門呉に慙じ　下は蒙荘子に愧ず　詩を賦して志を言わんと欲するも　此の志は具に紀し難し　命や奈何んす可けん　長く戚うるは自らを鄙しくせしむ　(文選、巻二三)

これは、今は亡き妻をしのぶ心持が、秋の景色から引き起されている。凛凛たる涼き風に、重纊《わたいれ》はあるが、共にきる人もなく、ただ朗月をみて、作者は、孤独の寂しさに襲われている。(傍線論者)

小尾書のこの記述は、漢文学において、亡くなった妻を悼むのに「秋風」というモチーフが用いられていることを教える。そして、この論考を考え合わせる時、次に挙げる身﨑壽一九八五の指摘の蓋然性はより高まろう。

身﨑論文は、四六二歌の「秋の夜長」という発想が漢文学に由来すると説く小島憲之一九六四の第五章「万葉集と中国文学との交流」の見解を参照しながら、「その〈秋の夜長〉を、ひとりわびしくねてあかす、という発想全体にも、漢籍の影響がかんがえられる。」と述べる。そして、その発想を「万葉人が相聞情調をかたちづくるものとして積極的に受容した」ことを説き、四六二の一首で家持が漢詩文から受容しているのが、たんに「秋風寒く吹く」という暦法的季節感だけでなく、一首全体を支配する発想のわくぐみそのものだったことがしられよう。しかもそれは漢詩の表現をうたにうつしかえるような単純な行為ではなかった。相聞情調をのこしつつ、それを亡妾哀傷の挽歌的抒情を実現する手段にもちいているわけで、「秋風」をおもてにたてつつ家持のもくろんでいたのは、そのような季節感に媒介された哀傷表現だったとおもわれる。

と指摘する。この小尾書や身﨑論文を参照することによって、当該「悲傷亡妾歌」において、「秋風」が用いられている理由について、理解が届きそうだ。

さきに述べたように、「秋風」という語をともに用いていることで四六二歌と四六五歌とは対応する。四六五歌にも四六二歌同様のそうした発想のわくぐみが採り入れられていると考えてよいだろう。

本書ではさきに示したように、この作品の歌群構成を読み解いて行くという立場に立って、作品上の四六二・四六五歌の「秋風」の質と、それぞれの機能について考えることにしたい。ここで、もう一度四六五歌を掲げよう。

うつせみの　世は常無しと　知るものを　秋風寒み　偲びつるかも(四六五)

この歌だけでは、秋風が寒いために、何を「偲」ぶのかがはっきりしない。しかし、すでに確認したように、四六二歌と四六五歌との間にあるのは、四六三と四六四歌との連繫による「妹」の作品上への登場であった。その「妹の登場」を経たのちの四六五歌であることを考えたい。こうした歌群の展開を考え合わせれば、四六五歌で偲ばれているものは、その妹との添い寝のぬくもりであることがわかる。そして、「秋風」に注目するならば、四六五歌の「秋風」は、その妹との添い寝のぬくもりを作中主体に強く思い起こさせる「秋風」として機能していることになろう。ここに、四六二歌の「秋風」が予感に基づく、いわば「観念上の秋風」でしかなかったことが作品上で振り返られるのである。

ところで、四六五歌では、初句~第三句に、「うつせみの　世は常無しと　知るものを」とある。ここでは、いままで世間は無常であると知覚して来たことが語られているのだが、いわば「観念上の無常」として語られている。つまり、四六五歌においては、「観念上の無常」と右に見た「秋風」とが対峙する構図が見られるのである。そして、その対峙の中から、作中主体が肌で体感する「真の無常」を得て行ったことは、以降の歌群の中の無常観の表出のありようを見ればはっきりしてくる。

こうして、四六五歌において、主要なモチーフは、「無常」へと転換され、その「真の無常」を体感させた「秋風」というモチーフは、その役割を果たし終え、以降の歌群では登場しなくなる。

(三)「なでしこの花」「無常」をめぐって

次に、四六六~四六九歌の構成について考察する。長歌四六六は、家持最初の長歌と位置づけられている。従来、この長歌四六六には、柿本人麻呂、山上憶良、坂上郎女、沙弥満誓の作品からの模倣、そしてそれらの不調和による失敗作という評価が与えられてきた。その理由のひとつとして、『窪田評釈』は、

主としていわんとすることは、死生観というがごとき大規模なものであるのに、作因は砌に咲いている瞿麦の花という小さなものである。このいささかなる作因を、感傷をたよりに、強いて大問題へ展開させようとしたがために、感傷に圧倒されて混乱の形に陥り、統一がつけられなかったものとみえる。

と述べ、また、橋本達雄一九七四も、

歌材としては短歌にしても十分足りる抒情的な「なでしこ」と観念的な「無常観」とを取り合わせ、長歌に仕立てることは若い家持の手に余るものであったということになる。

と述べている。『窪田評釈』同様に、「なでしこの花」と「無常」との無理な取り合わせが失敗につながってしまった点を指摘しているわけだ。

四六二歌から四六五歌までの中で獲得された「真の無常」は、以降の歌群では、長歌四六六歌において「うつせみの　借れる身にあれば」「跡も無き　世間にあれば」という形をとって現われる。また、妹の姿を髣髴と顕現させ、秋風を身にしみるものにした四六四歌の「なでしこの花」も、長歌四六六において「我がやどに　花ぞ咲きたる」、反歌四六九において「妹が見し　やどに花咲き」という形で現われる。四六二〜四六五歌では、「秋風」のモチーフを中心に展開し、その展開に「なでしこの花」のモチーフが関与・作用していく中で、「無常」のモチーフが生まれるといった構成が見られたわけだが、長歌四六六とその反歌四六七〜四六九においては、「無常」と「なでしこの花」のモチーフがかかわり合いながら展開して行く様相が見られる。

身﨑壽一九八五は、「この長歌が破綻しているとすれば」と一応断ったうえで、

それは先行作品の模倣によるものではなく、長歌の構成の原理としての叙事性を、家持がすくなくともこの段階ではまだ明確につかんでいなかったことによるとおもう。「花」のモチーフを冒頭にかかげながら、そのまま叙事を展開していくことができず、観念的な表白にまとめあげていったところに、それは生じたといってよいだろう。

と言及した。たしかに、長歌四六六は、「長歌作品としてはめずらしいただことばによる卒然としたうたいだし」（身﨑論文）で、「我がやどに　花ぞ咲きたる」と始まる。そして、その「なでしこの花」についての叙事は、この長歌四六六の中では果たされていない。

ここでは、右のような批判をふまえつつも、この「悲傷亡妾歌」という歌群の中で、「なでしこの花」「無常」のモチーフは、歌群を展開させる役割をどう担っているのかということを中心に、考察を進めて行きたい。

長歌冒頭の「花」は、四六四歌を受け継いだものであるので(2)、そこで、もう一度、四六四歌の「なでしこの花」に目を向けよう。四六四歌の「なでしこの花」は、作品上で、作中の叙述の主体〈我れ〉に残された妹との唯一の接点であり、かけがえのない「形見」として存在していた。橋本達雄一九七四が、「『咲きにけるかも』の

感慨は、今はじめて発見した詠嘆」であると述べるように、まさにそのような感動を伴って見つめられたことが、作品上で語られる。そこには、妹と心を通わすことができるという期待もあったであろう。

その四六四歌のあとには、「移レ朔而後」という題詞を持つ四六五歌がある。すでに確認したように、暦法意識の反映がここにはあるわけだが、さらに述べるならば、ここに時間の経過が明確な形で描かれているわけである。作品上に時間の幅が明確に示される、このことは重要なのではないか。そして、この時間の幅の中には、「なでしこの花」の存在が内包されていると捉えられよう。それは、四六六歌で「花ぞ咲きたる」というように、「既定の事実として咲いている花」(橋本達雄一九七四)として描かれていることから言える。つまり、四六六歌に至る時間の中で、我がやどに咲いている花を見た時には、そのかけがえのない「形見」に、在りし日の妹の姿をありありと思い起こすことができ、ふたりで過した楽しい日々をまざまざと思い出すことができるという期待が込められていることがわかる。そのような期待を抱いて、四六六歌で、「そを見」たのであろう。しかし、その期待は、「そを見れど　心もゆかず」と裏切られたことが語られる。期待していた「見る」ことによる悲哀の慰撫は果たされなかったのである。妹への激しい思慕の念を慰められることのなかった「我れ」に残された手立ては、

　はしきやし妹がありせば　水鴨なす　二人並び居　手折りても　見せましものを(四六六)

　出でて行く　道知らませば　あらかじめ　妹を留めむ　関も置かましを(四六八)

といった、いまとなっては言っても詮無い反実仮想であり、または、

　時はしも　いつもあらむを　心痛く　い行く我妹か　みどり子を置きて(四六七)

と、亡き妻に対して恨み言を述べることだけである。こうした妻に先立たれた夫にとって、「なでしこの花」は、「いたずらにうつせみのはかなさを感じさせてせつなく」(伊藤博一九七四b)存在するばかりである。

このように、四六四歌と四六六歌との間には「なでしこの花」の質の変化がある。その質の変化は、それを見る「我れ」の変化に基づいている。そして、その変化は何によるのかと言えば、やはり「無常」ではないだろう

か。「無常」が四六六歌において重要なモチーフになっていることは、四六六歌よりも前の歌群では、書持歌の「過ぐ」によってしか表現されていなかった「死」の表現が、「消ゆ」や「隠る」という語で表現されていることを見てもわかるが、その「無常」に対する「我れ」の姿勢は、「うつせみの　借れる身にあれば」と、すでに既定の事実として受け入れてしまっているようであるし、また、妹が葬られて行った状況を思い起こして、「胸こそ痛き　言ひもえず　名付けも知らず」と慟哭しても、「跡も無き　世間にあれば　為むすべもなし」と、道理としてすでに「無常」を体得しているように諦念してしまう。四六六歌における「無常」のモチーフのこうした現われ方は、四六五歌で生み出された「真の無常」が具現されたものであると思われる。

つまり、四六四歌と四六六歌との間の「なでしこの花」の質の変化とそれを見る「我れ」の心境の変化は、四六五歌の「無常」の体感によって引き起こされている、そのように、この作品の構成を理解すべきであろう。

一方の「なでしこの花」は、反歌の最後四六九歌において、

妹が見し　やどに花咲き　時は経ぬ　我が泣く涙　いまだ干なくに

と歌われる。この歌は、山上憶良の「日本挽歌」のうちの七九八歌、

妹が見し　楝の花は　散りぬべし　我が泣く涙　いまだ干なくに

に拠っていることは諸氏の指摘の通りであり、この憶良歌には、粂川光樹一九七七が、「妻の死に続いて、妻が生前見た花さえもまた散って行く、妻につながるものがつぎつぎに消え去って行く、その寂莫感あるいは無常感が強く読みとられるのである。」と指摘するような感情が満ちている。では、その七九八歌の表現を採り入れた家持のこの四六九歌ではどうであろうか。

第二句の原文「屋前尓花咲」は、「やどに花咲く」と連体形に訓めば、なでしこの花の季節が過ぎ去り、とり残される「我れ」の姿がクローズアップされることになる。これは、表現を採り入れた七九八歌と完全に合致する。しかし、『注釈』が、「この作はその長歌の反歌として詠まれてゐるのだからその間に時のへだたりを考へる

ことは認め難い。」と述べていることを考慮すれば、この訓は採用できない。『注釈』のように、長・反歌の中に時間の流れを考えることは困難と見なし、初句〜第三句を「妹が見しやどに花咲き時は経ぬ」と訓むことにしておく。

四六九歌の「花」は、長歌四六六の冒頭部で「既定の事実として咲いている」（橋本達雄一九七四）「花」と同じであろう。四六四歌では、妹とのかけがえのない形見である「なでしこの花」が咲いていたわけだが、ここで「時は経ぬ」と歌われることにより、その四六四歌の時点から四六六〜四六九歌の現在までの間に、時間の経過が横たわっていることが表示されるのである。そして、その時間は、いままで見て来たように、「なでしこの花」に対する失望と「真の無常」の体得とに埋めつくされている。この事情を、伊藤博一九七四bは、「恨めども嘆けども涙とともに時は空しく過ぎていく」と的確に言いあてている。

このように、「真の無常」の体得は、「なでしこの花」を、妹と心を通わせ合えるという期待に満ちた花から、ついにはあだ花へと変化させてしまったと捉えられる。四六九歌にあるのは、この「なでしこの花」に対しての幻滅に満ちた悲哀であると考えられる。さらには、妹と一緒にこの「やど」で暮したかけがえのない過去の喪失であると捉えられよう。ここまで、「なでしこ」「やど」は、

妹が植ゑしやどのなでしこ（四六四歌）
我がやどに花ぞ咲きたる（四六六歌）
妹が見しやどに花咲き（四六九歌）

というように、歌群の中に現われていたが、この四六九歌を最後に現われなくなる。また、歌群の一連の展開を担ってきた舞台としての空間が、「やど」から「山」へと移行することになる。(3)

（四）「無常」「山」をめぐって

この歌群の最後に位置する五首の検討に移りたい。この五首の題詞には、「悲緒未レ息更作歌五首」とある。伊藤博一九七四bが、「最後に据えられた『更』ということばが、直接的には第二段落を意識しつつ、最終段落を示そうとする意図の現われであることはいうまでもない。」と述べていたことを思い起こしたい。

さて、その五首の最初の四七〇歌「かくのみに　ありけるものを　妹も我れも　千年のごとく　頼みたりけり」は、『全注』(西宮一民氏担当)が、「所詮はこうでしかなかったものなのに、妻も私も千年も生きられるように頼みにしていたことだったなあ。」と解釈するのが通説となっている。つまり、「千年のごとく」を、「千年も生きられるように」と理解することから、「かくのみに　ありけるものを」の「かく」の内容を、漠然と妹の死と捉えているのである。橋本達雄一九七四は、

> 四六八と四七一、四六九と四七二が対応するとすれば、四七〇が四六七の進展であろうとする予想はたてやすい。……「時はしも何時もあらむを」(四六七)——死にゆく時は今でなくともいつでもあろうものを——の感慨は、四七〇の「千歳のごとく憑」んでいたからこそ発せられたもので、表現は違うが表裏の関係にある。また、時ならずはかなく若子を置いて去って行ったことを総括して「かくのみにありけるものを」の詠嘆の発せられていることも自然である。

と述べている。これは、「なでしこの花」のモチーフの最終四六九歌と「無常」のモチーフの最終四七二歌との間に対応を見る構成理解に基づいての見解なのだが、はたして、「四七〇が四六七の進展であろうとする予想はたてやすい」のかどうか、疑問である。

通説では、このように、「かくのみにありけるものを」を妹の死に限定してしまっている。しかし、そもそも、「千年も生きられるように頼みにしていた」といった、「悲傷亡妾歌」の一連の歌のどこにもない解釈を採り入れてしまってよいのだろうか。これまでの歌群の展開を通して確認してみたい。

「千年のごとく頼みたりけり」と対比的に捉えられるのは、「はかなさ」といったことがらなのではなかろうか。「かくのみにありけるものを」ははかないことがらを受けていると捉えられる。本論では、それを、「なでしこの花」に寄せた心が変わってしまったはかなさ、無常の世間における人の心のはかなさと捉える。妹は死ぬ前に、「この花が咲く秋には、私はこの世にいないでしょうから、その花を私と思って偲んでくださいな」と言って、なでしこを植えたのだが、その時は、妹も「我れ」も、たとえ死別するとも、なでしこというふたりの絆があれば永遠にふたりの契りは変わることがないと信じることができたのではないか。しかし、残された「我れ」は、「真の無常」に触れて、もはや永遠の契りをなでしこに託すことができなくなった。そうした心のはかなさを自覚したのが、「かくのみにありけるものを」であったのではなかろうか。伊藤博一九七四bの述べるように、「又↓又↓更」という構成に基づいてこの「悲緒未ㇾ息更作歌五首」は位置づけられている。伊藤論文の説くように、前段の叙述を承けるものと考えれば、なおさら、このように解釈した方が適切であると考える。

　ところで、「無常」のモチーフのその後を追って見よう。四七二歌において、

世間は　常かくのみと　かつ知れど　痛き心は　忍びかねつも

と、もう一度「無常」のモチーフが現われている。だが、ここでの「無常」の表出は、以前の現われ方とは異なるようである。四七二歌の「かつ」は、「一方では」という解釈と「すでに」という解釈が併存しているが、「かくのみ」は、四七〇歌でもそうであったように、前の歌々における「無常」の経緯を指すであろうから、「すでに」の意に取っておくのが適切であると思われる。そして、その「かく」の内容は、四六五歌から長・反歌にかけての「無常」の体得を指すものと思われる。このことから、この「かつ知れど」は、「無常」はもうすでに体感し、道理としてわきまえてはいるのだが、それでもなお、という意に解されよう。そして、そこには、『集成』が、「世間無常の認識と相克する悲哀感情の極地」と指摘するような対立がある。

　ここまでの歌群構成において、「無常」は、妹を偲ぶ「形見」の喪失を道理として諦めさせるものとして存在

していた。しかし、いま、その「無常」をも突き破る感情の表白があり、「無常」という道理であっても、「我れ」の悲哀を鎮めることはできなかったことが語られている。四六九歌が歌い納められて、「なでしこの花」のモチーフが、作品上からなくなった後、残ったモチーフは「無常」であったが、その「無常」では「我れ」の心が満たされなかったことを、この五首の題詞「悲緒未レ息更作歌五首」が物語っている。

さて、その「無常」に取って代わる形で作品上に現われ、この五首で新たに中心のモチーフとなるのは、身﨑壽一九八五が、「四七〇以下五首では『山』がそれ（モチーフ。論者注）にくわわる」と指摘しているように、「山」のモチーフであろう。このモチーフは、すでに四六六歌の中で、「あしひきの　山道を指して」と、妹が葬られて行く先としてわずかながらも見えていたが、四七〇歌以降では四七一歌で、「家離り　います我妹を　留めかね　山隠しつれ　心ども無し」のように、妹がいる場所、つまり墓のある場所としての意味を負っている。そして、それと同時に、「我れ」の視線が「山」に注がれるさまが描かれているわけで、作品上の主な空間が、すでに「やど」から「山」に移っていることがわかる。さらに、四七三歌では、「佐保山に　たなびく霞　見るごとに　妹を思ひ出で　泣かぬ日は無し」とあり、「山」は具体的に「佐保山」と描かれる。モチーフの転換の経緯を辿ったうえでの、モチーフ「山」の展開と把握されよう。そして、四七四歌で、

昔こそ　外にも見しか　我妹子が　奥槨と思へば　はしき佐保山

と歌われて、「佐保山」は、妹を偲ぶ永遠のよすがとして、「我れ」の心の中に位置づけられたことが語られる。

（五）まとめ

さて、以上、「悲傷亡妾歌」全体の構成を、題詞と歌本文の表現を分析することを通して考察してきた。そこには、「秋風」「なでしこの花」「無常」「山」のモチーフによって展開して行く構成があったが、その特徴として、展開を担ったあるモチーフは、その展開の中に別の新しいモチーフを胚胎している点、また、そのモチーフが作

品上から消え去る時に新しいモチーフを生み出している点を挙げることができよう。胚胎されそして生み出されたモチーフによって、その後の歌群が展開されて行くのである。いままで述べて来たことを図示すれば左のようになる。

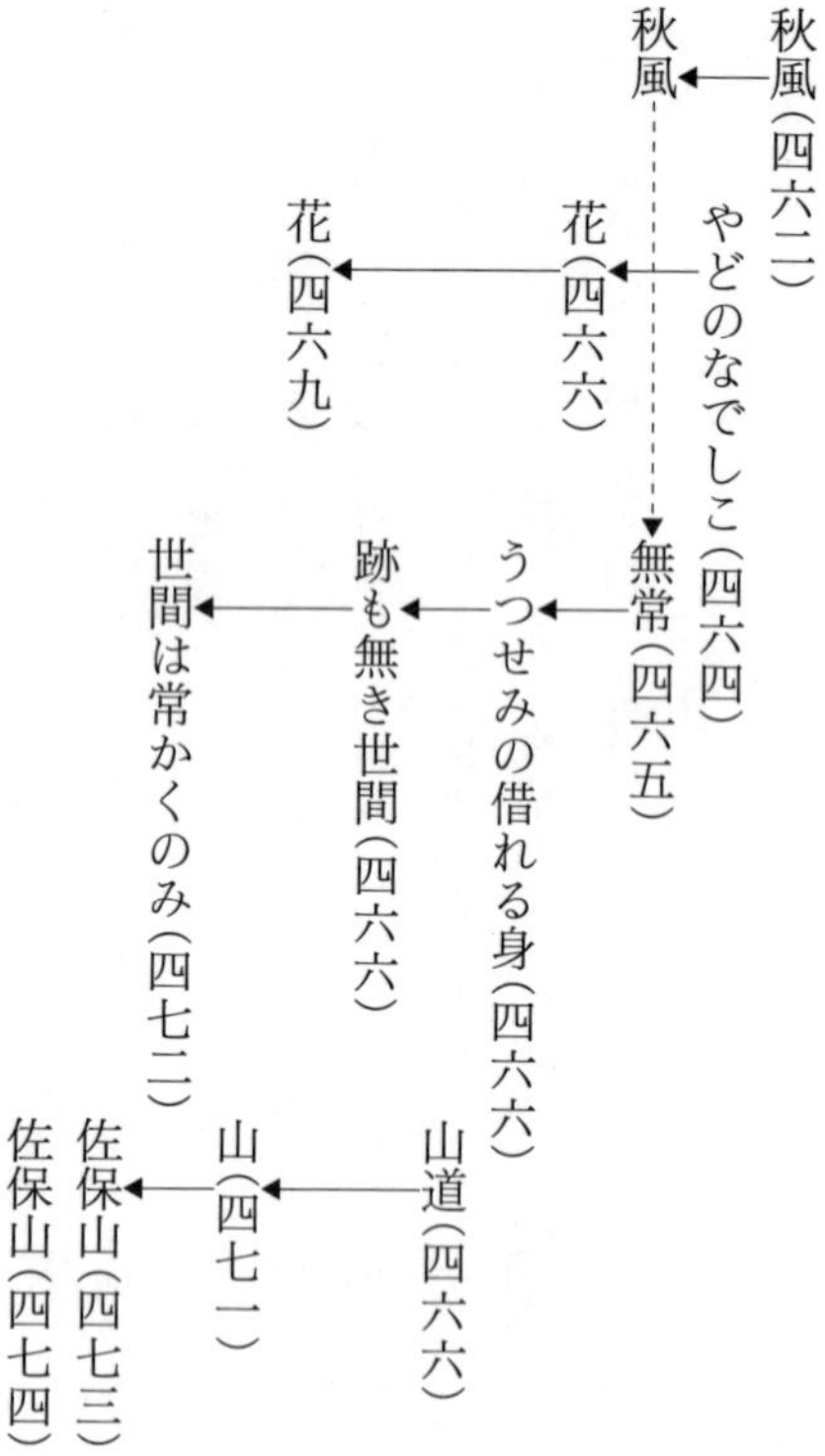

五　系譜からの表現の摂取について

（一）　はじめに

当該作品には、「亡妻挽歌」の系譜に乗る作品の表現を採り入れている箇所を多く指摘することができ、従来、こうした摂取の行為に対しては、「模倣」「剽窃」といった評価が与えられてきた。しかし、前掲のように小野寺静子一九七二は、そうした表面だけを見れば「模倣」と捉えられる行為も、「何かもっと積極的なモチーフに支えられてのもの」であるという考えを示し、この作品の評価の方向を示していた。また、身崎壽一九八五も、この長歌ではとくに中盤以降に先行作品にみえる措辞が連発されているが、そうした受容がいきあたりばったりなものではなく、亡妾哀傷の主題にかかわってえらびとられた先行挽歌(人麻呂の「泣血哀慟歌」など)の表現だということはみとめてしかるべきだろう。

と指摘している。いまや、家持の表現摂取の行為を、単に「模倣」として片付けてしまうのではなく、小野寺論文や身﨑論文の示す方向に従って、摂取した表現がどう機能しているか、また、摂取することによってどのような作品に仕上がっているか、を考察する時期に来ているのではないか。こうした観点に立って、以下、家持による先行作品の表現摂取について考えてみたい。

(二)　人麻呂「泣血哀慟歌」

まず、人麻呂「泣血哀慟歌」からの表現摂取を中心に見てみよう。四六六歌において「妹」が死んで行く姿は、

うつせみの　借れる身にあれば　露霜の　消ぬるがごとく　あしひきの　山道を指して　入日なす　隠りにしかば

によって描かれる。この部分は、人麻呂「泣血哀慟歌」の二一〇歌(および二一三歌)の、

世間を　背きしえねば　かぎるひの　燃ゆる荒野に　白栲の　天領巾隠り　鳥じもの　朝立ちいまして(二一三歌は「い行きて」)　入日なす　隠りにしかば

という表現を採り入れて仕立てられたものであることが指摘されている。この傍線部のみに着目すれば、たしかに「模倣」となるのかもしれない。しかし、当該四六六歌の「入日なす　隠りにしかば」は、「あしひきの　山道を指して」につながっている。その表現も含めて、追ってみたい。

この「あしひきの　山道を指して」は、坂上郎女の「尼理願挽歌」(四六〇歌)の、

あしひきの　山辺をさして　夕闇と　隠りましぬれ

に拠っており、こちらも「模倣」したとするのが通説となっている。

本論は、家持が、「入日なす　隠りにしかば」を人麻呂「泣血哀慟歌」から、「あしひきの　山道を指して」を坂上郎女「尼理願挽歌」から採り入れて、

あしひきの　山道を指して　入日なす　隠りにしかば

と表現したことの意味を考えたい。右のように歌われた時、人麻呂二一〇歌(および二一三歌)にない機能を、家持四六六歌は持ち得たのではないか。つまり、妹が葬られた場所が「山」であることが、この四句によって語られているのである。これは、四七一歌で、

家離り　います我妹を　留めかね　山隠しつれ　心ども無し

と、妹が「山」に居ると歌う、以降の歌群の展開を導き出すことに機能していると捉えられよう。また、この四句に現われている「山」が、以降の歌群で「山」のモチーフが採られる端緒となっている点も見逃すことができない。さらに、その「山道」は、反歌四六八において、

出でて行く　道知らませば　あらかじめ　妹を留めむ　関も置かましを

という形で現われる。このように、以降の歌群を展開させて行くうえで、この「あしひきの　山道を指して　入日なす　隠りにしかば」は機能していると捉えることができよう。

人麻呂「泣血哀慟歌」からの影響は、さらに四六七歌、

時はしも　いつもあらむを　心痛く　い行く我妹か　みどり子を置きて

の「みどり子を置きて」にも見られる。『集成』は、「亡妻挽歌にみどり子を登場させるのは人麻呂の二一〇を先蹤とする。」と指摘する。その二一〇歌(および二一三歌)の該当部分を挙げよう。

我妹子が　形見に置ける　みどり子の　乞ひ泣くごとに　取り与ふる(二一三歌は「取り委する」)　物しなければ　男じもの　脇ばさみ持ち

この部分では、我妹子が形見として残して行った「みどり子」が物(乳)を欲しがり泣くのを、あやす術もなく途方に暮れる、「我れ」のさまが描かれている。その二一〇歌(および二一三歌)の表現を採り入れた四六七歌ではどうか。この四六七歌では、「い行く我妹」によって「みどり子」が残し置かれることが語られるが、そこには、「い行く我妹」と対照される、取り残される「我れ」の姿があるのではないか。つまり、二一〇歌(および二一三歌)の右の表現を採り入れることによって、それが持っていた、なす術を持たず途方にくれる「我れ」の姿が、この「悲傷亡妾歌」の中にもたらされている。「我れ」の悲哀をさらに強調するための方法的摂取のありようを、ここに見出せるだろう。

(三) 憶良「日本挽歌」

次に、憶良の「日本挽歌」の表現摂取について見てみたい。すでに触れたように、四六九歌、

妹が見し やどに花咲き 時は経ぬ 我が泣く涙 いまだ干なくに

は、憶良の「日本挽歌」の七九八歌、

妹が見し 楝の花は 散りぬべし 我が泣く涙 いまだ干なくに

に拠っている。これもさきに挙げたのだが、粂川光樹一九七七は、この憶良歌について、「妻の死に続いて、妻が生前見た花さえもまた散って行く、妻につながるものがつぎつぎに消え去って行く、その寂莫感あるいは無常感が強く読みとられるのである。」と指摘していた。そうした七九八歌の表現を採り入れたこの四六九歌においても、こうした点を見出すことができよう。経過してゆく時と、いまだ涙を流したままに悲哀に沈んでいる「我れ」とが対比されており、そこには、時の流れから取り残されてひとり涙にくれる「我れ」の姿が描かれていると言えよう。つまり、ついさきほど右に見た人麻呂「泣血哀慟歌」の「我妹子が　形見に置ける　みどり子」を採り入れることによる効果と同様に、ここでも、ひとり取り残される「我れ」の姿が造型されることになる。憶

良歌の摂取の意義をこうしたところに見定めておきたい。

（四）旅人の亡妻挽歌

最後に、旅人の亡妻挽歌からの影響についてはどうか。小野寺静子一九七二、『集成』はともに、四六四歌、

秋さらば　見つつ偲へと　妹が植ゑし　やどのなでしこ　咲きにけるかも

にその影響を見出している。小野寺論文は、

家持の「妹が殖ゑし屋前のなでしこ」（四六四）は、「吾妹子が殖ゑし梅の樹見るごとに心むせつつ涙し流る」（巻三・四五三）という旅人の歌を見過すことはできない。

と述べ、また、『集成』も、同じ四六四歌について、「旅人の四五二～三を踏まえる。」と指摘する。これらの指摘に従って、旅人の亡妻挽歌を挙げておこう。

妹として　ふたり作りし　我が山斎は　木高く茂く　なりにけるかも（四五二）
我妹子が　植ゑし梅の木　見るごとに　心咽せつつ　涙し流る（四五三）

四五二歌では、妹とふたりで過ごした思い出が、傍線部において示されている。さらに、四五三歌では、いま眼前にある「梅の木」が、亡くなった「我妹子」の手植えの木であることが示されているわけだが、取り残された「我れ」にとって、その「梅の木」は、かけがえのない「形見」であった。家持は、こうした「形見」が描かれた旅人の亡妻挽歌の歌を選び出しそれを援用し、そして、「形見の表出」と「妹の登場」という、この「悲傷亡妾歌」という作品においては欠くことができない役割を担う四六四歌を作り出したと捉えられよう。

（五）ま　と　め

さて、ここまで、当該「悲傷亡妾歌」における、亡妻挽歌の系譜に乗る作品からの表現摂取について見て来た。

ことの表層のみに目を向けるならばその摂取は「模倣」となろうが、以上のように検討してきて、それが決して「模倣」という一言で片付けてしまえないことがはっきりしてきたと思われる。人麻呂「泣血哀慟歌」からは、モチーフの転換と歌群の展開において機能するべく表現が取り込まれていた。また、同じく人麻呂「泣血哀慟歌」と憶良「日本挽歌」の表現を取り込むことによって、当該「悲傷亡妾歌」という作品上で、取り残される「我れ」の姿が造型される効果があげられていた。さらに、旅人の亡妻挽歌からは、妹の「形見」を歌う歌からの表現摂取が見られたが、それは、「形見の表出」と「妹の登場」という機能を担う、当該作品において展開のまさに勘所となる歌において用いられていたのである。「いきあたりばったりなものではなく」(身﨑壽一九八五)、自らの歌群構成および歌群の展開に必要なものを選び取り、捉えるべきものを捉えて摂取したと言えるのではなかろうか。

こうした事例を辿ることによって、家持の〈歌まなび〉のたしかな歩みを見出すことができるであろう。

六　むすび

以上、当該作品全体の構成を題詞と歌本文の表現を分析することを通して見て来たが、そこには、「秋風」、「なでしこの花」、「無常」、「佐保山」のモチーフによって作品が展開して行く構成が見出された。そうした整然とした構成を持つ当該作品には、人麻呂「泣血哀慟歌」、憶良「日本挽歌」、旅人の亡妻挽歌からの表現を採り入れているさまが見られたが、その摂取は、適材を適所に配し、「悲傷亡妾歌」という作品の中で有機的に機能させるという方法に基づいたものであった。これは、人麻呂・憶良・旅人と継承されて来た「亡妻挽歌の系譜」に自らを位置づけようとする現われであったと考えられる。この「悲傷亡妾歌」には、そうした確たる目的意識に裏付けられた〈歌まなび〉の様相が見られると言えよう。

ここに、すでに第三項で明らかにした〈歌まなび〉の公的性格を改めて辿ることができたわけである。改めて、歌人として承認されてゆく過程をこの「悲傷亡妾歌」の中に見定めておきたい。

（1）　大浦誠士二〇〇〇は、西郷の立てた図式を書き換えて、新しい挽歌史の構築をめざす意欲的かつ刺激的な論考であるが、いまは紹介するだけに留める。

（2）　松田聡一九九六は、「長歌に『花』とあるのは、四六四の『なでしこ』を契機として、庭に咲く花一般（この時期には他の花も咲くはずである）へと視点が移ったことを示すものではないだろうか。」「長反歌の場合、花は自分と一緒にこれを賞美すべき妹の不在を認識させるものとして歌われているのであって、少なくとも表現上は花そのものに妹の思い出を重ねているわけではない。」などと述べているが、これには従えない。「わがやどに花ぞ咲きたる」の直後の「そを見れど　心もゆかず」の働きをきちんと考え合わせれば、松田論文のようには捉えられないからである。

（3）　倉持しのぶ・身﨑壽二〇〇二は、この四六九歌および四六四、四七四歌を「各歌群のとじめの歌」とする歌群構成理解を示し、「三首ともに、過去と現在とを一首のなかに詠み込み、推移していく時間に託して亡き妾への哀惜の情を訴えるという方法をとっていることがわかる。」と述べている。この指摘は、四六九歌に「かけがえのない過去の喪失」を見出しておいた本論の指摘とかかわり合おう。

第三章　安積皇子挽歌

一　はじめに

前章で見たように、「悲傷亡妾歌」という「亡妻挽歌」の系譜に乗る作品を制作したその機会は、家持が歌人として承認されるうえで大きな役割を果たした。この章では、そうした家持が天平十六年に制作した「安積皇子挽歌」を考察の対象とする。まずは、その作品を掲げよう。以下、この挽歌のうち、四七五〜四七七歌を「第一挽歌」、四七八〜四八〇歌を「第二挽歌」と呼ぶことにする。

　十六年甲申春二月安積皇子薨之時内舎人大伴宿祢家持作歌六首

かけまくも　あやに畏し　言はまくも　ゆゆしきかも　我が大君　皇子の命　万代に　見したまはまし　大日本　久迩の都は　うち靡く　春さりぬれば　山辺には　花咲きをり　川瀬には　鮎子さ走り　いや日異に　栄ゆる時に　およづれの　たはこととかも　白栲に　舎人装ひて　和束山　御輿立たして　ひさかたの　天知らしぬれ　臥いまろび　ひづち泣けども　為むすべもなし(3四七五)

反歌

我が大君　天知らさむと　思はねば　おほにぞ見ける　和束杣山(四七六)

あしひきの　山さへ光り　咲く花の　散りぬるごとき　我が大君かも(四七七)

右三首二月三日作歌

かけまくも　あやに畏し　我が大君　皇子の命　もののふの　八十伴の男を　召し集へ　率ひたまひ　朝狩に　鹿猪踏み起こし　夕狩に　鶉雉踏み立て　大御馬の　口抑へとめ　御心を　見し明らめし　活道山　木立の茂に　咲く花も　うつろひにけり　世間は　かくのみならし　ますらをの　心振り起こし　剣大刀　腰に取り佩き　梓弓　靫取り負ひて　天地と　いや遠長に　万代に　かくしもがもと　頼めりし　皇子の御門の　五月蝿なす　騒く舎人は　白栲に　衣取り着て　常なりし　笑ひ振舞ひ　いや日異に　変らふ見れば　悲しきろかも(四七八)

反歌

はしきかも　皇子の命の　あり通ひ　見しし活道の　道は荒れにけり(四七九)

大伴の　名負ふ靫帯びて　万代に　頼みし心　いづくか寄せむ(四八〇)

右三首三月廿四日作歌

右の六首の題詞には、「安積皇子薨之時」とある。天平十六年閏正月の『続日本紀』の記述を見ておこう。

乙亥、天皇、難波宮に行幸したまふ。知太政官事従二位鈴鹿王、民部卿従四位上藤原仲麻呂を留守とす。是の日、安積親王、脚の病に縁りて桜井頓宮より還る。○丁丑、薨しぬ。時に年十七。従四位下大市王・紀朝臣飯麻呂らを遣して葬の事を監護らしむ。親王は天皇の皇子なり。母は夫人正三位県犬養宿祢広刀自、従五位下唐が女なり。

この記述を見て明らかなように、当該歌では、十七歳の若さで薨じた安積皇子が挽歌の対象となっているわけである。

ここで、このように、亡くなった皇子が挽歌の対象となっている、いわゆる「皇子挽歌」の歴史について確認しておきたい。青木生子一九七五bは、

内舎人時代の最終期に作られた安積皇子挽歌は、宮廷挽歌といえるものに属する。公の宮廷挽歌こそ万葉の万葉たる挽歌を代表し、人麻呂の一手に担われた世界であることはいうまでもない。人麻呂の歌の伝統は、次期奈良時代の笠金村・山部赤人・車持千年・田辺福麻呂らの宮廷歌人に、それなりに継承されたのに対して、宮廷挽歌のみは、その誰にも受け継がれることがなかった。

と「宮廷挽歌」の歴史を概観する。そして、

宮廷讃歌が盛んに歌われた神亀年間に基皇太子の薨去(七二八年)があり、その前後にもたとえば、知太政官事一品穂積親王(天武第五皇子)・一品長親王(天武第四皇子)〈以上七一五年薨〉・知太政官事一品舎人親王(天武第三皇子)・一品新田部皇子(天武第七皇子)〈以上七三五年薨〉・三品泊瀬部皇女(天武皇女・七四一年薨)など、皇子皇女の薨去も少なくないが、彼ら宮廷歌人による挽歌は残されなかった。

と、亡くなった皇子・皇女に対しての挽歌が詠まれてもよい機会が決してないわけではなかったことを精査している。青木生子一九七五bの指摘するように、人麻呂の皇子・皇女に捧げられた挽歌以来、皇子・皇女に対する挽歌はほとんど残っていない。もっとも、その間には「志貴皇子親王挽歌」(巻二・二三〇〜二三四)があるにはあるのだが、人麻呂の皇子挽歌と比較した場合、その表現のあり方は随分と異質なものに変わっている。また、巻十三の挽歌部の冒頭にある三三二四歌は、皇子の死を悼んでいる歌であり、皇子挽歌の系譜に乗りそうであるが、どの皇子に対して捧げられたのか判然としない。『全集』は、その挽歌に「藤原の都しみみに」とあることから、その死を悼まれている皇子について、「この皇子が、藤原の地に都があった持統八(六九四)年から和銅三

(七一〇)年までの間に年若くて死んだ弓削皇子・文武天皇などのことではないか、と想像される。」という見解を述べている。しかし、依然として、どのような皇子に対しての挽歌なのかは不明としか言いようがない(1)。このように、とにかく、「志貴皇子親王挽歌」が制作された霊亀年間の初頭以来、当該歌が作られた天平十六年に至るまで、亡くなった皇子に捧げられる挽歌を見つけることができないのである。当該歌は、まさしく久々の皇子挽歌であることになる。

ところで、安積皇子に捧げる挽歌を制作することは、作者である家持にとって、どのような意義を持っていたのだろうか。彼はすでに天平十一年に、亡妻挽歌の系譜を継承すべく「悲傷亡妾歌」を制作していた。その制作に際して、彼が、同じく亡妻挽歌の系譜に乗る他の歌人の作品の表現を咀嚼し、自らの「悲傷亡妾歌」の中に採り入れたことを前章で確認した。彼は、その作歌の経験を活かし、先達である人麻呂の「泣血哀慟歌」、憶良の「日本挽歌」以外の作品へも目を向けていったことが確認できる。すなわち、天平十二年秋に作られたと思われる長歌作品(巻八・一六二九～一六三〇)には、人麻呂「献呈挽歌」(巻二・一九四～一九五)、同「明日香皇女挽歌」(巻二・一九六～一九八)、憶良「哀世間難住歌」(巻五・八〇四～八〇五)の表現が採り入れられた形跡がある。このたび、安積皇子に対しての挽歌を制作し詠出する機会を得たことは、右のような挽歌作品への関心が「皇子挽歌」へも及んでおり、その関心が作品となって形をなす端緒が開かれたということを意味しよう。歌人としても、皇子挽歌という大きな系譜を継承し得るまたとない機会であった。

以降、「家持論のための真の出発点」(身﨑壽一九七五)であるこの「安積皇子挽歌」がどのような作品に仕上がっているのかを、その表現の考察を通して論じたい。

二　詠出の「場」の有無をめぐって——本論の立場——

右の考察を進める前に、当該歌をめぐるある大きな問題について触れておかなくてはならないだろう。研究史において、当該歌に詠出の機会があったのかどうかという問題がさかんに論じられて来た。(2) ここでは、この問題の主要な論点を洗い出しておこう。たとえば、『窪田評釈』は、第一挽歌について、「安積皇子の薨去、その葬儀の事の終わった後に、家持は難波の宮にあってその顚末を聞き、悲しんで作った形のもので、皇子に対しての挽歌ではあるが、柩の前で読んだものではなく、個人として作ったものと思われる。」と述べ、この第一挽歌を家持の独詠歌と捉えている。これは、「職員令」(中務省条)の、「内舎人九十人。掌らむこと、刀帯きて宿衛せむこと、雑使に供奉せむこと。若し駕行には前後に分衛す。」という内舎人の職務の規定を重視したためである。この規定に照らし合わせれば、家持は、内舎人として、当時難波宮に行幸中の聖武天皇に供奉していたことになるから、安積皇子へ挽歌を献じることはできないだろう、というのがその論拠だ。また、家持が安積皇子付きの内舎人であったのかどうかという問題とかかわらせても論じられて来た。たとえば、北山茂夫一九七一は、同じく、第一挽歌について、

この前提(家持が安積皇子付きの舎人ではないこと。論者注)にたてば、家持は、天皇に供奉して難波にゆき、そこに滞留していたであろう。親王の訃に接して、かれが恭仁京に赴きえたかどうかもすこぶる疑問である。というのも、二月一日に、天皇は少納言茨田王を恭仁京に派遣し、駅鈴、内外印を収めさせ、また諸司および朝集使らを難波宮に召集すべく命令を下したからである。これは、難波への遷都に対する措置の一つであったが、恭仁京に滞留している官人も少なからずいたのであろう。

と述べる。一見、これらの見解は、規定に即しており、妥当なものと見受けられる。しかし、これらの見解に対して身﨑壽一九七五は、「九十名にのぼる内舎人全員が常時扈従していると考える必要はない」ことを、『続日本紀』に載る「内舎人が勅命により種々の使人として遠所諸所に派遣され」た実例(近江国などの派遣もある)を示すことで指摘し、「むしろ家持の場合も同様に、勅命ないしは官命により安積皇子の喪葬の事に従うべく、恭仁京に派遣されていたと考えてよいでしょう。」と述べている。この身﨑論文により、『窪田評釈』、北山茂夫一九

七一は、その論の拠り所があやうくなったと言えよう。

ところで、第一挽歌の左注には「右三首二月三日作歌」とあるわけだが、この「二月三日」に対して、伊藤博一九七〇が、「二月三日は、皇子他界の日から数えてあたかも二一日目にあたる。二月三日は安積皇子の『三七日』の日だったのである。」と述べたことの功績は大きい。また、伊藤博一九五七は、「〇七日」という仏式の法会が、仏式葬儀の浸透に伴って、上代においてすでに営まれていたことについて詳述する。こうした伊藤の論考によって、第一挽歌が、皇子の「三七日」の法会において詠じられた、すなわち「場」において詠出されたことの蓋然性は高まったと言えよう。

一方の第二挽歌の方はどうか。『窪田評釈』も、「皇子の宮である久迩の宮に参り、殯宮に侍することもした際に作ったもので、悲しみの心を尽くして作ったものである。」と述べ、[3] 北山書も、「かれが、内舎人として紫香楽行幸に従駕したとすれば、この間に、亡き安積親王のあとを慕って紫香楽から恭仁に赴くことがありえよう。三月二四日の第二作は、その故地に臨んでのあらたな感慨をこめたものではなかろうか。」と述べ、詠出の場が実際にあったことを考えている。『窪田評釈』や北山書のそうした推測はさておき、当該歌の表現を分析することを通して第二歌群の詠出の「場」を示したのが、青木生子一九七五bであり身﨑壽一九七五である。第二挽歌の詠出の「場」については、第一挽歌のような左注による推定ができないのだ。青木生子一九七五bは、

> 第二歌群はこの第一歌群に比べると、より私的な内輪の場で公表されたことを推定させる。作者家持にもひとしお忘れがたい皇子ゆかりの故地活道山(一〇四二―三参照)の描写、私的感慨としての無常観の吐露、身近な憶良の句からの大幅な引用、わけても大伴氏われに集中された悲嘆などがこれを物語る。

という表現分析に基づいて、「第一歌群の三七日の公的な場よりもさらに内輪の、活道山を望む皇子の邸宅のあたりで行なわれた追善供養(追悼会)に提供されたものではないだろうか。」という見解を示している(身﨑壽一九七五も同様に指摘している)。しかし、両論文の間には細かいが重要な差異があることを付け加えておかなければなら

ないだろう。右に挙げた青木生子一九七五bの論拠では、「私的」であることは言えても、それが「場」に供せられたということは証明できないのではないだろうか。「公的」な歌の対極としての「独詠歌」である可能性を否定しきれないからである。これに対して身﨑壽一九七五は、

　ただ、「公的」でないとすればただちに「個人的」でなければならない、ともいえないのであり、「私的」ではあっても「集団的」な歌の場というものも想定できるわけです。第二の挽歌の立脚点を、そうした歌の場に求めることは考えられないでしょうか。

と述べて、私的な回想や感情は、そうした回想や感情を共感できる集団(=安積皇子を囲む青年貴族グループ)の共通感情に裏付けられたものであることを指摘するのである。

　とにかく、両論文によって、その青年貴族グループには、市原王や藤原八束、そして県犬養宿祢吉男、県犬養宿祢持男が加わっていることが推測されている[4]。

　本書としても、当該歌が実際に詠出された「場」を問うならば、それは、青木・身﨑両論の析出するような「場」であったと考える。

　ところで、「場」の質を問うこと自体に対して、次のような意見もあろう。つまり、どんなに表現から帰納できても「場」は明示されていないのだから問うても意味がない、とする意見である。本論は、決してそうした意見に過敏に反応するわけではないが、当該作品に対しての論においては、現存のこの作品のありよう自体から、どのような作品に仕上がっているのかを問うことが求められているのではないか、そのことがより重要なのではないかと考えている。すなわち、題詞には、「十六年甲申春二月安積皇子薨之時内舎人大伴宿祢家持作歌六首」とある。「六首」と括られている当該作品のありようは、我々に、第一挽歌・第二挽歌合わせて全体で何が志向されるかを考えるべきことを求めているのではなかろうか。

　こうした点に鋭いメスを入れた論考として今井肇子二〇〇一がある。今井論文は、「家持はどのような意図を

もって、長反歌二群構成の挽歌という構想のもとで第二挽歌を詠んだのか」と述べ、我々にこの問題を投げかけている。そしてその答えを、「時の経過に伴う親王の死に対する心情の推移を表現するという構想」に見出そうとする。また、近時の神野志隆光二〇〇二も、「歌の場ということに引き取られて成り立つ作品理解」に対して「批判的検討」を加えたうえで、「題詞が『六首』と概括するのは、長歌二首構成の一つの作品として見ることをもとめるのである」と言及する。そして、「時間を軸にしたひとつの作品展開」があり、人麻呂「泣血哀慟歌」に範を得ていることを指摘している。

本書としても、第一挽歌・第二挽歌合わせて全体で何が志向されるかという問題に正面から取り組もう。この立場に立つ時、巻三の当該作品を含む部分は、当の大伴家持たちの手によって編まれているとする伊藤博一九六四の指摘は参照されるべきものとして立ち現われることになる。つまり、題詞や左注を含めて、いまこうある形に作品を作り上げ『万葉集』に遺した、その「歌人」としての家持の方法を問えるのである。その意味は大きい。当該作品で言えば、「六首」全体で何が志向されるのかを考察することが、「歌人」としての家持自身が求めていることから外れないことになる。めざすのは、「歌人」としての家持が残したひとつの作品の読解である。

三　第一挽歌について

（一）　讃美の表現

まず、第一挽歌の表現について分析したい。長歌四七五では、「万代に　見したまはまし　大日本　久迩の都」とあるように、「大日本　久迩の都」が、安積皇子によって永久に統治される都として仮想されている。その都を讃美するのが、「うち靡く　春さりぬれば　山辺には　花咲きをり　川瀬には　鮎子さ走り」という表現であり、これが、山川の対比によって讃美する柿本人麻呂や山部赤人の宮廷歌人の讃歌に採られた方法であることは周知のことがらだ。家持はすでに、天平十五年に、

十五年癸未秋八月十六日内舎人大伴宿祢家持讃二久迩京一作歌一首

今造る　久迩の都は　山川の　さやけき見れば　うべ知らすらし(6一〇三七)

という久迩京讃歌を詠んでいた。山と川の清らかさを歌うことが宮廷讃歌として機能することを、彼はこの時すでにつかんでいたのである。

当該歌においては、その山川の対比に基づいて、「山辺」に「咲きをを」る「花」を配し、「川瀬」に「さ走る」「鮎子」を配している。そのことについて理解を深めたい。まず、「花咲きををる」について。『全注　巻第六』(吉井巌氏担当)は、これを、「花が枝もたわみ曲るほど咲き誇っているさま。花が豊かに咲くのは豊作の予兆であり、また植物の生命力の顕現である。」(九二三歌の条)と捉える。「花咲きををる」の集中例は、次の通り。

山部宿祢赤人作歌二首并短歌(反歌省略)

やすみしし　我ご大君の　高知らす　吉野の宮は　たたなづく　青垣隠り　川なみの　清き河内ぞ　春へは花咲乎遠里　秋されば　霧立ちわたる　その山の　いやますますに　この川の　絶ゆることなく　ももしきの　大宮人は　常に通はむ(6九二三)

讃二久迩新京一歌二首并短歌(反歌省略)

……高知らす　布当の宮は　川近み　瀬の音ぞ清き　山近み　鳥が音響む　秋されば　山もとどろに　さを鹿は　妻呼び響め　春されば　岡辺も繁に　巌には　花開乎呼里　あなあはれ　布当の原　いと貴　大宮ところ　うべしこそ　我が大君は　君ながら　聞かしたまひて　さす竹の　大宮ここと　定めけらしも(6一〇五〇)

我が大君　神の命の　高知らす　布当の宮は　百木もり　山は木高し　落ちたぎつ　瀬の音も清し　うぐひすの　来鳴く春へは　巌には　山下光り　錦なす　花咲乎呼里　さを鹿の　妻呼ぶ秋は　天霧らふ　しぐれをいたみ　さ丹つらふ　黄葉散りつつ　八千年に　生れ付かしつつ　天の下　知らしめさむと　百代にも

変るましじき　大宮ところ(6一〇五三)

春されば　花咲乎呼里　秋づけば　丹のほにもみつ　味酒を　神なび山の　帯にせる　明日香の川の……
(13三二六六)

讃三香原新都歌一首并短歌(反歌省略)

山背の　久迩の都は　春されば　花咲乎ゝ理　秋されば　黄葉にほひ　帯ばせる　泉の川の　上つ瀬に　打
橋渡し　淀瀬には　浮橋渡し　あり通ひ　仕へまつらむ　万代までに(17三九〇七)

赤人の九二三歌は、九二〇歌の題詞「神亀二年乙丑夏五月幸于芳野離宮時」と同じ時の詠と見てよい。吉野離宮に対する讃歌であることがわかる。一〇五〇・一〇五三歌の二例は、ともに田辺福麻呂の久迩京讃歌である。また、三九〇七歌も、題詞に「三香原新都」、歌に「久迩の都」と示されているように、久迩京讃歌である。これらは、春秋の対句を用い、その春と秋それぞれの風物を配すことによって、その土地が讃美されるべきものであることを述べる。その春の風物を表わす表現として、「花咲きををり」という表現が選ばれているのである。三二六六歌は、相聞歌であるが、右の三例と同様に春秋の対比があり、美しい風物が選ばれ、それが「味酒の」とともに「神なび山」にかかってゆくところを見ると、「神なび山」に対する讃美の表現に想を得ていることがわかる。このように、「花咲きををる」と歌うことは、「吉野離宮」「久迩の都」「神なび山」に対する讃美を歌う表現であることが確かめられたのだが、当該歌の「花咲きををり」は、こうした「花咲きををり」の機能を十分に理解して、この「大日本　久迩の都」に対する讃美の表現に用いられたものと思われる。

次に、「鮎子さ走り」について検討したい。集中の「鮎」が「走る」用例は、

春されば　我家の里の　川門には　阿由故佐婆斯留　君待ちがてに(5八五九)

帥大伴卿遥思芳野離宮作歌一首

隼人の　瀬戸の巌も　年魚走　吉野の滝に　なほしかずけり(6九六〇)

である。家持の父旅人の九六〇歌は、題詞に吉野離宮への思いが述べられ、歌自体も吉野への讃美の気持が込められている。吉野を讃美するために活写すべきものとして、「鮎」が「走る」景が選び取られているのである。ここに、当該歌の「鮎子さ走り」も、「大日本　久迩の都」の讃美のために選び取られていると見てよかろう。

さて、このように讃美の表現が並べられ、当該歌の中で安積皇子によって統治される都が美しく仮想される。そして、この部分の次に「いや日異に　栄ゆる時に」を連ねることで、この仮想の世界は、さらに美しく栄えるものとして造型される(5)。これは、次に訪れる、栄から衰への、明から暗への急転を、いっそう劇的に描き出すための「しくみ」であると理解できよう。

(二)　明から暗への急転

いま触れたように、以下、当該歌では、「およづれの　たはこととかも　白栲に　舎人装ひて　和束山　御輿立たして　ひさかたの　天知らしぬれ」という表現が続く。これによって、安積皇子が突然にこの世を去ったことが語られるわけだ。ところで、このような明から暗への急転を述べることにより悲哀を描き出す方法は、宮廷挽歌わけても「皇子の命」と称せられた皇子に対しての挽歌に用いられた、ひとつの表現方法であった。つまり、まず、「日並皇子挽歌」(2一六七)では、

我が大君　皇子の命の　天の下　知らしめす世は　春花の　貴くあらむと　望月の　満しけむと　天の下一に「食す国」と云ふ　四方の人の　大船の　思ひ頼みて　天つ水　仰ぎて待つに　いかさまに　思ほしめせか

と、日並皇子の統治による繁栄が期待されている。しかし、この繁栄を描く明るい描写は、「いかさまに　思ほしめせか」をはさんで、

つれもなき　真弓の岡に　宮柱　太敷きいまし　みあらかを　高知りまして　朝言に　御言問はさぬ　日月の　数多くなりぬれ

と、暗転するのである。次に、「高市皇子挽歌」(2一九九)でも、

定めてし　瑞穂の国を　神ながら　太敷きまして　やすみしし　我が大君の　天の下　奏したまへば　万代に　しかしもあらむと一に「かくしもあらむと」と云ふ　木綿花の　栄ゆる時に

と、高市皇子の太政大臣としての執政による繁栄が描かれ、未来に続くその繁栄が明るく描かれる。しかし、その直後に、

我が大君　皇子の御門を一に「刺す竹の　皇子の御門を」と云ふ　神宮に　装ひまつりて　使はしし　御門の人も　白栲の　麻衣着て

というように、葬儀の支度、喪服の描写が続き、皇子の死が語られる。まさに栄から衰への、明から暗への急転がある。三三二四歌では、

畏けど　思ひ頼みて　いつしかも　日足らしまして　望月の　満しけむと　我が思ふ　皇子の命は　春されば　植槻が上の　遠つ人　松の下道ゆ　登らして　国見遊ばし　九月の　しぐれの秋は　大殿の　砌しみみに　露負ひて　靡ける萩を　玉たすき　懸けて偲はし　み雪降る　冬の朝は　刺し柳　根張り梓を　御手に取らしたまひて　遊ばしし　我が大君を　霞立つ　春の日暮らし　まそ鏡　見れど飽かねば　万代に　かくしもがもと　大船の　頼める時に

と歌われる。前の二例程には明確な形を採っていないにしても、「望月の満しけむ」には、皇子の繁栄への期待が込められていると見てよかろう。そして、そうした繁栄の期待がかかる皇子の溌剌とした姿が描かれて、これからまさに栄えてゆくだろうというその時に、

泣く我れ　目かも迷へる　大殿を　振り放け見れば　白栲に　飾りまつりて　うちひさす　宮の舎人も一に「は」と云ふ　栲のほの　麻衣着れば

と、高市皇子挽歌同様に、葬儀の支度がなされることと舎人が喪服を着るさまが描かれ、皇子の死が突然やって

きたことが語られる。

さて、当該歌でも、右の諸例と同様に安積皇子のことを「皇子の命」と呼ぶ。そして、右の諸例に採られた「栄」から「衰」、「明」から「暗」への劇的な急転の方法を採り入れているのである。ここに明確にこれら人麻呂作の挽歌などからの影響を認めることができるわけだが、こうした家持の作歌の営みに対して「模倣」という評価を下すのは、事の表面のみを捉えての発言にすぎないだろう。いま見て来たように、「栄」から「衰」、「明」から「暗」への劇的な急転の方法は、皇子挽歌において悲哀を描き出すための有効な方法として機能していた。家持は、皇子挽歌の表現の系譜を確実に把握し、その表現の持つ有効性をきちんと理解して自らの安積皇子挽歌にも用いているのだ。この点を見逃してはならないだろう。

さきほど確かめたように、当該四七五歌では、「うち靡く　春さりぬれば　山辺には　花咲きをり　川瀬には　鮎子さ走り」という言葉を費やし、久迩の都の春を、生気あふれて美しいものに飾りたてていた。「明」の部分が明るければ明るいほど、生気あふれるように描けば描くほど、皇子の死による「暗」への急転の落差はさらに大きくなる。その落差によって、皇子を失った悲哀が強調されているのである。当該長歌四七五における皇子哀悼のための手法を、このように見定めておきたい。

（三）　反歌について

では、その長歌を受ける反歌の二首ではどのような方法が採られているのであろうか。反歌第一首は、
我が大君　天知らさむと　思はねば　おほにぞ見ける　和束杣山(四七六)
と歌われ、「あまりにも事の意外で無念やるかたない気持として『おほにぞ見ける和束杣山』と嘆かざるをえなかった」(青木生子一九七五a)ことが歌われるわけだが、この歌において、安積皇子の死は、長歌の「白栲に　舎人装ひて　和束山　御輿立たして　ひさかたの　天知らしぬれ」という叙述の一部を受ける右の傍線部によって示

される。一方の反歌第二首は、

あしひきの　山さへ光り　咲く花の　散りぬるごとき　我が大君かも(四七七)

であるが、ここにも、前項で見た明から暗への急転を述べて悲哀を述べるという手法があることが明瞭である。

二首の反歌はこのような順序で並んでいるわけであるが、実は、二首の反歌のこの順序が、この第一挽歌を読むうえでの勘所なのではないかと考える。つまり、反歌第一首の「天知らさむ」「和束杣山」という語句が長歌のどの部分に対応するか、そして、反歌第二首の「あしひきの　山さへ光り　咲く花」という表現が長歌のどの部分を受けているかを考えれば、むしろ、第二首の方がより前の部分と対応していることがわかる。ちなみに、第二挽歌に目を向ければ、反歌第一首四七九は長歌前半部と、反歌第二首は長歌後半部と対応している(後述)。この第一挽歌では、そうした語句の順番通りの対応よりも、他の要素が優先されてこのような二首の反歌の順序になっているのではないだろうか。つまり、反歌第二首によってこの第一挽歌を閉じることに重要な点が隠されているのではないだろうか。

その第二反歌四七七では、初句から第三句までで、「山」を光り輝かせるばかりに咲く花が述べられるのだが、第四句で「散りぬる」とあり、事の急転が歌われる。この表現について、『全注』(西宮一民氏担当)は、

将来の栄光を期待され、花のような美しさで周囲をも明るくしていた安積皇子の死、それは周囲を暗黒に一変せしめるものであった。譬喩としては成功しており、その落胆と悲哀が一層クローズアップされる。

と述べている。この西宮氏『全注』の指摘のように、「あしひきの　山さへ光り　咲く花の」は、安積皇子の繁栄の譬喩、象徴に他ならない。今を盛りと咲き誇る花が一転して散ってしまうように、皇子がこの世を去ってしまったことが、この歌によって表わされるのである。つまり、この反歌第二首では、皇子の死の一点を凝視しているのだ。さきほど確認した長歌の「白栲に　舎人装ひて　和束山　御輿立たして　ひさかたの　天知らしぬれ」や反歌第一首の「天知らさむ」にもその死が敬避された形で表わされているのであるが、この反歌第二首に

よって、その死のまさに「一点」が克明に表わされているのである。この反歌第二首に、すでに見た日並皇子挽歌や高市皇子挽歌や某皇子挽歌に見られる、明から暗への急転という手法が採られていることはすでに述べた。この反歌第二首では、いわゆる皇子挽歌の系譜に乗る作品のそうした手法を採り入れながらも、その急転をより劇的に捉えようとしている。そして、まさに「死の一点」を表わすことになっているのである。この反歌第二首が第一挽歌の閉じめの歌として歌われていることを考えれば、この第一挽歌のありようをおのずと示すことになろう。

四　第二挽歌について

（一）　第二挽歌の構成について

この第二挽歌の構成を論じるうえでは、決して一筋縄ではいかない点がある。分析する側には、位相差顕微鏡を使って分析するような手法が求められることになろう。

まず、この第二挽歌に描かれている「人物」に焦点を合わせてみれば、そこには、君臣対応の構成の相が見えて来よう。第一挽歌ではほとんど描かれなかった安積皇子の具体的な行動が描かれる(6)。長歌では、「我が大君　皇子の命　もののふの　八十伴の男を　召し集へ　率ひたまひ　朝狩に　鹿猪踏み起こし　夕狩に　鶉雉踏み立て　大御馬の　口抑へとめ　御心を　見し明らめし」とある。そこでは、皇子が「もののふの　八十伴の男」を率いて狩猟に闊歩する姿が描かれている(7)。また、長歌後半部では、「ますらをの　心振り起こし　剣大刀　腰に取り佩き　梓弓　靫取り負ひて　天地と　いや遠長に　万代に　かくしもがもと　頼めり……」というように「皇子の御門の　五月蝿なす　騒く舎人」たちの描写となる。この構成は、長歌ばかりではなく、二首の反歌の方にも見出される。反歌第一首では、長歌前半と対応して「はしきかも　皇子の命の　あり通ひ　見しし」とあり、反歌第二首では、長歌後半部と対応して「靫帯びて　万代に　頼みし心」とある。このように、第二挽歌には、「我が大君　皇子の命」の描写とそれに仕える側の描写とが対照的に配置されている構成があると言える。(8)この君臣対応の構成は、家持がその越中国守の時期に作った「為下幸二行芳野離宮一之時上儲作歌一首」にも現われる。その作品を考察する折に改めて検討することとなる(II 越中期の作品 第三章第二節参照)。

次には、この第二挽歌全体を蔽う様相に焦点を合わせてみたい。長歌前半では、右に見たように皇子の生前の行動が歌われるが、その行動は、「……見し明らめし　活道山」というように、いったん「活道山」へと回収される。そして、次にはその「活道山」の描写に移り、「活道山　木立の茂に　咲く花も　うつろひにけり」と自然の変化の様相が表出されるのである。また、反歌第一首四七九でも、皇子の生前の行動が歌われるが、その行動は、「……あり通ひ見しし活道の道」というように「活道の道」へと回収される。そして、「活道の道は荒れにけり」と続く。こちらでも、自然の変化の様相が表わされているのである。後者反歌第一首の表現について山本健吉一九七一が、「あるじの亡くなった邸宅や庭や周辺や往き来の道など、その荒廃を詠むのは、約束と言ってもよかった。」と述べていることを勘案すれば、それを歌って哀傷表現とする挽歌の伝統に乗っていると捉えられる。また、前者長歌の表現については、尾崎暢殃一九七二が、『時代別国語大辞典上代篇』(以下、『時代別』)の「うつろふ」の項目の「望ましくない方への変化」という記述をふまえて、「ウツロフは、今まで美の最盛の状態にあったものが変化し衰退するといった、いわば時間の経過をこめていう語である」と把握していることが注目される。(9)つまり、当該歌では、これらの自然の変化の様相を示す表現が重き位置を占めているのだ。

この自然のドラスティックな変化に対して、「世間は　かくのみならし」という諦念が語られ、その後に、「自然の変化」に呼応する形で、長歌後半部の一連の叙述がある。そこではまず、「皇子の御門の　五月蠅なす　騒く舎人」(10)たちの、「ますらをの　心振り起こし　剣大刀　腰に取り佩き　梓弓　靫取り負ひて　天地と　いや遠長に　万代に　かくしもがもと　頼」む姿が描かれている。しかし、舎人たちのそうした姿は、「白栲に　衣取り着て　常なりし　笑ひ振舞ひ　いや日異に　変らふ……」というように、変化の様相において捉えられている。

まさに、さきほどの自然の変化の様相に呼応する形で人事にかかわる変化の様相が述べられているわけである。
第二挽歌に見られるこの変化の様相について見事に言い当てているのが、青木生子一九七五ａと奥村和美一九九一である。青木生子一九七五ａは、
第一長歌で皇子生前の久迩の都を「いや日異に栄ゆる」といったことばは、ここに「いや日異に　変らふ」舎人の消沈の姿で対比し、さらに舎人の「変らふ」さまは、同長歌前半の咲く花の「うつろひ」と対をなして衰退の悲しみを強調している
と述べていた。また、奥村一九九一は、付けられている左注の効果と関連させて、
これらの日付は、挽歌の連作的構成の上で、二つ連続することによって「いや日異に変らふ見れば　悲しきろかも」(四七八)や「あり通ひ見しし活道の路は荒れにけり」(四七九)と詠む時間の推移を客観的に跡づけており、……忌日を起点にした時の推移を示すことを通じて、日付は、作品世界の形成に積極的な要因として関与しだしているのである。
と説く。我々は、この「安積皇子挽歌」という作品の一部を担うものとしての左注のこのような効果についても気を配りつつ、この第二挽歌全体を蔽う重要な要素として、時間の推移に依拠した「自然・人事にわたる変化の様相」という点を見出しておこう。

（二）　反歌四八〇をめぐって

反歌第二首四八〇の分析に移ろう。この歌は、その初句・第二句に「大伴の　名負ふ靫帯びて」という言葉を持つ。それゆえに、従来、長歌後半部の「ますらをの心振り起こし」と合わせる形で、なまみの作者大伴家持個人の「ますらを意識」や、大伴氏の伝統などとかかわらせる形で論じられて来た。そして、そうした論者の多く(注(2)参照)は、この第二挽歌を詠出の場の無い机上の作と見なしている。大伴氏家持の個人の心情が強く表に

出るこの四八〇歌は、詠出される場から浮いてしまうと考えられるからだ。そうした論に対し、場における詠出を考えている論に身﨑壽一九七五があるわけだが、その身﨑論文には、当然こうした事態に対する説明が求められる。身﨑論文は、さきに触れた「場」の出席者層の推測に基づいて、その出席者の間には「門号氏族」という共通感情があったことを説く。共通感情という考えを導入することで、大伴氏家持の個人の心情が強く表に出て詠出の場から浮いてしまう事態を回避しようとしているのだ。その処置は、場における詠出の実際に即してならば、ひとつの答えとなり得ていると思われる(推測に基づく「場」の質による歌表現への規制を論拠とする点にあやうさを感じながらも)。しかし、すでに第二項で述べたように、我々には、『万葉集』の中に残された「安積皇子挽歌」という作品全体(題詞・左注等を含めた六首全体)自体に即して論じることが求められているのだ。

さて、「安積皇子挽歌」の作品全体自体に即して述べるならば、この初句・第二句の「大伴の　名負ふ靫帯びて」は、題詞の「内舎人大伴宿祢家持」と呼応するものと見なくてはならないだろう。もちろん、ここになまみの作者大伴家持のなまの心情がそのまま表わされているなどと言うのではない。反歌四八〇の初句・第二句において「大伴の　名負ふ靫帯びて」と言い表わされるところの、この作品における機能を論じなければならないと考えるのだ。

本書では、この問題を、この反歌第二首四八〇における「話者」のありようを分析することを通して論じたい。この話者のありようを分析するうえで、早くに青木生子一九七五aが長歌四七八の結尾部について述べていることは注目に値する。少々長いが、それを引いておこう。

いまここに注目すべきは、かかる舎人たちの「変らふ見れば　悲しきろかも」といっている点である。つまり舎人を対象化して、作者はその外側から「見」ている位置が確保されているという点である。人麻呂やこれと類似の例の無名挽歌が、舎人の世界に依拠して歌いながら、しかも舎人の外側にいる視点を保持しているのと、これは全く同じである。第一長歌の場合もまたそうではあるけれど、この発想がここではいっそう明確に示されているとさえいえる。人麻呂のように、舎人を包摂した宮廷人全体を、かつ対象化して歌う立場に、公的な宮廷挽歌というもののありようがあるとすれば、家持にもこれがきわやかに受けとめられていたことになる。

つまり、長歌四七八では、舎人たちを第三者的視座から描いていると指摘しているのだ。本書としては、ここは大切なところだけに、青木生子一九七五ａに述べられている用例を挙げて追試しておかなければならない。まず、「日並皇子挽歌」では、長歌一六七結尾に、

……つれもなき　真弓の岡に　宮柱　太敷きいまし　みあらかを　高知りまして　朝言に　御言問はさぬ　日月の　数多くなりぬれ　そこ故に　皇子の宮人　ゆくへ知らずも　一に「さす竹の　皇子の宮人　ゆくへ知らにす」と云ふ

とある。二重線部「皇子の宮人」という表現を見れば、第三者的視座からその「皇子の宮人」の描写がなされていることは明瞭だ。次に、「高市皇子挽歌」ではどうか。

……やすみしし　我が大君の　天の下　奏したまへば　万代に　しかしもあらむと　一に「かくしもあらむと」と云ふ　木綿花の　栄ゆる時に　我が大君　皇子の御門を　一に「刺す竹の　皇子の御門を」と云ふ　神宮に　装ひまつりて　使はしし　御門の人も　白栲の　麻衣着て……（２一九九）

というように、長歌一九九の二重線部「御門の人」という表現に、こちらもやはり第三者的視座から描かれているありようを見出せる。そして、この話者のありようは、

埴安の　池の堤の　隠り沼の　ゆくへを知らに　舎人は惑ふ（二〇一）

という反歌二〇一の二重線部「舎人」にも見出せよう。つまり、「高市皇子挽歌」では、二重線部「御門の人」「舎人」というように、彼らを一貫して第三者的に描こうとするのである。話者自体は「御門の人」「舎人」に重なることはない。

では、当該歌の方の叙述のありようはどうか。青木生子一九七五aが指摘するように、長歌四七八では、「見れば」にはっきりと表われているように、「皇子の御門の　五月蝿なす　騒く舎人」の姿を、第三者的に見ていることがわかる。しかし、反歌四八〇の方はどうか。青木生子一九七五aは、こちらには言及しない。

　大伴の　名負ふ靫帯びて　万代に　頼みし心　いづくか寄せむ（四八〇）

ここでは、「我れ」の表出こそないが、話者は当事者の位置に立とうとしているのではないか。つまり、長歌四七八で、

　ますらをの　心振り起こし　剣大刀　腰に取り佩き　梓弓　靫取り負ひて　天地と　いや遠長に　万代に
　かくしもがもと　頼めりし　皇子の御門の　五月蝿なす　騒く舎人は……

と第三者的に描かれていた、まさにその「舎人」の立場に、反歌四八〇では立とうとするのだ。ここで、

　「靫取り負ひて」「万代に　かくしもがもと　頼めりし」（四七八）
　「靫帯びて」「万代に　頼みし心」（四八〇）

と両首の表現を並べて見れば、右の推測が確かなものとなろう。反歌四八〇の話者は、長歌四七八で「靫取り負ひて」「万代に　かくしもがもと　頼めりし」「舎人」の立場に立とうとしているのである。そして、その話者は、「大伴の　名負ふ靫帯びて」と歌う。これは、題詞に記された「内舎人大伴宿祢家持」と呼応するわけだが、こうしたありようは、題詞に記された「内舎人大伴宿祢家持」が、「作品」としての「枠組み」を破っていきなり現われるように一見すると見えるかもしれない。しかし、これは、かえって、奥村和美一九九一が「作品世界の形成に積極的な要因として関与し」ていると指摘する左注の日付のように、当該歌では、この題詞自体も「作品」の一部として機能していると捉えられるのではなかろうか。さきに、全体を見なくてはならないと言ったのも実はこうした点をふまえてのことだったのだ。つまり、題詞でこの「作品」の「作者」として記された「内舎人大伴宿祢家持」が、第二挽歌の反歌四八〇で話者となって挽歌を詠じているそのありように、読者は立ち合う

ことになる。読者は、ここにより強い主体を見出すであろう。この歌の初句・第二句の機能をこのように見定めると同時に、この「作品」における仕掛けをこのように見定めておきたい。

ところで、そのより強い主体の話者から発せられる心情が、第三〜第五句の「万代に　頼みし心　いづくか寄せむ」である。ここには、皇子の突然の死に遭遇して、皇子に永遠に仕えようとした心をどこに寄せることもできず、途方に暮れる心情が吐露されていると言えよう。このただ途方に暮れる姿は、右に引用した「日並皇子挽歌」「高市皇子挽歌」の傍線部にも表われている。つまり、皇子挽歌の系譜に乗る作品に用いられた表現であることがわかる[11]。ただ、この「安積皇子挽歌」では、そうした表現を取り入れながらも全く異なった機能を負わせることに成功していると言えよう。すなわち、「日並皇子挽歌」「高市皇子挽歌」では、第三者的に描く「皇子の宮人」や「御門の人」「舎人」に途方に暮れさせるわけだが、この「安積皇子挽歌」では、話者自らが途方に暮れているのだ。そして、そのことで皇子を失う悲哀を当事者の立場から強く表出することに成功していると言えよう。すでに確かめたように、当該第二挽歌では、移り行く時間の経過の中での変化の様相が語られていた。その強調される移り行く時間の中に、「頼みし心　いづくか寄せむ」という途方に暮れる心情を述べる〈我れ〉を置いた時、作品上において、皇子を失い取り残される者の悲哀が強調されることになると言えるのではなかろうか。「皇子挽歌」という系譜に乗る作品の表現を採り入れて皇子挽歌としての格を与えつつ、以前の皇子挽歌にはない叙述の方法を盛り込むという、当該「安積皇子挽歌」なりの「創造」を、このような点に見出しておきたい。なお、このような第三者的描写から当事者の描写への描写の展開については、「II　越中期の作品　第二章第一節」で触れることになる。

五　むすび——「作歌六首」の構想——

第一挽歌・第二挽歌それぞれの分析を終えて、最後に、「作歌六首」と括られているこの作品全体の構想について論じよう。それを論じるにあたり、次の問題を糸口としたい。

第一挽歌では、その閉じめの反歌四七七において、今を盛りと咲き誇る花が一転して散ってしまうように皇子がこの世を去ってしまったことが表わされていた。つまり、皇子の死のまさに「一点」が凝視されていたのである。ところで、皇子の死自体は、第二挽歌の方でも描かれているのだろうか。身﨑壽一九七五は、「活道山　木立の茂に　咲く花も　うつろひにけり」の表現によって「皇子薨去の事実が暗示的にしか示されない」ことを、第二挽歌の特色として指摘する。身﨑壽一九九四も、「安積の死」は「象徴的に表現されている」と付け加える。しかし、「活道山　木立の茂に　咲く花も　うつろひにけり」の表現の中に、安積皇子の死の「暗示」「象徴」をどれだけ読み取ることができるかの認定は、かなり微妙なところとなるのではないか（むしろその「暗示」や「象徴」は、第二挽歌が詠出される「場」においてこそ感知されることがらだろう。「場」の論理を導入しないことは本書で述べた）。すでに分析したように、右の表現は、自然の変化の様相の表出において機能していると考えられる。ここでは、身﨑壽一九七五（および身﨑壽一九九四）が、右に引用した箇所に付随して用意周到に述べているところにこそ聴くべきものがあると思う。その指摘を挙げておきたい。身﨑壽一九七五では、「このようなおもいきった方法がとられたのは、おそらく第二の挽歌が第一の挽歌の存在を前提として構想されていることによる」と指摘し、身﨑壽一九九四でも、「安積の死と葬送をはっきりとえがいたⅠ群（第一挽歌のこと。論者注）の存在を前提として構想された」点を指摘する。この指摘は、我々が第一・第二両歌群の有機的関連を考えるうえでの大きな示唆を与えてくれることになろう。また、青木生子一九七五bが、「薨去の事自体に即した第一歌群に対し、第二歌群では時間的変化を底流にした皇子への回想、追慕が主調となっている」と述べていることも、我々が両歌群の関連を知るうえでの大きな示唆となろう。さて、そうした先行研究の驥尾に付す形ではあるが、これまでの節で述べて来たことをふまえ、本論なりの、第一挽歌と第二挽歌による有機的関連および「六首の構想」についてまとめることにしよう。

第一挽歌では、安積皇子の死のまさに「一点」に焦点が当てられている。明から暗への急転を述べて悲哀を強調するという手法を用いて、その死の「一点」が克明に描き出されているのだ。一方の第二挽歌では、その「死」までの時間が、

「我が大君　皇子の命　もののふの　八十伴の男を　召し集へ　率ひたまひ　朝狩に　鹿猪踏み起こし　夕狩に　鶉雉踏み立て　大御馬の　口抑へとめ　御心を　見し明らめし」(四七八)、「ますらをの　心振り起こし　剣大刀　腰に取り佩き　梓弓　靫取り負ひて　天地と　いや遠長に　万代に　かくしもがもと　頼めりし」(同)、「はしきかも　皇子の命の　あり通ひ　見しし」(四七九)

という部分によって語られている。安積皇子の死の「一点」までの時間が埋められているのである。また、安積皇子の「死」から第二挽歌の〈いま〉までの時間は、

「咲く花も　うつろひにけり」(四七八)、「常なりし　笑ひ振舞ひ　いや日異に　変らふ」(同)、「道は荒れにけり」(四七九)

と表わされている。このように、当該の「安積皇子挽歌」という作品は、第一挽歌の安積皇子の死の「一点」を極点として、第二挽歌でその前後の時間が埋められるように構成されているのだ。さらに、「いや日異に　変らふ」(四七八)という継続の表現には、当然、未来にわたる時間が内包されていよう。つまり、安積皇子の死の「一点」を極点として、その前後の時間の推移が全き形を整えることになっているのである。

その時間の推移は、自然・人事の変化の様相において描き出されているわけだが、その変化の様相のただ中にあって、なす術もなく取り残され、そして未来にわたっても取り残されて行くであろう者の姿が、この作品の最後の、

大伴の　名負ふ靫帯びて　万代に　頼みし心　いづくか寄せむ(四八〇)

において造形されている。そして、この四八〇歌では、造形されたまさに当事者の立場から悲哀が述べられると

いう方法が採られている。そのことによって、この作品は、その悲哀が強烈な形で示される作品に仕上がっているのである。

　当該「安積皇子挽歌」全体の有機的関連を持った構成、そして「作歌六首」に込めた「歌人」としての家持の構想を以上のように見定めて、まとめとしたい。

＊

「安積皇子挽歌」を制作するということは、宮廷挽歌、わけても皇子挽歌の系譜を継承し、天平の世に再来させることを意味していた。皇子挽歌を再来させた家持には、『万葉集』の編纂者たるべき社会的承認が用意されていたことであろう。前章で分析した、亡妻挽歌の系譜を継承した「悲傷亡妾歌」、そしてこの「安積皇子挽歌」を制作した家持は、作歌の新たな局面を切り開いていったと思われる。その新局面を、「II　越中期の作品」で見定めて行くことが、本書の進むべき方向であると考える。

（1）三三二四歌は、「かけまくも　あやに畏し」という歌い出しを持ち、「皇子の命」という表現を持っていることから、皇子挽歌の系譜上にあるということは考えられる。

（2）阿蘇瑞枝一九七二、多田一臣一九九四、市瀬雅之一九九四などは、詠出の「場」がなかったこと、机上の作に他ならないことを論じている。一方、吉村誠一九七九は、当該家持歌が難波で詠まれたならば、当然、橘諸兄に同行して難波にいるはずの宮廷歌人田辺福麻呂の歌が残されるはずであり、その歌がない点を重視する。そして、そこから、当該家持歌は難波ではなく恭仁京で詠まれたとする。

（3）『窪田評釈』の「殯宮」をめぐっての見解は正しくない。殯宮がすでに行われていなかったことは、阿蘇瑞枝一九七二の第二篇第三節で示されている。

（4）橋本達雄一九七八aは、巻六に載る、

同月(天平十六年春正月。論者注)十一日登二活道岡一集二一株松下一飲歌二首

一つ松　幾代か経ぬる　吹く風の　音の清きは　年深みかも(一〇四二)

右一首市原王作

たまきはる　命は知らず　松が枝を　結ぶ心は　長くとぞ思ふ（一〇四三）

右一首大伴宿祢家持作

という活道の岡での新春の宴が、安積皇子を中心とする賀宴であったと推定する。集中「活道」の地名を持つのは、当該「安積皇子挽歌」の四七八・四七九歌と、右の題詞の例のみであること、また、四七九歌が「はしきかも　皇子の命の　あり通ひ　見しし活道の　道は荒れにけり」となっており、故人ゆかりの地の荒廃を詠んで悲哀を歌うのが、挽歌の常套表現であることを考え合わせれば、右の宴歌の題詞の「活道岡」と安積皇子との関連が考えられる。そして、この点から橋本論文の推定も誤りがないものと判断される。

右の活道岡の集宴の歌の直前には、次のような歌がある。

安積親王宴㆓左少辨藤原八束朝臣家㆒之日内舎人大伴宿祢家持作歌一首

ひさかたの　雨は降りしけ　思ふ子が　やどに今夜は　明かして行かむ（一〇四〇）

この歌は、主人藤原八束の行き届いたもてなしに対して主賓である安積皇子が抱いている感謝の念を、家持が代弁した歌である。この一〇四〇歌の作歌時期は、天平十五年の晩秋から冬にかけての頃だと推測される。つまり、活道岡集宴の直前と言い得る時期に、こうした安積皇子を囲んでの宴が開かれたことになる。そして、この歌は、「なごやかなくだけた宴の雰囲気を伝えるもので、皇子をめぐる親密な集団のさまをうかがわせる。」（橋本達雄一九七八a）ものと判断される。

さらに、前章「悲傷亡妾歌」で考察した、天平十年十月の橘諸兄旧宅で催された橘奈良麻呂主催の宴には、内舎人県犬養宿祢吉男、県犬養宿祢持男という兄弟かと思われるふたりが出席しており、家持と文雅の交わりを結んでいた。その宴は時期的に五年ほど前にはなるのだが、このふたりは安積皇子の母県犬養広刀自と同家の出身である。当時の藤原氏優位の政界の情勢から言って、同族出身の、今上聖武の皇子に対する期待から、安積皇子の近くにふたりが位置していたのは想像に難くないだろう。

（5）　青木生子一九七五aでは、「咲きたわむ花とさ走る若鮎が、同時に皇子の青春を美しく謳歌していることはいうまでもない。」とも述べている。

（6）　こうした表現のありようと、青木生子一九七五a・bの析出した「私的な内輪の場」や身﨑一九七五の析出した「『集団的』な歌の場」という「場」で実際に詠まれたであろうこととは、合致するにはしよう。

（7）　この部分は、諸注指摘のように、山部赤人の吉野行幸従駕歌、「やすみしし　我ご大君は　み吉野の　秋津の小野の　野の上には　跡見据ゑ置きて　み山には　射目立て渡し　朝狩に　鹿猪踏み起こし　夕狩に　鳥踏み立て　馬並めて　御狩ぞ

立たす　春の茂野に」(6九二六)の傍線部の表現を採り入れている。こうした摂取にも、ともすると、「模倣」という評価が与えられかねないが、ここでは、当該歌がこうした表現を採り入れることによって、皇子の行動が綿密に描かれることになり、臣下を引き連れる積極的な行動をとる「我が大君」の像が作品の中で作り出されていることに注目すべきであると考える。

(8)　近藤信義一九八六は、こうした構成に注意の目を向けている。

(9)　尾崎暢殃一九七二は、第一挽歌に使われている「散る」と第二挽歌に使われている「うつろふ」との対照を論じている点でも注目されるが、そこに歌人家持の内的観照の過程を見ようとしている点は、本書の論点とはかかわり合わない。

(10)　「皇子の御門」の集中の用例は、「日並皇子挽歌」の「ひさかたの　天見るごとく　仰ぎ見し　皇子乃御門之　荒れまく惜しも」(2一六八)、「高市皇子挽歌」の「……定めてし　瑞穂の国を　神ながら　太敷きまして　やすみしし　我が大君の　天の下　申し賜へば　万代に　しかしもあらむと一に「かくしもあらむと」と云ふ　木綿花の　栄ゆる時に　我が大君　皇子之御門乎一に「刺す竹の　皇子御門乎」と云ふ　神宮に　装ひまつりて　使はしし　御門の人も　白栲の　麻衣着て……(2一九九)」、そして、当該「安積皇子挽歌」に限定される。ここにも皇子挽歌の表現の効果的な摂取を見出せる。

(11)　ここにも皇子挽歌の系譜を継承しようとする志向を改めて見出すことができる。

第四章　聖武天皇東国行幸従駕歌論

家持の作歌の営みを、その方法に注目して考察を進めて行くという本書の立場から言えば、この章で取り上げる歌群は、家持だけの方法意識によって編まれたものではないのであり、取り上げるには少々適切でないかもしれない。しかし、天皇の行幸に従駕するという、きわめて公的な歌詠の機会において、家持がどのように歌を詠んだのかということは、とても興味深い問題である。左に挙げる歌群についての考察を第四章として取り上げた次第である。

一　はじめに

天平十二年冬の聖武天皇の東国行幸は、『続日本紀』によれば次のような経路を辿ったことがわかる。

平城京→山辺郡竹谿村堀越（大和国）→名張郡（伊賀国）→伊賀郡安保頓宮（同）→壱志郡河口頓宮（伊勢国）→壱志郡（同）→鈴鹿郡赤坂頓宮（同）→朝明郡（同）→桑名郡石占（同）→当伎郡（美濃国）→不破郡不破頓宮（同）→坂田横川（近江国）→犬上（同）→蒲生野（同）→野洲（同）→志賀郡禾津（同）→志賀山寺（同）→相楽郡玉井（山背国）→恭仁京（同）

なお、伊藤博一九六五は、この経路について、「その足どりを見ると、天武天皇の壬申の乱のコースにそのままである。これによってその心底を推しはかれば、聖主天武天皇の跡を追えば加護もしくは救いが得られるといった神だのみに似た気持があったのであるまいか。」と述べているが、この経路に関しては後で詳述する。

さて、この行幸の折の従駕歌群が『万葉集』巻六に収められている。まず、その歌群を挙げよう。なお、『全注　巻第六』(吉井巖氏担当)の指摘により、冒頭の題詞は三行に分けている。また、論述の便宜のために①~⑧の番号を付ける。

十二年庚辰
冬十月依二大宰少貳藤原朝臣廣嗣謀反發一レ軍　幸二于伊勢國一之時
河口行宮内舎人大伴宿祢家持作歌一首
①河口の　野辺に廬りて　夜の経れば　妹が手本し　思ほゆるかも(一〇二九)
天皇御製歌一首
②妹に恋ひ　吾がの松原　見渡せば　潮干の潟に　鶴鳴き渡る(一〇三〇)
右一首今案　吾松原在二三重郡一　相二去河口行宮一遠矣　若疑御二在朝明行宮一之時所レ製御歌　傳者誤レ之歟
丹比屋主真人歌一首
③後れにし　人を偲はく　思泥の崎　木綿取り垂でて　幸くとぞ思ふ(一〇三一)
右案此歌者不レ有二此行之作一乎　所二以然言一　勅二大夫一従二河口行宮一還レ京勿レ令二従駕一焉　何有下詠二思泥埼一作歌上哉
狭殘行宮大伴宿祢家持作歌二首

④大君の　行幸のまにま　我妹子が　手枕まかず　月ぞ経にける（一〇三二）
⑤御食つ国　志摩の海人ならし　ま熊野の　小舟に乗りて　沖辺漕ぐ見ゆ（一〇三三）
美濃國多藝行宮大伴宿祢東人作歌一首
⑥いにしへゆ　人の言ひ来る　老人の　をつといふ水ぞ　名に負ふ滝の瀬（一〇三四）
大伴宿祢家持作歌一首
⑦田跡川の　滝を清みか　いにしへゆ　宮仕へけむ　多藝の野の上に（一〇三五）
不破行宮大伴宿祢家持作歌一首
⑧関なくは　帰りにだにも　打ち行きて　妹が手枕　まきて寝ましを（一〇三六）

狭残行宮の位置については諸説あり、問題になっているが、この歌の順番は、さきに見た行幸の道順の通りと見てよいであろう（参照、『全注』）。しかしながら、行幸の行程と比較する時、この歌群が、伊勢国と美濃国での歌に限られていることが目につく。すなわち、行幸は不破関を越え近江国、さらに山背国すなわち畿内へと還ってゆくが、この歌群の方は不破関で終わっている。また、藤原広嗣の乱の終結を知り得たのが河口行宮においてであり、それ以前には行幸従駕における歌詠の機会がなかった、というような事情もあるのかもしれないが、この歌群の方は伊勢国河口行宮から始まっている。つまり、この歌群全体が「東国」を志向していると言えるのではなかろうか。また、三関のひとつとしての不破関（後述）を越えずに終わることを思えば、「関東」を志向している、と言ってよいかもしれない。それはちょうど、聖武の勅（『続日本紀』天平十二年十月二十六日の条）、「朕意ふ所有るに縁りて、今月の末暫く関東に往かむ。」に対応するであろうし、『日本書紀』孝徳天皇大化二年正月の改新の詔の、「凡そ畿内は、東は名墾の横河より以来……北は近江の狭々波の合坂山より以来を畿内国とす。」という規定を参照すれば、畿外すなわち周縁の地をへめぐることを志向していると言うことができるであろう。

従来、この歌群は主として、作者の個人的感懐や経験に結びつけて理解されてきた(松田好夫一九六六など)。また、当東国行幸自体の持つ性格やその歌詠の場の質も問題にされてきた(小野寛一九七七bなど)。こうした中にあって、真下厚一九九〇と影山尚之一九九二には、歌群を構成するモチーフについての言及がある。影山尚之一九九二は、「家なる妹への思慕は旅する官人に共通の心情であり、過去への回想は歴史認識に繋がる。……当該歌群はこの二つの主題を表現しようとしたものだと考えられよう。」と指摘する。「妹への思慕」と「過去への回想」(「『古へ』への思慕」)のふたつをこの歌群の中心モチーフと捉えることは意義ある指摘と思われる。しかし、影山尚之一九九二のように、①②③④⑧を「妹への思慕」の歌、⑤⑥⑦を「『古へ』への思慕」の歌、と截然と分ける見方については疑問が残る。この点は、①④⑧を「歌群の軸となるべき位置に置かれ」た「妻恋ひ」の歌としている真下厚一九九〇についても同様であろう。私見では、一見「妹への思慕」(「妻恋ひ」)と見なされている歌にも、歴史に対する認識は顔をのぞかせていると思われる。そこで両論文によって「妹への思慕」と認定された歌のいくつかについて検討してみよう(⑧については後述)。

まず、②について。影山尚之一九九二は、影山尚之一九九一の「上代人は鶴の声にまず『妻恋』を想起していた」という指摘を拠り所として、②を「妹への思慕」の歌とする。しかし、影山尚之一九九二自体が、②を詠むうえで「念頭に置きつつ詠まれた」と想定している、

桜田へ　鶴鳴き渡る　年魚市潟　潮干にけらし　鶴鳴き渡る(三七一)

が、持統太上天皇の「大宝二年参河行幸従駕の作であると考えられる」(影山尚之一九九一)ことから、②は、持統東国行幸という「いにしへ」を背負っており、「『古へ』への思慕」とつながり得る要素を持っていると言えるのではないか。

次に、④について。この歌については、真下厚一九九〇が、「妻恋ひ」の歌と見なす一方で、「第一・二句において、天皇行幸に従駕してのものであることを歌う点で、特徴的である。笠金村の歌(五四三番歌)に同一の句が

あるが、同種の発想をとるものは例が少ない。」と指摘していることを看過し得ないであろう。五四三歌は、「元正の美濃行幸（養老元年九月）のような即位後の国見か、或いは践祚大嘗祭の予備行事としての御禊行幸か」（新日本古典文学大系版『続日本紀』脚注）とされる神亀元年十月の聖武天皇紀伊国行幸の折の従駕歌である。五四三歌と④には長歌と短歌という違いがあるが、この、天皇の行幸なることを強調する表現の重なり（「大君の行幸のまにま」の集中例は、五四三歌と④だけである）には注意すべきものがあり、単純に「妹への思慕」だけをモチーフとする歌と見るのをためらわせるものがあると言えよう。後にも触れるが、④でことさらに行幸が強調されることで、「王権の今」が作品上に提示されている、という点を見逃すべきではあるまい。

このように、一見すると都に残る妹への思慕の念を綴ったと見られる歌でも、そこには別のモチーフが介在している。我々はこの点に注意してこの歌群を読まなければならないのではなかろうか。

ところで、影山尚之一九九二は、モチーフとして挙げた「『古へ』への思慕」のなかみに明瞭な形では触れず、また、そのモチーフによる歌々が作品上で関連し合うことによって何が紡ぎ出されてくるのかについても言及しない。本論は、この歌群全体に布置されていると思われる歴史認識のなかみを考察することと、作品上でそれらがどのように関連し、どのような意味をもたらしているのかを読み解くことを、主な論点としたい。

二　皇統讃美の表現

（一）「御食つ国」をめぐって

まず、⑤について考察することにしたい。⑤には、「御食つ国」である志摩の海人が、天皇のために食料を献上するさまが描かれているわけだが、⑤はこの描写を持つことにより、行幸の主催者である天皇への讃美の歌となっていると言える。この「御食つ国」の集中例は、次の通りである。

天地の　遠きがごとく　日月の　長きがごとく　おしてる　難波の宮に　我ご大君　国知らすらし　御食都

国　日の御調と　淡路の　野島の海人の　海の底　沖つ海石に　鰒玉　さはに潜き出　舟並めて　仕へ奉るし　貴し見れば（6九三三）

朝なぎに　楫の音聞こゆ　三食津国　野島の海人の　舟にしあるらし（九三四）

やすみしし　我ご大君　高照らす　日の御子の　きこしをす　御食都国　神風の　伊勢の国は　国見ればしも　山見れば　高く貴し　川見れば　さやけく清し……（13三二三四）

九三四歌は九三三歌の反歌であり、この二首は聖武天皇が神亀二年十月に難波宮に行幸した折の歌である。神野志隆光一九九五は、九三三・九三四歌における皇統讃美の方法を、『食す国』と『御食つ国』とをならべて天皇の世界を全円的に示す」ことの中に見出し、「御食つ国」の皇統讃美の表現としての重要性を指摘する。そして、「当面の難波宮歌もその中（天武皇統意識。論者注）において見るべきである。難波は天武天皇の複都制のもとで造営された宮であったことを想起したい（『日本書紀』天武天皇十二年十二月条）。聖武天皇はこれを継承して副都として難波宮を造営する」と述べ、この聖武への讃美の歌が、天武皇統意識にうらうちされたものであるとも指摘するのである。いま、この見解を参照すれば、「御食つ国」という表現は、聖武朝における天武皇統意識に根ざした表現であると捉えることができる。また、三二三四歌には「日の御子」とある。この言葉が、阿蘇瑞枝一九六三が指摘するように、「天武天皇とその皇后、および天武天皇直系の皇子に限られて」用いられることを考え合わせれば、この歌も、やはり天武皇統讃美とつながり得ると言えよう。

このような用例のありようから、「御食つ国」は、天武皇統讃美の性格を持つ表現であると捉えられる。そして、このような「御食つ国」を持つ⑤にも、天武皇統讃美の要素を見出すことができそうだ。

（二）「熊野」をめぐって

ところで、こうした皇統讃美の歌⑤に、「熊野のクマは熊襲のクマと同じで、……クマはすべて猛く荒ぶるものを指す称」(西郷信綱一九六七)と把握される「熊野」が登場する。ここで、皇統讃美のこの歌に、「熊野」がなぜ詠み込まれているのかを問題とすべきであろう。集中歌の「熊野」の用例はここ以外に三例あるが、それは、「熊野」が序詞中にある相聞の例(四九六、三一七二)と、造船様式を示す例(九四四、三一七二)とである。当該⑤は確認したように、天武皇統讃美の要素を帯びている点で特異なのであり、この三例と同様には扱えないであろう。諸注は、この皇統讃美の歌⑤に「熊野」があることの意味を看過して来た。早くに『略解』が、

志摩の浦熊野浦海はつゞきたれど、いと隔りたるを、かくいへるは故よしあらむか。猶考べし。

と問題を提起していたにもかかわらず、以降、諸注はこれについて触れるところがない。ただ、影山尚之一九九二は、森浩一一九九二の、「持統女帝の志摩の阿胡行宮へ贄を進上した者が紀伊国牟婁郡、つまり熊野の海部であることを思うと、真熊野の小船が歌われているのは興味ぶかい。」という示唆を受け、⑤に「持統朝への回想」を読み取る。そして、「E歌(⑤歌。論者注)を通して聖武天皇の伊勢行幸が持統六年の行幸に重ね合わされるのである。」と指摘している。しかし、「重ね合わされる」のならばそれによってどういう意味が作品に付与されるのか、「熊野」を詠み込むことが、聖武東国行幸を讃美することとどのように関連するのかが問われなければならないであろう。本論は、「熊野」という表現の射程は持統朝からさらに遠いところにまで及んでいるのではないかと考える。

武藤武美一九七七は、「記紀神話群が王権の祭式を基盤としており」、「いわゆる擬死再生の祭式的構造とアナロジカルである」という西郷信綱氏らによる基本的認識のうえに立って、「紀伊―熊野」に、「王権を、いわば負の世界から補完し更新する祭式的世界」という性格を見出す。この見解は、「国譲りが皇孫を宗教的に守護する儀礼としても表現されたという、いわば祭祀権貢上の論理」をふまえて、「紀伊国の国譲り」を、綿密に考察することで導き出されている。武藤論は、紀伊―熊野が王権にからめとられてゆく過程と、王権にからめとられた畿外すなわち周縁の地である紀伊―熊野が、今度はいかに王権の強化に参与してゆくかを提示しており、その意

味で非常に示唆的な論考である。

さて、王権の論理の中に位置づけられる熊野のありようを見出すという観点で『日本書紀』を読む時、神武東征の折に熊野の地の高倉下が神武に剣を献上した記事に行きあたる。あまりにも知られた記事であるが、その記すところを追ってみたい(神武天皇即位前紀戊午年六月の条)。神武一行は、熊野の地で、「時に神、毒気を吐き、人物咸に瘁えぬ。是に由りて、皇軍復振つこと能はず。」という状況におちいったが、この危機を救ったのは、熊野の高倉下が献上した剣の呪力であり、この剣は、天照大神の意向にかなう形で武甕雷神により授けられたものであると記されている。高倉下に対する「天孫に献れ」という下命、そして、その命を実行したことにより「天孫」神武が守られたと記されていることは象徴的ではなかろうか。熊野の高倉下が「天孫」を守護する役割を果たしたことが語られているのであり、これは、熊野が王権に組み込まれ、王権に参与してゆくありようを如実に伝えるものと捉えられる。記紀の内容をむやみに引き合わせて見るべきではないであろうが、『古事記』では、熊野でのこの危機のさなか、「天神御子」という呼称が現われる。新編日本古典文学全集版『古事記』は、頭注で「それまでの『神倭伊波礼毘古命』という呼称が、その時から、天つ神の直系たることを意味する『天《あま》つ神《かみ》御子《みこ》』と代ることに注意すべきである。この呼び換えによって、彼らの大和入りの正統性が確認されたことになる。」と指摘する。この呼び換えが行われたのが熊野での「をえ」のさなかであったことには、注意してよいのではなかろうか。つまり、『古事記』でも熊野という地が負の側面を背負いながらも、王権の強化に資しているありようを見ることができるのである。

『日本書紀』の中の熊野については、次に、仁徳天皇条の「三十年の秋九月の乙卯の朔にして乙丑に、皇后、紀国に遊行でまして熊野岬に到り、即ち其の処の御綱葉を取りて 葉、此には箇始婆と云ふ。還ります。」という記述に行きあたる。一方、『古事記』では、「大后、豊楽せむと為て、御綱柏を採りに、木国に幸行しし間に、……」としている。この双方の記述から、皇后は熊野に「天皇の新嘗祭の神酒《みき》を盛る御綱葉……を採りに行った」（新編日本古典文学全集版『日本書紀』頭注）と考えられるであろう。また、この「みつなかしは」と同じと見られる（『時代別国語大辞典上代編』など）「みつのかしは」が、『延喜式』巻四十、「造酒司」の「践祚大嘗祭供奉料」条に、

酒一石二斗。日別四斗三津野柏廿四把。日八把……右依レ例設備。即悠紀。主基二国御酒各日二缶。……二種酒各日二缶。……前二日。酒案雑器等受収二内膳盛所一。

とあり、「みつのかしは」が践祚大嘗祭に供されることを知り得る。そこで、巻七、「践祚大嘗祭」を見ると、そこには、「次神祇官中臣。忌部。及小斎侍従以下番上以上。左右分入。造酒司人別給レ柏。即受レ酒而飲。訖即為レ鬘而舞之。」とある。ここには単に「柏」としかないが、この記述は十分参照されてよいであろう。「みつのかしは」（「みつなかしは」）が王権の祭式に供される料であることが確かめられ、ひいては、「御綱葉」を採りに熊野におもむくことが、やはり王権の祭式に資するという意味を持つのではないかと考えられる。

ここで、森浩一一九九二・影山尚之一九九二に引かれている持統天皇六年の伊勢国行幸の記事を掲げよう。

五月の乙丑の朔にして庚午に、阿胡行宮に御しましし時に、贄進りし者紀伊国牟婁郡の人阿古志海部河瀬麻呂等、兄弟三戸に、十年の調役・雑徭を服す。復、挾杪八人に、今年の調役を免す。

この記事を『日本書紀』が持統行幸に関連して載せていること自体が、象徴的な意味を持つのではないか。「紀伊国牟婁郡、即ち熊野の海人が贄を奉った」（影山尚之一九九二）この記事と、畿外の地の熊野が王権の構造内に位置づけられ周縁から王権の中心を守護してゆくという右に見たありようとは無関係ではない。持統朝ということを勘案すれば、持統伊勢行幸における熊野の海人の贄奉上は、記紀の神話形成に資してゆくものであるからである。森浩一一九九二・影山尚之一九九二が指摘するように⑤を通して聖武東国行幸がこの持統伊勢行幸に重ね合わされるのならば、前者は後者を媒介として、記紀神話と、より具体的な言い方をすれば神武東征と、まさしくアナロジカルな関係にあると言えるであろう。

この神話世界とのアナロジーにより、天武皇統を引き継いだ聖武天皇という王権の中心は、畿外すなわち周縁

の熊野から神話的裏付けを与えられることになり、また、皇孫としての聖武は、熊野という周縁の地から守護され保証されることにもなる。⑤は、このような発想に基づく皇統讃美の歌であると定位されるであろう。

三　「いにしへ」をめぐって

（一）元正美濃行幸

前項では⑤が神話世界と交渉することを述べたが、そうした発想は、次の⑥・⑦にも引き継がれているのではなかろうか。まず、⑥の「老人のをつといふ水」は、「大嘗祭の翌年に行なわれた儀礼的な意味の深いものと推測される」（新日本古典文学大系版『続日本紀』脚注）霊亀三年（養老元年）九月の元正天皇美濃行幸、そして、それにかかわるその後の養老改元の詔（『続日本紀』同年十一月十七日の条）、

朕今年九月を以て、美濃国不破行宮に到る。留連すること数日なり。因て当耆郡多度山の美泉を覧て、自ら手面を盥ひしに、皮膚滑らかなるが如し。亦、痛き処を洗ひしに、除き愈えずといふこと無し。朕が躬に在りては、甚だその験有りき。また、就きて飲み浴る者、或は白髪黒に反り、或は頽髪更に生ひ、或は闇き目明らかなるが如し。自餘の痼疾、咸く皆平愈せり。昔聞かく、「後漢の光武の時に、醴泉出でたり。これを飲みし者は、痼疾皆愈えたり」ときく。符瑞書に曰はく、「醴泉は美泉なり。以て老を養ふべし。蓋し水の精なり」といふ。寔に惟みるに、美泉は即ち大瑞に合へり。朕、庸虚なりと雖も、何ぞ天の貺に違はむ。天下に大赦して、霊亀三年を改めて、養老元年とすべし

をふまえていること、諸注の指摘の通りである。よって⑥の「いにしへ」は、元正天皇の美濃行幸の時を指していると捉えられ、この歌は、先代の天皇元正の「大瑞」の例を挙げて顕彰することで、その皇位を継承した聖武への讃美ともなり得ているであろう。

（二）　仮構された「いにしへ」

一方の⑦の「いにしへゆ宮仕へけむ」は「昔から変わらずに宮を造営してきたのであろうか」、もしくは、「昔から変わらずに宮にお仕えしてきたのであろうか」の意であり、⑦は多藝の野の「宮」に対する讃美の歌となっていることは間違いない。ただ、⑥・⑦が同一の題詞のもとに括られていることから、諸注は、⑦の「いにしへ」も⑥の「いにしへ」と同一に捉え、元正天皇美濃行幸の時を表わすとして疑わないが、はたしてそうか。⑥・⑦の題詞はこれらが多藝行宮においての歌であることを告げ、一方、第一項で確かめたように、聖武天皇の東国行幸では美濃国当伎郡に滞在したことが知られる。多藝行宮はその当伎郡のどこかに設けられたのであろう。⑦の「いにしへ」が⑥の「いにしへ」と同じであるとすれば、⑦の「いにしへゆ」は「元正天皇がこの多藝行宮を造った昔から」という意になる。しかし、そもそも、元正天皇と多藝行宮とは結びつくのであろうか。『続日本紀』天平十二年十一月二十六日の「美濃国当伎郡に到る。」の記事に対して新日本古典文学大系版の脚注には、「多芸行宮へは元正も養老元年九月に行幸。」と指摘されているが、元正天皇が多藝行宮に行幸した直接の記述は『続日本紀』自体にない。

ここで、もう一度元正行幸の記事を振り返ってみる。『続日本紀』養老元年九月の記事には、十一日「天皇、美濃国に行幸したまふ。」、十八日「美濃国に至りたまふ。」、二十日「当耆郡に幸し、多度山の美泉を覧たまふ。」とあるが、行宮に関する記述はない。行宮に関する記述は、これに先立つ同年八月七日の条に、

従五位下多治比真人広足を美濃国に遣して、行宮を造らしむ。

とあるが、いずれの行宮か判然としない。ここでは、さきに挙げた養老改元の元正の詔が参照される。詔自体に「朕今年九月を以て、美濃国不破行宮に到る。留連すること数日なり。因て当耆郡多度山の美泉を覧て」とあることは、むしろ元正行幸と不破行宮との関連を想起させる。(1)

右のように、元正天皇と多藝行宮造営とが結びつきがたいとなると、⑦の「いにしへ」はいつを指すのであろ

うか。⑦は、元正美濃行幸の時を歌う⑥をふまえる形で歌群内にあることから、元正美濃行幸と関係なしとし得ないことはもちろんであるが、⑦の「いにしへ」を単に元正美濃行幸の時のみを指すと限定すべきではないであろう。⑥に比して⑦の「いにしへ」は、射程をさらに遠く持つと言える。遠山一郎一九九四bは、聖武天皇周辺の「いにしへ」意識と結びつく形で、赤人に「外在的時間以上に遠くを見やる」歌い方があることを指摘している。そうした点を家持作の⑦の中にも見出すべきではなかろうか。この歌群中「もっとも供奉歌らしい」(『全注』)とさえ言われる⑦は、行宮造営の妥当性を述べる体をとることで、讃美の歌として機能し歌群内に位置づけられている。その妥当性を保証するのが「いにしへ」であろう。つまり、この「いにしへ」は、宮の妥当性を保証するために意図的に持ち出された、いわば「仮構されたいにしへ」ではなかったか。

(三)　仮構の方法

その仮構の方法のなかみについて、従来指摘されている類歌、

　養老七年癸亥夏五月幸二于芳野離宮一時笠朝臣金村作歌一首并短歌

滝の上の　三船の山に　瑞枝さし　繁に生ひたる　栂の木の　いや継ぎ継ぎに　万代に　かくし知らさむ　み吉野の　秋津の宮は　神からか　貴くあるらむ　国からか　見が欲しあらむ　山川を　清みさやけみ　うべし神代ゆ　定めけらしも(九〇七)

　八年丙子夏六月幸二于芳野離宮一之時山辺宿祢赤人応レ詔作歌一首并短歌(長歌略)

神代より　吉野の宮に　あり通ひ　高知らせるは　山川をよみ(一〇〇六)

を検討することで考えたい。これまで、単にこれら類歌の存在が指摘されるに留まっているが、類歌を背景に持つことが歌の読みをどう可能にするのかをも考えなくてはならないのではないか。いま、どちらの歌が⑦に影響しているかを問うことが大切なのではなく、ここでは、類歌と指摘される両例に共通して「神代」に対する言及

があること、そして、両例が「吉野讃歌」であるということが注目される。まず、これら類歌に「神代」すなわち歴史に対するどのような認識があるのかについて考えたい。『全注』は九〇七に対して、

大切なことは、山川の清澄と神代である持統朝の造営が肯定されるとともに、讃美の対象の中心に据えられている吉野宮が「いや継ぎ嗣ぎに万代にかくし知らさむ」宮と歌われていることである。この表現には、持統天皇の姿を揺曳させるこの吉野宮を目の前にして、元明、元正両天皇と継がれてきた皇位が、持統天皇の曾孫であり、今まさに即位の期を迎えた聖武天皇に継がれ、しかも永遠に継承されて行くに相違ないという予祝が含まれている。

と説き、また、「この宮をシンボルとして天武・持統朝系の皇位が引きつがれてきた歴史に重点を置」いて歌が作られているとも説く（一〇〇六の解説の条）。九〇七の持つ皇統の歴史に対するこの認識は、一〇〇六の「神代より」にも通じるであろう。遠山一郎一九九四bは、一〇〇六について、「人麻呂の歌を踏まえることによって、吉野という天武皇統の原点と聖武天皇とを、神の時代からの連続という形で、深く結びつける働きを果たした」と指摘する。つまり、これら類歌は、天武・持統朝から聖武朝へと引き継がれてきた皇統の歴史に対する認識によって貫かれていると言えるであろう。次に、天平当時の人びとにこれらの歌はどのように受け止められていたのであろうか。平舘英子一九七八は、「金村は後の行幸時の作品の配列順序等から聖武朝宮廷歌壇の第一人者であったと推測されている。『養老の吉野讃歌』が他ならぬ金村によって歌われ、巻六冒頭部の聖武天皇行幸歌群の先頭に置かれていることが『養老の吉野讃歌』の当時の享受のあり方をよく示しているといえる。」と述べ、九〇七歌が聖武朝において規範的作品として仰がれ、広く享受されていたことを説く。いま、この享受のありようを考え合わせたい。⑦が、そうしたよく知られた九〇七（そして一〇〇六）歌という歌を背景に持つということは、⑦を享受するうえで自然と右の類歌が想起され、その読みが導入されることを意味するのではないか。

さきほど本論は⑦の「いにしへ」が宮の妥当性を述べるために持ち出されたいわば「仮構されたいにしへ」で

はなかったか、と述べたが、右に見た類歌の「神代ゆ（より）」に見出された天武皇統意識は、この「仮構されたいにしへ」に根拠を与えるものとなり得るのではなかろうか。つまり、「仮構されたいにしへ」と「神代」とが重ね合わされることで、神野志隆光一九九〇bが「吉野は天武王朝皇統意識への回路であった」と指摘するように、皇統によって継承され守られてきた吉野宮の由緒や荘厳さが、所を変えたこの作品の中に呼び込まれることになる。⑦は、天武皇統によって継承されてきた吉野宮の歴史をもって「いにしへ」を仮構し、このたびの行幸の宮を保証する、という方法によって形作られているのではなかろうか。

四　不破関をめぐって

神話世界を裏付けとする⑤、皇統の歴史を裏付けとする⑥・⑦に続き、この行幸歌群の最後に位置づけられているのが⑧である。この歌は、一見「妹への思慕」のモチーフのみによった歌と捉えられかねない。しかし、私見では、⑧には、歴史に対する認識という要素も存在すると思われる。そして、そのなかみは、先取りする形で述べるならば、⑤にも見られ、⑦にも現われていた「天武皇統意識」ではないかと考える。

ここでは、初句「関なくは」の「関」に注目したい。この関は、言うまでもなく、「軍防令」に、「凡置㆑関応㆓守固㆒者。並置配㆓兵士㆒。分番上下。其三関者。設㆓鼓吹軍器㆒。国司分当守固。所㆑配兵士之数。依㆓別式㆒。」とあり、『令義解』に、「其三関者　謂。伊勢鈴鹿。美濃不破。越前愛発等是也。」とあるところの不破関である。この⑧では、『拾穂抄』がいみじくも、「此関あれは日中に都に帰りて妹と枕ならふるわさもせられすとの心也」と指摘するように、不破関のために妹と逢えないことが歌われ、「関」の存在が一首の発想に大きくかかわっている。したがって、この「不破関」の歌われ方にこそ着目しなければならないであろう。

まず、『新全集』が、「不破の関から奈良まで片道一二〇キロメートル、往復で約六日の旅程。」と注している点を考えよう。これではたとえ不破関がなかったとしても「とんぼ帰り」（『釈注』）などどだい無理である。にもかかわらず

⑧は、不破関があり通行できないせいであると歌う体を採っている。ここに、不破関の存在がことさらに取り上げられているおもむきが見出せるであろう。次に、『拾穂抄』が先鞭をつけ、『童蒙抄』が引き継いだ見解にも注目したい。

　帝の供奉の折なるへけれと関にさはるやうによみなしたまへり（『拾穂抄』）

　行幸の御供ならば関に被レ障迄もなく、心のまゝにはなりがたき事なれど、所の地跡によせてよめる也（『童蒙抄』）

傍線部分は、「職員令」中務省の規定に、「内舎人九十人。掌。帯レ刀宿衛。供ニ奉雑使一。若駕行分ニ衛前後一。」とある内舎人の職掌を勘案しての指摘である。たとえ不破関がなくとも、規定された内舎人の職掌に従うかぎり、妹のところへちょっと行って来るなど、そもそも無理である。にもかかわらず、⑧では、あえて「関にさはるやうに」歌われている。やはり不破関の存在がことさらに取り上げられているという事実は否定できないであろう。そして、こうした歌われ方を考えれば、この⑧自体が、不破関の存在を重視して読むことを要求していると言えるのではなかろうか。

　では、なぜこのように不破関がことさらに取り上げられる形で歌が詠まれているのか。つまり、「所の地跡によせて」の「よせる」内実を考えなくてはならない。不破関（そして不破行宮）について考察を進めよう。岸俊男一九六六が、「三関は京師に叛乱が起こったとき、その逆謀者の東国への逃入を防ぎ、それによって東国を拠点とし、あるいは東国の勢力を動員して行なわれる反撃を、未然に抑える役割を果たしていたのである。」と指摘するように、不破関は軍事防衛上重要な意義を持つ。その設置時期についてはかまびすしい論議があり[2]、設置時期を特定することは難しそうである。ここは、岸論文が、「私は三関のそれぞれの関の設置はともかくとして、いわゆる三関国をとくに設定したのは、壬申の乱以後、右の史実に鑑みて、中央での叛乱に対処する配慮が大きく働いたからではないかと思う。」と言及することも考慮し、すくなくとも律令体制の三関の制に壬申の乱に対する反省があった点を確認しておく。すなわちこれは、不破関を詠み込むこと自体が壬申の乱を想起させ得るものであるということを示唆する。

ここで振り返って、⑧の題詞に「不破行宮にして」とあることを考えたい。この題詞に対して『金子評釈』は、「天武天皇の行宮は和射見野の野上にあつた。持統上皇、元正天皇、聖武天皇三聖の行宮も、やはり天武天皇の故址に就いて立てられたことゝ思ふ。」と述べている。(3) この指摘は、この作品の「不破行宮」という記述において、聖武、元正、持統、そして天武へと、皇統がさかのぼって辿られ得ることを示唆する。その天武と不破行宮とを結びつけるのは無論壬申の乱であり、我々は柿本人麻呂「高市皇子挽歌」(2一九九～二〇一)を読むことによってその結びつきを確かめることができる。そこでは「真木立つ　不破山越えて　高麗剣　和射見が原の　行宮に　天降りいまして」とあり、壬申の乱における天武の姿が降臨神話の形で描かれている。身﨑壽一九九六は、「この高市皇子挽歌の前半部、壬申の乱をえがいた部分で具体的な地名がほとんど登場しないことは問題だろう。はっきりあげられているのは『不破山』『和射見我原』のふたつだけで、いずれも冒頭部の、大海人＝天武の行動をなかば降臨神話風に叙した部分にかぎられる。各方面で戦端がひらかれた、その戦場の地名は一切捨象され、両軍の命運を決した会戦の舞台となった息長の横河も安河も瀬田も、この挽歌には登場しない。」と述べ、この挽歌の問題点を指摘するが、まさにこうしたありようこそ、「不破」・「和射見が原の行宮」(＝不破行宮)が、天武を語るうえで、さらに壬申の乱を語るうえで重視されていたことを伝えているのではないか。つまり、不破行宮と壬申の乱を結びつけるコードが実際に存在していたことを、この「高市皇子挽歌」という作品が我々に教えてくれるのである。

この行幸従駕歌群の最後がことさらに詠み込んでいた「不破行宮」・「不破関」は、右のコードにより壬申の乱を想起させるために布置されたのではないかと考える。藤原広嗣の乱の折、固関がなされたとの記述はないが、「まさに、戦時体制に近い」(北山茂夫一九七一)状況があったこと、そして内乱時にも固関がなされること(岸俊男一九六六)を考え合わせれば、まさにそれは「固関」のなされるべき状況である。なによりも作品自体が、関が閉ざされていることを表わしている。天皇が終始東国にあり、不破関を越えない作品のありよう(第一項参照)は、「不破の道を塞」ぎ、天武がその東に布陣する壬申の乱の様相とアナロジカルな関係にあると言えるのではなかろうか。ここには、壬申の乱に回帰し得る装置があり、壬申の乱の「いにしへ」を想起させる方法がある。この私見は、あるいは根拠薄弱であるとの批判をまぬかれないかもしれない。しかし、ここで、振り返って②の左注の「御二在朝明行宮一之時所レ製御歌」を見てみたい。この左注には、当時の読者の読みが示されていると言える。左注筆者が②を朝明行宮での作ではないかとするのは、「見渡」すことを歌う②のありように、壬申の乱の折の朝明行宮における天武の「望拝」を想起し、それと関連づけたからではないかと考えられる。その「望拝」の記事を挙げておこう(『日本書紀』天武天皇元年六月二十六日の条)。

旦に、朝明郡の迹太川辺に、天照太神を望拝みたまふ。

この推定が正しいならば、この左注は、壬申の乱をこの②の背景に据えて読むことを当時の読者が感じ取っていた証しと言えるのではなかろうか。

五　むすび

第一項で確かめたように、この歌群自体が、作品としての空間を、東国・関東・畿外といういわば周縁の地に設定している。また、この歌群には天皇御製歌②があるが、それは、影山尚之一九九二が、「天皇御製を取り込むことで歌群に公けの装いをこらす」と述べているような、もくろみに基づくものと言えるであろう。つまり、この作品には、「周縁をへめぐる王権」というモチーフが、大きなわくぐみとしてあると言ってよい。本論は、第一項で示したように、歴史認識の内実を考察することをおもな論点とし、天武皇統の歴史に対する視線を見出してきた。中でもそれが明瞭な形で現われている⑤～⑧を中心に考察してきたわけだが、第一項(および前項)で触れた②・④を考え合わせるならば、「天武皇統意識」は、実は、歌群全体の背景に存在すると言えるのではなかろうか。

ここで、いままで述べてきたことをもう一度まとめてみたい。個々の歌が、現在に「いにしへ」を織り込む形で作られているわけだが、さらに、歌群全体としても、現在の王権の拠ってきたるところ、すなわち天武皇統の来歴を、遠近図法を用いて辿り直すという様相を我々に示している。現在の王権の中心である聖武天皇を基点として(④でことさらにこの行幸が強調され、「王権の今」が提示されている)、近くは現王権が王位を引き継いだ先代元正天皇が⑥で挙げられ、⑦で「神代」と位置づけられる持統朝そして天武朝へと皇統は辿られてゆく(持統朝への視線はすでに②にも見られていた)。また、⑦では「天武王朝皇統意識への回路」である吉野を想起させている。そして、こうした天武皇統への視線が、⑧で不破行宮・不破関を媒介として、天武皇統の始発と位置づけられるべき壬申の乱へと射程をのばして行くのである。ここに、天武皇統上の「近」から「遠」へと皇統を辿り直すさまが見出される。また、天武皇統意識が見られる⑤には、こうした皇統の歴史を、神話世界が遠くから保証し守護する様相もあり、もうひとつの遠近図法が見出される。

天平十二年冬の聖武天皇東国行幸従駕歌には、周縁をへめぐる王権という大きなわくぐみの中で、皇統を近くから辿り直し、さらに神話世界を導入することにより遠くから保証するという様相が見出される。

(1)　『全注』は「元正天皇の滝への行幸に使われた行宮は、続紀によれば、不破行宮である」と指摘する。
(2)　新井喜久夫一九七八や『全注』などは天武朝を想定している。
(3)　持統については『続日本紀』にある大宝二年十月～十一月の東国行幸がその機会と考えられるが、行宮の記述がいっさいない。ただし、不破郡の者への叙位の記述があり、不破行宮に立ち寄ったと推定するのが妥当であろう。

II　越中期の作品

第一章　越中歌壇について

第一節　八月七日の宴

一　はじめに

大伴家持が越中に赴任したのは天平十八年の七月であり、月がかわって八月に国守家持を囲んでの宴が催されたことを『万葉集』(巻十七)は告げている。その一群の宴歌は、家持によって書き留められ、のちに『万葉集』に収載されたわけだが、この作品はどのような読解を我々に要請しているのであろうか。まず本文を掲げよう。なお、論述の便宜をはかり、①~⑬の番号を付けることにする。

　八月七日夜集二于守大伴宿祢家持舘一宴歌

①秋の田の　穂向き見がてり　我が背子が　ふさ手折り来る　をみなへしかも(三九四三)

　右一首守大伴宿祢家持作

②をみなへし　咲きたる野辺を　行きめぐり　君を思ひ出　たもとほり来ぬ(三九四四)

③秋の夜は　暁寒し　白栲の　妹が衣手　着むよしもがも(三九四五)
④ほととぎす　鳴きて過ぎにし　岡びから　秋風吹きぬ　よしもあらなくに(三九四六)
右三首掾大伴宿祢池主作
⑤今朝の朝明　秋風寒し　遠つ人　雁が来鳴かむ　時近みかも(三九四七)
⑥天離る　鄙に月経ぬ　しかれども　結ひてし紐を　解きも開けなくに(三九四八)
右二首守大伴宿祢家持作
⑦天離る　鄙にある我れを　うたがたも　紐解き放けて　思ほすらめや(三九四九)
右一首掾大伴宿祢池主
⑧家にして　結ひてし紐を　解き放けず　思ふ心を　誰か知らむも(三九五〇)
右一首守大伴宿祢家持作
⑨ひぐらしの　鳴きぬる時は　をみなへし　咲きたる野辺を　行きつつ見べし(三九五一)
右一首大目秦忌寸八千嶋
古歌一首大原高安真人作　年月不レ審　但随二聞時一記二載茲一焉
⑩妹が家に　伊久里の社の　藤の花　今来む春も　常かくし見む(三九五二)
右一首伝誦僧玄勝是也
⑪雁がねは　使ひに来むと　騒くらむ　秋風寒み　その川の上に(三九五三)
⑫馬並めて　いざ打ち行かな　渋谿の　清き磯廻に　寄する波見に(三九五四)
右二首守大伴宿祢家持
⑬ぬばたまの　夜は更けぬらし　玉くしげ　二上山に　月傾きぬ(三九五五)
右一首史生土師宿祢道良

家持越中守時代の最初期の作品であるこの歌群についての貴重な先行研究として、伊丹末雄一九七八、森淳司一九八二、遠藤宏一九八四、大越喜文一九九二、『全注　巻第十七』(橋本達雄氏担当。一九八五年六月)がある。とりわけ橋本氏『全注』は示唆に富む見解を示している。しかし注釈書という制限から、歌群全体の構成理解について詳細に論じているとは言い切れず、私見を述べる余地はありそうである。

本論は、当該歌群の有機的構成を理解することに意を注ぎ、そこから、この宴席歌群以降展開される、いわば「越中歌壇」の始発の相を見定めようとするものである。

二　「をみなへし」をめぐって

この歌群の歌をひとつひとつ見て行くことから始めたい。①はこの歌群の冒頭を飾っており、この宴の主人家持自身の歌である。『窪田評釈』は、「『穂向き』は、穂のなびきぐあい。稔りが良ければ深くなびき、悪ければ浅い意。……国司はその年の稲のできばえを検察するのが職責の一つとなっていたので、その意でいっているものである。」と、国司としての職責に対する家持の意識をこの歌に見出している。②については『古義』の、「歌意は、女郎花の咲たる野辺をなつかしみて、彼方此方往廻り、遊びありきしものから、なほ君と共に携りて来ざりし事を、あかず口惜き事に思ひ出して、この女郎花を折取て、野辺を廻りて、此処に持来ぬ、となり」という解釈があてはまる。そして、この①・②が恋歌仕立てになっているとも従来指摘されている。

しかし、そうした要素も捉えられようが、ここで、触れておかなくてはならないのは、この①・②において「をみなへし(女郎花)」が歌われていることの意味であろう。「をみなへし」という歌材は、その用例の一部は「佐紀」の枕詞になっているとは言え、その表記は、「娘子部四」(六七五)、「姫部思」(一九〇五)、「佳人部為」(二一〇七)など、うるわしい乙女を表わすものばかりである。また、その語感から、若い娘子の譬喩として用いられた用例、

我が里に　今咲く花の　をみなへし　堪へぬ心に　なほ恋ひにけり(二二七九)

も存する。『全注』は、「その宴に興を添える目的で池主がたくさんの女郎花を折って持ってきた」と述べ、その「興」のなかみを「をみなへし」という歌材の持つ「風流」に置いている。もちろん、そうした「風流」と言える側面があったことを見落とすべきではないが、その側面だけでこの歌群を見ていたのでは、見落としてしまう面があるであろう。ここでは、故郷奈良つまり妻のもとを離れている官人たちの宴という点をも斟酌するべきではなかろうか。官人たちにとって「をみなへし」は、女性を想起させる語感から、宴の興をいやがうえにもかきたてる素材であったことは想像に難くない。この①・②を「風流」といった側面を中心に捉えているだけでは、次の③に「妹が衣手」が詠み込まれ、突然に望郷と思慕の念が噴出して来る歌群の展開を明確に解くことはできまい。冒頭のこの①・②における「をみなへし」が底流し、「妹」に対する思慕の念を噴出させる契機となっていると捉えるべきではないだろうか。

三　「妹」をめぐって

森淳司一九八二は、「何人かの宴席歌で一人が何首も続けて歌うことはない。一首もしくは二首が一般的である。」とし、池主の②と③④との間には、「何程かの宴の経過が予想できる」とする。これは、それぞれの歌の詠出の機微、および歌どうしの関連を考えるうえで有効な指摘であり、一連の歌群の中で、特に③④と⑤⑥が対応、関連するであろうことを教えてくれる。本論でも③〜⑥をひとまとまりとして論じることにしたい。

③の「秋の夜は暁寒し」と⑤の「今朝の朝明秋風寒し」が対応していることについては論を俟たない。そして、③の「暁寒し」が、⑤において「秋風寒し」というように寒さの理由が具体化されるのは、④の「秋風吹きぬ」に拠ると捉えられる。ところで、③・⑤の初句・第二句どうしがこのように対応しているならば互いの第三句以降にも対応する点が見出されてもおかしくはないだろう。③の「白栲の妹が衣手着むよしもがも」は、都に残し

て来た「妹」の衣服を身に纏うことを念じ、妹との共寝を望む男の心情を表わす。一方の⑤の「遠つ人雁が来鳴かむ時近みかも」については、『童蒙抄』が、「遠つ人かりとは、雁を人に云なして蘇武の故事をふまへて詠める也」と指摘し、また、『考』が、「此次の哥もて見るに、こも都の便をまたるゝよしなり」と述べていることが参照される。都を離れ辺境の地に暮らす人間にとって、待たれてしかたがないものが何であるかは、⑤を読み解くうえで重要な視点であろう。『全注』はこの歌を、「池主の二首のもつ恋愛的情緒を含む旅愁はひとまずそらし、秋の情趣だけで歌い返したのである。明け方の寒さから雁の渡来に思いをはせる風流人家持らしい歌である。池主の歌の旅愁に対しては次の歌で応じている。」と捉えている。しかし、この歌は、その「風流」や「秋の情趣だけで歌い返した」という側面でのみ把握するべきではあるまい。ここは『集成』が、「雁は遠くの人の音ずれを運ぶとされたので、都の消息をもたらす意をこめたか。」と指摘するように捉えるべきであろう。⑪の「雁がねは使ひに来む」という文言は、言うまでもなく蘇武の雁信の故事をふまえている。この宴の出席者がこの故事に想を得た歌を理解できたことを(奈良朝に生きる官人としては至極当然のことではあるが)確認できるわけである。

繰り返しになるが、③・⑤の対応を考慮するべきであろう。③が歌われることによって、都に残してきた「妹」が歌群上に現われていることを勘案すれば、⑤は、「雁信」の故事をふまえ「妹」からの便りを待ちわびる夫の心情を述べた歌であると捉えられるのではないだろうか。そして、『全注』が③について、「表面は自分のこととして歌い、家持を中心とする一座の共感を得て、宴の興を盛り上げようとしているのであろう。」と指摘することは貴重であり、③と対応するこの⑤にもあてはめるべきと考える。

次に④について考察する。「秋風吹きぬよしもあらなくに」という歌句はこの④だけでは何の「よし」がないのか、また、何の手段方法のなさを嘆いているのか明瞭でない。この「よしもあらなくに」については、『童蒙抄』が、「余之母安良奈久尓　此歌の之は(ママ)(1)、上の哥の、妹の衣手きんよしもかもと云由をうけてよめる也。」と、

③の「よし」と関連させているのが適切である。そうなると、この歌では、「妹に逢う方法もないのに秋風が吹いてしまった」と歌われているわけだが、妹に逢う方法があったらどう対処でき、「秋風」をしのげるというのか。この点について諸注は言及しない。しかし、冷たく身にしみる秋風をしのいでくれるものは共寝による妹の暖かみであろう。

うつせみの　世は常なしと　知るものを　秋風寒み　偲ひつるかも(3四六五)

というIの第二章ですでに考察した家持の歌が参照される。頭の中では世の無常をわきまえているが、秋風の寒さによって妹との共寝の暖かみをからだは思い起こしてしまう、という歌である。また、当該④の「秋風吹きぬよしもあらなくに」は、歌群内において、妹の不在を強く印象づける効果を持つと言えよう。

この④では、「ほととぎす鳴きて過ぎにし岡びから」と「ほととぎす」が詠み込まれている。霍公鳥は言うまでもなく夏の鳥だ。仲秋八月になぜ「ほととぎす」が詠み込まれるのか、これは少し問題にしなければならないであろう。『全釈』は、「霍公鳥が鳴いて通った岡といふのは、国守館の背後の二上山つづきの丘陵である。家持よりも早く此処に赴任して、その岡の霍公鳥を聞いた池主は、ここに霍公鳥が鳴くことをも、この歌で家持に告げてゐるやうにも見える。」と述べるが、はたして、そうした名所案内的内容を中心にこの歌を読んでよいのだろうか。

この問題を考えるうえで、歌末の表現が一致していて④と対をなすと見られる、⑥の表現を検討したい。越中赴任の七月から月がかわり、いまは八月になっている。その月日の経過に対する感慨を述べたのが「天離る鄙に月経ぬ」であるが、これは単に月日の経過のみを歌ったものではない。この⑥の「結ひてし紐を解きも開けなくに」は、妻が結ってくれた紐を解かない、つまり心移りをしないという意志表示となっている。

我妹子が　結ひてし紐を　解かめやも　絶えば絶ゆとも　直に逢ふまでに(9一七八九)

と同様の歌い方であると解してよい。この⑥は、初・第二句と第四・結句とが、「しかれども」によって対置され、そして結びつけられている。つまり、「天離る鄙に月経ぬ」は、妹と共寝をすることなしに月日が経ったという意味を帯びていることになり、時の経過が妻との離居を主軸にして語られていると言えよう。

ここで、ふたたび④に戻ろう。④は、夏に霍公鳥が鳴いていった岡、その同じ岡からいま、秋風が吹いて来たことを述べている。夏から秋へと季節は移り、妻の不在のなかで時が経過していく。夏ならまだしも離居のつらさに耐えられたが、秋風が吹いたいま、身にしみる秋風の寒さから妹との離居のつらさはこらえられない、そう捉えるべき歌と言えよう。④であえて夏の「ほととぎす」が詠み込まれたのは、妻との離居の期間を提示することでその悲哀を強調せんがためであった。『童蒙抄』が、早くに、「月日の早く立ち過たるを述べたる也」と指摘していたことが正鵠を射ていると言えよう。

ところで、この④・⑥は、それぞれ池主・家持の手になるものだが、池主・家持の私的感懐だけを述べているのでないことは言うまでもない。そもそも宴というものは、出席者との共通する感懐を述べることで成り立っている。これら④・⑥の歌は、同じように越中の地で都の妻と別れて暮らさなければならない官人たちの気持を代弁したと捉えるべきだ。この歌に表わされた心情は、その座に列席する官人たちに共有される心情と言えよう。

ここまで見て、③~⑥の四首は、都から遠く離れた鄙の地越中にあっての望郷の念つまり都の妻に対する恋情と思慕の念を基底に持つということが見出されるのである。

四　「我れ」をめぐって

⑥の「結ひてし紐を解きも開けなくに」を受けて、池主の⑦が歌われる。この歌の解釈に関しては種々の見解を生じているが、その最たる理由は主語が明示されていない点にある。「紐解き放けて」の主語・「思ほす」の主語がそれだ。前者・後者ともに都の妻とするのは、たとえば『大系』である。

田舎にいる私を、都にいる妻は、下紐を解いて思いを寄せているだろうか。（心を寄せてなどは決していないだろう。)

もしこの歌をこう解すとしたら、都の妻と越中の夫の心は断ち切られていることになり、興醒めどころではないのではないか。この点に対する配慮から考案された解釈が、前者・後者ともに家持とする解釈である。たとえば、『私注』は、

池主が、都にある妻が自分を思ふであらうかと、疑ふ心とも取りがたいので、家持が私のことは思つて居なさらないと取るべきであらうが、ワレヲは実は池主自身のことを言ふのではなく、座に侍する女性などの立場を、代つて歌つたのではないかと思ふ。つまり、家持が京の妻を思ひ紐も解かぬといふ歌を聞いて、座にある美人どもが、私のやうな田舎者では、どうせ駄目なのでせうといふ気配を見て取つて、池主が代つて歌を作つたのであらう。尤その気配は実際といふよりも、池主がさう解釈したか、或は此の歌によつてさういふ気配を作るやうにあふり立てたとも見られようか。

と推察する。しかし、もしそうであったら、そうした事情は、たとえば「為二遊行女婦一陳レ思」などのように左注等に記されるのではないだろうか。すくなくともそのような記述がないのだから、作品自体は、我々にそうした読解を要請していないと考えておく方がよいだろう。

『全注』も、この『私注』説を「興味深い推察」とし、『私注』同様に前者・後者ともに家持とする。ただ、『私注』のように一首の主体を「座に侍する女性」とはせず、

ここは三九四四と同じように恋歌の形をとって戯れたのだと解しておく。

とし、一首の作中主体をも池主とする。これは、①・②を恋歌仕立てと解することと関連しての見解であり、その意味では、この歌群内の構成に配慮した解釈であると言える。しかし、そう解したとして、女性ではない人物(池主)相手に、どう「紐を解いて」相手するというのか。その疑問に対する答えとして、『全注』は、

同じ「紐を解く」という言葉を用いながら、家持は妻を思って他の女性と関係しない意に用いているのに対

し、これは気を許しくつろぐ意にとりなし、やや皮肉っぽく軽く答えたところに気転が感じられる。

と説明する。しかし、同じ言葉を違った意味に「とりな」すことを、宴における享受者たちははたして即座に理解できたであろうか。また、歌群上でも、⑥と⑧の「紐を解き開く・放く」は、女性との交渉を指している。両首の間に位置するこの⑦だけを、異なる意味にあえて解釈すべきであろうか。また、その異なる意味に「とりな」すことを「気転」と捉えてしまうところにも問題があるのではなかろうか。『全注』は「恋歌の形をとって戯れた」と述べるが、「恋歌」と解すると、「紐を解く」という表現は、やはり男女の交情という内容を表わさざるを得ない。

さらに、「天離る鄙にある我」の把握のしかたはどうであろうか。直前⑥の「天離る鄙に月経ぬ」は、都を離れて越中国にいる官人達の共通の感懐であった。それを直後の⑦において、「どうせ田舎者の私なんぞに対しては、という気持ち」というように、「田舎者のわたし」を主体として想定し得るのか。そうした意味の転換を宴の場の人びとは即座に理解することが可能なのか。やはり問題が残ろう。これも「気転」ということがらで解いてしまうべきではないであろう。

ここでは、『全集』が、「鄙にある我を」に対して、「このワレは一人称複数に用いた。奈良に妻を残して来ている守家持と作者池主を中心にいう。」と解釈し、「紐解き放けて」に対しては、「われわれが紐を解き放っているなどと、の意。引用のトを省略してある。→三五八三(ま幸くて)。」と指摘するのに従っておく。そして、一首の解釈についても、「(天離る)鄙にいるわたしたちを　まさか　紐を解いていようかなど　お思いになりはしないでしょう」と『全集』のように捉えておくのが最も穏当であろう。

次の⑧の家持歌については、『大系』の現代語訳、「家で妻が結んだ下紐を解き放たずに、思いを寄せている気持を、誰が知っていよう。誰も知ってはいない。」のように解し、そして『角川文庫』が、「誰か知らむも」に対して、「解ってくれるのはあなたがただけの意がこもる。」と解くのが最も適切である。歌いぶりは個人の感懐を述べるという体をとっているが、この「思ふ心」の「心」もまた、官人たちが自らを同化し得る「心」であると捉えるべきであろう。家において妻が紐を結ってくれたという経験は、宴席に列席する官人たちの共通の経験だ。⑦の「鄙にある我を」に対しての『全集』の注、「このワレは一人称複数に用いた。」という説明をここでも参照すべきだと考える。

さて、ここまで、①〜⑧を考察して来た。これら八首の中には遠く離れて都に残る妻に対する恋情と思慕の念が底流していると言え、①〜⑧はこのテーマのもとに緊密に結びついていると言えよう。そしてその恋情と思慕の念は、ひとり家持あるいは池主だけの思いではなかった。同様に妻を都に残し越中にいる官人たちの思いが綴られていると言えよう。

五　妹思慕と現地讃美

つづけて⑨以下の五首について考察する。⑨になぜ「ひぐらし」が詠み込まれているかについては、ただその時鳴いていたという点や、「秋のあはれを感ぜしむる」(『全釈』など)点にその理由が求められてもいるが、一方で、なぜ「ひぐらし」と「をみなへし」がともに詠み込まれているかについて論じられて来た。『考』は、ひぐらしの鳴声によって恋情がいっそうかきたてられることを考慮し、「日晩之鳴けるにも妹こひしらのまされば、心やりになまめける女郎花の咲る野辺を見むと云なり、」と説明を加える。そして、その恋情の対象がほかならぬ奈良に残してきた妻であることについては、つとに『童蒙抄』が、「古郷の妻女を慕ふ意故、日ぐらしを詠み出て女郎花を取出たるならん」と述べ、また『総釈』(佐佐木信綱氏担当)は、「国守たる家持と掾たる池主との、二人の上官が都にのこしてある妻を思ひ出して、感傷的な気分になつてゐるので、その旅情をなぐさめむが為めに、かく詠んだのであらう。かつは、おのれの旅の鬱結を共に晴らさうとしたのであらう。」と指摘し、故郷の妻への思慕の感慨が宴の参加者に共通にあったことを指摘する。そして、「ひぐらし」を詠みこむことにより恋情の切

なさをきわだたせる効果をもつ歌には、

黙もあらむ　時も鳴かなむ　ひぐらしの　物思ふ時に　鳴きつつもとな(10一九六四)
ひぐらしは　時と鳴けども　片恋に　たわや女我れは　時わかず泣く(10一九八二)
夕されば　ひぐらし来鳴く　生駒山　越えてぞ吾が来る　妹が目を欲り(15三五八九)
恋繁み　慰めかねて　ひぐらしの　鳴く島蔭に　廬するかも(15三六二〇)

があり、これらの歌の存在は、天平の貴族官人たちにとって、そうした表現の形が一般的であったということを示唆する。当該⑨は、そうした歌いぶりを用いた歌であると言えよう。

また、この⑨の「をみなへし」が①・②の「をみなへし」に対応することは諸注の指摘する通りである。①・②の「をみなへし」に以下の歌群において展開される妹思慕の念を導き出す契機があったことを勘案すれば、この⑨にも故郷の妹思慕の感慨があると見なしてよい。そして、⑨がこの作品内に位置づけられることにより、作品内において、妻と逢うことかなわぬ越中国府の貴族官人たちの心情が強調され、その悲哀が起ち現われてくることになる。

ところで、この「をみなへし」が都の妹を想起させるのはもちろんだが、逍遥するべき「野辺」は越中の「野辺」である。その意味でこの「をみなへし」は現地越中の花でもある。ここは、『集成』がこの⑨に対して、「望郷の気持の深まりを、現地への関心に引き戻す歌。」と述べるように、この歌を読むことによって、目が現地に向けられてくることも捉えておきたい。⑨の現地性については、次の項で再述する。

次に⑩について考察する。この歌は題詞・左注から、僧玄勝が大原真人高安作の古歌をこの宴において伝誦したことがわかるが、越中の地の宴で大原真人高安の古歌が詠まれ、この作品内に位置づけられていることの意味が問われなくてはならないだろう。⑩がこの宴で詠まれた理由を考えれば、理由のひとつはこの歌群の一連の妹思慕の歌々と呼応させるためであったということがまず考えられる。「妹が家に伊久里の社の」には「妹の家に行く」意がかけてあり、⑨までの歌が等しく持っていた妹思慕の念と通ずる。しかし、それだけの理由であるならば、もっと他の古歌も考えられたはずだ。

ここで、⑩の第四句・結句「今来む春も常かくし見む」に注目しなくてはならない。この歌句を考えるうえで、参考として、

年のはに　かくも見てしか　み吉野の　清き河内に　たぎつ白波(6九〇八)

を見てみたい。いわゆる「養老の吉野讃歌」のこの用例では、「年のはにかくも見てしか」と歌われ、美称のついた吉野の現地の景観を、毎年毎年常に見ることが望まれる。また、「かく」は、現地吉野の現状を指し示す働きをなしている。そして、これらにより、この九〇八歌は吉野離宮讃美の歌たり得ている。

当該⑩の「今来む春も常かくし見む」の方はどうか。こちらも同様と考えてよい。めぐり来る春に永久に見続けようと歌うことで、「伊久里の社」に対する讃美となっている。また、こちらの「かく」も、「養老の吉野讃歌」の「かく」と同様に、現地の現状指示の語として讃美表現の一翼を担っていると見てよい。

この⑩は、こうした現地讃美の表現を備えているわけであり、こうした歌があえてこの歌群内に位置づけられているのは、そうした現地讃美性をこの歌群に付与するためであったことを確認できよう。

ところで、従来、「伊久里」が何処の地であるかが議論されて来た。『代匠記』(精撰本)は或者の語ったこととして大和説を提示し、『考』は『延喜式』に越後国蒲原郡伊久礼神社の名が見えることから越後説を示し、また、富田景周『楢葉越枝折』(石川県図書館協会復刻)は、「愚按には、礪波郡般若郷に井栗谷村あれば、このほとりの林なるべし。」と、越中国説を提出した。この越中説を補強する形で、森田平次一九三〇は、

東大寺の所蔵天平神護三年五月七日越中国解に東大寺墾田礪波郡石栗庄地壹佰壹拾貳町と見え東大寺要録巻六に載たる長徳四年の注文定にも越中国礪波郡石栗庄田百廿町とあり其地は今同郡に石栗谷村と称する村落ありて此地辺を般若郷とす

と記している。つまり、大和・越後・越中国三説鼎立の体をなしている。鴻巣盛廣一九三四は、大和説に対し、「奈良の南方にあるとする或人説も、根拠のないもので信じ難い。」とする。また、越後説に対しては、「越後の伊久礼とするのは、神名帳や和名抄に載つてゐる地名だから、強ちに拒け難いけれども、理と礼と音も異なつて居り、又越後は隣国ながら、遥かに遠く隔つた地名であるから賛成し難い。」とする。これは、妥当な処置と言える。

一方の越中説であるが、森田氏が挙げる東大寺所蔵天平神護三年五月七日付「越中国司解」には、「石栗庄」ではなく「石粟庄」とあり(『大日本古文書　家わけ十八ノ二』一九五二年三月)、森田氏の誤読とおぼしい。さらに、奈良国立博物館所蔵天平宝字三年十一月十四日付「越中国礪波郡石粟村官施入田地図」(『大日本古文書　家わけ十八ノ四』一九六六年三月)に「石粟村」・「石粟庄」とあり、東大寺所蔵神護景雲元年十一月十六日付「越中国礪波郡伊加留岐村墾田地図」(同)にも「石粟村」とある。この点のみから言えば、越中説の根拠も薄弱と言わざるを得ない。しかし、森田平次一九三〇には、

大原氏は姓氏録に敏達天皇孫百済王之後也と見え続紀に天平十一年夏四月詔曰省二従四位上高安王等去年十二月二十五日表一具知二意趣一云々今依レ所レ請賜二大原真人之姓一とありて同十四年十二月正四位下大原真人高安卒とあり按に東大寺の所蔵天平宝字三年十一月十四日の文書に越中国礪波郡伊加留岐野地壹佰町東山南利波臣志留志地西故大原真人麿地とある麿は続紀に天平十五年五月従六位上大原真人麿に授二従五位下一とあれは高安真人の子なるへしされは父高安このかた礪波郡伊久里の地は所領なりし故に此領地にてよまれたる歌なるへし

という言及もある。もとより大原真人高安・麻呂両者を親子と認定できる確証はなく、(2) その点憶測の域を出るものでないことは言うまでもないが、「大原真人」と越中礪波郡の関連を辿ることができ、越中説の有力な傍証となっている。

さらに、「大原真人」の氏姓を持つ高安歌⑩に、「伊久里の社」というように「社」が歌われているのはなぜか。

藤井一二一九九四は、同地図内の神田、櫛田神田・荊波神田・男神(雄神)田などに注目し、それぞれの神田を所有する櫛田神社・荊波神社などの背景に、櫛田郷・荊波村などのような共同体的組織の存在を想定する。また、墾田経営にあずかるそうした地域共同体組織の労働力は、郡域を越えて移動するとも指摘する。大原真人の墾田経営に「伊久里」神社の村落共同体が背景にあったと推察することも、あながち無意味とは言えない。「社」が詠み込まれる必然性はここにあると言えよう。なお、各神社および墾田・神田の位置関係については、金田章裕・田島公一九九六も参考にした。

また、そもそも「伊久里の社」が越中の地でないとするならば、越中国守館で開かれているこの宴で「常かくし見む」と歌うことは、はなはだそぐわないものになってしまおう。この表現の持つ現地讃美性の制約は存する。すくなくともこの⑩が宴席において披露された時、この⑩は宴の参加者に無理なく理解されたことを考慮すべきであろう。

以上の点から、「伊久里の社」を越中の地としておくのが最も妥当と判断される。この⑩についても次の項で再述する。

次に⑪・⑫について見てみたい。⑪・⑫はあとで触れるように一組になっており、この宴席歌群のまとめ的存在をつとめている。⑪は③～⑧の妹思慕のモチーフによって貫かれた部分に対するまとめとして歌われている。⑪を雁信の故事に即した歌と捉えることは論を俟たず、『口訳』がこの歌の解釈を、「いとしい人の住んで居る家の辺の川、即佐保川の辺では、已に雁が此方へ使ひに来よう、と騒がしく鳴いて居ることであらう。」と、都で待つ妻という点を捉えて解釈していることは、その意味で適切であると言えよう。一方、中西進一九九四は、「シベリアはほかには家持が歌うだけで(巻十九　四一四四)、いま一所懸命ツンドラ地帯の川のほとりでカリが騒いでいるだろうというのは、いかにも家持らしい国際性豊かな想像ではないか。」と述べ、「大陸」から越中に飛来した雁が、家持の使いとして都へと飛んで行くことを想定している。雁の飛来の方向を厳密に捉えての見解だが、同様に雁信の故事をふまえた、

天飛ぶや　雁を使ひに　得てしかも　奈良の都に　言告げ遣らむ(15三六七六)

などでは厳密な方向性が捨象されていることがわかる。ただ、「辺境の地→都」という方向性は保たれているわけだが、その点に関しては次の歌を見てみたい。

九月の　その初雁の　使ひにも　念ふ心は　聞こえ来ぬかも(8一六一四)

この歌の題詞には「遠江守桜井王奉二天皇一歌」とある。つまりこの歌の中で「初雁の使ひ」は、聖武天皇の「思ふ心」を伝えるために都から遠江国まで飛来することを希求される存在として歌われている。この希求は次の一六一五歌、

天皇賜報和御歌一首

大の浦の　その長浜に　寄する波　ゆたけく君を　思ふこのころ

の、「雁信」を得ることによって満たされる。

一六一四歌の作者桜井王は、奈良朝風流侍従のひとりであり、時代の文芸を代表する風流侍従にこうした歌があるということは示唆に富む。やはり雁信の故事は、細かい方向性の部分は捨象され、離居する大切な人との間を取り持ってくれる使いという面で、万葉歌人たちに享受されていたと見てよい。

この⑪は、越中の我れに都の妹からの便りを運んでくれようとしている雁の使いの姿を推量する歌い方になっている。この⑪の作者は家持であるが、これもやはり、ひとり家持の感慨を述べた歌ではなく、この宴に集う官人たちの望郷の念を代弁する形で歌われたと言える。この⑪に対して、『集成』が、「ここで再び望郷の歌となる。」と歌群的理解を提示し、『角川文庫』はさらに進めて、「宴の望郷歌のまとめ。」という位置を与えている。

右に見たように、⑪では都の妹とのつながりが求められている。その意味でこれらの見解は、認め得る歌群理解

と言えよう。

次の⑫には類歌、

秋風は　涼しくなりぬ　馬並めて　いざ野に行かな　萩の花見に（10二一〇三）

が指摘されている（『総釈』等）。たしかに二首は同様の形を持っており、類歌と認定できようが、この二首は、核心において位相を異にすると言えるのではないか。つまり、二一〇三歌が、秋雑歌に属し、秋風によって萩が見頃になったことを詠むように、基本的に季節歌であるのに対し、⑫は、渋谿の磯廻に「清き」の語が付けられており、現地讃美の性格を色濃くうち出した歌となっている。『角川文庫』はこの⑫に対して、「宴の現地讃美をまとめる歌。」との位置を与える。適切な歌群把握と言えよう（なお、この⑫についても次の項で再述する）。

さて、そうなると、⑪は、この宴席歌群全体の望郷的性格つまり妹思慕をまとめた歌であり、⑫は⑨・⑩に見られた現地性を引き継いでまとめた歌ということになる。また、①が、現地越中管内の検察という要素を持っていたことを考え合わせれば、⑫は、当歌群の冒頭部をもその射程に収めた歌ということになろう。

伊藤博氏は、上代に、旅において土地の物をほめる歌と望郷の念を述べる歌とが歌われる習慣があり、また、その双方が揃うことで全き形が整うという考えがあったことを指摘する（伊藤博一九七三など）。あたかも旅の歌のように⑪・⑫で望郷の念・現地讃美の双方がまとめの歌として歌われたわけである。中西進一九九四では、この⑪・⑫二首を、「これは追和や員外と同じようなもので、ちょっと付け加えたというかたちである。」と位置づけるが、そのような「ちょっと付け加えた」ものなどでは決してなく、歌われるべくして歌われた、歌われずば画竜点睛を欠く歌であると言えよう。

この宴での重要なモチーフ（妻思慕・現地越中讃美）が歌いおおせられ当然宴も閉じられる方向に向かう。⑬に見るように、「宴の初めに西空にかかっていた七日の弦月は、夜ふけて西方の二上山に傾き、宴は果てる」（渡瀬昌忠一九九五）。

この宴席歌群全体をひと通り見て来た。ふたつの中心モチーフを軸に歌群全体が緊密に結びついている様相が見て取れた。また、その構成の中で一座の官人たちの共通感情が綴られていた。この作品は、その共通感情による越中国府の官人たちの結束を我々に告げていると言えよう。

六　むすび

最後に、一座の視線が現地越中に向けられている歌、⑨・⑩・⑫を考察することから、この宴席歌群の持つ意味を定位したい。⑨・⑩ではそれぞれ「をみなへし咲きたる野辺」・「伊久里の社」と現地越中の地が取り上げられている。そして、その⑨・⑩をふまえた⑫において、越中の景勝の地「渋谿の清き磯廻」が歌われる。この三首には共通して、「見る」があるが、これは偶然とは言えない。

まず⑨では、野辺に咲く「をみなへし」を「見る」ことが歌われる。遠藤宏一九八四が指摘するように、「をみなへし」は万葉第三期以後に賞美の対象となった花である。その美しさを賞美しようと歌うこの⑨は、万葉第四期のこの宴に集う官人たちにとって、共通に理解することができたであろう。すでに述べたように、妻と逢えずに苦しむ心情がこの⑨には語られている。また、「をみなへし」は女性を想起させる素材であった。それを「見る」ということは、妻と逢うことがかなわず妻思慕の感慨に満ちている人間にとって、心遣りの術となる。そしてここでは、宴の参加者に故郷の妻思慕の感慨が共通にあったことを想定した、前掲の『総釈』の指摘を忘れてはならないであろう。つまり、この⑨でその共通感情は、野の「をみなへし」を「見る」(＝賞美する)行為によって体現されていると言える。

⑩では具体的な地名「伊久里の社」が登場し現地性がより濃厚になる。この⑩が歌群内に布置されたのは現地讃美のためであったことはすでに述べた。この⑩で「伊久里の社」の讃美に寄与しているのは、幾春も藤の花を「見る」・「賞美する」表現である。また、この古歌が選ばれた理由には、この歌群の持つ妹思慕の共通感情に合

致させるためということもあった。「妹の家に行く」意をかけられた「妹が家に伊久里の社」がその働きをなしていた。故郷の妹の家に行くことかなわず妹思慕の感懐を共通に持っている国府の官人たちにとって、「妹の家に行く」という意を含み持つ「伊久里の社の藤の花」を、「見る」と歌うことは、妹に逢えずにいる感懐を慰撫してくれるものである。この⑩でも、国府の官人たちの共通感情は、「見る」行為によって体現されていると言える。この宴において転用・披露された大原真人高安の古歌は、一座の官人たちの共通感情を「藤の花」を「見る」ことによって体現し、一座の視線を現地越中に向けさせてゆくことで、新たな歌として機能していると言えよう。

当該宴席歌群には、ひとり家持あるいは池主の感懐だけではなく、同様に妻を都に残して来た官人たちの妻思慕の思いが綴られていた。そして、越中国府の官人たちがこの共通感情によって結束している様相が起ち現われている。⑨・⑩はこの共通感情による結束を背景として歌群内に登場して来るわけだが、そこでは、共通感情を媒介とした一座の官人たちの結束が、賞美する視線を共有することで体現されていると定位できよう。⑫は、⑨・⑩のこうしたありようをふまえて誦詠されている。⑫では、共通感情によって結束した官人たちと清らかな渋谿の磯にでかけ、そこに寄り来る波をともに見ようと歌われる。これまでの歌群の共通感情による結束が、⑫において、ともに見る、視線を共有することにより、さらに確認・強化されている。しかもこの⑫が宴の主催者国守大伴家持によって詠出されたことは象徴的だ。

ここで⑫の「馬並めていざ打ち行かな」を問題としたい。「馬並めて」は、しばしば、天皇遊猟に際し天皇と臣下が馬を並べて猟に立たんとする景を描写するのに用いられる(四、四九、一二三九、九二六)。天皇と臣下という図式を越中国府の国守と国司たちにあてはめるならば、当該⑫で「馬並めていざ打ち行かな」と一同をいざなうこの歌にも、そうした君臣連れ立って馬を並べる姿が揺曳しているととれなくもない。しかし、一方で「馬並めて」の例には、

ま葛延ふ　春日の山は　うち靡く　春さりゆくと　山峡に　霞たなびく　高円に　うぐひす鳴きぬ　もののふの　八十伴の男は　雁がねの　来継ぐこのころ　かく継ぎて　常にありせば　友並めて　遊ばむものを　馬並めて　行かまし里を……(6九四八)

もののふの　八十伴の男の　思ふどち　心遣らむと　馬並めて　うちくちぶりの　白波の　荒磯に寄する　渋谿の　崎た廻り……(17三九九一)

がある。九四八歌では、「もののふの八十伴の男」が「友」人どうしで連れ立って出かけるさまが描かれ、また、三九九一歌では、「もののふの八十伴の男」が「思ふどち」、つまり心情を共有できる親しい仲間どうしで駒を並べて行くさまが描かれている。これらの「馬並めて」の用例は、同じく天皇に仕える「八十伴の男」どうしのつながりを志向するものである。

ことに、三九九一歌は家持の作であり、場所も当該歌と同じ渋谿である。これを勘案すれば、当該歌で「馬並めていざ打ち行かな」と歌うことには、同じく天皇に仕える八十伴の男として自らと思いをともにできる気のおけない仲間たち、という意識が盛り込まれていると見なしてよいのではないか。

この宴は家持主催の宴である。家持は在京時さまざまな宴席に出席しているが、それは、青年貴族官人たちとの宴席であったり、行幸時の天皇を中心とした宴席であった。これまで宴席の主催者となる機会がなかった家持が、いまは国守として配下の官人たちとの宴席を主催している。国府という「遠の朝廷」では、国守とその配下というういわば縦関係が存在する。一方、天皇を中心とした王権の構造から考えれば、天皇のいる都(中心)から離れた「天離る鄙」(周縁)の越中国では、国守もその配下も天皇の臣下どうしであり、八十伴の男どうしというういわば横関係が存在する。家持は越中においてどちらの立場を取り入れていったのか、これは越中期の作品を考察するうえで重要な視点である。この歌群などでは後者の立場が採られているわけであるが、そこで看過し得ないのは、父旅人が中心となり「思ふどち」が集うて文芸の花を咲かせた筑紫歌壇の存在である。いわゆる「梅花

宴」の歌の中には、

梅の花　今盛りなり　思ふどち　かざしにしてな　今盛りなり（5八二〇）

のような歌があり、都を離れた筑紫の地で、官人たちがお互いの心を理解し合える「思ふどち」の間柄で結ばれていたことを告げている。当該作品に現われた如上の官人どうしの意識は、筑紫歌壇への憧憬の念と無関係ではないことを確認しておかねばなるまい。

この宴は、家持が越中に赴任してから最初の宴として『万葉集』に載せられている。巻十七・十八・十九と展開される越中の文化圏における文学的営為の嚆矢として位置づけられていると言える。『万葉集』に収載されたこの宴席歌群は、同じく天皇の臣下として越中国にある官僚どうし、八十伴の男たちの和楽の文学の始発、「思ふどち」の文学の始発を我々に告げているようだ。そしてまた、越中期の家持の諸作品を考えるうえで、重要な視点を我々に提示してくれていると言えそうである。

（1）　余之であろう。

（2）　中西進一九八八は、両者を親子とするが、その根拠は示していない。

第二節　越中賦の敬和について

一　はじめに

天平十九年四月、越中国において大伴家持は「遊二覧布勢水海一賦」と「立山賦」を制作し、大伴池主はそれに対する敬和の賦をつくった。『万葉集』巻十七には、それらの作品が載せられている。（便宜上、A〜D、①〜⑩の番号を付す。）

A

遊二覧布勢水海一賦一首并短歌　此海者有二射水郡舊江村一也

もののふの　八十伴の男の　思ふどち　心遣らむと　馬並めて　うちくちぶりの　白波の　荒磯に寄する　渋
谿の　崎たもとほり　松田江の　長浜過ぎて　宇奈比川　清き瀬ごとに　鵜川立ち　か行きかく行き　見つれ
ども　そこも飽かにと　布勢の海に　舟浮け据ゑて　沖辺漕ぎ　辺に漕ぎ見れば　渚には　あぢ群騒き　島廻
には　木末花咲き　ここばくも　見のさやけきか　玉櫛笥　二上山に　延ふつたの　行きは別れず　あり通ひ
いや年のはに　思ふどち　かくし遊ばむ　今も見るごと(三九九一)①
布勢の海の　沖つ白波　あり通ひ　いや年のはに　見つつしのはむ(三九九二)②

右守大伴宿祢家持作之　四月廿四日

B

敬和下遊二覧布勢水海一賦上一首并一絶

藤波は　咲きて散りにき　卯の花は　今ぞ盛りと　あしひきの　山にも野にも　ほととぎす　鳴きしとよめば

うちなびく　心もしのに　そこをしも　うら恋しみと　思ふどち　馬打ち群れて　携はり　出で立ち見れば
射水川　湊の渚鳥　朝なぎに　潟にあさりし　潮満てば　妻呼び交す　ともしきに　見つつ過ぎ行き　渋谿の
荒磯の崎に　沖つ波　寄せ来る玉藻　片搓りに　縵に作り　妹がため　手に巻き持ちて　うらぐはし　布勢の
水海に　海人舟に　ま梶櫂貫き　白栲の　袖振り返し　率ひて　我が漕ぎ行けば　乎布の崎　花散りまがひ
渚には　葦鴨騒き　さざれ波　立ちても居ても　漕ぎ廻り　見れども飽かず　秋さらば　黄葉の時に　春さら
ば　花の盛りに　かもかくも　君がまにまと　かくしこそ　見も明らめめ　絶ゆる日あらめや（三九九三）③
白波の　寄せ来る玉藻　世の間も　継ぎて見に来む　清き浜びを（三九九四）④
　右掾大伴宿祢池主作　四月廿六日追和

C

　立山賦一首并短歌　此山者有二新川郡一也
天離る　鄙に名かかす　越の中　国内ことごと　山はしも　しじにあれども　川はしも　さはに行けども　皇
神の　うしはきいます　新川の　その立山に　常夏に　雪降り敷きて　帯ばせる　片貝川の　清き瀬に　朝夕
ごとに　立つ霧の　思ひ過ぎめや　あり通ひ　いや年のはに　外のみも　振り放け見つつ　万代の　語らひぐ
さと　いまだ見ぬ　人にも告げむ　音のみも　名のみも聞きて　ともしぶるがね（四〇〇〇）⑤
立山に　降り置ける雪を　常夏に　見れども飽かず　神からならし（四〇〇一）⑥
片貝の　川の瀬清く　行く水の　絶ゆることなく　あり通ひ見む（四〇〇二）⑦
　四月廿七日大伴宿祢家持作之

D

　敬和二立山賦一一首并二絶
朝日さし　そがひに見ゆる　神ながら　み名に帯ばせる　白雲の　千重を押し別け　天そそり　高き立山　冬

夏と　別くこともなく　白栲に　雪は降り置きて　古ゆ　あり来にければ　こごしかも　岩の神さび　たまきはる　幾代経にけむ　立ちて居て　見れども異し　峰高み　谷を深みと　落ち激つ　清き河内に　朝去らず　霧立ち渡り　夕されば　雲居たなびき　雲居なす　心もしのに　立つ霧の　思ひ過ぐさず　行く水の　音もさやけく　万代に　言ひ継ぎ行かむ　川し絶えずは（四〇〇三）⑧

立山に　降り置ける雪の　常夏に　消ずて渡るは　神ながらとぞ（四〇〇四）⑨

落ち激つ　片貝川の　絶えぬごと　今見る人も　止まず通はむ（四〇〇五）⑩

右掾大伴宿祢池主和之　四月廿八日

これらに「二上山賦」（三九八五〜三九八七）を加えた合計五つの作品を「万葉五賦」と名づけたのは、周知の通り山田孝雄一九五〇であり、「賦」と題された理由については、芳賀紀雄一九九六に詳しい。その「五賦」のうちの家持作（これをまとめて「三賦」と呼びならわしている）を論じた先行研究は、数多くあり、我々は山水の対比や漢籍からの影響等について多くの教えを受けることができる。しかし、AにB、CにDが敬和されていること、およびその敬和の方法について具体的に論じたものは、かならずしも多いとは言えない。そうした状況の中で、『全注　巻第十七』（橋本達雄氏担当）が、池主のBについて、「構造・敬和の方法」と小題をつけて、「家持の賦に和えたものなので、家持の心を汲みつつ、それに対応させながらも、その足りないところを補い、主題の展開上不必要と思われるところを省き、きわめて知性的に整然と組み立てた歌である。」と述べ、神堀忍一九七八が、「ここではお互いの役割を心得、その役割を果たし、相互に補完して調和を創り上げる楽しさに身を浸しているようなところがある。」と述べているのは、貴重な指摘である。さらに、伊藤博一九九二は、「われわれは、都人士への語り草、手土産として家持が持ち帰った布勢遊覧の賦なるものが、池主の応じて和える賦の存在することによってはじめて完結することを知るべきである。」と述べている。もとの賦と敬和の賦とが合わさりひとつの作品を形成しているということの指摘は、重要である。

また、「五賦」と括られる五つの作品のうちでは、「二上山賦」とそれ以外の右に示したＡＢＣＤとの間で位相が異なることが指摘されている。小野寛一九七三が詳述するように「二上山賦」の左注には「依興作」の記述があり、それのないＡＢＣＤとは歌の性質を異にすると言えそうである。さらに、三月三十日制作の「二上山賦」と、間断なく続くＡ(四月二十四日制作)～Ｄ(同月二十八日制作)との間には制作月日の大きな隔たりがある。そして、なによりも、「二上山賦」にはない「敬和」の賦が存在すること自体を重視すべきではなかろうか。

ところで、池主のＢ、Ｄが詠まれても、『万葉集』巻十七にそれらを載せず、家持作の賦Ａ、Ｃだけを載せることも、編集のひとつの方法としてあったはずである。しかし、現実に、Ａ―Ｂ、Ｃ―Ｄの形で載せられている。これは、Ａ―Ｂ、Ｃ―Ｄという形が巻十七の編者と目される家持によって承認された形であるということを意味するのであり、『全注』、神堀忍一九七八、伊藤博一九九二が示しているように、家持と池主との共同の営為の作品であることを表わしているのではなかろうか。やはり、我々も、Ａ―Ｂ、Ｃ―Ｄの連関に配慮しながら、これらの作品を読み進めなければならないであろう。

以上の点から、本論は、越中賦のうちのこのふたつの作品(Ａ―Ｂ、Ｃ―Ｄ)を考察の対象としたい。

二　敬和について

当該作品の分析に先立って、まず、集中の「敬和」の例を概観しておきたい。といっても、当該Ｂ、Ｄ以外の用例は、

敬下和為二熊凝一述二其志一歌上六首并序　筑前國守山上憶良(5八八六題詞)

……更承二賜書一……不レ遺二下賤一　頻恵二徳音一……方知二僕之有一レ幸也　敬和歌其詞云(17三九七三前置漢文池主→家持)

の二例のみである。(1) つまり、家持―池主の用例以外は憶良の作品ということになる。当該B、Dや三九七三前置漢文の「敬和」が、単に「和」に「敬」がつけられたものではなく、憶良歌とのかかわりにおいてなされているということが注意される。大久保廣行一九九四は、憶良作の「敬和」について、

かくして熊凝哀悼歌群は、陽春の先行歌に憶良の「敬和」歌を加える追和の形で成ったが、追和の付随的・補足的性格を脱して、憶良歌はそれだけで独立した、十分な完結性を有する雄編にまで仕上げられた。だが憶良は、鑑賞に際しては陽春歌と共になされることを期待して、それをも含み込み合体させた統一構造を志向したものと考えられる。まさにそれは、旅人らと共に試行を重ねて来た、筑紫文学圏特有の新しい文学創造と享受の実践であった。

と述べている。このことを考え合わせれば、家持―池主の敬和のあり方を考えるうえでも、いかにもとの賦から独立し、また、一面ではふまえることで、「統一構造」が志向されているかを考えなければならないのではないか。こうした問題の立て方が的はずれではないことを、巻十七の三九六九歌とそれに対する敬和歌の三九七三歌との例で見てみよう。三九六九歌と三九七三歌とを、それぞれ対応する箇所に傍線をつけて並べてみたい。

家持三九六九歌

大君の　任けのまにまに　しなざかる　越を治めに　出でて来し　ますら我れすら　世の中の　常しなければ
うちなびき　床に臥い伏し　痛けくの　日に異に増せば　悲しけく　ここに思ひ出　いらなけく　そこに思ひ出
嘆くそら　安けなくに　思ふそら　苦しきものを　あしひきの　山き隔りて　玉桙の　道の遠けば　間使ひも
遣るよしもなみ　思ほしき　言も通はず　たまきはる　命惜しけど　せむすべの　たどきを知らに　隠り居て
思ひ嘆かひ　慰むる　心はなしに　春花の　咲ける盛りに　思ふどち　手折りかざさず　春の野の　繁み飛び潜
く　うぐひすの　声だに聞かず　娘子らが　春菜摘ますと　紅の　赤裳の裾の　春雨に　にほひひづちて　通ふ

らむ　時の盛りを　いたづらに　過ぐし遣りつれ　偲ばせる　君が心を　愛しみ　この夜すがらに　眠も寝ずに
今日もしめらに　恋ひつつぞ居る

池主三九七三歌

大君の　命恐み　あしひきの　山野障らず　天離る　鄙も治むる　ますらをや　なにか物思ふ　あをによし　奈
良道来通ふ　玉梓の　使ひ絶えめや　隠り恋ひ　息づき渡り　下思に　嘆かふ我が背　古ゆ　言ひ継ぎ来らし
世の中は　数なきものぞ　慰むる　こともあらむと　里人の　吾れに告ぐらく　山辺には　桜花散り　かほ鳥の
間なくしば鳴く　春の野に　すみれを摘むと　白たへの　袖折り返し　紅の　赤裳裾引き　娘子らは　思ひ乱れ
て　君待つと　うら恋ひすなり　心ぐし　いざ見に行かな　ことはたなゆひ

三九七三歌は、見ての通り、三九六九歌の語句を承けているわけだが、一方、二重線で示したように、「古ゆ言ひ継ぎ来らし」「里人の　吾れに告ぐらく」という、三九六九歌にはない要素、すなわち、「古からの言い伝え」「里人の話」という伝聞の要素をも含み持っている。「古からの言い伝え」を持ち出すことで、「大君の　任けのまにまに　しなざかる　越を治めに　出でて来し　ますら我れすら　世の中の　常しなければ　うちなびき床に臥い伏し　痛けくの　日に異に増せば」と嘆いている者への慰めとなり、また、「里人の話」を持ち出すことで、「娘子らが　春菜摘ますと　紅の　赤裳の裾の　春雨に　にほひひづちて　通ふらむ　時の盛りを　いたづらに　過ぐし遣りつれ」という悔恨の情を持っている者に対する慰撫ともなっている。三九六九にはない要素を持ち出し、独自の視点を導入することによって、三九六九歌への敬和が果たされていると言えよう。

　ところで、この方法は当該のC—Dにも引き継がれているのではなかろうか。すでに、D⑨について、『集成』が、「『山』の歌四〇〇一を承け、そこで述べられた推測を伝聞によって裏づけている。」と述べているように、三九七三歌で採られていた「伝聞」の要素を歌に導入するという方法によりC⑥に対応することで敬和となっている。

右の点から、当該B、Dにおいても、いかにA、Cから離れて独立した位置を築きそこから敬和しているか、また、一方、いかにA、Cをふまえて敬和しているか、そして、そのことで、BはAと、DはCとのような「統一構造」(大久保廣行一九九四)を作り出すことが志向されているかを考察することが必要であると考える。

三　布勢の水海に遊覧する賦をめぐって

最初にA―Bについて考察する。A①では「……渋谿の　崎たもとほり　松田江の　長浜過ぎて　宇奈比川清き瀬ごとに　鵜川立ち　か行きかく行き　見つれども　そこも飽かにと　布勢の海に　舟浮け据ゑて　沖辺漕ぎ　辺に漕ぎ見れば……」と道行き風(『窪田評釈』)に歌われる。ここで取り上げなくてはならないのは、「渋谿の崎」「松田江の長浜」「宇奈比川」と地名を列挙しそれらを「見る」と歌いながらも、それらに対して「そこも飽かにと」と満足できないことが語られ、結局布勢水海が選び出されてくる表現のありようだろう。

「ある場所」を見ても見飽きることがない、ゆえに「その場所」を賞美し続けよう、と歌うのが、土地に対する讃美の基本的な型なのではないだろうか。人麻呂「吉野讃歌」(1三六・三七)、虫麻呂「不尽山を詠む歌」(3三一九)、福麻呂「敏馬浦を過ぐる時作る歌」(6一〇六五)などの詠み方を参照したい。

しかし、当該歌では、これらの例とは異なり、「渋谿の崎」「松田江の長浜」「宇奈比川」を見たのだが満ち足りないと歌っている。これについては、橋本達雄一九八二が、多くの中からひとつを選び出し讃美する国讃めの形式をふむとした見解に従いたい。越中の地名を「鳥瞰図的」(『私注』)に列挙することで示し、その中から当面の賦の対象となる「布勢水海」を取り出して讃美していると捉えられよう。Aの表現の特色をまずこうした点に見出せるのではなかろうか。

一方のBはどうであろうか。こちらは、「乎布の崎　花散りまがひ　渚には　葦鴨騒き　さざれ波　立ちても居ても　漕ぎ廻り　見れども飽かず」と、「吉野讃歌」以来の讃美の「型」通りの表現が取られている。これは、Aですでに、国讃めの形式によって多くの中から布勢水海を選び出すことが歌われていることに対応した詠みぶりであろう。選び出された布勢水海をBでは「十六句を費やして」(橋本達雄一九八二)十全に描いている。さきに触れた神堀忍一九七八の、「お互いの役割を心得、その役割を果たし、相互に補完して調和を創り上げる」という指摘がうべなわれるであろう。

この他、Bの敬和のしかたについては、おおむね橋本達雄一九八二に従ってよいと思われる。橋本達雄一九八二の要点を摘記すれば次のようになる。冒頭で「遊覧の気持を誘う好季節の到来」を歌い、家持歌の「心遣らむ」の心理を補足説明する。家持にはない射水川の叙述を入れ、道筋を合理的に示す。妻を呼び交わす「湊の渚鳥」、妹のための「縵」を詠み込み、旅愁にからませて情緒的に展開する。主題上「二上山」を詠み込まず、平凡ではあるが無難なものとする。

この橋本達雄一九八二の捉え方に批判の余地はほとんどないが、ただ、次の記述、

家持の「思ふどちかくし遊ばむ今も見るごと」を承け、「かもかくも君がまにまとかくしこそ」と家持を立てつつ応じて結んだのである。

の「応じて」のなかみについて、もう少しほりさげてみたいと思う。

A①は、冒頭部に「もののふの　八十伴の男の　思ふどち」、最終部にも「あり通ひ　いや年のはに　思ふどち　かくし遊ばむ　今も見るごと」とあるように、「思ふどち」の語が重出する。この重出に対しては、「心ゆかず」(『新考』)、「上手といふべからず。」(山田孝雄一九五〇)という評言もある。山田孝雄一九五〇はさらに、「蓋し突嗟の作にして推敲を欠きしが故ならむ。」と、作歌の状況を推測し、それに理由を求めている。

しかし、この見解はあたらないのではないか。ここでは、この重出によって何が果たされているのかを考える

べきであろう。長歌の冒頭部に「思ふどち」があり、最終部でふたたび「思ふどち　かくし遊ばむ」と明示されることによって、長歌全体の遊覧の主体が「思ふどち」であることが強調されている。そして、この強調により、「思ふどち」＝越中国府官人の結束への願望が表出されていると言えるのではなかろうか。こうした点にも、Aなりのありようを見出すことができるであろう。

一方のBはどうであろうか。B③の冒頭近くに「思ふどち　馬打ち群れて　携はり　出で立ち見れば」とあり、こちらも「思ふどち」が遊覧する主体として示されている。しかし、最終部では、A①と異なり、「かもかくも　君がまにまと　かくしこそ　見も明らめめ」というように、「君」つまりは国守家持が特に取り出される形で主体が示されている。集中の「君がまにま(に)」の用例には、「たらちねの　母に知らえず　吾が持てる　心はよしゑ　君がまにまに」(11二五三七)などの相聞歌の例が見られる一方、

磯の裏に　常夜日来住む　鴛鴦の　惜しき我が身は　君がまにまに(20四五〇五　「二月於二式部大輔中臣清麻呂朝臣之宅一宴歌十五首」のうちの一首　大原今城)

の例も見られる。この四五〇五歌について『集成』は、「臣下が主君に忠誠を誓約する形で、清麻呂を崇めた歌。」とし、『新全集』も、「君がまにまに―このキミは主人清麻呂をさす。同席者の少なくとも歌を詠んだ六人は同じ五位クラスだが、そのうち主人の清麻呂が、多少、年長でもあったので、これに次ぐと思われる今城が、来客一同を代表して、われわれ良識派の盟主として貴兄を推戴したい、と挨拶を兼ねて言ったのであろう。」と解する。題詞からこの四五〇五が宴席での詠であることがわかるが、そこで思い合わされるのが芳賀紀雄一九九六である。芳賀論文は、Bの左注に「追和」と記されていることを考察し、「二十六日にずれたのは、先の八十嶋の舘での餞宴から布勢水海への遊覧、次いで池主の舘での餞宴へと、順次日が定められ、遊覧に加わった同じ顔ぶれが集う、その当日の餞宴まで待って披露した結果だと言える。」と、Bが宴席で披露されたものであると定位する。また、早くに山田孝雄一九五〇は、Bの左注の日付「四月廿六日」と、「四月廿六日掾大伴宿祢池主

之舘餞₂税帳使守大伴宿祢家持₁宴歌并古歌四首」と記された三九九五〜三九九八歌の題詞とに着目し、後者の宴で池主が古歌を伝誦していることを、「こゝに主人池主の詠の無きは、池主はこの日に『布勢水海賦』に追和したる為に、別に詠ずること無かりしならむ。而して古歌を伝誦せしならむ。」と解く。山田孝雄一九五〇ははっきりと示してはいないが、Bが宴席で詠出されたことを想定していると思われる。

これらの見解を考え合わせると、このBは家持を主賓とする宴席で詠出されたと断じてよいであろう。そして、「かもかくも　君がまにまと　かくしこそ　見も明らめめ」の「君がまにま」は、四五〇五歌では中臣清麻呂を主人として戴こうとするさまを表わしていたのと同じように、家持を主人として立てる様相を示していることになるのではないか。

このように、Bは、Aにはない独自の視点を導入することで、Aに敬和している。つまり、Aで「思ふどち」が重用されることによって越中国府官人の一体感が表出されているのに対し、Bでは「思ふどち」の盟主である国守家持を「君」として特に取り出し、戴こうとする姿勢を示している。

また、B③の「秋さらば　黄葉の時に　春さらば　花の盛りに」は、春秋の対句によって一年中を表わし、ひいてはこうした遊覧の永久に続くことを願っての表現であることは言うまでもないが、取り上げられている春秋のそれぞれの事物が賞美するにふさわしいものである点には注目してよいのではなかろうか。すなわち、「君がまにまと　かくしこそ　見も明らめめ」というように、「君」と視線を共有し、ともにその事物を賞美することが述べられている。高松寿夫一九九五は、天皇臨席の公宴において、天皇と臣下とが賞美する視線を共有するように歌うことで君臣和楽が実現されると述べている。当該歌はもちろん天皇臨席の公宴での歌ではないが、越中国府という「遠の朝廷」(四〇一一)において、「君」として立てられた国守家持と国府の官人たちとの一体感が、賞美する視線を共有することで強調されていると捉えられるのではなかろうか。

ところで、B③のこの一連の表現はA②の「いや年のはに　見つつしのはむ」を引き継いだものである。つまり、このA—Bによって、国守家持を中心とした越中国府の官人社会のあるべき姿、すなわち、「思ふどち」の官人社会でありながらも国守を中心とした官人社会の姿が、描き出されていると言えるのではなかろうか。

四　立山の賦をめぐって

次に、C—Dの考察に入りたいが、Cの冒頭部「天離る　鄙に名かかす」がどこにかかるのかという問題があり、まずこれを検討しなくてはならない。

名カヽスハ名懸ナリ。越中ト人ノ言ニ懸テ名高キ意ナリ。延喜式ニ紀伊国ニ国懸神社アリ。此懸ト同シ。
（『代匠記』精撰本）

のような、次句「越の中」にかかるとする説と、

宣長云、かゝすは懸す也。人麻呂歌に御名にかゝせる飛鳥川と詠めるも、飛鳥ノ皇女の御名にかゝせる也。又紀の国の国懸神社をもおもふべし。こゝは立山なれば、立つと言ふ事を名にかけて、高く立るよし也と言へり。（『略解』所引本居宣長説）

のような、九句隔てて「立山」にかかるとする説とが対立している。宣長説の難点は、傍線を引いた「立つと言ふ事を名にかけて」の「に」であろう。当該「名かかす」は、「名をかける」であって、「名にかける」ではない。しかし、この説には最近の注釈書としては『全注』が与する。『全注』は、「ここの叙述はこれに敬和した池主の『神ながら御名に帯ばせる』と応ずるものと考えられ、これは下の『立山』にかかってゆく句法であること疑いなく、その点から言っても宣長以下の説が正しいと思われる。」と述べる。だが、敬和の賦D⑧に「神である本性そのままに御名に立山をもっていらっしゃる」という表現があるといっても、この「御名に帯ばせる」と「鄙に名かかす」とをただちに重ねることは少々無理なのではないか。九句さきにかかるとするのも、やはり少々隔たりすぎの感を否めない。

ここは、「かかす」の「す」を、「『越』の国の神に対する尊敬語。」(『集成』)と解することで、「天離る　鄙に名かかす」を、次句「越の中」にかかると見、『全釈』が、「鄙に名高き越中といつて、先づ吾が任国を誇り、その国中に秀でた立山の、夏ながら雪を絶さぬことを述べて、この名山を万世に語り草として、未見の人を羨ましがらせようと言つてゐる。」と指摘しているのに従いたい。鄙全般からまず越中が選び出され、さらに、「国内ことごと　山はしも　しじにあれども　川はしも　さはに行けども」という叙述により、越中国の中から立山が「皇神の　うしはきいます」山として選び出される、そうした歌い方があるのである。

ところで、Cには、このように、多くのものの中から選び出す歌い方があり、一方のDにはその記述がない。これは、やはり、A―Bについて前節で述べたのと同じように、DがCの叙述をふまえているからであろう。Cで、数ある名勝の中から立山が選び取られているからこそ、Dで、神々しい立山の姿を集中的に描写し(⑧・⑨)讃美することができると捉えられる。ここに、A―BとC―Dとに共通する敬和の方法を見出せるのであるが、これは、A―Bで見られた「役割」分担のありようをふまえていると言えるのではなかろうか。Aで多くの中から賦の対象となる布勢水海を取り出し、Bがその布勢水海を十全に描いているという関連をふまえて、Cで立山を取り出せばDで池主が十全に描いてくれるという、信頼関係があったことが見出されるのではないか。Dではその期待に応える形で立山の姿を描くことに筆が割かれている。

ただ、Cは、A―Bをふまえてはいても、さらに独自の展開を試みていると言えそうである。Aでは、越中国の多くの地の中から布勢水海が選び出されているが、Cでは、さきに見たように、まず鄙全般の中から越中国が選び出されている。つまり、越中国の内側だけに留まらずその外側へも目が向けられているのであり、いわば「対外の視座」に基づいて展開を試みていると言えるのではなかろうか。

この「対外の視座」を明瞭な形で見て取ることができるのが、C⑤の最終部「万代の　語らひぐさと　いまだ見ぬ　人にも告げむ　音のみも　名のみも聞きて　ともしぶるがね」ではなかろうか。ここでは、「万代」までにも伝わるべき立山の素晴らしさを告げる対象として、「いまだ見ぬ人」が登場する。そして、その「いまだ見ぬ人」が越中一の名所立山の素晴らしさの噂だけを聞き、「立山」の名前だけを聞いて、羨ましがるさまが描かれている。芳賀紀雄一九九六はここのところを、「あからさまに都びとを意識している。」と解する。もちろん、「いまだ見ぬ人」の中に「都びと」が含まれることは否定すべくもないが、それだけではないと考える。そこで、Cにおいて「いまだ見ぬ人」がどのような人物として形作られているかを検討したい。

集中の「いまだ見ず」の用例には、次のような例がある。

音に聞き　目には伊麻太見受　佐用姫が　領巾振りきとふ　君松浦山(５八八三)

音に聞き　目には未見　吉野川　六田の淀を　今日見つるかも(７一一〇五)

八八三歌の題詞には、「三嶋王後追和松浦佐用嬪面歌一首」とあり、松浦佐用姫伝説のわくぐみの外側から伝説世界に「後追和」した歌であることがわかる。この八八三歌の主体は、名高い松浦山を噂には聞くが見ることがかなわない立場の人物として描かれている。また、名所を見ることができないそうした人物は、名所を遊覧できた人を羨やむ人物としても描かれる。すなわち、八八三歌と同じ筑紫歌壇の所産である、

松浦川　玉島の浦に　若鮎釣る　妹らを見らむ　人のともしさ(５八六三)

は、「ともしぶ」ことを歌う「後人追和歌」である。ここでは、松浦県を逍遥し玉嶋の潭を遊覧できた人を、遊覧のわくぐみの外側から羨やむ人物像が造形されている。こうしたことがらを考え合わせれば、当該C⑤の「ともしぶ」存在としての「いまだ見ぬ人」は、外側に位置する人物、という様相を持っていると言えるのではなかろうか。一方、一一〇五歌の例は、いまだ見ることができなかった、由緒があり名高い場所を、今日見ることができた感動を歌った例である。行幸に参加することによって、見ることかなわなかった吉野の景勝を見ることができたこの主体は、「いまだ見ぬ人」と対になる位置にいると言えるのではないか。「いまだ見ぬ人」をわくぐみの外側の存在とするならば、いわば、内側の存在になっている。

また、「いまだ見ぬ人にも告げむ」の「人にも告げむ」の例としては、「過二勝鹿真間娘子墓一時山部宿祢赤人作歌」という題詞を持つ、

我れも見つ　人尓毛将告　葛飾の　真間の手児名が　奥つき処(3四三二)

がある。この歌の主体「我れ」は、一一〇五歌で検討したのと同じように、「勝鹿真間娘子墓」というよく知られた場所を見ることができた人物として描かれており、その感動は「我れも見つ」という表現で表わされている。そうした「我れ」が名所のありさまを「告げ」ようとする「人」とは、当然、その場に居合わせず、その名所を見ることができない人物である。当該C⑤でも、越中国随一の名所立山の話を「人に告げ」ようと歌われている。告げられる「人」はその場に居合わせず、その名所を見ることができない「人」という位置を与えられていると言えよう。

さて、以上述べてきたことから、当該C⑤で「いまだ見ぬ人」を歌の中に登場させ、その人の羨やむさまを歌うことは、その場に居合わせない人、つまり、外側の存在を描き、そしてそのことで、いま名所を見ているいわば内側の存在の集団、つまり、越中国府の官人たちの集団を(まだこの段階ではおぼろげな形で)、括り出す効果を持つ、と言えるのではなかろうか。Cの表現の特徴と、それによる作品上の働きを、こうした点に見定めておきたい。これを図式化すれば、次のようになる。

内　官人集団＝越中一の名所を見た

⇔

外　いまだ見ぬ人＝ともしぶ

これに対してDの方はどうであろうか。D⑩では、「今見る人」が誰を指すかが問題になっている。家持とと

るものとして『私注』の、「今見る人は家持を指すと見るのが歌の常識といふべきだ」という見解があり、また、『注釈』もそれを引き継ぐ形で、

> 「今見る人も」の「も」は「絶ゆることなく在り通ひ見む」と云つた人に対して「自分達も」といふ意味でなく、「片貝川の絶えぬ如」「今見る人も」であつて、従つて「絶ゆること無く在り通ひ見む」と云つたその人と見てよいのである。

としている。しかし、そもそもＣ⑦の「絶ゆることなくあり通ひ見む」は、家持個人だけの感懐とするべきなのだろうか。越中国府の官人たちの共通の感懐であると考えるべきではなかろうか。この点は、

> 家持が「絶ゆることなく在り通ひ見む」といつたので、それを承けて池主も、仰の如く、自分もいつまでも通ひ来て眺めませうと、合槌を打つたのである。それで間接に家持を祝する意は十分に表現されてゐるのである

というように、「今見る人」を「池主」個人ととる『佐佐木評釈』についても同様であろう。その点、早くから、Ｃ⑦の「あり通ひ見」る主体として、官人集団の存在を把握していたものに、「河水の不レ絶如く、今かく来て見る人々も、常に通ひ来りて又も見むと也。」と述べる『略解』があった。また、『新全集』に次のような見解のあることも確認しておきたい。

> 今見ル人は、家持が「いまだ見ぬ人にも告げむ」(四〇〇〇)と言ったのに対して、朝夕立山を仰ぎ見ている越中の人を広くさして言うのであろう。ただし、このように景を叙して讃美し、「かけてしのはむ」「あり通ひ見む」などと続ける形式の結びのムは、話し手の意志を表わすのが一般で、池主自身もその「見る人」の中に含まれていよう。(傍線論者)

ただし、右の「越中の人を広く」は、その範囲を拡げすぎている。ここは、越中国府官人たちとしておくのがより適切であろう。

さて、ここで、「今見る人」が対応するのは、C⑤の「いまだ見ぬ人」であることを確認しておきたい。つまり、図式化すれば次の通りである。

共通感情によって結束した越中官人集団

内　官人集団＝越中一の名所を見た　＝　今見る人

⇔

外　いまだ見ぬ人＝ともしぶ

すなわち、Dでは、官人集団を、「今見る人」と改めて位置づけることで、名所を見ている内側の存在と、いまだ見ることかなわない外側の存在（「いまだ見ぬ人」）との対比を明瞭にしている。つまり、Dは、Cに見られる「対外の視座」に立って、Cの図式の完成を企図するものであると位置づけられるのではなかろうか。そして、これにより、Cで示されていた官人たちの結束をより強固なものとして提示し強調しているのである。

以上のように、C—Dのありようを見定めておきたい。

五　むすび

以上、A—B、C—Dを見てきた。A—Bは国守家持を中心とした越中国府の官人社会のあるべき姿を描き、C—Dは内なる越中国府の官人社会と外なる世界との対比によって官人集団の結束を描く点で特徴的である。しかし、だからといって、A—BとC—Dとをそれぞれ別の作品として捉えられないことは、これまで、ところどころで触れたA—BをふまえるC—Dのあり方から明らかである。ここで、そのA—BとC—Dとの関連について改めて確認したい。

まず、Ａ・Ｃが多くの中からひとつを選び出し、Ｂ・Ｄがその選び出されたものを十全に描くという、「役割分担」という点で、Ａ―Ｂ、Ｃ―Ｄは共通の敬和の方法を持っていた。また、家持Ｃ⑦の「絶ゆることなく　あり通ひ見む」が、池主Ｂ③の「かくしこそ　見も明らめめ　絶ゆる日あらめや」を承けているであろうことについてもすでに触れたが、ここでは、Ａ①の「見つれども　そこも飽かにと」によって導かれる讃美のしかたが、Ｃ⑥では「見れども飽かず」という讃美の基本的な型に変わっていることにも着目しなければならないであろう。このＣ⑥「見れども飽かず」は、Ｂ③に同様に「見れども飽かず」とあり、これを直接に承けていると捉えられる。つまり、Ｃ―Ｄ(のＣ)がＡ―Ｂをふまえる様相を見出すことができる。さらに、Ａ～Ｄの最後に位置するＤ⑩の「今見る人」という表現が、Ｃ⑤の「いまだ見ぬ人」と対比されることは見て来た通りであるが、Ａ～Ｄの最初に位置するＡ①の「今も見るごと」と対応していることも見落とせない。これらが、見る「今」を強く提示することで、ともに見る集団の姿をも浮かび上がらせる効果を持ち得る表現であるという点を考慮すれば、Ｄ⑩の「今見る人」という表現は無意味に布置されたものであるとは思われない。やはりこちらにも、Ｃ―ＤがＡ―Ｂをふまえるという両者の関係が示されていると言える。加えて、Ａ～Ｄの終末部には、Ａ①「今も見るごと」・②「見つつしのはむ」、Ｂ③「見も明らめめ」・④「継ぎて見に来む」、Ｃ⑤「いまだ見ぬ人にも告げむ」・⑦「あり通ひ見む」、Ｄ⑩「今見る人も止まず通はむ」となっており、賦の対象としての「布勢水海」「立山」を、ともに「見る」ことによって官人社会の結束が描かれていた。

このような、Ｃ―ＤがＡ―Ｂをふまえる様相、そして、Ａ～Ｄの共通性を考え合わせる時、Ａ～Ｄをひとつの作品として作り上げることが志向されていると考えられる。

最後に、Ａ①の「今も見るごと」とＤ⑩の「今見る人」との対応について、もう一度触れておきたい。Ａ①には「思ふどち　かくし遊ばむ　今も見るごと」とあることから、「今見る」主体は「思ふどち」であり、また、Ｄ⑩の「今見る人」は、第四項で述べた通り、越中国府の官人集団を表わしている。つまり、この対応は、越中国府の官人集団が「思ふどち」であることを、改めて捉え直すことになっているると言えるのではなかろうか。しかし、C—DがA—Bをふまえるという、この作品全体のありようを勘案すれば、その「思ふどち」の指し示す姿は、単にA①の「思ふどち」だけでなく、A—Bの展開の中で醸成された官人集団の姿であると言えよう。すなわち、第三項で触れたように、国守家持を中心とした官人社会のあるべき姿であると言えるのではなかろうか。

鴻巣盛廣一九三四は、越中賦について、「任地にある名所を賦して、都への土産とする考であつたかも知れない。」と述べ、また、伊藤博一九九二も「手土産」となった作品の内容・範囲を詳述している。その考察から知られるように、このA~Dは、家持が正税帳使として上京する際に「手土産」として携行したものの一部である。越中国府の官人社会のあるべき姿を明瞭な形で描き出しているA~Dは、家持にとって、自らが国守として治めている「遠の朝廷」越中国府のありようを示すことができる、格好の「手土産」と言えるのではなかろうか。

当該のA~Dの「賦」は、「内」なる越中国府の官人社会のあるべき姿を、「外」の世界と対比する構成によって描いたひとつの作品としてのありようを示している、というのが本論の結論である。この作品は越中歌壇のありようを我々によく示していると言えよう。

（1）他に、異文ではあるが、巻十七・三九六九に付された漢文（書簡文）の検天治本・京都大学本赭に「因以述懐賦題煩重敬和其歌曰」という記述があることを、西一夫氏から頂戴した書簡（平成十年四月八日付）において教えていただいた。

第三節　巻十九巻頭歌群

一　はじめに

『万葉集』巻十九巻頭部分には、大伴家持の代表的作品として「越中秀吟」と呼ばれる歌群(四一三九〜四一五〇歌)があり、先覚により多くの考察の目が向けられて来た。多くの教えを受けることができるそれらの論考のひとつひとつを挙げることは紙幅の都合上できないが、たとえば、伊藤博一九六八は、この歌群の中に家持独自のものとしての「春愁」を見出し、巻十九巻末のいわゆる「春愁三首」(四二九〇〜四二九二歌)への道筋をつけている。こうした同氏の視座は、近時の伊藤博二〇〇〇においても保たれている。芳賀紀雄一九八二は、この歌群における漢籍からの影響を指摘する『代匠記』(初稿本)以来の流れを承けて、この歌群の中に家持自身の「詩的感興」に支えられた「詩を媒介とする工夫」があることを教える。鐵野昌弘一九八八は、「巻十九巻頭歌群における家持の方法は、感覚性を前面に押し出し、入り込む光や音を切り取るという態勢を取ることにあった」と述べ、「家持の方法」の存在を指摘している。また、この歌群の歌に散在する「孤独感」「相聞的情調」「望郷の念」といったモチーフに目をとめ、それらを、家持の個人的感懐によって描き出されたものと把握しようとする論考も数多く存在する。

巻十九巻頭歌群は、読むうえでのいろいろなアプローチの可能性を我々に示し、その口を拡げている。右の鐵野論文のようにG・バークリの名著『視覚新論』を参照しつつ、また、鐵野論文では引いていないが、中村雄二郎一九七九に示された知見を参照しつつ読むことも有効であろう。

本論は、家持個人の感懐や家持の感興や家持の方法を論じる右の論考の成果に十分に学びながらも、「家持個人」とは別の位相においての、この巻十九巻頭歌群の理解をめざすことにしたい。つまり、この歌群の題詞と歌本文との表現を検討することで、この歌群の直後に配列されている上巳宴歌(四一五一～四一五三歌)との関連を辿る。そのことで、この歌群が、越中国府の官人の共通の感慨に依拠したものになっていること、また、この歌群と上巳宴歌自体が、越中国府の官人集団の結束を示すひとつの作品となっているということを主張したい。そして、その延長として、この作品を享受できる場としての越中歌壇の存在を見出すことができるということも述べたいと思う。

ここで、考察の対象となる歌群を、四一五一～四一五三歌の上巳宴の歌も合わせて挙げておこう。原文に基づいての考察が多々あるので、原文のままで本文を挙げる。

天平勝寶二年三月一日之暮眺㆓矚春苑桃李花㆒作二首
春苑　紅尓保布　桃花　下照道尓　出立𡢳嬬(四一三九)
吾園之　李花可　庭尓落　波太礼能未　遺在可母(四一四〇)
見㆓翻翔鴫㆒作歌一首
春儲而　物悲尓　三更而　羽振鳴志藝　誰田尓加須牟(四一四一)
二日攀㆓柳黛㆒思㆓京師㆒歌一首
春日尓　張流柳乎　取持而　見者京之　大路所念(四一四二)
攀㆓折堅香子草花㆒歌一首
物部乃　八十𡢳嬬等之　挹乱　寺井之於乃　堅香子之花(四一四三)
見㆓歸鴈㆒歌二首
燕来　時尓成奴等　鴈之鳴者　本郷思都追　雲隠喧(四一四四)
春設而　如此歸等母　秋風尓　黄葉山乎　不超来有米也　一云　春去者　歸此鴈(四一四五)

夜裏聞㆓千鳥喧㆒歌二首

夜具多知尓　寐覺而居者　河瀬尋　情毛之努尓　鳴知等理賀毛(四一四六)

夜降而　鳴河波知登里　宇倍之許曽　昔人母　之努比来尓家礼(四一四七)

聞㆓暁鳴鴙㆒歌二首

椙野尓　左乎騰流鴙　灼然　啼尓之毛将哭　己母利豆麻可母(四一四八)

足引之　八峯之鴙　鳴響　朝開之霞　見者可奈之母(四一四九)

遥聞㆓泝㆑江船人之唱㆒歌一首

朝床尓　聞者遥之　射水河　朝己藝思都追　唱船人(四一五〇)

三日守大伴宿祢家持之舘宴歌三首

今日之為等　思標之　足引乃　峯上之櫻　如此開尓家里(四一五一)

奥山之　八峯乃海石榴　都婆良可尓　今日者久良佐祢　大夫之徒(四一五二)

漢人毛　筏浮而　遊云　今日曽和我勢故　花縵世奈(四一五三)

二　冒頭の二首について

(一)「春苑」をめぐって

まず、最初の題詞およびその題詞のもとの四一三九、四一四〇歌について考察したい。題詞には、「春苑」とある。この「春苑」について、小島憲之一九九四が教えてくれるところは非常に大きい。小島論文は、まず、「漢詩の世界の『春苑』は、宮中関係の庭園《その》を意味することが多く、禁苑である以上、『春園』よりも広い地域をもつといえよう。」と、漢土の用法について説明したうえで、本邦の用法について、「朝廷にしろ、大宰府、国府にしろ、『苑《その》』という語の性格は、『園《その》』や『庭』よりも広い。『春苑』の語は、広く大きな『その』と理解して

よい。」と述べる。そして、当該例に即して、

其の題詞にみられる「春苑」は、中国及び上代の『懐風藻』の語例にみる如く、広い禁苑の意。これを、「国府の春の広いその」にあてはめたことは許されよう。（傍線論者）

と指摘している。この傍線部分の指摘はとても重要であろう。すなわち、この歌群の最初の題詞に置かれている「春苑」が意味するのは、越中国府の広い庭園ということになり、家持ひとりだけの庭ではないことになる。家持個人のものではなく、越中国府の官人たちにとって共通の「春苑」であることになろう。この点をまず確認しておきたい。

さて、そうなると、冒頭の題詞「眺㆓矚春苑桃李花㆒作二首」のもとにあるふたつの歌に歌われた、ふたつの「その」についても、同様のことが言えるであろう。四一三九歌の「春苑(はるのその)」は、小島憲之一九六四の第五章「万葉集と中国文学との交流」が指摘するように、「春苑」の「翻訳語」と捉えられよう。また、四一四〇歌の「吾園」も、家持ひとりの「わがその」ではなくて越中国府の官人たちが等しく「わがその」と思うことができる「吾園」であると言えよう。これは、「吾園」を家持の個人的な庭園と捉えて来た従来の解釈に、変更を迫るものである。

ところが、小島憲之一九九四は、この四一四〇歌の「吾園」の表記について、

次の第二首の、

吾園之、李花可、庭尓落……(四一四〇)

は、「吾園」すなわち「園」である。この「園」の表記こそ、小園ともいうべき「園」であった。第一首の「春苑」の「苑」との書き分けの差は、単なる通用的な任意の表記ではなかろう。『令集解』にみる「苑」と「園」の差は、国守家持の篤と承知のことであった。つまり「園」の文字は、家持の「わが屋どの、いささむら竹、ふく風の…」(四二九一)にみる「やど」をやや広くしたものであり、しかも「苑」に対して、やや

狭い範囲の「その」といえるであろう。

と述べ、「苑」と「園」との書き分けの意味について指摘しようとしている。しかし、題詞などの漢文の表記と異なる「うた」の表記であるだけに、変字法が用いられている可能性はまったくないのだろうか。少々、遠回りの感もあるが、四一三九、四一四〇歌の句切れの問題を考えることから、この問題へのアプローチをはかりたい。

（二）　句切れの問題

四一三九歌の句切れについては、二句切れ説と三句切れ説とがある。両説をとる代表的な注釈書の記述をそれぞれ挙げてみよう。

まず、二句切れ説としては、

春の苑は紅に美しく輝いている。桃の花の色が赤く映える道に出で立つ少女の姿よ。（『大系』）

二句切れ。この歌は「雄神川紅にほふ娘子らし葦付取ると瀬に立たすらし」（四〇二一）などと同じ構成。（『全集』）

などが挙げられる。なお、『全集』は、『新全集』に改訂された時、紅にほふ―…四〇二一に同じ句があったが、ここは連体格と解しておく。という記述を組み入れた。二句切れ説から三句切れ説へと変更したものと解される。

一方、三句切れ説では、

歌格の上から言へば第一句、三句、五句がいづれも名詞止めになつてゐて、今の場合少し固過ぎて窮屈な感じもあるが、此の歌あたりから家持独自の繊細優美な作風が現われ始めてゐるので、其の点から見て注意される歌である。（『総釈』森本健吉氏担当）

春の苑の、紅色の美しいモモの花。その下を照らす道に立ち出る娘さん。（『全註釈』）

などがある。なお、他に橋本達雄一九九二bなどが、三句切れ説に与している。

題詞を改めて見直したい。題詞には、「春苑の桃李の花を眺矚す」とある。つまり、越中国府の広い庭園にあるのは、紅い桃の花と、白い李の花ということになる。ところが、二句切れ説にとって「春苑　紅尓保布／」としてしまっては、春苑が紅色のみとなり、題詞の言うところとかみ合わない。(2)

ここで、四一三九、四一四〇歌についての把握を示したい。四一三九歌は、まず、『総釈』なども指摘するように、初句で切れる。「春の苑」と詠み、四一三九・四一四〇歌の二首の空間を全体的に提示していると捉えられよう。そして、四一三九歌では桃花、四一四〇歌では李花、というように詠み分けられている。

さて、こう見て来ると、さきほどの「吾園」の表記に対しての小島憲之一九九四の説はどうであろうか。繰り返すが、題詞には「春苑の桃李の花を眺矚す」とあり、広い春苑に桃の花と李の花があると記されている。小島論文のように、四一四〇歌の「吾園」を、「園」の表記に注意するあまりやや狭いものと捉えることは、小島論文自体の題詞についての考察と矛盾するであろう。ここでは、あくまでも「うた」の表記なのであるから、変字法と捉えるべきではないか。つまり、「吾園」は、前の歌の四一三九の越中国府の広い庭園である「春苑」を、「わがその」と捉え直したものと理解できる。

(三)「わがその」と歌うことについて

そこで、次には、越中国府の広い庭園を「わがその」と捉え直すことの意味を問いたい。この考察では、「我が」とあるから家持の個人的感懐が示されているというような把握とは全く別の問題の立て方が求められるであろう。つまり、越中国府の広い庭園を「わがその」と言い表わすことは、どのような回路を経て可能になるのかという問題の立て方、また、越中国府の広い庭園を「わがその」と言い表わすことが可能な状況はどのような状況なのかという問題の立て方が肝要であると考える。

国府の庭園を「わがその」と言い表わすこの表現は、「わがその」の「わが」すなわち「我れ」の位置に、国府の官人すべてが等しく立つことができて初めて成り立つ表現なのではなかろうか。「わがその」の「わが」は、いわば交換可能の「我れ」と把握されよう。そして、国府の官人めいめいが、国府の庭園を等しく「わがその」と呼ぶことができるという理解を共通に持っていない限りは、採りようのない表現なのではなかろうか。この「わがその」は、そうした共通の理解に響き合うべく布置されているということを考えておいてよいだろう。また、そうした共通感情によってうらうちされた集団としての越中国府の官人集団の存在を、ここに見出すことができるのではなかろうか。

冒頭の二首は、題詞の「春苑」と、四一四〇歌の「わがその」とによって、越中国府の官人集団の姿を、早くもこの歌群上に浮かび上がらせている、この点を捉えておきたい。

三　上巳節の行事との関連

いま前節で越中国府の官人集団について言及したが、その越中国府の官人たちによって行われる行事として上巳節の行事があったことは、『令義解』(巻十　雑令条)の、

凡正月一日。七日。十六日。三月三日。五月五日。七月七日。十一月大嘗日。皆為二節日一。其普賜。臨時聴レ勅。

という規定を参照することでわかる。もちろんこれは朝廷の行事の規定であるが、「遠の朝廷」である越中においても、国守を中心とした国府の官人たちによって、三月三日に上巳節の行事が催された。本論の最初に挙げた四一五一〜四一五三歌の上巳宴歌も、そうした行事の一環の宴において詠み上げられたものであろう。

ところで、当該の十二首の歌群の中に、上巳節という公的な行事とその一環としての宴とにつながるような表現を、もし見出すことができるならば、いま右に見た冒頭の二首の表現から紡ぎ出されたような越中国府の官人

集団の姿を、この歌群の上にありありと見出すことができるのではなかろうか。

事実、芳賀紀雄一九八二も、この十二首の歌群の中に、上巳節へと向かって行く様相を見出そうとしている。芳賀論文はこの歌群が三月一日から始まっていることに注目する。つまり、さかのぼること三年前の天平十九年の春に、三月三日上巳節をはさむ形で二月二十九日から三月五日までなされた家持と池主との贈答を想起せしめると指摘する。しかし、いまその論旨を挙げたように、当該歌群の表現の分析によって上巳節の行事につながるありようを見出そうとするのではない。本論は、あくまでも当該歌群の題詞と十二首の歌との表現から、上巳節の行事につながるありようを導き出したいと考える。

まず注目するのは、四一四三歌である。これは、うるわしい「もののふの　八十娘子ら」と、美しい「かたかごの花」がともに歌われ、そのふたつが映発し合っているさまを見て取ることができる歌であるが、この歌には、なぜ「寺井」が配置されているのであろうか。いままで、この点には、正しい光が当てられて来なかった。

この問題について独自の見解を提出したのが、身﨑壽一九九二である。身﨑論文は、『荊楚歳時記』や、『文選』『芸文類聚』の詩文を参照して、

> 漢土の上巳節の行事は水辺での禊祓を中心としていとなまれていたらしい。……上巳節と水辺の禊祓とのむすびつきは万葉時代の知識人のひとしくしるところだったにちがいない。四一四三のえがきだすところの景、井泉につどう「をとめら」のすがたは、この上巳禊祓を髣髴させるものとしてよびこまれたものだったのではないだろうか。

と述べている。ここに、まずひとつ、当該歌群の中に上巳節を髣髴させる表現を見出すことができたわけである。

題詞と「うた」とのかかわり合いについて詳述する身﨑論文であるが、この四一四三歌の題詞の方には、特別の目を向けてはいない。本論は、身﨑論文の驥尾に付して、四一四三歌の題詞に「攀二折堅香子草花一」とあることにも上巳節を髣髴とさせるものがあることを述べたい。

『芸文類聚』『初学記』の三月三日の条を調べると、次のような記述を探しあてることができる。

……執蘭招魂続魄払除不祥(『芸文類聚』巻四　歳時中　三月三日、韓詩)

……思楽華林　薄采其蘭　皇居偉則　芳園巨観　仁以山悦　水為智歓　清池流爵　秘楽通玄　物以時序　情以化宣(同、晋王濟平呉後三月三日華林園詩)

芳年多美色　麗景復妍遥　握蘭唯是旦　採艾亦今朝　廻沙溜碧水　曲岫散桃夭　綺花非一種　風絲乱百条　雲起相思観　日照飛虹橋　(同、梁簡文帝三日率尓成詩)

鄭俗　上巳溱洧両水之上　秉蘭祓除(『初学記』巻第四　三月三日第六、韓詩章句)

……夭采於柔荑　乱嚶声於錦羽……(『芸文類聚』巻四　歳時中　三月三日、齊王融三日曲水詩序)

このように、『芸文類聚』『初学記』に、「執・采・握・秉―蘭」とあるわけだが、この「蘭」は、『説文解字』(一篇下八)の、「蘭　香艸也。」という記述を参照すれば、これが、香りのある草全般を指すものであることがわかる。また、「採艾」とある「艾」は「よもぎ」であり、「采於柔荑」とある「柔荑」は「つばな」の新芽を指している。これらの用例に徴して、漢土の上巳節の行事の一環として、植物を採取することがあったと言えよう。

万葉集の時代の人びとが精読していた『芸文類聚』『初学記』といった類書の「三月三日」の条にこのような記述があることからは、我が国の上代の知識人たちも上巳節の行事の中に植物を手折ることを含めて理解していたことを推測できるのではないか。わずかな例ではあるが、『懐風藻』に、

五言。三月三日、応詔。一首。

玄覧動春節。宸駕出離宮。勝境既寂絶。雅趣亦無窮。折花梅苑側。酌醴碧瀾中。神仙非存意。広済是攸同。

鼓腹太平日。共詠太平風。

という正五位下大学頭調忌寸老人の詩を見つけることができる。そして、そもそも、上巳節の宴歌である四一五三歌には、

漢人も　筏浮かべて　遊ぶといふ　今日ぞ我が背子　花縵世奈

とあった。この「花縵せな」も、右に見た上巳節の行事と呼応するものと判断できよう。

身﨑論文は、四一四三歌に「寺井」という水辺が描かれていることを通して、この歌群に上巳節の行事が詠み込まれていることを見出したわけだが、このように、題詞に「攀二折堅香子草花一」とあること自体にも、上巳節とのかかわりを辿ることができるのではなかろうか。そして、このように見て来れば、四一四二歌題詞に「攀二柳黛一」とあり、四一四二歌に「春日尓　張流柳乎　取持而」とあることについても、上巳節の行事とのかかわりを見出すことができそうである。

ところで、攀じ折る草花として、「かたかごの花」が選ばれたことについて、廣岡義隆一九八四は、

季節の渡り鳥で田に住む水鳥鴫はもとより、「かたかごの花」も都には見えぬ鄙の風物である。

と述べている。この指摘を考え合わせれば、上巳節の行事にかかわる折り取るべき植物として、現地越中の風物の「かたかごの花」が選ばれていると言えよう。また、これは、むすびの節で歌群理解として示すことになるが、この四一四三歌では、視線が現地越中に向けられていると言える。

上巳節との関連を辿る本筋に戻ろう。次に注目するのは、四一五〇歌とその題詞である。

題詞に「船人之唱」とあり、歌にも「歌ふ船人」とあるのだが、ここでも、身﨑壽一九九二が、全く新しくそして妥当な指摘をくりひろげている。少々長くなるが、引用することで、十二首の歌群の中に見られる上巳節とのかかわりを見出す手助けとしたい。身﨑論文は、

「船人之唱」と、題詞にはあった。「ふなうた」だ。「ふなうた」ということで上代知識人の脳裏にうかんだにちがいないものとして「櫂歌行」なる楽府題がある。『楽府詩集』巻四〇、相和歌辞、瑟調曲の部にその歴代の作をおさめる。そのひとつ、陸機「櫂歌行」は、『芸文類聚』巻四二、楽府部にもおさめられており、さらに同巻四、歳時部中、三月三日の項に「晋陸機詩曰」としてその第四句までをのせている。

遅遅暮春日　天気柔且嘉
元吉隆初巳　濯穢遊黄河
竜舟浮鷁首　羽旗垂藻葩
乗風宣飛景　逍遥戯中波
投綸沈洪川　飛繳入紫霞
名謳激清唱　榜人縦櫂歌

……この詩がもともと「櫂歌行」すなわち「ふなうた」の題をもつこと、また実際に
名謳激清唱　榜人縦櫂歌

といった詩句を有していることと、Ⅷ(四一五〇題詞。論者注)に「船人之唱」と漢詩文めいたかきぶりをし四一五〇が「朝漕ぎしつつ唱ふ船人」とうたっていることとのあいだには、連関がみいだされないだろうか。

と述べる。また、十二首の歌群と上巳節の宴歌との関連についても、

この歌群のすぐあとに上巳節の宴歌三首が配されていることはすでにのべたが、その第三首がつぎのようなうただったことを想起すべきだろう。

漢人も筏浮かべて遊ぶとふ今日ぞわが背子花縵せな(四一五三)

この宴歌では第二首(四一五二)に「八つ峰の椿」とあり、歌群中の四一四九の「八つ峰の鴙」とのひびきあいを感じさせるのだが、それ以上にこの四一五三は四一五〇とのつながりを感じさせる。つまり、この一首に、さきにのべた『芸文類聚』の三月三日の項におさめる詩文の

汎彼竜舟、泝游渚源(張華、三月三日後園会詩)
撃櫂清歌、鼓枻行酬(閭丘冲、三月三日応詔詩)

などの表現とともにさきの陸機の詩句が詩想を提供している可能性は十分にかんがえられ、そのことを媒介

として、この上巳宴歌は歌群のとじめ四一五〇と呼応しているとみることができよう。

というように目配りをしている。このように身﨑論文の見解を辿って来て、この十二首の歌群に込められている上巳節へと向かう意識を改めて確認することができよう。

ところで、こうした意識は、歌材の面でも、見出すことができる。各歌では花鳥の素材が取り上げられているわけだが、その素材自体が、『芸文類聚』『初学記』の三月三日の項目に多く見られる素材である。『芸文類聚』巻四歳時中には、

遅遅和景婉　夭夭園桃灼（宋謝恵連三月三日曲水集詩　『初学記』も同様）

迴沙溜碧水　曲岫散桃夭　綺花非一種　風絲乱百条（梁簡文帝三日率爾成詩　『初学記』には「綺花非一種」以下あり）

桃花舒（『初学記』では「生」）玉瀾　柳葉暗金溝（梁庾肩吾三日侍蘭亭曲水宴詩）

緑柳蔭坂（晋孫綽三月三日詩）

高楊拂地垂（梁沈約三日率爾成篇詩　『初学記』も同様）

禽鳥逸豫（晋張華三月三日後園会詩　『初学記』も同様）

游魚瀺灂於渌波　玄鳥皷翼於高雲　美節慶之動物　悦羣生之楽欣（晋張協洛禊賦　『初学記』も同様）

于時玄鳥司曆……落花與芝蓋同飛　楊柳與春旗一色……傍臨細柳（周庾信三月三日華林園馬射賦　『初学記』には三番目の傍線部はあり）

遂乃停輿蕙渚　税（『初学記』では「息」）駕蘭田（晋張協洛禊賦）

春亦暮止　田家上巳（梁蕭子範家園三日賦）

といった、当該歌群にも見られる素材が散見し、また、

翔鳥群嬉（晋阮脩上巳会詩　『初学記』も同様）

といった表現を見つけることができる。こうした素材の面からも、改めてこの歌群が上巳節の存在を下敷きにしていることが確かめられよう。

さて、ここまで考察してきて、当該歌群の中に、直後に配列された上巳節および上巳宴の姿がかなり明瞭な形で見えてきたのではなかろうか。

四　上巳節の行事について

そこで、この項では、その上巳節における行事の形態について、理解を深めておきたい。

鈴木利一一九八八は、

上代日本における三月三日上巳節は、園遊的な曲水宴にとどまらず、大陸同様舟行などの遊覧を伴い広い地域に展開されるものであった

と指摘する。鈴木論文に導かれて、その参照する例を挙げて検討を進めよう。

鈴木論文は、『万葉集』巻十七の、

七言晩春三日遊覧一首并序

上巳名辰暮春麗景　桃花昭レ瞼以分レ紅　柳色含レ苔而競レ緑　于レ時也携レ手曠二望江河之畔一訪レ酒迥過二野客之家一　既而也琴罇得レ性蘭契和レ光　嗟乎今日所レ恨徳星已少歟　若不二扣レ寂含レ章何以攄二逍遥之趣一忽課二短筆一聊勒二四韻一云尓

餘春媚日宜二怜賞一　上巳風光足二覧遊一
柳陌臨レ江縟二袨服一　桃源通海泛二仙舟一
雲罍酌レ桂三清湛　羽爵催レ人九曲流
縦酔陶心忘二彼我一　酩酊無三処不二淹留一

を参照し、傍線の部分について、

上巳の行事に野遊び的な側面があったことを示し、題詞「遊覧」もそれを反映する。

と指摘する。また、

『続日本紀』（聖武天皇　神亀五年三月三日条）

三月己亥。天皇御二鳥池塘一、宴二五位已上一。賜レ禄有レ差。又召二文人一、令レ賦二曲水之詩一。

『同』（同　神亀六年三月三日条）

三月癸巳。天皇御二松林苑一、宴二群臣一。

『同』（称徳天皇　神護景雲元年三月三日条）

三月壬午。幸二西大寺法院一。

といった、史書の記述を挙げ、

いずれも近距離であったにせよ、天皇の外出を示す記述である。

と述べる。そして、

『類聚国史』（歳時部四　三月三日　桓武天皇　延暦十一年）

十一年三月丁巳。幸二南園一禊飲。命二群臣一賦レ詩。

も参照し、やや時代が下っても「大陸に倣った上巳節の行事形態が維持継承されていたこと」を導き出している。
このように具体例を追ってみて、鈴木論文の指摘が妥当であることが確かめられる。

鈴木論文のこの指摘をふまえたうえで、改めて、この十二首の歌群に目を向ければ、たしかに、庭園の内側だけではない、空間の広がりを見出すことができるのではないだろうか。

四一四一「田」

四一四三「寺井」

四一四六「河瀬」
四一四八「梋野」
四一四九「八峯」

といった空間の広がりがこの歌群の中にはある。こうした広がりも、鈴木論文の確かめる上巳節の「遊覧」などの、広い地域において展開される上巳節の行事とのかかわりを示すものと思われる。

ところで、鈴木論文には、

行事の頂点となるこの「宴」の開幕にあたって、主催者である家持が一同を誘うために歌い起こしたものである。家持はこの三首をうたうにあたって、常に行事全体を念頭に置いている。それは、彼が主催者ならばこその行動である。……令の規定によって公式行事となっている以上、国守である家持が主催の立場に立つのは当然のことだからである。この三首の題詞に家持が「守大伴家持」と記す点も、本稿の論を補強する一証となろう。

といった記述がある。これは、一国の国守であり、この上巳宴の主催者である家持の立場を重視した見解である。しかし、鈴木論文のように、この上巳宴歌の中に主催者である家持という一面だけを見るのは、はたして妥当なのだろうか。そこで、次に、その上巳宴歌三首のありようを確かめてみることにしたい。

五　上巳宴歌について

改めて、上巳宴歌の四一五一〜四一五三歌を掲げよう。

今日のためと　思ひて標めし　あしひきの　峰の上の桜　かく咲きにけり(四一五一)
奥山の　八つ峰の椿　つばらかに　今日は暮らさね　ますらをの伴(四一五二)
漢人も　筏浮べて　遊ぶといふ　今日ぞ我が背子　花縵せな(四一五三)

まず、四一五二歌の「ますらをの伴」について考察したい。集中の「ますらをの伴」の用例は、次の通りである(傍線部。関連する歌も合わせて掲げる)。

天皇賜二酒節度使卿等一御歌一首并短歌

食す国　遠の朝廷に　汝らが　かく罷りなば　平けく　我れは遊ばむ　手抱きて　我れはいまさむ　天皇我れ　うづの御手もち　かき撫でぞ　ねぎたまふ　うち撫でぞ　ねぎたまふ　帰り来む日　相飲まむ酒ぞ　この豊御酒は(6九七三)

反歌一首

ますらをの　行くといふ道ぞ　おほろかに　思ひて行くな　大夫之伴(九七四)

右御歌者或云太上天皇御製也

喩族歌一首并短歌

…おぼろかに　心思ひて　空言も　祖の名絶つな　大伴の　氏と名に負へる　麻須良乎能等母(20四四六五)

(反歌四四六六・七略)

右縁二淡海真人三船讒言一出雲守大伴古慈斐宿祢解レ任　是以家持作二此歌一也

ひとつ目の「天皇賜二酒節度使卿等一御歌」は、節度使として地方へ下る臣下に対して、天皇が用いた例である。また、ふたつ目の「喩族歌」は、一族の者たちを導き諭す立場から発せられた例であろう。国守としての立場から部下の不道徳な行為を改めさせるという設定で作られた「史生尾張少咋を教へ喩す歌」(18四一〇六〜四一〇九)に、同じ「喩」があることを考えれば、この「喩族歌」にも、一段高い立場からの「喩」があることがわかる。橋本達雄一九八四も、この四一五二歌に関して、「部下たちに存分に楽しく遊べと歌いかけ」と述べている。

次に、四一五三歌「今日ぞ我が背子　花縵せな」について考察する。この歌では越中国府の官人たちに対して「我が背子」と呼びかけているわけだが、ここで、参照したいのは、『万葉集』巻十七に収められた、越中国府の官人集団による宴席歌群（三九四三〜三九五五）である。

八月七日夜集二于守大伴宿祢家持舘一宴歌

秋の田の　穂向き見がてり　我が背子が　ふさ手折り来る　をみなへしかも（三九四三）

右一首守大伴宿祢家持作

をみなへし　咲きたる野辺を　行きめぐり　君を思ひ出　たもとほり来ぬ（三九四四）

秋の夜は　暁寒し　白栲の　妹が衣手　着むよしもがも（三九四五）

ほととぎす　鳴きて過ぎにし　岡びから　秋風吹きぬ　よしもあらなくに（三九四六）

右三首掾大伴宿祢池主作

（以下略）

この宴席歌群では、官人どうしの絆を確かめ合うひとつの方法として、「我が背子」という呼びかけが機能している。当該の四一五三歌の「我が背子」という呼びかけの表現にも、男どうしの絆を確かめ合うひとつの方法を見出しておくことができよう。

いま右に参照した宴席歌群の構成については、この章の第一節ですでに論じた。そこでは、左のように述べておいた。その記述をここでも改めて掲げる。

この宴は家持主催の宴である。家持は在京時さまざまな宴席に出席しているが、それは、青年貴族官人たちとの宴席であったり、行幸時の天皇を中心とした宴席であった。従来宴席の主催者となる機会がなかった家持が、いまは国守として配下の官人たちとの宴席を主催している。国府という「遠の朝廷」では、国守とその配下といういわば縦関係が存在する。一方、天皇を中心とした王権の構造から考えれば、天皇のいる都（中心）から離れた「天離る鄙」（周縁）の越中国では、国守もその配下も天皇の臣下同士であり、八十伴の男同士といういわば横関係が存在する。家持は越中においてどちらの立場を取り入れていったのか、これは越中期の作品を考察するうえで重要な視点である。

右のような視点を、いま、この上巳宴歌の考察に活かしたい。

当該の上巳宴歌の四一五二歌では、遠の朝廷である越中国府において国守がその配下を主導するという、あるべき姿が表明されているのではなかろうか。また、四一五三歌では、八十伴の男どうしという官人集団のつながりが言い表わされていると言えるのではなかろうか。なお、このことについては、最後の「むすび」においてふたたび取り上げたい。

六　「春愁」と「相聞的情調」をめぐって

さて、本論では、こうした上巳宴歌を導く形で存在する十二首の歌群のありようを追って来たわけだが、十二首の歌群の中には、「孤独感」「相聞的情調」「望郷の念」といったモチーフに基づくと見られる歌もある。そして、そうした歌があることにより、この歌群が家持の個人的感懐を述べたものであるとする論考があることについても、最初に触れた。この第六項から第八項にかけては、当該歌群にそうした歌があるからといって、すぐさま家持個人の感懐へと結びつけるべきではないことを確かめようと思う。まずは、この歌群に現われている「孤独感」「相聞的情調」について考えよう。

伊藤博一九六八は、

越中秀吟における(3)(四一四一歌。論者注)(8)(四一四六歌。同)(11)(四一四九歌。同)の歌は、それ自体、春愁の風韻を伝えて悲しい。

春儲けて物悲しきにさ夜ふけて羽振き鳴く鴫誰が田にか住む
夜降ちに寝ざめて居れば川瀬尋め心もしのに鳴く千鳥かも
あしひきの八峯の鴙鳴き響む朝明の霞見れば悲しも

この用語・素材(圏点部)は、そのまま絶唱のものである。絶唱が、すぐうしろに顔をのぞかせているような歌々である。

という見解を示している。当該歌群の中に、巻十九巻末のいわゆる「春愁三首」の「絶唱」の歌、

春の野に　霞たなびき　うら悲し　この夕影に　うぐひす鳴くも(四二九〇)
我がやどの　い笹群竹　吹く風の　音のかそけき　この夕へかも(四二九一)
うらうらに　照れる春日に　ひばり上り　心悲しも　独りし思へば(四二九二)

への道筋を見出そうとする指摘は重要であろう。たしかに、四一四一歌で、「春まけて　もの悲しきに」と歌われるところには、春をもの悲しいと捉える観念がすでに家持の中にあったことを物語る。しかしまた、四一四一・四一四六・四一四九歌に込められているモチーフは、「春愁」だけでないことも従来指摘されてきた通りであろう。これらの歌には、「孤独感」「相聞的情調」というモチーフが込められていると見られる。

本論は、この「孤独感」というモチーフと「相聞的情調」というモチーフとがどのようにかかわるかを考察することで、歌群理解を進めたいと思う。

まず、四一四一歌について見てみよう。「誰が田にか住む」について、『全註釈』は、

住ムは、女のもとに宿ることを意味しているだろう。

と述べている。「羽振き鳴く鴫」のことを歌いながら、そこに人間の相聞的情調を見出そうとしているわけである。初句・第二句に、伊藤博一九六八の言う「春愁」を持ちつつ、第三句以降にこうした相聞的情調がともにあることを確認しておきたい。

次に、四一四六・四一四七歌について。この二首を括る題詞は、「夜裏聞二千鳥喧一歌二首」であり、そこには「夜裏」という表現が見られる。これについては、「恋緒を述ぶる歌」(17三九七八～三九八二)の左注に、「右三月廿日夜裏忽兮起二恋情一作　大伴宿祢家持」とあるように、恋情の起こる時間としての用例があることが参考にな

ろう。また、「鳴知等理」(四一四六)・「鳴河波知登里」(四一四七)という、鳴く千鳥についての表現については、

ま菅よし　宗我の川原に　鳴く千鳥　間なし我が背子　吾が恋ふらくは(12三〇八七)

という歌を参照したい。三〇八七歌の「鳴く千鳥」は序詞中にあるのだが、そのしきりに鳴く声を、恋の相手をしきりに求める声と見なしている点を見逃せないだろう。さらに、四一四六歌には、その千鳥が「川瀬尋め」と歌われているわけだが、この点に関しては次のような歌があることを記しておきたい。

ひさかたの　天の川瀬に　舟浮けて　今夜か君が　我がり来まさむ(8一五一九)

天の川　去年の渡りで　移ろへば　川瀬を踏むに　夜ぞ更けにける(10二〇一八)

利根川の　川瀬も知らず　直渡り　波にあふのす　逢へる君かも(14三四一三)

一五一九歌は、左注に「右神龜元年七月七日夜左大臣宅」とある、山上憶良の七夕歌である。川瀬は、牽牛が織女のもとへ訪れるべく出立する場所として描かれている。二〇一八歌は、人麻呂歌集の七夕歌である。織女のもとへ渡って行くべき川瀬を探しあてることができないさまが歌われているが、川瀬は、ここでも恋の相手のもとへ渡る場所と位置づけられている。そして、この川瀬の位置づけが、地上世界の男女の恋のあり方の投影であることは、三首目の三四一三歌を見ればわかる。当該の四一四六歌の「鳴く千鳥」の「川瀬尋め」の姿も、こうした恋の相手に逢うために、渡るべき川瀬を渡ろうとする人間(一五一九、二〇一八歌は正しくは牽牛だが)の姿を投影したということも考えてよいのではないか。

このように、四一四六・四一四七歌の中には、「夜裏」という時間に、恋の相手を求めて鳴く千鳥や、恋の相手のもとへ行こうとする千鳥の姿があると言えよう。

つづけて、題詞に「聞₂暁鳴鴙₁歌二首」とある四一四八・四一四九歌について。四一四八歌では、人間世界の恋のあり方が鳥の行動に投影されていることが明瞭であろう。たとえば、『窪田評釈』は、

その雉は隠妻で、夫とする雉が人目をかねて訪うて来ないので、恋いながら待っていたのに、ついに来ずに

夜明けになったので堪えに堪えていた哀情が一時に破れての鳴き声であろうかと、その雉を憐れんで思いやったのである。人間の男女気分を雉に移入しての心である。

と指摘し、『集成』も、

妻を求めてけたたましく鳴く雉を、恋に堪えきれずに泣く隠り妻になぞらえて、思いやっている。

と解釈している。『全集』が、

春は雉の繁殖期で、このサヲドルは雄雉の求愛の舞踊に似た動作をさす。

と解説を加えているような雉の姿は、人間世界の男女の恋をなぞらえるのにうってつけだったのだろう。

この四一四八歌の第三句には「灼然」(いちしろく)とある。この表現が、

臥いまろび　恋ひは死ぬとも　灼然　色には出でじ　朝顔の花(10二二七四　秋相聞)

道の辺の　いちしの花の　灼然　人皆知りぬ　吾が恋妻は(11二四八〇)

隠り沼の　下ゆ恋ひあまり　白波の　伊知之路久出でぬ　人の知るべく(17三九三五　平群女郎→家持)

などの相聞の例に用いられていることを確認しておきたい(右の他にも、相聞の例として、4六八八、10二二二五五、二二六八、二三三九、二三四四、二三四六、11二四九七、二六〇四、二六八〇、12三〇二一、三〇二三、三一三三がある)。このように、四一四八歌は、相聞的情調にかたどられていることがわかる。

一方の四一四九歌についても、同様の点を見出すことができるであろう。『全注』(青木生子氏担当)は、第三句の「鳴きとよむ」という表現に注目する。

なお家持には、この歌より約十八年前の天平四年(七三二)ごろのごく初期に、

春の野にあさる雉の妻恋ひにおのがあたりを人に知れつつ(8・一四四六)

を、また、天平十五年(七四三)に

山彦の相響むまで妻恋ひに鹿鳴く山辺に独りのみして(8・一六〇二)

このころの朝開に聞けばあしひきの山呼び響めさを鹿鳴くも(同・一六〇三)

の二首を詠み、さらに天平勝宝二年に雉のかかる二首を作るというように、長年にわたり同じような想をくり返し試みつつ精進しているすがたがみられる。

『全注』のこの指摘は、一四四六歌、一六〇二・一六〇三歌の存在を教えてくれる点で重要であろう。つまり、雉の鳴き声が妻を恋しく思って鳴く声であること(一四四六歌)、鹿の鳴き声が妻を恋い慕って鳴く声であること(一六〇二・一六〇三歌)の実際例を教えてくれる。当該、四一四九歌の「八峯の雉　鳴きとよむ」さまにも、相手を思って鳴く雉の姿を見出さなければならないだろう。そして、その姿は、『新全集』が、

カナシは一般に対人的感情を述べるのに用いる。ここは雉の夜明けの鳴声を聞き哀れに思い、擬人化して暁に相手と別れる辛さに同情したのであろう。

と述べているように、人間世界の男女の恋のあり方が投影されたものと捉えられる。

さて、ここで、いままで考察してきたことをまとめてみよう。

さきに見た『芸文類聚』(三月三日の条)および『初学記』(同)にはたくさんの鳥の姿が描かれ、「翔鳥群嬉」という記述が見えていた(晋阮脩上巳会詩)。また、「悦羣生之楽欣」という記述もあった(晋張協洛禊賦)。当該歌群においても、そうした上巳詩文のあり方に習い、鳥たちの盛んな行動が描かれている。しかし、それは表面的なものであって、人間世界の恋のあり方が投影されている点を見落とすことができない。そして、自由に「群嬉」できる鳥たちの姿が人間世界の投影として描かれれば描かれるほど、そうした自由な鳥たちと対照的に、それができない「我れ」の姿が浮き彫りにされると言えよう。相聞的情調によってかたどられた孤独な「我れ」の姿が、この歌群の中で造型されるのである。そして、ここにこそ、伊藤博一九六八の言う「春愁」が胚胎していると捉えられるのではなかろうか。

ところで、いま孤独な「我れ」の姿と述べたが、だからといって家持の個人的感慨が述べられているとは決し

て言えないだろう。次に挙げる、坂上大嬢の越中下向の問題とかかわらせて考察を進めよう。

七　坂上大嬢の越中下向

家持の妻坂上大嬢の越中下向については、伊藤博一九六八が、早くに、

> 天平勝宝二（七五〇）年のころおいは、文人としてのさる飛躍、ある開眼が、家持に成されて然るべき時期でもあった。折しも、この時期に、妻が京師から到来して家持の私生活の中心に座を占め、その身心を潤したのである。越中秀吟開眼の直接の契機は、妻坂上大嬢の登場であったと決めて大過なかろう。越中秀吟の開花が、〝然るべき時期〟の中にあって、天平勝宝元年でもなければ三年でもなく、大嬢の到来した直後の、勝宝二年のはじめだったということは、無視しがたい意義を内包するものと考えられるのである。

と述べている。そして、その具体的な下向の時期については、大越寛文一九七一が参考になる。大越論文は、

> 大帳使として入京した家持に従って、勝宝元年十月末か十一月初めのころに越中に下向したものと推定される。

と述べている。この大越論文によって、当該歌群が詠まれた天平勝宝二年三月時には、すでに坂上大嬢が越中の家持のもとにいたことが確実とされている。

さて、そうなると、疑問として浮上するのは、家持は妻坂上大嬢が越中にやって来たにもかかわらず、妻を慕う孤独の世界を歌うのはなぜかということであろう。伊藤博一九六八は、右の孤独の世界を「春愁」のモチーフによって理解する。そして、五味智英一九五一の見解を参照しつつ、その「春愁」を、「家持にとって生得のもの、すなわち、内的な『生』とも称すべきものであった」と述べて、右の疑問点に対しての答えとする。たしかに、「春愁」は家持にとって、巻十九巻末歌群へも引き継がれる重要なモチーフである（第六項参照）。家持というなまみの歌人の展開を考えるうえでは、「生得」「内的な『生』」という把握は有効なものであろう。ただ、本論

では、別の角度からこの問題点に迫りたい。

妻を慕う思いは、妻を都に残して越中国府にいる官人たちが、共通に抱く思いであり、妻を慕う孤独の世界もまた、越中国府の官人たちが共通にさいなまれるものであろう。さきほど、本論は、相聞的情調によってかたどられた孤独な「我れ」の姿が当該歌群の中で造型されていると述べたが、その「我れ」は、そうした越中国府の官人たちの誰もがその立場に立つことのできる「我れ」なのではなかろうか。つまり、妻坂上大嬢が越中にやって来ているにもかかわらず、妻を慕う孤独の世界を家持が歌うのは、越中国府の他の官人たちのそうした共通の思いに響き合うべくしてであったと捉えられるのではなかろうか。すでに妻坂上大嬢が下向している家持がそうした歌を詠んだ理由は、こうした点に求めてこそ、この歌群を編んだ家持の意図を理解したと言えると思う。

八　「望郷の念」をめぐって

さて、当該歌群の中に見られる「孤独感」「相聞的情調」といったモチーフは、妻と離れて越中にある国府官人たちの共通の思いに響き合うべく置かれているのではないかと述べたが、そうなれば、この歌群の中に見られる「望郷の念」のモチーフもそうした共通感情と響き合うように布置されていると推測することができるのではなかろうか。「望郷の念」のモチーフを明瞭な形で捉えることができるのは、四一四二歌と四一四四歌であろう。

二日攀二柳黛一思二京師一歌一首

春日尓　張流柳乎　取持而　見者京之　大路所念（四一四二）

傍線で示したように、題詞にも歌本文にも、望郷の思いがあらわである。また、「見二歸鴈一歌二首」という題詞のもとの一首、

燕来　時尓成奴等　鴈之鳴者　本郷思都追　雲隠喧（四一四四）

についても、雁の行為と重ね合わせる形で望郷の思いが表わされていると理解してよいであろう。

しかし、この歌群のその他の歌については、それぞれの歌の中にどれだけ「望郷の念」を見出すかが、各論考によってまちまちなのが現状である。いまは、紙幅の都合上それぞれの論考（村瀬憲夫一九九一など）について詳しく検討することはできないが、それらの論考は、四一三九・四一四一・四一四六・四一四七歌に望郷の念を見出そうとしている。たとえば、鐵野昌弘一九八八は、

> 「誰が田にか住む」という飛んで行く鴫への思いは、都を遠く離れてある自らの定めなさへの思いと密接に結び付いている。

という見解を示している。この見解は、当該歌群の中に布置された「望郷の念」のモチーフを見出すには、非常に微妙なところを渡らなければならないことを教えている。ただ、ここでは、右のような非常に微妙な点があることを十分にわきまえながらも、この歌群の中にある望郷の念は、ひとり家持だけの感慨ではなかったことを確認しておきたい。同様に都を離れている越中国府の官人たちにとって、その望郷の念は、共通の思いであった。

さて、望郷の念のモチーフの考察に関連して、この歌群の構成理解にも触れておきたい。対象とするのは、四一四五歌である。この歌について小島憲之一九七三は、

> 去りゆく春雁を見て、秋雁の飛来を望むことは人情の常である。後者『新撰万葉集』の歌（春霞立ちて雲路に鳴き帰る雁のたむけと花の散るかも　論者注）に付せられた詩に、
>
> 霞天の帰雁翼遥《つばさはるけ》々し、雲路に行《つら》をなして文字昭《あき》らけし。もし汝《いまし》花の時に去《い》ぬる意《こころ》を知らば、三秋に札《ふみ》を係《か》けて早く朝《きた》るべし。
>
> とあるのは、詩と歌との差はあるといえ、前述の家持の「帰雁を見る歌」（四一四五）に心は類似する。いずれも「春の雁」を見ては、秋に来る「来雁」に思いをはせた例である。

と述べている。これを参照すれば、四一四五歌では、次の秋にここ越中の地に必ず帰って来る雁のことが歌われていることがわかるのであり、視線は現地越中に向いていることを確認できる。

さて、このように見て来て、「見二歸鴈一歌二首」という同一の題詞のもとに寄せられている四一四四歌と四一四五歌が、四一四四歌は「望郷の念」、四一四五歌は「現地越中」への視線を表わす歌としてつがえられているのを見て取ることができよう。このように望郷の念と現地の歌とをひとまとめにして歌うことについては、本章の第一節ですでに挙げた伊藤博一九七三に詳しく、そうした形で歌うのは、旅にある者の歌い方であることがわかる。つまり、四一四四・四一四五歌のこうしたありようは、故郷奈良を離れている人物が等しく取り得る歌い方であると言えよう。もちろん、この二首は家持が作っているのであるから、家持個人の心情を述べていると捉えるむきがあるかもしれない。しかし、そのようにだけ捉えるのは、やはり十全とは言えないだろう。ここまでの考察を考え合わせれば、同様に故郷奈良を離れて越中の地にある官人たちにとって、この四一四四・四一四五歌は、共通に持ち得る心情を表わした歌であることを、やはり忘れてはならないと考える。

九　むすび

ここで、いままで述べて来たことをまとめて、むすびにつなげたい。十二首の歌群と上巳宴歌三首とのかかわりを、まずは図式化しておこう。

天平勝寶二年
三月一日之暮眺二矚春苑桃李花一作二首
春の苑　紅にほふ　桃の花　下照る道に　出で立つ娘子(四一三九)
我が園の　李の花か　庭に降る　はだれのいまだ　残りたるかも(四一四〇)
見二翻翔鴫一作歌一首
春まけて　もの悲しきに　**三更**て　羽振き鳴く鴫　誰が田にか住む(四一四一)

←――― 時間的配列

二日

望郷と現地越中

攀㆓柳黛㆒思㆓京師㆒歌一首

春の日に　張れる柳を　取り持ちて　見れば都の　大路し思ほゆ（四一四二）

攀㆓折堅香子草花㆒歌一首

もののふの　八十娘子らが　汲みまがふ　寺井の上の　堅香子の花（四一四三）

植物

〈水辺禊祓〉

〈執蘭〉

望郷と現地越中

見㆓帰鴈㆒歌二首

燕来る　時になりぬと　雁がねは　国偲ひつつ　雲隠り鳴く（四一四四）

春まけて　かく帰るとも　秋風に　もみたむ山を　越え来ざらめや

一に「春されば　帰るこの雁」と云ふ（四一四五）

動物

夜裏聞㆓千鳥喧㆒歌二首

夜具多知に　寝覚めて居れば　川瀬尋め　心もしのに　鳴く千鳥かも（四一四六）

夜降て　鳴く川千鳥　うべしこそ　昔の人も　しのひ来にけれ（四一四七）

聞㆓**暁**鳴雉㆒歌二首

杉の野に　さ躍る雉　いちしろく　音にしも泣かむ　隠り妻かも（四一四八）

あしひきの　八峰の雉　鳴きとよむ　**朝明**の霞　見ればかなしも（四一四九）

遥聞㆓泝㆑江船人之唱㆒歌一首

時間的配列

朝床に　聞けば遥けし　射水川　朝漕ぎしつつ　唱ふ船人（四一五〇）　〈櫂歌〉　←＊相聞的情調によってかたどられた孤独な「我れ」

三日守大伴宿祢家持之舘宴歌三首　＊右の感情を共有できる越中国府官人集団

今日のためと　思ひて標めし　あしひきの　峰の上の桜　かく咲きにけり（四一五一）

奥山の　八つ峰の椿　つばらかに　今日は暮らさね　ますらをの伴（四一五二）

漢人も　筏浮べて　遊ぶといふ　今日ぞ我が背子　花縵せな（四一五三）

すでに述べたように、この十二首の歌群の中には、〈水辺禊祓〉〈執（采・握・秉）蘭〉〈櫂歌〉という上巳節の行事を髣髴とさせる点が見出された。また、十二首の歌が扱う素材面でも上巳節の行事について記す漢籍に現われる素材に共通していた。さらに、「攀二柳黛一」「攀二折堅香子草花一」というような植物を折り取ることが歌われていることにも、上巳宴歌の「花縵せな」とのかかわりが辿れた。このように、四一三九〜四一五〇歌の十二首の歌群は、その直後の上巳宴の歌へつながるべく配列されていると考えられる。

その大きな構成の中では、太字で示したように、「三月一日之暮」「三更」「二日」「夜裏」「夜具多知」「夜降」「暁」「朝明」「朝」「三日」という時間の流れにのっとった配列がなされている。また、二日の歌では、望郷の念を歌う歌と現地越中を歌う歌とがひとまとまりになって二組詠まれている。それぞれは、柳と堅香子の花という植物の組と、雁という動物の組とになっている。

こうした整然とした構成の流れの上に乗る形で、傍線で示したように、相聞的情調を歌う表現がちりばめられている。そして、そうした相聞的情調によってかたどられた孤独な「我れ」の姿が歌群において形作られているのである。この「我れ」は、上巳宴歌で集う官人集団にとって交換可能の「我れ」であった。妻を都に残している孤独の悲哀も、望郷の念も、等しく共有されるものであった。つまり、この歌群とこれに続く上巳宴歌とは、

越中国府の官人集団の結束を示す一連の作品となっていると言えるのではなかろうか。(3)

＊

ところで、右に見たような整然とした構成を持つ十二首は、上巳宴で披露されたことを積極的に考えてよいと思う。第二節で、四一四〇歌の「わがその」が、共通感情にうらうちされた官人集団に響き合うべく布置されていることを指摘したが、それを享受する場があってこそ働きをなすものであろう。また、身﨑壽一九九二は、題詞と「うた」との角度を持った接合や映発により、いっそう膨らみのある作品世界が構築されていることを明らかにしているが、そうした営みも、題詞と歌とによる構成を見て理解し享受する人びとがいればこそなされるものであろう。そして、ここに、こうした作品を理解し享受できる場としての「越中歌壇」の存在を見出すことができるのである。

伊藤博二〇〇〇は、「表記における巻十九の特異性は何に由来するかという、学界多年の難問が氷解する」論を提示する。つまり、巻十九の正訓字主体表記のありようは、大伴家持とその妻坂上大嬢が母に捧げた「〝小型歌巻〟」のあり方に習っていると説かれ、その「〝小型歌巻〟」にあたるのが現存巻十九の冒頭四一三九歌から四一七〇歌までの三二首であるとされる。本論は、巻十九冒頭の十二首の歌群とこれに続く上巳宴歌群とが、越中国府の官人集団の結束を示す一連の作品となっているということを主張したが、この見解は、この一連の作品を実際に読む人物として母坂上郎女を措定する伊藤博二〇〇〇によって、いっそう強められるものと考える。すなわち、官人集団の結束のありようは、家持が国守として治める越中国の統治のあるべき姿を表わしていることになるのであり、母坂上郎女に贈られる作品としてこの上ないものと言えるからである。

(1)　天平勝宝二年三月一日に越中の地で桃の花や李の花が実際に咲いていたのか咲いていなかったのかという論議があることを、本論としても重々承知している。しかし、本論で問題にしたいのは、あくまでも表現された歌の世界(題詞をも含めた)

である。以下のこの歌群中の素材についての考察においても同様である。

(2)　小野寺静子二〇〇〇は、この歌群最初の題詞にある「暮」を歌の読みに活かすべきことを説く。そして、漢詩文の中の日の光を紅と表現する例を参照し、四一三九歌の初句・第二句「春の苑　紅にほふ」を夕日に紅に染まる苑と解する新説を提示した。小野寺論文のこの見解は、「『紅にほふ』と桃の花を結びつけることは考え直して良いのではなかろうか。」という見通しに依拠するわけであるが、『玉台新詠』(巻九)の皇太子簡文「和蕭侍中子顕春別四首」の中に、「桃紅李白若朝妝　羞持顦顇比新楊」といった記述を見つけることができ、また、『文選』(巻二十二)の謝霊運「従游京口北固応詔一首」の中に、「原隰荑緑柳　墟囿散紅桃」、『同』(巻二十五)の謝霊運「酬従弟恵連一首」の中に、「暮春雖未交　仲春善遊遨　山桃発紅蕚　野蕨漸紫苞」といった記述も見つけることができる。つまり、家持を含めた上代知識人にとって、「桃紅李白」「紅桃」といった表現、また、桃の花は紅色、李の花は白色であるということがらは、漢詩文を読むうえでの知識として広く知るところだっただろう。そして、やはり、題詞の「桃李花」、四一三九歌の「桃花」、四一四〇歌の「李花」も、こうした漢詩文上の常識にうらうちされているということを見出しておいてよいであろう。

(3)　滝澤貞夫一九七九も、別の観点からではあるが、四一三九～四一五三歌の十五首を「極めて密接な連繫によって詠まれた連作、ないしは一五首が一つの有機的構造体としてのまとまった作品」と把握する。

第二章　長歌作品の方法

第一節　悲緒を申ぶる歌

一　はじめに

家持は天平十九年春二月、左のような長歌作品を作った。

忽沈㆓枉疾㆒殆臨㆓泉路㆒　仍作㆓歌詞㆒以申㆓悲緒㆒一首并短歌

大君の　任けのまにまに　ますらをの　心振り起し　あしひきの　山坂越えて　天離る　鄙に下り来　息だに
も　いまだ休めず　年月も　いくらもあらぬに　うつせみの　世の人なれば　うち靡き　床に臥い伏し　痛
けくし　日に異に増さる　たらちねの　母の命の　大船の　ゆくらゆくらに　下恋に　いつかも来むと　待た
すらむ　心寂しく　はしきよし　妻の命も　明けくれば　門に寄り立ち　衣手を　折り返しつつ　夕されば
床打ち払ひ　ぬばたまの　黒髪敷きて　いつしかと　嘆かすらむぞ　妹も兄も　若き子どもは　をちこちに

騒き泣くらむ　玉桙の　道をた遠み　間使も　遣るよしもなし　思ほしき　言伝て遣らず　恋ふるにし　心は
燃えぬ　たまきはる　命惜しけど　為むすべの　たどきを知らに　かくしてや　荒し男すらに　嘆き伏せらむ
(17三九六二)

世間は　数なきものか　春花の　散りのまがひに　死ぬべき思へば(三九六三)

山川の　そきへを遠み　はしきよし　妹を相見ず　かくや嘆かむ(三九六四)

　右天平十九年春二月廿日越中國守之舘臥㆑病悲傷聊作㆓此歌㆒

従来この歌は、大伴家持が病に苦しめられた時のなまの感情を表わしたものとして読まれることが多かった。しかし、反歌三九六三の「春花の散りのまがひ」に注目したい。この表現について、『全釈』は、早くに、「春花の散りの紛ひは、季節を歌つたのであるが、自己の死を美化しようと思惟した跡も見える。」と指摘していた。この指摘を参照すれば、当該歌は、文飾が施されたひとつの作品世界を形成していることが見出されるのではなかろうか。また、金井清一一九七七は、当該歌を家持最初の独詠的長歌作品であると位置づけた。巻十七では三九六五歌以降に、家持と池主との贈答歌群が展開されるが、その展開の直前に位置づけられる独詠的長歌作品の当該歌において、文飾が施されたということも考えられてよいであろう。さらに、鐵野昌弘一九九〇は、

　この歌では、病に臥すること自体が、望郷ということに関わって主題化されているのである。かかる構制を言葉の上に展開させることを、家持は最初の独詠的長歌とされるこの歌で試みたのであった。そうした構え方は、形を変えながら病中の作品全体を貫き、更にその後の作歌にも引き継がれているように思われる。憶良に啓発されながら芽生えてくる家持の独自性を以上のように見て置きたい。

と述べる。ある「主題」のもとに作品を作り上げるということの指摘は、独詠的長歌作品である当該歌において特に重要であると考える。

ところで、当該歌の題詞の「枉疾」の用例は、家持の三九六五・三九六六歌の序文の例に限られるが、「枉」の集中の用例についても見てみたい。その用例は以下のようになる。(1)

……命根既に尽き、その天年を終へたるすらに、尚し哀しびとなす。〈聖人賢者一切の含霊、誰かこの道を免れむ〉いかに況や、生録未だも半ばならねば、鬼に枉に殺され、顔色壮年なるに、病に横に困めらるる者はや。世にある大患の、いづれかこれより甚だしからむ。……（巻五「沈痾自哀文」）

……我が生録を案ふるに、寿八十余歳に当たる。今妖鬼に枉殺せられて、已に四年を経ぬ……（同）

……枉言か　人の言ひつる　およづれか人の告げつる……（19四二一四）

家持の四二一四歌以外は、山上憶良の「沈痾自哀文」の例に限られ、またその「沈痾自哀文」からの影響は従来指摘されていることを考え合わせれば、「枉」一字の用例の、こうしたあり方にも、注意の目が向けられよう。「沈痾自哀文」では、「生録いまだも半ば」に満たず「顔色壮年なる」若者が、鬼病によこしまにさいなまれ殺されてしまうことの悲哀が、「世にある大患の、いづれかこれより甚だしからむ。」という嘆きとともに述べられ、「病」はもちろん、人の「死」が主題とされている。

当該歌では、こうした「沈痾自哀文」に由来する「枉」の字が当該歌の題詞に用いられているわけだが、このことによって、そうした「沈痾自哀文」の主題が、当該歌の中にももたらされる効果があげられていると言えるのではなかろうか。題詞に「泉路に臨む」とあること、そして反歌三九六三に「死ぬべき思へば」とあることを考え合わせれば、当該歌は、実際の人の死を越えたところで、「死」を主題として取り上げたひとつの作品であることが見出される。松田聡一九九三は、

家持の『越中病臥歌』も行路死人歌の系譜に連なるものであることは或る程度予想されるわけだが、果たしてそれは表現の上から確認することができる。……母や妻子が「家」で待つ様子を歌うことによって、異郷における瀕死の状態を確認しようとするのは行路死人歌の発想であるし、……家持は死に瀕した自分を行路

の死人に擬して歌うのであろう。

と述べる。当該歌が行路死人歌の「系譜」に位置づけられるかどうかについてはしばらくおくとしても、「死に瀕した自分を」「死人に擬して歌う」という指摘は、非常に示唆に富む。本論でもこれから述べて行くわけだが、当該歌には、自己を対象化し第三者的に描くありようが見出される。

さて、このように見てくると、当該歌を、私的な病の経験を歌った歌と捉えて論じるよりも、「死」を主題化した作品として考察する方が、方向として妥当ではないかと考えられる。本論では、「死」を主題化する作品を仕立てるにあたって、どのような方法が採られたかを、表現に即して論じることに力を注ぎたい。

二　第三者から当事者へ

ではしばらく当該歌の表現の細部を見ていくことにしたい。長歌三九六二の冒頭部分の表現は、『代匠記』(初稿本)が、「此哥の初は、第五に、山上憶良妻のみまかられける時よまれたる長哥の初をまなひて、大かたおなしやうによまれたり。」と述べるように、山上憶良の「日本挽歌」の長歌(5七九四)の冒頭部分をもとにしていることが明瞭である。しかし、この表現の重なりを、『大系』が言うように、「模倣」と捉えるだけでよいのか疑問に思われる。七九四歌では、

大君の　遠の朝廷と　しらぬひ　筑紫の国に　泣く子なす　慕ひ来まして　息だにも　いまだ休めず　年月も　いまだあらねば　心ゆも　思はぬ間に　うち靡き　臥やしぬれ……

というように、挽歌の対象である妻(事実関係としては大伴女郎)が、都から異郷の地にやって来て息つく暇もなく病におかされることが描かれるわけだが、当該歌でも、異郷の地で突然に病にとりつかれるさまを描くのに、こうした表現が機能している。さらに、「うち靡き　臥やしぬれ」という表現は、人麻呂の歌によく見られる女性の姿を表わす用例とつながるだろう。では、それを取り入れている当該歌はどうか。当該歌も「うち靡き　床

に臥い伏し」となっているわけだが、一見すると女性の姿を描くようなこの描写は、まわりの描写から浮いているように見える。しかし、これは長歌末尾の、「荒し男すらに　嘆き伏せらむ」と関連させてみたらどうだろうか。女性のような姿を髣髴とさせる、この「うち靡き　床に臥い伏し」は、剛直で立派な男子のあるべき姿が裏切られるその長歌末尾の表現と呼応し、それを先取りする形で長歌冒頭部に置かれている。このように、当該長歌の冒頭部分では七九四歌の描写が取り入れられることで、自らの姿が克明に描かれているのである。

ところで、こうした一連の描写が、「うつせみの　世の人なれば」という表現とともにあることに、注意の目を向けなくてはならないだろう。当該歌の「うつせみの　世の人なれば」と同じ例や似通う表現で参照すべきものに左のような例がある。

うつそみの　人にある我れや　明日よりは　二上山を　弟背と我れ見む(2一六五)

巻向の　山辺響みて　行く水の　水沫のごとし　世の人我れは(7一二六九)

……あしひきの　山鳥こそば　峰向かひに　妻問ひすといへ　うつせみの　人なる我れや　なにすとか　一日一夜も　離り居て　嘆き恋ふらむ……(8一六二九)

うつせみの　世の人なれば　大君の　命畏み　敷島の　大和の国の　石上　布留の里に　紐解かず　丸寝をすれば……寐も寝ずに　我れはぞ恋ふる　妹が直香に(9一七八七)

年のはに　梅は咲けども　うつせみの　世の人我れし　春なかりけり(10一八五七)

特によく知られた一六五歌に対して、『角川文庫』が、「三人称的発想でとらえて『我れ』を深く認識した表現。」と指摘し、また『釈注 二』も同様に指摘していることを考え合わせれば、当該歌の冒頭部分の描写には、自らの姿を対象化し第三者的に描くありようが見出されるのではなかろうか。

こうした描写を受けて、次に、「母の命」「妻の命」「妹も兄も若き子ども」が、息子の、夫の、そして父親の帰りを待ちわびる様子が描かれる。この「母の命」「妻の命」「妹も兄も若き子ども」は、従来どのように考えられてきたのか。「母の命」には家持の生母もしくは坂上郎女が、「妹も兄も若き子ども」には家持の嫡男の大伴永主と、藤原二郎と結ばれた女子が、そして「妻の命」にはこれも実際の家持の妻である坂上大嬢があてられるように、現実の誰彼かを比定する読み方がなされてきたのである。

この節の初めにも述べたが、当該歌がなまみの家持のなまの感情を述べた歌であると考えられて来たこととこれは関係するし、現在でも、右のように実体化しようとする論調は数多くある。しかし、すでに確認してきたように、当該歌には文飾が施されている。そして、鐵野昌弘一九九〇が当該歌を、ある「主題」を持った作品であると評したことを考え合わせれば、「母・妻・子ども」それぞれを、実在の人物に特定してしまうことは、家持がある主題のもとに歌を作ろうとしたこと、すなわち「創作」をめざしたことを削ぎ落としてしまうことになりかねないのではないか。ここでは、「母・妻・子ども」がそれぞれ誰なのかという事実関係を詮索するのではなく、「母・妻・子ども」が「待っている」と歌うことの意義を問いたい。つまり、そうした表現を必要とする発想の問題として捉えたいと思うのである。

そもそも、当該歌のように、異郷で病にかかり死に行くことが語られる場合、死に行く者が思いを馳せる対象として一般的に考えられるのは誰であろうか。家郷で待っていてくれるであろうと推量するその対象は、人麻呂の臨死歌、

鴨山の　岩根しまける　我れをかも　知らにと妹が　待ちつつあるらむ（2二二三）

のように、「妹」なのではないだろうか。死に行く当事者に関する歌はこのくらいだが、一般に旅の歌では家郷の妹に思いを馳せる例が多い。すなわち、「母・妻・子ども」がそろって待っていると表現される当該歌のありようには、死に行く当事者が推量するスタイルとは発想のしかたに大きな違いがあると言えるのである。

『窪田評釈』は、「この時代には、家という語は妹と同意語なくらいで、妹以外の者は問題にしなかった。……妻はもちろんで、それとともに母や子を思っているというのは、この時代としては類例の見えない特殊なことで、

家持がいかに家族愛に生きていた人であるかを思わせることである。」と述べる。家郷を離れた男性は妻に思いをよせるのが普通であるのに、母そして子どもまでもが取り上げられることは特殊であるとする、その指摘は妥当であろうが、その「特殊」の理由を家持の「家族愛」に求めている点はどうだろうか。家持の実際の母、実際の妻、実際の子どもと実体化し、それらに対する家持のなまの感情と捉えている限りではそれはたしかに特殊と言えよう。しかし、『万葉集』の中には、当該歌と同じように「母・妻・子ども」がひとセットになって取り上げられている歌々がある。次に、それらの表現を左に示して検討してみたい。

天平元年己巳摂津国班田史生丈部龍麻呂自経死之時判官大伴宿祢三中作歌一首并短歌

天雲の　向伏す国の　ますらをと　言はゆる人は　天皇の　神の御門に　外の重に　立ち侍ひ　内の重に
仕へ奉りて　玉葛　いや遠長く　祖の名も　継ぎ行くものと　母父に　妻に子どもに　語らひて　立ちにし
日より　たらちねの　母の命は　斎瓮を　前に据ゑ置きて　片手には　木綿取り持ち　片手には　和栲奉り
平けく　ま幸くいませと　天地の　神を祈ひ祷み……立ちて居て　待ちけむ人は　大君の　命畏み　おして
る　難波の国に　あらたまの　年経るまでに　白栲の　衣も干さず　朝夕に　ありつる君は　いかさまに
思ひいませか　うつせみの　惜しきこの世を　露霜の　置きて去にけむ　時にあらずして(3四四三)

昨日こそ　君はありしか　思はぬに　浜松の上に　雲にたなびく(四四四)

いつしかと　待つらむ妹に　玉梓の　言だに告げず　去にし君かも(四四五)

鳥が音の　神島の海に　高山を　隔てになして　沖つ藻を　枕になし　蛾羽の　衣だに着ずに　鯨魚取り
海の浜辺に　うらもなく　臥やせる人は　母父に　愛子にかあらむ　若草の　妻かありけむ　思ほしき　言
伝てむやと　家問へば　家をも告らず　名を問へど　名だにも告らず　泣く子なす　言だに問はず　思へど
も　悲しきものは　世間にぞある　世間にぞある(13三三三六)

母父も　妻も子どもも　高々に　来むと待ちけむ　人の悲しさ(三三三七)

或本歌

備後国神嶋浜調使首見ㇾ屍作歌一首并短歌

玉桙の　道に出で立ち　あしひきの　野行き山行き　にはたづみ　川行き渡り　鯨海取り　海道に出でて　吹く風も　おほには吹かず　立つ波も　のどには立たぬ　畏きや　神の渡りの　しき波の　寄する浜辺に　高山を　隔てに置きて　浦ぶちを　枕にまきて　うらもなく　伏したる君は　母父が　愛子にもあらむ　若草の　妻もあらむと　家問へど　家道も言はず　名を問へど　名だにも告らず　誰が言を　いたはしとかも　とゐ波の　畏き海を　直渡りけむ(三三三九)

母父も　妻も子どもも　高々に　来むと待つらむ　人の悲しさ(三三四〇)

家人の　待つらむものを　つれもなき　荒磯をまきて　伏せる君かも(三三四一)

浦ぶちに　伏したる君を　今日今日と　来むと待つらむ　妻し悲しも(三三四二)

天地と　ともにもがもと　思ひつつ　ありけむものを　はしけやし　家を離れて　波の上ゆ　なづさひ来にて　あらたまの　月日も来経ぬ　雁がねも　継ぎて来鳴けば　たらちねの　母も妻らも　朝露に　裳の裾ひづち　夕霧に　衣手濡れて　幸くしも　あるらむごとく　出で見つつ　待つらむものを　世間の　人の嘆きは　相思はぬ　君にあれやも　秋萩の　散らへる野辺の　初尾花　仮廬に葺きて　雲離れ　遠き国辺の　露霜の　寒き山辺に　宿りせるらむ(15三六九一)

はしけやし　妻も子どもも　高々に　待つらむ君や　山隠れぬる(三六九二)

黄葉の　散りなむ山に　宿りぬる　君を待つらむ　人し悲しも(三六九三)

右三首葛井連子老作挽歌

これらの歌々は見ての通り、家郷を離れて死ぬ者を悼む点で一致している。また当該歌では、二重線部のように、「思ほしき言」を「伝遣る」ことができないと語られるが、これもやはり、家郷を離れ死に行く者に対する歌い方であると考えられる。右の巻十三・三三三六歌を見たい。母や父そして妻に「思ほしき言」を伝えてやろうとするが、浜辺に横たわる人は家も名も口にすることができず、「思ほしき言」を伝えることができないと歌われている。このように、ここには家郷を離れ死に行く者に対する歌い方がある。なお、これに関連して橋本達雄一九九二aが、家持の当該歌がこの巻十三の歌に学んだと指摘していることは、当該歌の表現を考えるうえで大変参考になる。

さて、右に見た歌々にもう一度目を向けたい。これらは家郷を離れて死ぬ者を悼む歌という様相を示していたが、死者の身内としての母・妻・子どもの待つ姿が、第三者的立場から想像されていることも注意される。つまり、これら家郷を離れて死ぬ者を悼む歌々では、死者の母・妻・子どもが待つ姿を、第三者的立場から描く表現が、発想の型としてあると考えられる。もっとも、最初の例、長歌四四三では第三者的立場から描かれているが、その反歌四四五では、「待つらむ妹」と一歩踏み込んだ歌い方になっている。これは、この歌を作った大伴三中が、亡くなった丈部龍麻呂の同僚であったために取られた表現とも思われるが、三六九一〜三六九三歌の遣新羅使人歌の例は、四四三歌と同じように同僚の死を歌ったものでありながら、死者の母・妻・子どもが待つ姿を、第三者的立場から描いている。やはり、家郷を離れて死ぬ者を悼む歌の発想の型としては、第三者的立場から描く描き方があると判断されよう。

当該歌には長歌の冒頭部分から、「日本挽歌」の表現を使いながら、自らの姿を入念にそして第三者的に描き出すありようが見出されたが、ここで、母・妻・子どもが待つと描かれるのも、そうした第三者的に描かれる長歌のあり方に支えられていると考えられよう。そして、右の歌々に見られるような、第三者的立場から死者のむこう側に身内の母・妻・子どもの待つ姿を想像するという発想の型を採用することによって、ここでも第三者的な描き方が作品中にもたらされている。そしてこれにより、当該歌は、なまみの家持のなまの感情そのままとは切り離して、人の「死」を対象化して描くことができるようになっていると捉えたい。

ここで、関連することがらとして、岡内弘子一九八二の注(8)の記述を参照したい。家持が自身自分の妻を呼ぶ言葉としては、「妹」と「妻の命」との二種がある。「妻」という言葉は見られない。短歌や、長歌でも相聞的な歌においては、「妹」を用いる。これは、妹と妻との語性の違いによる(「妻」の方が改まった第三者的な言い方)と考えられる。

岡内論文は、「妻」という言い方が「妹」という呼び方と較べて第三者的な言い方であることを指摘している。本論は、当該歌の「母・妻・子ども」が待つと歌われるところには第三者的な描写があると述べたが、この岡内論文はそれを保証してくれる。

ところで、同じく「妻」のことが、当該歌の反歌三九六四においては「妹」と呼ばれる。妻に対していわば二人称的に呼びかけているわけだ。ここでも、この「妹」は実際の妻である坂上大嬢を指すというような事実関係について考えるよりも、長歌の「妻」のことを「妹」と呼びかけるように変わっている、そうした表現上の変化の理由を考えたい。長歌で「妻」と第三者的に描いていたのに較べて、ここではより当事者の位置から語られているると捉えられるのではないだろうか。西郷信綱一九七〇は、

イモと妻とを自由に交換しうる同義語であるかのごとく見なす向きが多い。しかし第三者の立場から、または地の文や散文脈において、妻のことをイモといった例は一つもない。これは、イモとは夫または男が自分の妻または恋人にたいし一定の特殊な状況において親愛の情をこめていう呼称であって、傍からは妻のことをイモとは決していわなかったし、事実いえもしなかった消息を暗示する。

と指摘した。また、品田悦一一九八八は、西郷信綱一九七〇のこの指摘を、「若干の修正を要するものの、なお本質を衝いた発言」と評し、呼称「妹」の適用が、「対象を自己にとって身近な存在として表出」することや、「対象への接近の志向」を果たすことなどを指摘する。さらに菊川恵三一九九四は、品田論もふまえたうえで、西郷論を取り上げ、「妻」と較べた場合、「相手に向合う直接性は、『イモ』の方がまさる」という、呼称「妹」

の性質を確認している。

こうした一連の論考を見て、やはり当該歌三九六四の「妹」は、より当事者の位置から語られているものと捉えられよう。さらに『釈注』は、当該長歌の末尾、「かくしてや　荒し男すらに　嘆き伏せらむ」の部分に対して、これが「一人称の嘆き」であることを指摘している。この指摘と、長歌末尾の「かくして」が現状を指し示す語であることを考え合わせれば、長歌末尾では、一人称で嘆くことができる、つまり死に行こうとする当事者の立場から歌われていると言えよう。また、反歌三九六三の結句「死ぬべき思へば」も、そうした当事者の詠となっている。

つまり当該歌では、死に行く者の悲哀を第三者的に描く描き方から、より当事者の立場に即して悲哀を述べるという描き方へ、と描き方が変化していると言えるのではなかろうか。これは見方を変えて言えば、死に行く悲哀を、当事者といういわば「内側」だけから描くのではなく、自らの姿を第三者的に捉えその悲哀を描く、つまり「外側」から描くことも試みられていると言えるのではなかろうか。当該歌は人の「死」が主題として取り上げられ、その悲哀が述べられているわけだが、その主題を十全な形で表わすために、まずは死に行く者の姿を「外側」から入念に描いたうえで、次に当事者の立場に立ち「内側」から悲哀を述べる、という方法が採られていると考えられる。そしてこのことで、死に行く悲しみを述べること、つまり題詞にいう「悲緒を申ぶる」ことが十分に果たされているのである。

三　憶良作をめぐって

ところで、前項で述べてきたような方法は、どこから学び取られたものなのだろうか。

ここでは、山上憶良の「熊凝の為にその志を述ぶる歌に敬みて和ふる」と題された歌に目を向けたい。家郷を離れて死に行く人間の悲哀が語られるという点が類似していることはもちろん、語句や表現面で具体的に影響関係を確認できるからである。その歌を左に挙げる。

敬㆘和為㆓熊凝㆒述㆓其志㆒歌㆖六首并序　　筑前国守山上憶良

大伴君熊凝は、肥後国益城郡の人なり。年十八歳にして、天平三年六月十七日を以て、相撲使某国司官位姓名の従人となり、京都に参ゐ向かふ。天の為に幸あらず、路に在りて疾を獲、即ち安芸国佐伯郡高庭の駅家にして身故りぬ。終りに臨む時に、長歎息ひて曰く、「伝へ聞く、仮合の身は滅易く、泡沫の命は駐め難しと。所以に千聖も已に去り、百賢も留まらず。況や凡愚の微しき者、いかにしてか能く逃れ避らむ。ただし、我が老いたる親、並に菴室に在す。我を待ちて日を過ぐさば、自ら心を傷る恨みあらむ、我を望みて時に違はば、必ず明を喪ふ泣を致さむ。哀しきかも我が父、痛きかも我が母。一身の死に向かふ途は患へず、ただ二親の生に在さむ苦しびを悲しぶるのみ。今日長に別れなば、何れの世にか覲ゆること得む」といふ。乃ち歌六首を作りて死ぬ。その歌に曰く、

うちひさす　宮へ上ると　たらちしや　母が手離れ　常知らぬ　国の奥処を　百重山　越えて過ぎ行き　いつしかも　都を見むと　思ひつつ　語らひ居れど　己が身し　労はしければ　玉桙の　道の隈廻に　草手折り　柴取り敷きて　床じもの　うち臥い伏して　思ひつつ　嘆き伏せらく　「国にあらば　父とり見まし　家にあらば　母とり見まし　世間は　かくのみならし　犬じもの　道に伏してや　命過ぎなむ」一には「我が世過ぎなむ」と云ふ（八八六）

たらちしの　母が目見ずて　おほほしく　いづち向きてか　吾が別るらむ（八八七）

常知らぬ　道の長手を　くれくれと　いかにか行かむ　糧はなしに　一に「干飯はなしに」と云ふ（八八八）

家にありて　母がとり見ば　慰むる　心はあらまし　死なば死ぬとも　一に「後は死ぬとも」と云ふ（八八九）

出でて行きし　日を数へつつ　今日今日と　吾を待たすらむ　父母らはも　一に「母が悲しさ」と云ふ（八九〇）

一世には　ふたたび見えぬ　父母を　置きてや長く　吾が別れなむ　一に「相別れなむ」と云ふ（八九一）

第一項で挙げた当該歌本文に点線で示した「床に臥い伏し」「嘆き伏す」は、右の憶良歌の点線部分から取り入れたものと見なされる。また、当該歌の「妻の命」の待つ描写では、「明け来れば門に寄り立ち」という姿が描かれるが、これについては『代匠記』(初稿本)が、「あけくれは門によりたち。戦国策云。王孫賈之母謂レ賈曰。汝朝出而晩来、吾則倚レ門而望レ汝。」と指摘するように、この部分が『戦国策』の「倚門の望」の故事によった表現であることがわかる。一方、芳賀紀雄一九八四は、右の憶良歌の方にも同じ故事による表現が見られることを指摘する(傍線部分)。

　ところで、当該歌の二ヶ月ほどのち、家持は「布勢水海に遊覧する賦」「立山賦」を作り、大伴池主がそれぞれに対する「敬和の賦」を作ったが、家持と池主によるその敬和の作品が、憶良歌とその前の麻田陽春の歌(八八四・八八五)との「敬和」のあり方に学んでいることを、第一章第二節において考察した。右の憶良歌に学ぶそうした態度をここでも考えることは、あながち牽強付会ではないだろう。

　その憶良歌で採られている方法に目を向けたい。序文はその前半で熊凝の姿を第三者的立場から描写し、「嘆かひて曰く」を転換点として熊凝自身の直接話法で死に行く悲哀が述べられる。一方、歌の方はどうだろうか。「嘆き伏せらく」の転換点よりも前の長歌前半部に対し、稲岡耕二一九八六は「第三者的な立場」から詠まれたことを指摘し、大久保廣行一九九四はその「表現者」として「熊凝と親しく行動を共にした使の一行(従人ら)」をあてはめる。参照されるべき両論文ではあるが、本書としては、序文末尾に「乃ち歌六首を作りて死ぬ。その歌に曰く、」とあり、その叙述に続いての長歌であるというありよう自体を考慮すべきと考える。つまり、あくまでも長歌を〈発話〉しているのは、熊凝なのである。当該歌は、まず熊凝自身に第三者的な立場から自己に対する描写を〈発話〉させている。そしてそのうえで、「思ひつつ　嘆き伏せらく」の転換点の後さらに、熊凝自身に自己の心情を表出させているのである。このように、憶良歌は、外側から描く描き方と内側から描く描き方との転換が際立っている作品であり、まずは第三者的に「外側」から入念に描写し、次に当事者の立場から感慨を述べるという方法の存在を把握することができよう。そして、この方法を採ることで、憶良歌は、熊凝の「内側」の悲哀を強調することができる作品になっていると考えられる。(2)

ところで、憶良歌は、漢文の序文と長歌・反歌との組合せにより作り上げられた作品であり、漢文の序文を持たない当該歌とは質の異なる面を持っていることはもちろんであるが、当該歌がこの憶良作に負うところが大きいことを考え合わせれば、当該歌の方法自体もまた、憶良作のこうした方法から学び取ったものも大きかったと言えるのではないだろうか。

四　以降の作品への影響

最後に、独詠的長歌作品である当該歌の制作において行われたこのような試みが、その後の家持の歌作りにどのように引き継がれ活かされているかについて、ごく簡単に触れておきたい。

天平勝宝七歳、家持は、防人の悲哀を述べる三つの長歌作品を作った。

①　追㆓痛防人悲㆑別之心㆒作歌一首并短歌　(20四三三一〜四三三三)

大君の　遠の朝廷と　しらぬひ　筑紫の国は　敵守る　おさへの城ぞと　聞こし食す　四方の国には　人さはに　満ちてはあれど　鶏が鳴く　東男は　出で向かひ　かへり見せずて　勇みたる　猛き軍士と　ねぎたまひ　任けのまにまに……(四三三一)

鶏が鳴く　東壮士の　妻別れ　悲しくありけむ　年の緒長み(四三三三)

右二月八日兵部少輔大伴宿祢家持

②　為㆓防人情㆒陳㆑思作歌一首并短歌　(20四三九八〜四四〇〇)

大君の　命畏み　……　いや遠に　国を来離れ　いや高に　山を越え過ぎ　葦が散る　難波に来居て　夕潮に　船を浮け据ゑ　朝なぎに　舳向け漕がむと　さもらふと　我が居る時に　春霞　島廻に立ちて　鶴がね

の　悲しく鳴けば　はろばろに　家を思ひ出　負ひ征矢の　そよと鳴るまで　嘆きつるかも（四三九八）
海原に　霞たなびき　鶴が音の　悲しき宵は　国辺し思ほゆ（四三九九）
　　右十九日兵部少輔大伴宿祢家持作之

③　陳二防人悲レ別之情一歌一首并短歌（20四四〇八～四四一二）
大君の　任けのまにまに　島守に　我が立ち来れば　……　大君の　命畏み　玉桙の　道に出で立ち　岡の崎　い廻むるごとに　万たび　かへり見しつつ　はろはろに　別れし来れば　思ふそら　安くもあらず　恋ふるそら　苦しきものを　うつせみの　世の人なれば　たまきはる　命も知らず　海原の　畏き道を　島伝ひ　い漕ぎ渡りて　あり巡り　我が来るまでに　平けく　親はいまさね　つつみなく　妻はまたせと　住吉の　吾が統め神に　幣奉り　祈り申して　難波津に　船を浮け据ゑ　八十梶貫き　水手整へて　朝開き我は漕ぎ出ぬと　家に告げこそ（四四〇八）
島陰に　我が船泊てて　告げ遣らむ　使ひをなみや　恋ひつつ行かむ（四四一二）
　　二月廿三日兵部少輔大伴宿祢家持

①では防人を「あづまをのこ」「あづまをとこ」と呼び、防人を第三者的立場から描いていることがわかる。②では防人の悲哀を当事者「我れ」の立場から述べている。つまり、第三項の憶良歌で、熊凝になりかわり思いを述べるのと同じように、防人になりかわりその悲哀を述べることが、この②の段階ですでに達成されている。では、最後の③はどのように詠まれているか。この歌では、防人になりかわるという断りなしに、防人「我れ」の立場で防人当事者の悲しみが綴られている。さらには、防人の立場の「我れ」という話者に、「うつせみの世の人なれば」と自分自身を第三者的に語らせている。当該歌に見られたような、自らを第三者的に描写することで悲哀を強調する手法を応用して、今度は防人当事者に自らを第三者的に語らせていると言えよう。

我々は、こうした防人関係の歌を作り出す方法と、天平十九年の当該歌の方法との間に、本書の序で述べたような、点と点を結ぶひとつの「軌跡」を見出すことができるのである。

五　むすび

当該歌は、「死」を私的なものとして描くのではなく、主題として作品化するために、まずは死に瀕した自らの姿をあたかも第三者的に描くように外側から入念に描き、次にその当事者の立場つまり内側からその悲哀を述べるという方法が採られた作品であり、こうした方法によって、題詞の「悲緒を申ぶる」という目的が実現された作品である、としてまとめとしたい。

（1）　巻十九・四二一四歌は、佐竹昭広・木下正俊・小島憲之共著『万葉集　本文篇』（塙書房）などでは「狂」の字を採用している。

（2）　この憶良歌については、拙稿「大伴家持の悲緒を申ぶる歌」『美夫君志』（美夫君志会）五七、一九九八年十二月、に自己批判を加えての別稿の提出を用意している。

第二節　追同處女墓歌

一　はじめに

大伴家持は、天平勝宝二年越中の地において、「追㆓同處女墓歌㆒一首」と題する作品を作った。その長歌作品の表現の分析を通して、その構成の特色を追ってみたい。この作品の特色のひとつとして、黄楊小櫛が登場することが挙げられる。本論では、その黄楊小櫛に関連する描写が、作品の中でどのように機能し、作品の展開にどのように寄与しているかについても考察する。そして、その考察を通して、この作品の特色が明らかになると考える。では、まず最初に当該歌を掲げておく。

追㆓同處女墓歌㆒一首并短歌

古に　ありけるわざの　くすばしき　事と言ひ継ぐ　千沼壮士　菟原壮士の　うつせみの　名を争ふと　たまきはる　命も捨てて　争ひに　妻問ひしける　処女らが　聞けば悲しさ　春花の　にほえ栄えて　秋の葉の　にほひに照れる　あたらしき　身の盛りすら　ますらをの　言いたはしみ　父母に　申し別れて　家離り　海辺に出で立ち　朝夕に　満ち来る潮の　八重波に　なびく玉藻の　節の間も　惜しき命を　露霜の　過ぎましにけれ　奥つ城を　ここと定めて　後の世の　聞き継ぐ人も　いや遠に　偲ひにせよと　黄楊小櫛　然刺しけらし　生ひてなびけり(19四二一一)

処女らが　後のしるしと　黄楊小櫛　生ひ代はり生ひて　なびきけらしも(四二一二)

右五月六日依㆑興大伴宿祢家持作之

二　題詞について

(一)「追和」と「追同」について

長歌の表現の分析に入る前に、まず、題詞のあり方に目を向けなければならないだろう。題詞には「追同」とある。芳賀紀雄一九九一は、『美夫君志』の引く『顔氏家訓』と森野繁夫一九七六の引く『陳書』の、「和」「同」両者をほぼ同義で用いる例を参照し、「追和」「追同」両者が上代人によって同じ意識で用いられていたことを明らかにしている。また、最近の注釈書の中でも、たとえば、

追和に同じ。(『全集』)

先人の歌に対して後から唱和する意。……「追和」……に同じ。(『全注　巻第十九』青木生子氏担当)

あとから先行する歌に共鳴して唱和する意。「追ひて同《こた》ふる」と訓んでもよい。「追同」は「追和」に同じ。(『釈注』)

のように指摘されている。これらの指摘の驥尾に付して、いま、当該歌の作者の大伴家持自身の手になる、『万葉集』巻十七に収められている漢文を参照したい。

昨暮の来使は、幸しくも晩春遊覧の詩を垂れたまひ、今朝の累信は、辱くも相招望野の歌を貺ふ。一たび玉藻を看るに、稍く鬱結を写き、二たび秀句を吟ふに、已に愁緒を蠲きつ。この眺翫に非ずは、孰か能く心を暢べむ。但惟下僕、稟性彫り難く、闇神瑩くこと靡し。翰を握り毫を腐し、研に対ひて渇くことを忘れ、終日目流して、これを綴るに能はず。所謂文章は天骨にして、これを習ふに得ず。豈字を探り韻を勒さむに、雅篇に叶和するに(叶㆓和雅篇㆒)に堪へめや。抑鄙里の少児聞くに、古人は言に酬いずといふことなしといへり。聊かに拙詠を裁り、敬みて解咲に擬らくのみ。

右の漢文の直後には、

如今言を賦し韻を勒し、この雅作の篇に同ず(同㆓斯雅作之篇㆒)。豈石を将ちて瓊に間へ、声に唱へ走が曲に

遊ぶに殊ならめや。抑小児の濫りなる謡の譬し。敬みて葉端に写し、式て乱に擬りて曰く、という割り注があるが、これは、『新全集』が、「『豈字を探り』以下に対する家持の別案か。」という判断を加えるところが正しいと思われる。右に見るように、本文の傍線部分と割り注の傍線部分どうしが対応する。これを考え合わせれば、家持自身が「追和」と同様に「追同」と記したと考えることに不都合はなさそうである。

（二）「追和」について

では、その「追和」はどのような作歌の方法なのだろうか。その内実については、諸氏にさまざまな形で詳細な研究があり、いま本論でも「追和」の例をひとつひとつ取り上げて、諸氏の見解のなかみをひとつひとつ丁寧に確認して行くべきではあろう。しかし、本論は、当該の家持作品の表現の分析を通して、その構成を考察することを第一の目標にしている。そこで、ここでは、「追和」について非常に示唆に富み、これからの本論の展開にとって欠くことができない視点を提供してくれる論考を挙げるに留めておきたい。大久保廣行一九九三は、小野寛一九九〇の見解も受けて、

追和の形式は、漢文学との融合を積極的に図った筑紫文学圏の歌作のスタイルとして、「和詩」「和歌」の流れを受けて案出され、さらに次代の家持がそれを継承して新しい歌境開拓のためにさまざまな形で自己の創造への導入を試みたのであった

と「追和」歌の流れを簡便にまとめている。また、早くに村瀬憲夫一九七八は、

追和という形式は、後に加えたというだけの、単に時間を異にした贈答歌なのではなく、一種の創作的文学形式であった。「松浦河に遊ぶ序」に対する追和歌（5・八六一〜八六三）、松浦佐用姫関係の追和歌（5・八七二〜八七五）に見られるように、それは、ある素材に他の人が追和することによって共有・共感の世界、より幅広い文学世界を作ることであった。『万葉集』中追和歌は一五例みられるが、その現われ方を検討し

てみると、旅人・憶良を中心とした筑紫歌壇において最も盛んに行なわれ、それが家持・大伴書持・大伴池主に引き継がれていったことがわかる。（傍線論者）

と述べている。村瀬論文のこの見解は、巻五のいわゆる「筑紫歌壇」の作品を中心に扱ってのものではあるが、当該家持作品を考察するうえでも教えてくれるところが大きい。つまり、「菟原處女の墓」という素材を扱うことによって、先行する作品とどのような関係を切り結ぶことになるのか、そしてどのような新しい文学世界を切り開くことになるのかという視点を我々に与えてくれる。本論でも、当該歌が、先行する作品をどうふまえ、また、先行する作品に無い新しさをどう盛り込むか、という点を考察することに意を注ぎたい。また、少し先取りする形で述べるならば、先行歌にそうあるからといって、当該歌の表現もこうあらねばならないとするべきではないと考える。

（三）　当該歌の「追同」について

題詞には「追二同處女墓歌一」とあり、当該歌が、先行する「處女墓歌」に「追同」した作品であることを示している。では、当該歌は、どのような先行作品に「追同」したのか。これについては、早くに『代匠記』（初稿本）が、「第九に田辺福麿か集に出たる哥三首高橋連虫麻呂か集に出たる哥三首、以上六首のうち、長歌二首あり。これらをさして今追和とはいふなり。」と指摘したのに従うべきであると考える。いま、今後の便宜も考えて、その二作品を掲げておく（以下、それぞれ、福麻呂歌、虫麻呂歌と呼ぶ）。

過二葦屋處女墓一時作歌一首并短歌

古の　ますら壮士の　相競ひ　妻問ひしけむ　葦屋の　菟原処女の　奥つ城を　我が立ち見れば　永き世の
語りにしつつ　後人の　偲ひにせむと　玉桙の　道の辺近く　岩構へ　作れる塚を　天雲の　そきへの極み

この道を　行く人ごとに　行き寄りて　い立ち嘆かひ　ある人は　音にも泣きつつ　語り継ぎ　偲ひ継ぎ来る

処女らが　奥つ城所　我れさへに　見れば悲しも　古思へば（９一八〇一）

反歌

古の　小竹田壮士の　妻問ひし　菟原処女の　奥つ城ぞこれ（一八〇二）

語り継ぐ　からにもここだ　恋しきを　直目に見けむ　古壮士（一八〇三）

（一八〇六左注＝右七首田邊福麻呂之歌集出）

見二菟原處女墓一歌一首并短歌

葦屋の　菟原処女の　八歳子の　片生ひの時ゆ　小放りに　髪たくまでに　並び居る　家にも見えず　虚木綿の　隠りて居れば　見てしかと　いぶせむ時の　垣ほなす　人の問ふ時　千沼壮士　菟原壮士の　盧屋焼きすすし競ひ　相よばひ　しける時には　焼き大刀の　手かみ押しねり　白真弓　靫取り負ひて　水に入り　火にも入らむと　立ち向かひ　競ひし時に　我妹子が　母に語らく　倭文たまき　賤しき我が故　ますらをの争ふ見れば　生けりとも　逢ふべくあれや　ししくしろ　黄泉に待たむと　隠り沼の　下延へ置きて　うち嘆き　妹が去ぬれば　千沼壮士　その夜夢に見　取り続き　追ひ行きければ　後れたる　菟原壮士い　天仰ぎ叫びおらび　地を踏み　きかみたけびて　もころ男に　負けてはあらじと　掛け佩きの　小大刀取り佩き　ところづら　尋め行きければ　親族どち　い行き集り　永き代に　標にせむと　遠き代に　語り継がむと　処女墓　中に造り置き　壮士墓　このもかのもに　造り置ける　故縁聞きて　知らねども　新喪のごとも　音泣きつるかも（９一八〇九）

反歌

葦屋の　菟原処女の　奥つ城を　行き来と見れば　音のみし泣かゆ（一八一〇）

墓の上の　木の枝なびけり　聞きしごと　千沼壮士にし　依りにけらしも（一八一一）

右五首高橋連蟲麻呂之歌集中出

右の福麻呂歌・虫麻呂歌を「追同」の対象に据える、右の『代匠記』の見解は、近年のすぐれた研究によって引き継がれ、その妥当性が保証されている。たとえば、大久保廣行一九九五は、

勿論、現地に足を運んで実際に処女の墓を「見て」作歌したわけではないから、この依興を促したのは、福麻呂歌集や虫麻呂歌集を見た時点か、あるいは巻九の編纂時期と関連するのではあるまいか。いずれにしても、福麻呂との越中での親交(ⓒ)(巻十八、四〇六三・四〇六四歌。論者注)が基底にあり、福麻呂歌を仲立ちとして虫麻呂歌も視野に入れて作歌したということだろう。

と指摘し、家持が双方の作品に接する機会を具体的に想定している。さらに、最新の注釈書『釈注』は、福麻呂歌・虫麻呂歌の表現、構成、題詞のあり方と、当該歌のそれらとを緻密に比較し、

どうやら、家持はここで双方の処女墓の歌を意識していたと見られる。幸いに、虫麻呂集歌が福麻呂集歌を包みこむ広さを有するので、虫麻呂集歌を表立っての対象とし、歌い出しや第一段総体にさえ留意するならば、長短歌は、結果として、容易に双方への追同歌になったのだと思われる。

といった見解を示している。こうした研究を参照することによって、『代匠記』の指摘の妥当性が保証されるであろう。本論もこの二作品を「追同」の対象として据えて考察を進めたい。

ここまで、この作品を読むうえでの前提の確認の意味もあり、題詞について見てきた。次からはいよいよ歌表現の分析に入りたい。

三　家持長歌の表現について

（一）　古に　ありけるわざの　くすばしき　事と言ひ継ぐ

最初に、長歌冒頭の書き出し部分の表現について考察したい。まず、次のような歌、

古に　ありけむ人も　吾がごとか　妹に恋ひつつ　寐ねかてずけむ（４四九七　人麻呂）

今のみの　わざにはあらず　古の　人ぞまさりて　音にさへ泣きし（四九八　同）

を参照してみよう。これらの歌には、二重傍線部の「古」と傍線部の「今」（四九七歌については、「吾」が現在の存在であることによる）との対応や対比があることが明瞭だ。当該歌の冒頭の書き出し部分にも、このような「古」と「今」との対応や対比があることは間違いないだろう。しかし、「遠い『古』の世界にあった事柄で、霊妙かつ不思議なこととして現在にいたるまで言い継がれている」という、当該歌のこの書き出し部分には、単なる「古」と「今」との対応や対比だけではなく、さらに、「古」の世界から現在に至るまで脈々と言い継ぎ語り継がれて来たということの言挙げがある。そして、ここには、「古」の世界から現在までの時間の流れを現在の時点から描くという設定の提示があるのではないだろうか。

ここで、福麻呂歌と虫麻呂歌の長歌冒頭を参照して当該歌と比較してみたい。福麻呂歌は、

古の　ますら壮士の　相競ひ　妻問ひしけむ　葦屋の　菟原処女の　奥つ城を　我が立ち見れば……

となっており、墓を目のあたりにしていることを強調することに力点が置かれているようである。また虫麻呂歌では、

葦屋の　菟原処女の　八歳子の　片生ひの時ゆ　小放りに　髪たくまでに……

というように、当該歌に見られるような設定なしに、いきなり菟原娘子の描写に入ってしまう。当該歌のこうした設定自体、先行する虫麻呂歌・福麻呂歌にはないものと言えよう。

ここで少し視野を広げて、菟原娘子の伝説だけでなく、伝説歌といわれる他の作品にも目を向けて、その歌い

出し部分にも目配りをしておきたい。まずは、「過二勝鹿真間娘子墓一時山部宿祢赤人作歌一首」と題詞にある山部赤人の歌(3四三一)を見てみよう。その冒頭部は、

古に　ありけむ人の　倭文機の　帯解き交へて　廬屋立て　妻問ひしけむ　勝鹿の　真間の手児名が　奥城を　こことは聞けど……

となっており、ここにはそうした設定は見られない。また、「詠二水江浦嶋子一一首」と題詞にある虫麻呂歌集の歌(9一七四〇)ではどうか。

春の日の　霞める時に　住吉の　岸に出で居て　釣舟の　とをらふ見れば　古の　ことぞ思ほゆる……

というように、伝説世界の描写に入って行く前に、伝説内容を現在の時点から描くという設定がある。しかし、当該歌のように、「古」の世界から現在までの時間の流れを現在の時点から描くという設定ではない。一方、「詠二勝鹿真間娘子一歌一首」という題詞を持ち、赤人同様に真間娘子の伝説を扱った虫麻呂歌集の歌(9一八〇七)においては、

鶏が鳴く　東の国に　古に　ありけることと　今までに　絶えず言ひ来る　勝鹿の　真間の手児名が……

となっており、こちらには、当該歌に見られるのと同じような設定がある。この例を見れば、決して伝説歌といわれる作品すべてに当該歌のような設定があるわけではないが、長歌冒頭の歌い出しのスタイルのひとつとして、当該歌のような書き出しがあったことが確認できよう。ただ、当該歌においては、「追同」した福麻呂・虫麻呂の先行歌にはない設定を意図的に採用したことは動かないだろう。また、そうした設定が作品全体の構成にかかわってくることは、右に見た「詠二勝鹿真間娘子一歌一首」の題詞を持つ虫麻呂歌集の歌(9一八〇七)とも一線を画すと思われる。当該歌冒頭のこの設定と作品全体の構成との有機的なつながりについては、最後の方で触れることになる。

（二）　千沼壮士　菟原壮士の　うつせみの　名を争ふと　たまきはる　命も捨てて　争ひに　妻問ひしける
　　処女らが　聞けば悲しさ

この部分では、千沼壮士と菟原壮士が「名を争ふ」ことが述べられ、これについては『私注』が、「名を掛けて婚を争ふといふのも常のことであつたらうが、家持の此の伝説に対する解釈とも受け取れる。」と指摘する。その指摘のように、当該歌の作者としての家持自身の「名」に対する志向が考えられ、それ自体大きな研究テーマであろうが、当該作品内部の構成を追うことを目標とする本論としては、この部分の文脈の理解を中心に確認して行くことにしたい。

「処女らが　聞けば悲しさ」の部分について、『新全集』は、頭注で、「処女ラは壮士二人を合わせた三人をさす。」としている。しかし、ここは、新編になる前の『全集』が、「このラは複数を表わさない。」と指摘し、また、『釈注』が、「娘子らが」についての語注で、「『ら』は語調を整える接尾語。」と指摘するところに従うべきではなかろうか。この一連の部分の文脈について考えれば、「千沼壮士　菟原壮士の　うつせみの　名を争ふと　たまきはる　命も捨てて　争ひに　妻問ひしける」までが修飾部となり、それが「処女ら」にかかっているという文脈理解となるであろう。千沼壮士と菟原壮士が名誉にかけて命も捨てんばかりに争ったというふたりの壮士のつばぜり合いの表現も、そこまですべき恋の相手としての「処女ら」すなわち菟原娘子を説明する文脈に回収されていき、「処女」すなわち菟原娘子に焦点が当てられる。

この一連の部分の次には、焦点の当てられた「処女」すなわち菟原娘子の美しさの描写が続く。

（三）　春花の　にほえ栄えて　秋の葉の　にほひに照れる　あたらしき　身の盛りすら

この部分では、「春花の」「秋の葉の」が、それぞれ「にほえ栄えて」「にほひに照れる」の譬喩的枕詞となり、その「にほえ栄えて」「にほひに照れる」によって、菟原娘子の若い盛りの美しい姿が描写されている。

まず、「春花の」の譬喩的用法について考察したい。「春花の」の集中例は、

……我が大君　皇子の命の　天の下　知らしめす世は　春花之　貴くあらむと　望月の　満しけむと　天の下一に「食国」と云ふ　四方の人の　大船の　思ひ頼みて　天つ水　仰ぎて待つに　いかさまに　思ほしめせか……（2一六七　人麻呂「日並皇子挽歌」）

住吉の　里行きしかば　春花乃　いやめづらしき　君に逢へるかも（10一八八六）

世間は　数なきものか　春花乃　散りのまがひに　死ぬべき思へば（17三九六三　家持「悲緒を申ぶる歌」）

……春花乃　咲ける盛りに　思ふどち　手折りかざさず　春の野の　茂み飛び潜く　うぐひすの　声だに聞かず……（17三九六九　家持）

……あしひきの　山越え野行き　天離る　鄙治めにと　別れ来し　その日の極み　あらたまの　年行き返り　春花乃　うつろふまでに　相見ねば　いたもすべなみ…（17三九七八　家持「恋緒を述ぶる歌」）

春花能　うつろふまでに　相見ねば　月日数みつつ　妹待つらむぞ（三九八二　右の反歌）

射水川　い行き廻れる　玉櫛笥　二上山は　波流波奈乃　咲ける盛りに　秋の葉の　にほへる時に　出で立ちて　振り放け見れば……（17三九八五　家持「二上山賦」）

……ちさの花　咲ける盛りに　はしきよし　その妻の子と　朝夕に　笑みみ笑まずも　うち嘆き　語りけまくは　とこしへに　かくしもあらめや　天地の　神言寄せて　春花能　盛りもあらむと　待たしけむ　時の盛りぞ……（18四一〇六　家持「教喩歌」）

……春花之　茂き盛りに　秋の葉の　もみたむ時に　あり通ひ　見つつ偲はめ　この布勢の海を（19四一八七　家持）

となる。このうちの二重傍線を付した部分が譬喩的用法である。人麻呂の「日並皇子挽歌」の「貴」しにかかる例を始めとして、「めづらし」や、家持自身の「教喩歌」のように「盛り」にかかる譬喩的枕詞となっている。

当該歌のように「にほえ栄えて」にかかる例は他にはないが、『代匠記』(精撰本)が、「尓太要盛而ハ、第十三人麿集哥ニ、都追慈花、尓太遥越賣、此ヨミヤウニ似テ書ヤウ同シ」と指摘していることが参考になる。『代匠記』の指摘に従い、その例示する巻十三の歌を見てみよう。その歌は、

物思はず　道行く行くも　青山を　振り放け見れば　都追慈花　尓太遥越賣　作樂花　佐可遥越賣　汝れをぞも　我れに寄すといふ　我れをぞも　汝れに寄すといふ……(三三〇九)

であり、「つつじ花」「桜花」という春の花が「にほえ娘子」「栄え娘子」の譬喩的枕詞となり、娘子の美しさを形容している。この歌は、「春花の」が「にほえ栄えて」にかかる当該歌のような用法の参考になろう。

次に、「秋の葉の」の譬喩的用法について見てみたい。「秋の葉の」の集中例は、

射水川　い行き廻れる　玉櫛笥　二上山は　春花の　咲ける盛りに　安吉能葉乃　にほへる時に　出で立ちて　振り放け見れば……(17三九八五　家持「二上山賦」)

……春花の　茂き盛りに　秋葉能　もみたむ時に　あり通ひ　見つつ偲はめ　この布勢の海を(19四一八七　家持)

であり、当該歌の他に譬喩的枕詞に用いた例はない。「春花の」の譬喩的用法を参照し、「秋の葉の」の譬喩的用法に応用したかと思われる。

ところで、当該歌では、「春花の」「秋の葉の」が対句になっているわけだが、このことについて、『全注　巻第十七』(橋本達雄氏担当)の三九八五歌(右参照)の条では、その「春花の　咲ける盛りに　秋の葉の　にほへる時に」の部分について、

二句ずつ対句をなす。春秋の美しい季節に一年間を代表させて讃える型で先例が多い(1・三八、2・一九六、6・九二三など)。……「春花」「秋の葉」は詩語の翻訳語(古典全集)。「春花」は三九六三、三九七八などに既出。「春花」と「秋葉」とを対にした詩は芳賀紀雄氏の御教示によると、芸文類聚巻四十二(楽部二

楽府)に「憶別春花飛、已見秋葉稀」(梁の庾成師「遠期篇」)、同書巻九十(鳥部上　鳳)に「欲舞春花落、将飛秋葉空」(陳の張正見「賦得威鳳栖梧詩」)の二例を見る。あるいはこれを直接学んだものか。伝統的な先例をふまえながら新鮮さをねらった表現で、家持は後にもこの形を用いるが(19・四一八七、四二一一)、他の人の用例はない。

と指摘する。この対句についての『全注』の指摘、および『全注』所引の芳賀紀雄氏の指摘は、家持の歌作りの舞台裏を知るうえで非常に貴重なものである。しかし、当該作品の構成の特色を追うことを第一の目標にしている本論にとっては、「春花の」「秋の葉の」が、それぞれ「にほえ栄えて」「にほひに照れる」の譬喩的枕詞となり、その「にほえ栄えて」「にほひに照れる」によって、若い盛りの娘子の美しい姿が描写されている、そのことの重要性を確認しておきたい。

ここで、「追同」の対象となっている福麻呂歌・虫麻呂歌を改めて参照し、当該歌のこうした娘子の美しさの描写のあり方と、福麻呂歌・虫麻呂歌の娘子の描写のあり方とを比較したい。福麻呂歌では、

古の　ますら壮士の　相競ひ　妻問ひしけむ　葦屋の　菟原処女の　奥つ城を　我が立ち見れば……(9一八〇一)

となっており、娘子の美しさは描写されない。一方の虫麻呂歌では、

葦屋の　菟原処女の　八歳子の　片生ひの時ゆ　小放りに　髪たくまでに　並び居る　家にも見えず　虚木綿の　隠りて居れば　見てしかと　いぶせむ時の　垣ほなす　人の問ふ時……(一八〇九)

となっており、こちらも娘子の美しさは描写されない。つまり、何をふまえ何を新しく盛り込んだかという「追和」「追同」の問題から考えれば、当該家持歌にある娘子の美しい姿を語ること自体が、福麻呂歌・虫麻呂歌にはない特色であることがわかる。当該家持歌では、福麻呂歌・虫麻呂歌においては語られない、いわば空所の部分を語ることがはかられたのではないか。この空所を描くということに関連して、ふたたび虫麻呂歌を見てみよ

う。そこには、「並び居る　家にも見えず　虚木綿の　隠りて居れば　見てしかと　いぶせむ」とある。近所にすら姿を見せずこもっている、というように、娘子の姿は見ることができないものとして歌われている。そして、まわりの人びとは、「見てしかと　いぶせむ」というように、その娘子の姿を是非にも見たいと心くだいていると歌われている。この人びとの心情は、この虫麻呂歌を読み聞き享受した者(福麻呂たち)、読み聞き享受する者(家持たち)にとっても同様なのではないだろうか。享受した(する)者に対して、娘子の美しい姿はいっさい語られず、享受した(する)者は、虫麻呂歌の中の人びとと同様に、「見てしかと　いぶせむ」気持を抱くことになろう。当該家持歌は、まさにこうした語られない空所に反応したと言えるのではなかろうか。

(四)　ますらをの　言いたはしみ　父母に　申し別れて

娘子の美しい姿が描写される前項の内容を受けて、この部分が続く。この「言いたはしみ」の部分について、『新全集』は、「このイタハシは、かたじけない、過分である、の意。一八〇九では『倭文《しつ》たまき賤しき我が故』と処女が卑下しているように言う。」と述べている。しかし、予告的に先述した通り、一八〇九歌にそうあるからといって、当該歌までそう捉えなければならないとは限らないのではないか。何をどうふまえ、何をどう新しく盛り込むかという「追同」の問題がここにもかかわってこよう。一八〇九歌に合わせて解釈しようとするあまり、当該歌の「いたはし」をそうした意味の例としてしまうことはためらわれる。ここは、『総釈』(森本健吉氏担当)が、

求婚の言葉を気の毒に思つての意。何れの壮士に従ふにしても、必ず他の一方を絶望の悲しみの中に投ずる事になるので、処女の心はいぢらしくも傷むのである。

と述べることに従ってよいだろう。さらに、ここでおさえておかなければならないことは、虫麻呂歌では、

我妹子が　母に語らく　「倭文たまき　賤しき我が故　ますらをの　争ふ見れば　生けりとも　逢ふべくあ

れや　ししくしろ　黄泉に待たむ」と……

とあるように、死に行く娘子の心情を娘子自身に語らせる特色を持つのに対して、当該歌は、娘子の心情を「ますらをの　言いたはしみ」と、あくまでも外側から描写することに終始していることだろう。娘子の美しい姿を描き出すというこれまでの姿勢がそのままに、ここでも、娘子の心情を描き出すという姿勢が貫かれていると言えよう。

（五）　家離り　海辺に出で立ち　朝夕に　満ち来る潮の　八重波に　なびく玉藻の　節の間も　惜しき命を
　　露霜の　過ぎましにけれ

この部分においては、序詞「朝夕に　満ち来る潮の　八重波に　なびく玉藻の」の表現についてと、「家離り　海辺に出で立ち」と右の序詞とのつながりの機微についてとを、おもに考察しなくてはならない。まずは、後者の問題だが、これについては、

上に海辺尓出立とあるから、海辺の風景を捉へたのである（『全釈』）

家離り海辺ニ出デ立チと、事を叙し、その縁で、この序に続いている技巧（『全註釈』）

という指摘によって、そのつながりの機微を確かめることができようし、また、『集成』が、この序詞部分の頭注として、「娘子の入水を暗示する。」と重要なことがらを指摘するのも、やはり「家離り　海辺に出で立ち」との接合を的確に把握しているからだと判断される。

次に、前者の問題だが、『総釈』（森本健吉氏担当）が、この序詞部分についての注解で、

この四句は次の節の間の節にかかる序詞である。八重浪は幾重にも重なつた浪。その浪にゆられて靡く美しい藻の節の間の意で、節と節との間は僅かばかりであるから、その空間的な短い間を、時間的な短い間の意に転用したのである。ちやうど束の間といふ語が、ほんの僅かな時間の意を示すのと同じである。巻四に

「夏野ゆく牡鹿の角の束の間も妹が心を忘れて念へや」。と述べていることが、簡便にして適切と言えよう。さらに、ここでは、この序詞の中に、「なびく玉藻」が描かれていることを無視できないだろう。なびく玉藻の情景によって女の美しい姿態を想起させる手法が、人麻呂に由来することは周知の通りだが、そのひとつとして次の歌を参照したい。

つのさはふ　石見の海の　言さへく　唐の崎なる　海石にぞ　深海松生ふる　荒磯にぞ　玉藻は生ふる　玉藻なす　靡き寝し子を　深海松の　深めて思へど……（２一三五　人麻呂「石見相聞歌」）

海辺でなびく玉藻が女の美しい姿態を表わすこうした例と、右に見た『集成』の「娘子の入水を暗示する」という貴重な指摘とを並べて見る時、当該歌の「なびく玉藻」も不用意に布置されているとは言えないのではないか。こうした点をふまえてであろう。中西進一九九五は、

このあたりはひじょうに美しい描写のあることが注目される。長歌の中心がここにあるとさえいってもいいぐらい、多くの字数を使って美をきわめた描写をした。うない処女の中心は盛りの美にあったが、死後も美は失われないかのごとくである。

と述べている。こうした指摘を考え合わせ、また、当該歌では娘子の美しさを入念に描くことに力が注がれていたことを改めて思い起こす時、この「なびく玉藻」という表現を用いることによって、娘子の死をも美しく描こうとしていることが見出されるのではないか。

橋本達雄一九七八bは、当該歌の特色について、

虫麻呂の歌が二人の壮士が妻問いに命をかけて火花を散らすことを叙事的に精細に描くのに対し、これはそれを周知の事として簡単に述べて「処女らが　聞けば悲しさ」と詠嘆的にし、虫麻呂の歌には自殺の手段がはっきり語られていないのに、これは水死ということを「朝夕に」以下四句の序詞を用いて美しく抒情的に述べ……

と述べるが、この指摘もきわめて重要である。橋本論文に導かれて、ここでも改めて福麻呂歌・虫麻呂歌を参照したい。福麻呂歌では、菟原娘子の死に方についていっさい明らかにされていない。また、虫麻呂歌では、

　我妹子が　母に語らく　倭文たまき　賤しき我が故　ますらをの　争ふ見れば　生けりとも　逢ふべくあれや　ししくしろ　黄泉に待たむと　隠り沼の　下延へ置きて　うち嘆き　妹が去ぬれば

の部分において、菟原娘子が亡くなったことはわかるのだが、橋本論文が言うように、自殺の手段がはっきりと語られてはいない。福麻呂歌・虫麻呂歌の題詞には等しく「處女墓」があり、また、歌本文においても娘子が死んだことが前提になっているのにもかかわらず、その死については詳らかにしようとしていない。これはまさに描かれていない空所なのではないか。つまり、当該家持歌のここにも、福麻呂歌・虫麻呂歌では描かれることのなかった空所に反応しそれを描くという手法があると言えよう。そして、その娘子の死を、「なびく玉藻」という表現を含み持つ序詞を用いることによって、美しく飾っていると、把握されよう。

(六)　奥つ城を　ここと定めて　後の世の　聞き継ぐ人も　いや遠に　偲ひにせよと　黄楊小櫛　然刺しけらし　生ひてなびけり

この部分について、『古義』は、「此は処女は自害せむとする時、兼てその墓地《オクツキトコロ》を定め置て、後ノ世のしのび種《グサ》にもなれとて、自ラ頭に指たりける黄楊櫛をぬきて、其地《ソコ》に刺たりけるが、……」と述べるが、すぐに『新考』が、「オクツキヲ以下八句の主格は遺族なり。されば黄楊小櫛を墓上に挿ししも遺族なり。」として、『古義』の誤りを正した。歌のあり方からいっても(また、事実としても)、こちらの方が正しいことは言うまでもなかろう。

はじめにも述べておいたように、この作品の特色のひとつである「黄楊小櫛」がこの部分に至って作品上に登場する。ここでは、「黄楊小櫛」が菟原娘子の遺品として選ばれたことについて考えたい。

「黄楊（の小）櫛」の集中例は、次の傍線部に示す通りである。

　石川大夫遷レ任上レ京時播磨娘子贈歌二首（うちの一首）

君なくは　なぞ身装はむ　匣なる　黄楊之小梳毛　取らむとも思はず（9一七七七）

朝月の　日向黄楊櫛　古りぬれど　何しか君が　見れど飽かざらむ（11二五〇〇）

うちひさつ　三宅の原ゆ　直土に　足踏み貫き　夏草を　腰になづみ　いかなるや　人の子ゆゑぞ　通はすも吾子　うべなうべな　母は知らじ　うべなうべな　父は知らじ　蜷の腸　か黒き髪に　真木綿もち　あざさ結ひ垂れ　大和の　黄楊乃小櫛乎　抑へ刺す　うらぐはし子　それぞ我が妻（13三二九五）

処女らが　後のしるしと　黄楊小櫛　生ひ代はり生ひて　なびきけらしも（当該歌四二一二）

二五〇〇歌は明瞭ではないが、その他の用例に付した二重傍線部を見てわかるように、「黄楊小櫛」は、女の属性を示すものであると言える。『集成』が、この部分の頭注で、「櫛は女性の象徴。」と指摘するのが、簡単な記述ではあるが、まさに的を射あてていよう。「黄楊小櫛」は、女性である菟原娘子の象徴として、「後の世の　聞き継ぐ人も　いや遠に　偲ひに」するべきものとして、作品に登場させられていると言えよう。これは、ここまでの、娘子の美しい姿、娘子の心情、入水の様子を描き出そうとしてきた文脈と呼応一致するものであろう。

なお、「然刺しけらし」と「生ひてなびけり」とのつながりについては第五項で検討する。

四　家持反歌の表現について

長歌の表現の分析を終えて、次には反歌の表現の分析に入りたい。ここで、もう一度反歌の本文を掲げておこう。

　処女らが　後のしるしと　黄楊小櫛　生ひ代はり生ひて　なびきけらしも（四二一二）

まず最初に、結句の「なびきけらしも」について考えたい。この「けらし」は「けるらし」のつづまった形で、

過去を表わすことは言うまでもなかろう。しかし、『新考』は、

結句を従来ナビキケラシモとよみたれどケラシモと過去にはいふべからず。宜しく家を有の誤としてナビケルラシモとよむべし。

と述べる。しかし、元暦校本・類聚古集・廣瀬本・神宮文庫本・細井本・金沢文庫本・西本願寺本・紀州本・陽明文庫本・近衛本・大矢本・京大本などの諸本は、すべて「家」となっている（複製で確認できる諸本については確認済。それ以外は『校本万葉集』の記述による）。『新考』のように安易な誤写説に立つことは慎むべきであり、その見解には従えない。そもそも『新考』がこのような誤写説に立ってしまった原因は、その記述の直前にある「ケラシモと過去にはいふべからず」という考えにある。長歌の末尾には「生ひてなびけり」とあり、現在形となっているその「なびけり」と合わせようとしたためであると推測される。ここには、長歌の方が「生ひてなびけり」だから反歌の方も現在形で読まなければならないという先入観があるのではないか。こうした先入観は以後の注釈書にも引き継がれてしまっているようだ。『総釈』は、

新考の説は一応尤もであるが、長歌の末句に「黄楊小櫛しか指しけらし生ひて靡けり」とあるのを見ると、靡いてゐるらしいといふ程の意味を現さうとして、ふと靡きけらしもと詠んだのではあるまいか。家持が必ずしも時の観念を無視したといふ訳ではなく、ふとした不注意に基くのかも知れぬ。しかし今は語法的に正確に見て、靡いたらしいと口訳を施して置いた。

と述べている。一応は「靡いたらしい」と過去形の口訳を付けてはいるものの、『総釈』もさきの先入観から抜けきってはいないだろう。また、『窪田評釈』は、

「けらし」は「けるらし」で、過去の事実を推定する意。なびいたらしい。

と正確に把握しながらも、

事としては現在とすべきだが、家持はその木を見たことがなく、「追同」として詠んでいるので、過去のこ

ととしてしまったものと思われる。

と述べてしまう。歌の内部からはずれて「事としては現在とすべき」とする点にも従えないし、なによりも過去の表現になっている理由を「追同」の歌であるという点に求めてはならないだろう。ここは、「過去」のこととしている作品の表現自体を追わなくてはならないのではないか。

次に、「生ひ代はり生ひて」について考えたい。この語については、

黄楊の櫛が生え代つて、黄楊の木となり、それが生長して、と云つたのである。長歌の結句で「然刺しけらし生ひて靡けり」とあるのでは少し言葉が足りないやうなので、「生ひ更り」と云つて、黄楊の櫛が黄楊の木に生え代つて、と云つたものと思はれる。（『注釈』）

櫛がツゲの木に化生しそれが生育して、の意か。（『全集』）

という指摘もあるが、早くに『考』で、

枯て又生かはり〱て、もとのことくなびくとなり、

と指摘され、『古義』が、

三ノ巻伊与ノ温泉ノ長歌に、三湯之上乃樹村乎見者、臣木毛生継尓家里云々、この生継《オヒツギ》とある如く、老木になりて、枯れば、又其ノ根より、新に生ヒ出生ヒ出するをいへり、

と指摘する見解に従いたい。『古義』が挙げた巻三の例は、

山部宿祢赤人至ニ伊豫温泉一作歌一首并短歌

すめろきの　神の命の　敷きいます　国のことごと　湯はしも　さはにあれども　島山の　宜しき国と　こごしかも　伊予の高嶺の　射狭庭の　岡に立たして　歌思ひ　辞思ほしし　み湯の上の　木群を見れば　臣の木も　生ひ継ぎにけり　鳴く鳥の　声も変らず　遠き代に　神さびゆかむ　幸しところ（3三二二）

である。「臣の木」は未詳であるが、そのあとの「鳴く鳥の　声も変らず　遠き代に　神さびゆかむ」の内容を

考えれば、この例は、生ひ継ぐ木が永遠性の保証になっている一例として数えられよう。こうしたことがらを勘案してであろうか。右に挙げた『全集』も、『新全集』に改訂された時に、「生ヒ代ハルは、植物が枯れたあと、代りに新しいものが生え出ること。」と変更している。

当該反歌で生い継いだものは、黄楊小櫛より生えた黄楊の木であろうが、その木は、枯れては生え枯れては生え続けることで、菟原娘子の「後のしるし」となり続けることができた。そしてそのことで、長歌にいう「後の世の　聞き継ぐ人も　いや遠に　偲」ぶことができたのだし、その「聞き継ぐ」ことや「偲ひ」の永遠性が保証されることになった、と捉えられよう。

五　長歌・反歌の時間の描き方について

前項の考察を受けて、ここで、長歌と反歌による時間の描き方についてまとめたい。

長歌の冒頭には「古に　ありけるわざの　くすばしき　事と言ひ継ぐ」とあった。そこでは、「古」の世界から現在に至るまで脈々と言い継ぎ語り継がれて来たことが言挙げされ、「古」の世界から現在までの時間の流れを現在の時点から描くという大枠の設定があった。長歌では、「古」の世界に属することとして、伝説内部の出来事が、「妻問ひしける」「過ぎましにけれ」「然刺しけらし」というように過去形で描かれている(過去の助動詞を伴っていないが、墓の造営も過去のこととして描かれている)。こうした「古」の世界の記述のすぐあとに、眼前の情景を描くというスタイルにのっとって、「生ひてなびけり」という現在形の表現が続いている。

ここで、長歌の閉じめの部分の二句、「然刺しけらし」と「生ひてなびけり」とのつながりについて検討してみよう。

「らし」という語は、そう推定できる根拠を求めるわけだが、それは、直後にある「生ひてなびけり」であろう。その点、「然刺しけらし」は「生ひてなびけり」へとつながっている。しかし、作品内の時間を分析するという観点で、「然刺しけらし」と「生ひてなびけり」との間を眺めれば、そこには、伝説内部の世界から眼前の現在の情景へと、一足飛びに飛び越えている作品のありようが見出されよう。つまり、この二句の間には、時間の大きなすきまがあるのだ。

長歌が担う作品内の時間のありようは以上のようであるが、反歌が担う作品内の時間の方はどうか。反歌は

処女らが　後のしるしと　黄楊小櫛　生ひ代はり生ひて　なびきけらしも

というように過去形で表現されているわけで、長歌末尾の「生ひてなびけり」という表現が示す現在という時間(作品内のいま)よりも時間的にさかのぼっていることになる。「らし」については右に触れた。この反歌の「生ひ代はり生ひて　なびきけらしも」の「らし」の根拠も、いま眼前になびいている情景を表わしている長歌末尾の「生ひてなびけり」に求められるであろう。その意味で、反歌の時間は、長歌末尾の現在の時間へとつながってゆく。つまり、反歌の担う時間は、さきほど確認した長歌の時間の大きなすきまを埋めているのだ。

また、前項で確認したように、黄楊の木は「生ひ代はり生」い続けることで菟原娘子の「後のしるし」となり続けることができた。反歌のこうした内容は、菟原娘子の「後のしるし」である黄楊小櫛が黄楊の木となり、そして、いかにして、現在まで菟原娘子の「後のしるし」であり続けることができたのかの説明となっていると理解できよう。

こう考える時、さきほどの長歌の時間のすきまは、作者によって意図的に仕組まれ、この作品を享受する者に対して提示された「空所」であったのではないかと考えられる。反歌は、長歌が作り出したその空所を描き出し、いかにして菟原娘子の「後のしるし」が保ち続けられたのかを、この作品を享受する者に解き明かす役割を帯びていると言えるのではなかろうか。このように、当該作品には、長歌と反歌によるトータルな描き方があると言える。そして、このトータルな描写により、菟原娘子に対する「偲ひ」の永遠性が保証されているのだ。

ところで、当該作品には、「言ひ継ぐ」「聞き継ぐ」「生ひ代はり生ひ」(=生ひ継ぐ)というように、「継ぐ」こ

とへの志向がある。これは当該歌というわくぐみからはずれることになるが、作者としての家持自身にもそうした志向を見出せそうだ。大久保廣行一九九五では、

⑥（憶良への追和歌、四一六四・四一六五歌。論者注）や⑨（当該家持歌。論者注）の表現に顕著なごとく、後の世へ語り継がれて行く行為が称揚され、家持自らがまさにその〝語り部〟であることを自負しているかに見える。

と述べる。大久保論文で参照している憶良への追和歌は、

慕レ振二勇士之名一歌一首并短歌

ちちの実の　父の命　ははそ葉の　母の命　おほろかに　心尽して　思ふらむ　その子なれやも　ますらをや　空しくあるべき　梓弓　末振り起し　投矢持ち　千尋射わたし　剣大刀　腰に取り佩き　あしひきの　八つ峰踏み越え　さしまくる　心障らず　後の世の　語り継ぐべく　名を立つべしも（19四一六四）

ますらをは　名をし立つべし　後の代に　聞き継ぐ人も　語り継ぐがね（四一六五）

右二首追二和山上憶良臣作歌一

であり、ここには、「名」への志向と同時に、「語り継ぐ」「聞き継ぐ」ことへの志向も見られる。当該歌の「継ぐ」ことへの志向も、作者家持のこうした志向にうらうちされていると見てよいであろう。

ここで、改めて福麻呂歌を参照し当該歌と比較してみよう。福麻呂歌にも、「語り継ぎ　偲ひ継ぎ来る」というように、現在まで脈々と継がれて来たことが述べられており、また、語り継ぐ自らの立場も示されていた。しかし、家持歌の場合、言ひ継ぎ、聞き継がれることを、何が保証してきたのかが具体的に示されている点が特筆される。反歌による「黄楊小櫛　生ひ代はり生」うことが、右に見たような菟原娘子に対する「偲ひ」の永遠性ばかりでなく、この伝説が永遠に言ひ継ぎ、聞き継がれることをも保証しているのだ。

六　むすび

この作品の左注には、「依レ興大伴宿祢家持作之」とあり、この作品が作者家持の何らかの「興」によって作られたことを示している。そこには、菟原娘子の墓のはなしが天平勝宝年間の現在まで語り継がれていること自体への興味もあったのではないかと思われる。そのような作者自身の興味は作品のいわば外側に位置するものであるだけに、当該作品自体とどれだけの関係を切り結んでいるのか定かではないが、当該作品の内部にも、時間を綿密に描くことへの強い志向が存在する。

当該作品には、その冒頭に、「古」の世界から現在までの時間の流れを現在の時点から描くという設定がある。その設定に基づいて、長歌と反歌が構成されている。反歌が担う時間が、長歌が担う時間のすきまを埋めることにより、長歌と反歌全体によって、「古」の世界から現在までの時間の流れを全き形で描き出すことが果たされている。本書は、すでに、Ⅰ第三章「安積皇子挽歌」において、第一挽歌・第二挽歌ふたつの長歌作品が一体となって時間の流れを全き形で描き出す有機的構成を見出している。当該作品では、ひとつの長歌作品の中の長歌と反歌とにおいて、そうした有機的構成が施されたと言えよう。また、「追同」歌である当該歌では、福麻呂歌・虫麻呂歌ではついに描かれることがなかった、娘子の美しさ、心情、死に行くさまに焦点を当てて、伝説世界を描き出している。そこには、先行歌では語られない空所を描くという手法が見出せる。このように、天平勝宝二年の追同歌制作の機会は、歌人家持の歌作りの営みに新たな境地を開いたものと思われる。

第三章　王権讃美の方法

第一節　陸奥国出金詔書を賀く歌

一　はじめに

天平感寶元年五月十二日、家持は越中国守の館において、彼の作歌活動のうちで最も長い長歌作品を残した。その歌をまずは掲げよう。

賀二陸奥國出レ金　詔書一歌一首并短歌

葦原の　瑞穂の国を　天降り　知らしめしける　皇祖《すめろき》の　神の命の　御代重ね　天の日継と　知らし来る　君
の御代御代　敷きませる　四方の国には　山川を　広み厚みと　奉る　御調宝は　数へ得ず　尽くしもかねつ
しかれども　我が大君の　諸人を　誘ひたまひ　良き事を　始めたまひて　金かも　たしけくあらむと　思ほ
して　下悩ますに　鶏が鳴く　東の国の　陸奥の　小田なる山に　金ありと　申したまへれ　御心を　明らめ

たまひ　天地の　神相うづなひ　皇御祖《すめろき》の　御霊助けて　遠き代に　かかりしことを　朕が御代に　顕はしてあれば　食す国は　栄えむものと　神ながら　思ほしめして　もののふの　八十伴の男を　奉ろへの　向けのまにまに　老人も　女童も　しが願ふ　心足らひに　撫でたまひ　治めたまへば　ここをしも　あやに貴み嬉しけく　いよよ思ひて　大伴の　遠つ神祖の　その名をば　大来目主と　負ひ持ちて　仕へし官　海行かば水漬く屍　山行かば　草生す屍　大君の　辺にこそ死なめ　顧みは　せじと言立て　ますらをの　清きその名を　古よ　今のをつつに　流さへる　祖の子どもぞ　大伴と　佐伯の氏は　人の祖の　立つる言立て　人の子は　祖の名絶たず　大君に　まつろふものと　言ひ継げる　言の官ぞ　梓弓　手に取り持ちて　剣大刀　腰に取り佩き　朝守り　夕の守りに　大君の　御門の守り　我をおきて　また人はあらじと　いや立て　思ひし増さる　大君の　御言の幸の一に「を」と云ふ　聞けば貴み一に「貴くしあれば」と云ふ　(18四〇九四)

反歌三首

ますらをの　心思ほゆ　大君の　御言の幸を一に「の」と云ふ　聞けば貴み一に「貴くしあれば」と云ふ　(四〇九五)

大伴の　遠つ神祖の　奥つ城は　著く標立て　人の知るべく(四〇九六)

天皇《すめろき》の　御代栄えむと　東なる　陸奥山に　金花咲く(四〇九七)

天平感寳元年五月十二日於越中國守舘大伴宿祢家持作之

右の長歌の題詞の「陸奥國出金　詔書」とは、周知のように、『続日本紀』巻第十七の宣命第十二詔と第十三詔を指す。いま、その全文を引くことは煩瑣にすぎるのでせず、以降の論述の中で参照すべき箇所を抜き出すことにしたい。

当該歌の研究史を概観して、鐵野昌弘一九九五は、当該歌は、家持の氏族意識、或いは「ますらを」意識の発露と理解されるに止まり、その背景についての論はあっても、作品として読み解かれることは、必ずしも十分でない。

と述べている。たしかに、当該歌についての研究史では、大伴・佐伯両氏の功績を褒める内容を持つ右の第十三詔に感激して当該歌を作ったという家持個人の資質をあぶり出そうとするもの（川上富吉一九六四、山本健吉一九七一、北山茂夫一九七一、市瀬雅之一九九六など）や、題詞自体が関係を示している右の詔書の出された時代の状況を探ることで、当該歌が詠まれた背景を論ずるもの（山本健吉一九七一、上田正昭一九七六、比護隆界一九八三、比護隆界一九八七、菊池威雄一九九四、多田一臣一九九四など）が少なくない。各論考による成果はそれぞれ大きいのだが、鐵野論文も述べているように、研究史上では、ともすると、当該歌自体の表現を通しての分析が十分になされていないのではないかと見受けられる。

当該歌は作品としてどのような構成を持ちどのような作品に仕上がっているのか。素朴ではあるが作品を読むうえでは最も根本的なこの問いに、十分に答えているのが鐵野昌弘一九九五である。表現の分析を基盤として論を展開する鐵野論文の成果によって、当該歌についての作品研究は、次の段階へと進むことができたと言ってよいだろう。ゆえに、本論も、そうした鐵野論文に対しての検討を交えることによって進めて行かなくてはならないだろう。本論も、この作品がどのような作品に仕上がっているのかという点を中心に進めて行くことにしたい。また、論述のための視点のひとつとして、詔の文言を採り入れつつ、そして採り入れながらも、この作品としてはどのような作品に仕上がっているのか、という視点を持つべきものと考える。

二　聖武譲位・孝謙即位を思っての作か

当該歌の表現の具体的な考察を始める前に、当該歌が聖武天皇譲位・孝謙即位を思っての作であるとする説について検討しておかなければならない。

鐵野昌弘一九九五は、

既に指摘のあるように（鉄野論文は注において、東野治之一九六九を紹介する。論者注）「出金詔書」と、天平感宝への改元は、その四ヵ月後の七月二日に実現した、孝謙への譲位の布石と見て誤りないだろう。その意味合いは、当時の支配層全体が暗黙の内に認めていたことだったと思われる。

と述べ、さらに、聖武の出家、元正太上天皇の崩御、家持の吉野行幸儲作歌制作といったことがらを勘案して、

家持が、スメロキを、未来に開いたものとして表現し、かつ予祝したのは、ひとえにこの皇位継承のことにかかっていただろう。「出金詔書」に、将来に触れる文言はなく、無論皇位継承の意思もあらわでない。しかし異例であるばかりでなく、先行きの見えない皇位継承であるだけに、各氏族に忠誠を求める聖武の願いには切実なものがあっただろう。そこを家持は、長歌に「御食国はさかえむものとかむながらおもほしめして」と、聖武の心中を忖度して歌い、更に聖武の期待をもこめて、反歌に「すめろきの御代さかえむと」と歌うのである。

家持が「出金詔書」に抱いた感激の中心は、おそらく「今朕が御世に当りても内兵と心の中のことはなも遣はす」という一節にあっただろう。そう考えれば、家持が、聖武の秘めた「心の中」を先取りする如く歌うのも、自然と理解出来るように思う。

と述べる。鐵野昌弘一九九五の根拠のひとつに東野治之一九六九があり、その東野論文は、岸俊男一九六九の見解を受けているという構図がある。そこで、まず、岸論文の見解について検討してみたい。岸論文は、

さて事件（長屋王の変。論者注）が一段落するや、三月武智麻呂は中納言から大納言に昇任。ついで八月京職大夫の職にあった麻呂は、河内国古市郡の人、賀茂子虫が獲たという背中に「天王貴平知百年」の瑞字のある亀を献じたが、神亀六年（七二九）はこの瑞祥に因んで天平元年と改元された。瑞亀出現による改元の前例には、和銅八年（七一五）の霊亀と養老八年（七二四）の神亀があり、さらにのちには神護景雲四年（七七〇）の宝

亀がある。そして霊亀改元の場合には元明譲位・元正即位、神亀改元の場合には元正譲位・聖武即位、さらに宝亀改元の場合には称徳崩御・光仁即位というように、瑞亀による改元は必ず皇位の継承という重要な事件を伴っている。従ってこの場合も前例から推してなにか皇位に関わる大事の出現が十分に予想されたのであるが、果して改元五日後の八月十日に、聖武夫人安宿媛の立后が発表された。それは他の瑞亀改元の場合のように、新帝の即位ではなかったが、この光明皇后の出現は十分それに匹敵する意義を有していた。（傍線論者）

と述べる。「瑞亀→改元→即位」を敷衍して、「瑞亀→天平改元→光明立后」を想定する岸論文の論理は正しい。この岸論文の見解を受けて、東野論文は、

事実その通りであるが、少しく詳細にみると、元明天皇の譲位以後、即位を含めた皇嗣の決定が、常に出瑞を前提としている事実がある。（傍線論者）

と述べ、岸論文が瑞亀に限定しているのに対し、祥瑞一般へと拡大する。東野論文は、その出瑞のひとつとして、表面には現われていないが、天平十年正月におこなわれた阿倍内親王の立太子の場合でも、朔日に信濃より神馬が献ぜられ、十三日の立太子に際して大赦が行われると共に、「貢瑞人」と「出瑞郡」に優賞が施されたことから、両者の関係が知られる。

というように、阿倍内親王の立太子と「神馬」という祥瑞の出現とを結びつけようとする。そして、その阿倍皇太子の即位については、

阿倍皇太子の即位は、天平勝宝の改元からして、同年の陸奥における産金と無関係ではない。

と、産金との関係を探ろうとする。東野論文はこうした推察を重ねて、

皇権をめぐる複雑な政治情勢の中で、皇位の継承を安定せしめる役割が、祥瑞に期待されたといえよう。

という仮説を提示する。しかし、この仮説は根拠が強固なものとは言えないだろう。傍線部のように、「元明天

皇の譲位以後、即位を含めた皇嗣の決定が、常に出瑞を前提としている」例として阿倍内親王の立太子を挙げるのならば、基皇子立太子を取り上げないのはなぜか。藤原氏にとっては「皇嗣」にからむ一大事であったはずだ。そして、そもそも「元明天皇の譲位以後」という線引きは、どのような基準によってなされたのだろうか。詳しい説明は見当たらない。のちの聖武天皇、首皇子の立太子は和銅七年(七一四年)であり、特に「出瑞を前提として」はいない。そして、東野論文が線引きをする元明天皇の譲位は霊亀元年(七一五年)である。

この時期は、女帝が持統・元明・元正というように多く現われる。南部曻一九七一は、この時期の女帝は、「天皇家自身の中に」あった「直系皇位継承」への強い志向がもたらしたのだと説く。また、荒木敏夫一九八五は、「日並知(草壁)皇子―珂瑠皇子(文武)―首皇子(聖武)と続く血統を、皇位継承の正統とする主張がうかがえる」と述べる。南部論文、荒木書の説く直系皇位継承を実現させるのが聖武即位である。祥瑞に「皇位の継承を安定せしめる役割」を見出す仮説を提示する東野論文の立場としては、首皇子立太子にも触れるべきではなかろうか。「元明天皇の譲位以後」として線引きをし、特に「出瑞を前提として」はいない首皇子立太子を取り上げない処置には従えない。

このように、東野論文の、「元明天皇の譲位以後、即位を含めた皇嗣の決定が、常に出瑞を前提としている事実がある。」という仮説は、確固たるものとは言えないのではなかろうか。

また、東野論文で祥瑞の例として挙げる「神馬」は「大瑞」(『延喜式』巻第二十一、治部省の条)であり、右の他には、『続日本紀』天平三年十二月二日条(甲斐国、神馬を献る。黒き身にして、白き髪と尾とあり。)と、『同』天平十一年三月二十一日条(神馬は、青き身にして白き髦と尾とあり。)とに現われる。しかし、両例ともうしろに「皇嗣の決定」は存しない。これは、「神馬」が、当時重視されていた「大瑞」である(東野論文)だけに、東野論文の言う、出瑞と皇嗣の決定との結びつきを疑わしめるのではないか。

以上、鐵野論文が拠る東野論文について検討した。出金が改元につながることは確かだが、それが聖武譲位・

孝謙即位につながるという保証は東野論文からは得られないのではないか。

もちろん、鐵野論文では、さきに挙げたように、聖武の出家、元正太上天皇の崩御、家持の吉野行幸儲作歌制作といった論拠が挙げられている。しかし、これらのことがらも、聖武譲位・孝謙即位を推察できるものではあるが、それはあくまでも状況論のわくから出るものではない。当時の状況がそうであるからといって、当該歌もそう詠まれなければならないというわけでは、もちろんないわけだ。鐵野論文にしても歌の表現の分析をないがしろにしているわけでは決してないが、やはり当該歌の表現の分析を通して、導き出されてこなくてはならないだろう（後述の表現分析のところを参照）。

本論は、鐵野論文のように当該歌に聖武譲位・孝謙即位といった点を見出すのではなく、「我が大君」聖武天皇への讃美を見出しておくのが妥当であると考える。

三　長歌冒頭部——スメロキをめぐって——

ここまで、当該歌を論じて行くうえでの大きな前提を確認するために、随分紙数を費やしたが、さっそく長歌冒頭部の検討に入りたい。

当該歌では、冒頭部において、「我が大君」聖武天皇に至る皇統の来歴が語り起こされる。つまり、「葦原の瑞穂の国を　天降り　知らしめしける」という天孫降臨の記述が「皇祖の　神の命」に対しての修飾部となり、さらに、その「皇祖の　神の命」が「御代重ね　天の日継と　知らし来る」と歌われ、次の句の「君の御代御代」を修飾する構文になっている。

小野寛一九七一aは、武田祐吉一九五五が、「天の日継」を「家持独自の用語」であり「独自の思想」を表示するものであると指摘したのを承けて、「御代重ね　天の日継と　知らし来る　君の御代御代」の四句を「家持独自の皇統讃美表現」と位置づける。そして、この四句に、天皇の統治される御代が絶えることなく代々受け継がれて続いて来たことを讃える意味を見出す。小野論文のこの指摘は貴重であり、本論も、まずここに、このような皇統讃美の表現が布置されていることを確認しておきたい。

ところで、『考』には、「須賣呂伎能。神乃美許等能。瓊々杵尊を申奉るなり、」とあり、「皇祖の　神の命」を「ニニギ」と捉えている。こうした把握は近代になっても引き継がれており、たとえば、『新考』は、『古義』の説を批判する形で以下のように述べている。

古義に神ノミコト能以下四句を神ノミコトノ、天ノ日嗣ト、御代カサネ、シラシクルとおきかへて心得べしといへるは神ノミコトをシラシクルの主格と認めたるなれどシラシクルの主格はキミなれば更に神ノミコトを主格とは認むべからず。案ずるに能は欲の誤ならむ。さらばカミノミコトヨとよみてそのスメロギノ神ノミコトは瓊々杵尊の御事とすべし。キミは代々の天皇なり

やはり、ここにも、「皇祖の　神の命」＝「ニニギ」と捉えなくてはならないとする先入観が見受けられよう。そして、この問題は「スメロキ」をどう把握するのかという近年の問題とかかわる。

「スメロキ」をめぐる論考として、小野寛一九七一bがある。小野論文は、『万葉考槻乃落葉三之巻解別記』の「皇祖より受継せる大御位につきては、当代をも申事ある」という部分を参照して、

「すめろき」が当代の天皇について言う場合があるとしても、皇祖から継ぎ来たったその尋常ならざる「継承」の意をこめて用いていると考えてよい。それが「すめろき」と「おほきみ」との違いでなければならない。

と述べ、「スメロキ」をめぐる問題に先鞭をつけた。そして、この問題をめぐっての近年の論考として、参照しておかなくてはならないのは、周知の神野志隆光一九九〇aと、遠山一郎一九九四aである。神野志論文は、

この一首の歌に、すめ呂伎といふ言、ふたつ、おほきみといふ言、五つ見えたり。当代天皇と、遠祖の天皇

とを申せる分ち、いと明らか也。

という『万葉考槻乃落葉三之巻解別記』の記述を参照し、当該歌の「スメロキ」について、

二例の「すめろき」は、あとの例（第三九句。論者注）に明らかなように、「朕御世」に対して、「天地の神」と相並ぶところで「皇御祖の御霊」が位置せしめられるという関係において捉えられる。はじめの例（第五句。同）も、「すめろきの神のみことの御代」は、「しかれども吾大王の……」と対置される文脈であり、「すめろき」「神」↔「おほきみ」（「うつそ（せ）み」）と解すべきことが明確であろう。

と述べる。一方の遠山論文は、

「すめろきの神のみことの御代」と「君の御代御代」とは、「御代」を共用しつつ、「重ね」を接点に、分かちがたく結び付けられている、と考えなければなるまい。「すめろきの神のみこと」は、格助詞「の」を派生して「君」に連なり、「天下り」した存在に、みずからを限定させない。「すめろきの神のみこと」を「御代御代」の「君」に融け込ませる表現が、実現されているように読める。

と述べ、さらに、

「すめろきの神のみこと」と「君」との関係は、「すめろきの神のみこと」が「君」を覆う関係であり、この逆ではない。

と述べている。二論文の対立は明らかだ。鐵野昌弘一九九五は、

当該歌のスメロキが、キミを覆い、皇統全体を包含していることは、遠山氏の説く通りであろう。神野志氏の言うように、長歌のスメロキと、「吾が大王」聖武とは、対置されている。しかし、その間は、遠山氏の言うように、「しらしくるきみの御代御代」によって、連結されているのだろう。現天皇聖武について、「かむながらおもほしめす」と歌われていることの意味は小さくない。そこでスメロキと聖武とが、「神」として連鎖されているからこそ、反歌において、聖武はスメロキに包摂されうると考えられるのである。

と、この対立するふたつの論を止揚する形でまとめる。そしてさらに、

そうした皇統の表現においては、過去と現在とが連続相を持つ。当該歌冒頭部では、「……あまくだりしらしめしける……しらしくるきみの御代御代……」と、「吾が大王」聖武以前の過去が、現在と断ち切られていない形で歌われている。ただしその連続性は、「御代重ね」「君の御代御代」のように、過去の皇統が、複数の代によって構成されることを強調することで表現されている。一つ一つの「きみの御代」の堆積が、始原から現在の時間全体を形成しているように歌うのである。

と述べ、

すべて過去の天皇は、「天の日嗣」として、降臨する神と同じスメロキであり、「吾が大王」もまた、その末端に連なることによって神と扱われ、スメロキに包含される。皇統は、そのような同じ資格を持つキミの連鎖によって、構成されている。遠山氏の説くところを敷衍して、この歌を特徴づける皇統観を、以上のように見ておくことが出来よう。

とスメロキをめぐってのこの問題に結論を出している。本論もこうした鐵野論文の処置に従っておきたい。この項の最初に述べておいたように、「我が大君」聖武天皇に至る皇統の来歴が綿密に語り起こされていると把握しておきたい。

ところで、「スメロキ」をめぐって、鐵野昌弘一九九五は、

神野志氏は、吉井巖氏の指摘（『全注　巻第十五』三六八八歌条。論者注）を承けて、反歌のスメロキの、現在の天皇を含む用法が、皇祖への意識を中心として保ちつつ、第四期になって現われたものであることに触れている。そのスメロキの拡張は、冒頭のスメロキが、明確に天から降臨した「神のみこと」を指す、という遠山氏の指摘する点と連動するものだろう。当該歌のスメロキは、時間を遡る方向にも、下る方向にも、人麻呂作歌のそれとは異なる広がりを持っているのである。（傍線論者）

とも述べている。しかし、ここには、どのように「連動」するのか、その内実が全く示されていない。どのように「連動」して「時間を」「下る方向にも」「広がりを持っている」のか、もっと詳しい説明がなくてはならないだろう。もちろん鐵野論文自体においては、反歌三首についての解釈の部分において、すでに、

第一首が現在の自己の感慨、第二首が大伴氏の始原以来の伝統、第三首が「すめろきの御代」の未来、という形で、時間を三分割し、その流れを強調しつつ、三首をもって全体を覆っていることにまず注意しておきたい。

と述べていたことではあった。しかし、「すめろきの御代栄えむ」と推量の表現があることから、それを「未来」と捉え、そして「時間を」「下る方向にも」「広がりを持っている」と捉えてよいのだろうか。ここには、「スメロキ」の拡大解釈がある。鐵野論文のこの部分が、さきに確認したような「聖武譲位・孝謙即位」説の伏線となっていることは見易い。こうした「スメロキ」の拡大解釈は認められず、少々先取りする形で述べておくならば、反歌第三首の「すめろき」は、遠山一郎一九九四aが、「詔書を賀く歌第三反歌は、現天皇を祝う表現として成り立つ。」と指摘するように、捉えておくのが妥当であると考える。

四　長歌前半部――聖武天皇の描写――

前の第三項で考察した部分のあとには「敷きませる　四方の国には　山川を　広み厚みと　奉る　御調宝は　数へ得ず　尽くしもかねつ」が続く。その「四方の国」の「四方」の集中例は次の通りである。

……我が大君　皇子の命の　天の下　知らしめしせば　春花の　貴くあらむと　望月の　満はしけむと　天の下　一に「食國」と云ふ　四方の人の　大船の　思ひ頼みて　天つ水　仰ぎて待つに……（2一六七　人麻呂「日並皇子挽歌」）

天皇の　敷きます国の　天の下　四方の道には　馬の爪　い尽す極み　舟舳の　い果つるまでに……（18四

四一二二　家持　雲歌）

……天の日継と　神ながら　我が大君の　天の下　治めたまへば　もののふの　八十伴の男を　撫でたまひ　整へたまひ　食す国の　四方の人をも　あぶさはず　恵みたまへば……（19四二五四　家持「侍宴応詔予作歌」）

大君の　遠の朝廷と　しらぬひ　筑紫の国は　敵まもる　おさへの城ぞと　聞こし食す　四方の国には　人さはに　満ちてはあれど…（20四三三一　家持「追ひて防人が悲別の心を痛みて作る歌」）

……見したまひ　明らめたまひ　敷きませる　難波の宮は　聞こし食す　四方の国より　奉る　御調の舟は……（20四三六〇　家持「私かなる拙懐を陳ぶる歌」）

このように、「四方」は、天皇の統治や統治する空間（一六七歌では、皇子が天皇になってからの統治の空間）を示す表現（二重線部）とともに用いられている。このことから、当該の「四方の国」が、「スメロキ」としての「君の御代御代」における統治の空間を示す言葉であることがわかる。そして、「我が大君」聖武天皇は、その君の御代御代につながる存在であるから、「四方の国」は、皇統の名において聖武天皇に引き継がれた統治の空間であることになろう。

その統治の空間の豊饒のさまが、「山川を　広み厚みと　奉る　御調宝は　数へ得ず　尽くしもかねつ」と表現され、讃美されているわけだが、この部分は、「奉ル御調宝ト云ハ、唯金ノミナカリシニ、其始テ出来ル事ヲホメ奉ラム為ナリ。」と、『代匠記』（精撰本）が指摘するように、次の出金を描き出す伏線と考えられよう。

さて、この部分の文脈理解として、『代匠記』（初稿本）が述べる、

以上は天地開闢以来よりをいひて、国家の豊饒なることをほめたてまつるなり。しかれともといふより下は、聖武天皇の盧遮那仏の大像を造らせ給へることをいへり。

という指摘が適切だ。「……しかれども　我が大君の……」という文脈によって、「スメロキ」の系譜に連なる天

皇の中でも、「我が大君」聖武天皇が特筆される存在としてクローズアップされて来る。「しかれども」以降「治めたまへば」までにおいて、まず、諸人をいざなって「良き事」つまりは盧舎那大仏建立を始めた積極的な行動を取る姿として、「我が大君」聖武天皇は描写される。次に、聖武天皇のふたつの心中が描き出されてくるのだが、その描写に関連して、聖武天皇が「神ながら」と歌われることが特徴として取り上げられよう。

ところで、聖武天皇のそのふたつの心中思惟は、ひとつ目が「思ほ」すと言い表わされ、ふたつ目が「神ながら　思ほしめ」すと言い表わされている。いま、この表現の違いに注目したい。このふたつの表現の間には、陸奥国で金が産出されたことと、「天地の　神相うづなひ　皇御祖の　御霊助けて　遠き代に　かかりしことを朕が御代に　顕はしてあれば　食す国は　栄えむもの」というふたつ目の心中の描写がある。このふたつ目の心中の描写は、『続日本紀』第十三詔の、

天に坐す神・地に坐す神の相うづなひ奉りさきはへ奉り、また天皇《すめら》が御霊たちの恵び賜ひ撫で賜ふ事に依りて顕し示し給ふ物に在るらしと念し召せば、

の部分に対応し、諸氏は、当該歌の作者家持がこの第十三詔の文言から表現を摂取したことを指摘する。しかし、本論は、対応する詔の部分を単に挙げるだけの指摘では十分でないと考える。第一項で述べておいたように、詔の文言を採り入れることによって当該歌が作品としてどう仕上がっているか、ということに注目したい。この場合に即して言えば、その文言を採り入れることによって「神ながら」がどう導き出されているのか、ということを考えたい。

「天地の　神相うづなひ」の「うづなふ」は、『時代別国語大辞典 上代編』が、「諾《ウベ》ナフ・誘《イザ》ナフ・商《アキ》ナフ・占《ウラ》ナフなどの語とその構成を等しくし、貴《ウツ》を活用させたもの。」と解説するように把握されよう。まず、その「天地の　神相うづなひ」によって、天の神・地の神こぞっての聖武天皇への嘉賞と承認が得られたことが作品上で

語られる。人麻呂「吉野讃歌」の山神・川の神の持統天皇に対する奉仕の描写(1三八、三九歌)がここに思い起こされる。次に、「皇御祖の　御霊助けて」によって、代々のスメロキの御霊による加護が語られる。「天地の神」の「天地」は空間的広がりを含み持ち、一方の「皇御祖の御霊」は、聖武に至る神としての皇統の来歴という時間的広がりを含み持つ。すなわち、これらの表現によって、神々による聖武天皇に対する全面的な承認が作品上において語られている。そしてこのことによって、神としての聖武の姿が、作品上であぶり出されて来るのである。根拠を具体的に示すことによって、聖武天皇の神性を確認させようとしていると捉えられよう。

さきに注目しておいたように、聖武の心中思惟についてそれを「思ほす」と言い表わす表現から、「神ながら思ほしめす」と言い表わす表現への変化があったわけだが、右に見た全面的な承認を得たうえでの「神ながら思ほしめす」なのであろう。このことによって、中心としての聖武が治める御代が、まさに「神の御代」としての像を結ぶことになる。こうした筆法は、人麻呂「吉野讃歌」の、

……山川も　依りて仕ふる　神の御代かも(1三八)

のような、持統の御代を「神の御代」とアプリオリに言うのとは異なるものだ。綿密に根拠を挙げて聖武の神性をあぶり出し、その神としての様相を確認させる、こうした当該家持歌の筆法は特筆されてよい。

さて、次には、そのようにして神としての像を結んだ聖武天皇の具体的かつ主体的行動が語られる。「もののふの　八十伴の男を　奉ろへの　向けのまにまに　老人も　女童も　しが願ふ　心足らひに　撫でたまひ　治めたまへば」がそれだ。

まず、「まつろへの向けのまにまに」は、早くに『仙覚抄』が、「マツロヘノトハシタカフルナリ」「ムケトハタヒラクル也」と述べるように、天皇が臣下を服従させる意味とするのが正しいと思われる。『時代別』も、

まつろふ(動下二)服従させる。奉仕させる。前項マツロフ(四段)に対する他動詞。

と説明する。四段の例であるが、集中例の、人麻呂「高市皇子挽歌」の壬申の乱の描写の部分の例、

……不奉仕　国を治めと　皇子ながら　任したまへば……不奉仕　立ち向ひしも　露霜の　消なば消ぬべく
……（２一九九）

を参照すれば、その表記から、たしかに天皇に対しての奉仕の意味で使われていることがわかる。

『古事記』もまた参照しておこう。仮名書きの例として、

（中巻　崇神天皇）

又、此の御世に、大毘古命は、高志道に遣し、其の子建沼河別命は、東の方の十二の道に遣して、令レ和二平其麻都漏波奴（自レ麻下五字以レ音。）人等一。

（中巻　景行天皇）

爾くして、天皇、亦、頻りに倭建命に詔はく、「東の方の十二の道の荒ぶる神と、摩都楼波奴人等とを言向け和し平げよ」とのりたまひて、……故、命を受けて罷り行きし時に、伊勢大御神の宮に参ゐ入りて、神の朝庭を拝みて、即ち其の姨倭比売命に白さく、「天皇の既に吾を死ねと思ふ所以や、…」と、患へ泣きて罷りし時に、倭比売命、草那芸剣（那藝二字以レ音）を賜ひ、亦、御嚢を賜ひて、詔ひしく、「若し急かなる事有らば、茲の嚢の口を解け」とのりたまひき。

があるが、その前後にある「荒ぶる神」「言向け和し平げ」に注目すれば、同じように「荒神」「言向平和」「言向和平」「平」を持っている次の、

（中巻　神武天皇）

故、如此言向平和荒夫琉神等、（夫琉二字以レ音）退撥不伏之人等而、坐畝火之白檮原宮、治天下也。

（中巻　景行天皇）

小碓命者、平東西之荒神及不伏人等也。

（中巻　景行天皇）

幸于東国、悉言向和平山河荒神及不伏人等。

などの「不伏」も「マツロハヌ」で訓んでよかろう。こうした「不伏」の表記から、「マツロフ」は、たしかに、天皇という王権に対して服従する意味を持つことが確認できよう。このような自動詞「マツロフ」の用例を見ると、他動詞「マツロフ」の名詞化した当該歌の「マツロヘ」に「服従させる」という意味を見出しておいてよいと考えられる。

ところで、『窪田評釈』は、

「まつろへ」は、下二段活用の他動詞で、名詞形。天皇に服従奉仕させる意。「の」は、にしての意で、同意語を接続させる助詞。「むけ」は、他動詞で、名詞形。こちらへ向わしめるで、従わしめる意。従わしめているままに。これは本来は、背反している者の帰順しているままにの意であるが、転じて、天皇より見た廷臣の、日常の奉仕のさまをあらわす意にしたもの。

と述べている。「本来は、背反している者の帰順」という分析は正しい。しかし、「天皇より見た」というのは適切だろうか。ここは、天皇と「もののふの　八十伴の男」を第三者的に描くことができる位置から、「もののふの　八十伴の男」を服従させるという天皇の明確な行為が描かれている。中心としての「我が大君」の、その中心を支えるべき「もののふの　八十伴の男」を服従させるという明確な行為が描写されているのだ。

次に、「老人も　女童も　しが願ふ　心足らひに　撫でたまひ　治めたまへば」について考えてみよう。この「治めたまへば」について、『全注』は、「施しなど与えて取り計らう意として、第十三詔にしばしば見える。」と指摘する。こうした用例は、『続日本紀』宣命第四詔にも、

故、慶雲五年を改めて和銅元年として、御世の年号と定め賜ふ。是を以て、天下に慶の命詔りたまはく、冠位上げ賜ふべき人々を治め賜ふ。天下に大赦す。

と見え、「治めたまへば」をそのように捉える『全注』の指摘は妥当と言える。

ところで、『古義』は、

毛能乃布能と云より治賜婆と云まで十句は、金出し国郡の人を始て、諸臣百官老若男女に至るまで、ほどほどにつけて、物賜り位あげ給へるを云り、詔詞に、是以朕一人夜波貴大瑞乎受賜牟、天下共頂受賜利歡流自理可在等、神奈我良母念坐氏奈母、衆乎恵賜比治賜比、御代年号尓字加賜久止宣、とあるこれなり、

と述べる。しかし、当該歌の「もののふの　八十伴の男を　奉ろへの　向けのまにまに」の部分をも、恩賞が与えられたと解くのには従えない。『古義』が挙げるように、第十三詔には、

是を以て朕一人やは貴き大き瑞を受け賜はらむ、天下と共に頂き受け賜はり歓ぶるし理に在るべしと、神ながら念し坐してなも、衆を恵び賜ひ治め賜ひ御代の年号に字加へ賜はくと宣りたまふ天皇が大命を、衆聞きたまへと宣る。

といった記述がある。しかし、そうあるからといって、当該歌の「もののふの　八十伴の男を　奉ろへの　向けのまにまに」をも、天皇が彼らに恩賞を与えたと解釈してよいということにはつながらないはずだ。ところが、こうした解釈は、現代の鐵野論文にも引き継がれてしまっている。鐵野論文の中にも、

「八十伴雄」に褒賞が与えられ、果ては老人や女子供に至るまで「しが願ふ心だらひに」恩恵を受けた中で、大伴氏が「遠つ神祖」の名を「流さへる祖の子ども」として、特別の存在である、という長歌中盤の一連の叙述

といった記述が見られる。繰り返すが、第十三詔に右に見たようにあることを重視して当該歌もそのように解釈しなければならないと考えるのは妥当とは言えないし、もし、そう解釈してしまうのならば、それは、曲解なのではなかろうか。後述のことがらではあるが、当該歌の大伴氏と佐伯氏の宣言し続けた言立て、「人の子は　祖の名絶たず　大君に　まつろふもの」の「まつろふ」と、この部分の「奉ろへ」は対応する。服従させる側の天皇の「奉ろへ」という行為と、服従する側の「まつろふ」行為が対応する、この構図を見逃してはならないと思

う。また、あくまでも作品の表現が示すものから離れてはならないと考える。

当該歌では、この一連の表現によって、「我が大君」聖武天皇による全体的・理想的な統治の行為が描かれているのではないか。つまり、ここで取り上げられるのは、「もののふの　八十伴の男」「老人」「女」「童」であり、それぞれ重ならない。これらは、第十三詔にいうところでは「天下」「衆」に相当し、統治の全体にわたっていることが示されている。そして、服従させるべき「もののふの　八十伴の男」を「奉ろへの　向け」というように、十分に服従させるさまが描かれている。また、慈しむべき「老人」や「女」や「童」を「しが願ふ　心足らひに」十分に慰撫し、施しなどを与えて取り計らうさまが描かれている。服従させるべきものは服従させ、慈しむべきは慈むという理想的な統治が描かれていると言えよう。ここに、聖武天皇の全き統治が描かれている。

こうした描写を受けて、次に「ここをしも　あやに貴み　嬉しけく　いよよ思ひて」が続く。これは、これまでの叙述を「ここをしも」と受けることで、以降の「言立て」をめぐっての部分への橋渡しの役割を果たしていよう。さきほども述べたが、ここまでは、天皇・もののふの八十伴の男のことを第三者的に描いていた。しかし、ここからは、「いよよ思ひて」に見て取れるように、主体的な描写へと変ってゆくと言えよう(具体的には第一〇一句で「我れ」が示される)。こうした点にも橋渡しの様相を見ることができる。

ところで、その橋渡しのしかたを把握するに際し、雑音が入ってはいけない。たとえば、『全釈』は、「嬉しけくいよよ思ひて」に対して、「愈々嬉しく思つて。ここは詔詞中に大伴・佐伯両氏のことを褒め給うたので、それに欣喜抃舞して、大伴氏祖先の勲功と家訓とを述べるのである。」と述べている。たしかに、第十三詔を参照すれば、なまみの作家大伴家持にとって、当該歌制作の直接の動機としては、『全釈』が指摘するようなことがらがあったと容易に想像できる。しかし、当該歌の表現をあくまでも離れてはならないのではなかろうか。作品上では、描き出された中心としての天皇の全き統治に対して「嬉しけくいよよ思」ったと語られている。全体的・理想的な統治を行う天皇だからこそ、服従する側もさらなる言立てをして付き従う、こうした構成を把握してておくべきだろう。

五　長歌後半部――言立てをめぐって――

さて、ここからは、まず、いま考察した「ここをしも　あやに貴み　嬉しけく　いよよ思ひて」以降の構文を理解し、そのうえで、「言立て」のあり方について考察することにしたい。その考察を通して、全体にわたる構成についての理解が深まるものと考える。

まずは、当該歌の構文を大きく把握するうえでの有効な指摘を、『新考』が行っているので、それを掲げる。

ウレシケクイヨヨオモヒテは下なる伊夜多弖オモヒシマサルと照応せるなり。辞を換へて云はば大トモノより人ハアラジトまでの四十句は家持の所懐なり

この『新考』の指摘は、妥当な構文理解と判断される。ただし、『新考』には、

古義に

等伊夜多弖はト弥立にて上に異立といへるを受ていよいよそを立るよしなりといへれど上なるコトダテはコトダテニの略にてコトダテニ云々とイヒツゲルと照応せるなればこゝに至りて更にそを受くべきにあらず。おそらくはイヤタ弖はイヤタ家久の誤脱ならむ。そのイヤタケクオモヒシマサルは上なるウレシケクイヨヨ思ヒテと呼応せるなり。ウレシケクイヨヨ思ヒテ云々トイヤ猛クオモヒシマサルと中間を略して見なばたやすく心得らるべし。オモヒシマサルはオモヒゾマサルと心得べし

という記述もある。ここには、『古義』の「言立て」が指し示す部分を取り違えるという誤読があり、また、「イヤタ弖はイヤタ家久の誤脱ならむ」という安易な処置もあり、これらの点に従うことはできない。しかし、「ウレシケクイヨヨ思ヒテ云々トイヤ猛クオモヒシマサルと中間を略して見なばたやすく心得らるべし。」という、大きな構文理解には、やはり聞くべきものがあろう。『全釈』も「嬉しけくいよよ思ひて」の部分についての注

で、「なほこの句から遥かに句を距てて、伊夜多弖於毛比之麻左流に続いてゐる。」という理解を示している。本論もこうした構文理解の立場に立ちたい。

次に、「いや立て　思ひし増さる」の「立て」が何を表わすかについては、『略解』の、「いやたては、上にことだてと言ふを受く、」という指摘を参照すれば、「立て」は、当該歌の中にあるふたつの「言立て」を受けるものと理解される。つまり、「いや立て」は、「我れ」によるさらなる「言立て」を表わすことになろう。そして、その「言立て」の内容は、「大伴の　遠つ神祖の」から「我れをおきて　また人はあらじ」までとなる。

では、この大きな「言立て」の中の構文はどうなっているのか。

当該歌の構文を理解するうえでも、鐵野論文の教えてくれるところは非常に大きい。しばらく、鐵野論文に導かれながら検討を進めよう。その便宜上、鐵野論文の示す構文理解を、鐵野論文が用いている記号等をそのままに掲げておく。

Ⅰここをしも　あやにたふとみ　うれしけく　いよよおもひて　Ⅱ大伴の　遠つ神祖の　其の名をば　大来目主と　おひもちて　つかへし官　Ⅲ海行かば　みづく屍　山行かば　草むす屍　大皇の　へにこそ死なめ　かへり見は　せじとことだて　大夫の　きよき彼の名を　いにしへよ　いまのをつつに　ながさへる　おやの子どもそ　大伴と　佐伯の氏は　Ⅳ人の祖の　立つる辞立　人の子は　祖の名絶たず　大君に　まつろふものといひつげる　ことのつかさそ　Ⅴ梓弓　手にとりもちて　劔大刀　こしにとりはき　あさまもり　ゆふのまもりに　大王のみ門のまもり　Ⅵわれをおきて　ひとはあらじと　いやたて　おもひしまさる

鐵野論文は、傍線で示したⅡとⅢの関係に注目する。『全集』の、

このツカサは、役職・職掌の意。これに対する述語は、「……流さへる祖の子どもそ」

という把握を取り上げ、これを、

Ⅱ全体がⅢ全体の主語となる、という把握であることがわかる。

とまとめ、「通説」と認定する。そして、この「通説」の持つ、

Ⅱ とⅢを主従関係とすれば、「職柄が……伝えてきた家の子孫なのだ」ということになってしまう

という点に注目し、

それぞれ（「ツカサ」と「ウヂ」の語。論者注）の概念を曖昧にするような主述関係を想定することは、問題があるのではないだろうか。

と批判を加える。こうした批判をもとにして、波線部「大伴と　佐伯の氏は」の後ろを文脈の切れ目とする『大系』『私注』の見解を取り入れ、

即ちこの二句が、倒置されて、Ⅲ「……祖の子どもそ」の主語になっていると見るのである。これによれば、通説のように、無理のある二つの主述関係を認めずに済む。

とする。本論も別の観点からではあるが、「大伴と　佐伯の氏は」を倒置と捉えることにする（後述）。緻密に構文理解を進め導かれるところの大きい鐵野論文ではあるが、いくつかの問題点を含み持っている。ひとつに、これは、鐵野論文自体も引用しているのだが、中西進氏『万葉集』（講談社文庫版）の注の、「『官』とはほとんど氏と同内容のことばで、氏世襲の官職をいう」とする指摘がある。また、これも鐵野論文自体が述べているのだが、

確かに令制以前において、ツカサがそれぞれ特定のウヂによって管掌される体制があり、家持の歌うところは、かかる体制に則っている

ということがらは、ツカサ＝ウヂと見ることを避けることから組み立てられている鐵野論文を、やはり、その骨組みから揺さぶることになりはしないか。ふたつに、鐵野論文は、以降の部分の構文について、

そのⅡの「仕へし官」を、更にⅣの「ことのつかさ」が承けるのだろう。そのⅣも、Ⅱと同様、内部に主語を持たない。ⅡとⅣは、その単独では不安定な形を、互いに支え合っていると見るのが、最も穏当と思われる。Ⅲを挿んで、二つのツカサの喚体句が照応し合うのである。

という把握を示しているのだが、この把握自体が非常にあやうさを含んでいるのではないだろうか。本論は、そもそも、鐡野論文のように「Ⅲ」の部分のみでひとまとまりにしてしまうこと自体に問題があると考える。

ここで、本論の構文理解を図示しておこう。

ここをしも　あやに貴み　嬉しけく　いよよ思ひて
「①大伴の　遠つ神祖の　その名をば　大来目主と　負ひ持ちて　仕へし官　『海行かば　水漬く屍　山行かば　草生す屍　大君の　辺にこそ死なめ　顧みは　せじ』と言立て　ますらをの　清きその名を　古よ　今のをつつに　流さへる　祖の子どもぞ　大伴と　佐伯の氏は
②（大伴と　佐伯の氏は）人の祖の　立つる言立て　『人の子は　祖の名絶たず　大君に　まつろふもの』と　言ひ継げる　言の官ぞ
③梓弓　手に取り持ちて　剣大刀　腰に取り佩き　朝守り　夕の守りに　大君の　御門の守り　我れをおきて　また人はあらじ」
と　いや立て　思ひし増さる

以降、本論なりの構文理解を進めながら、検討していきたい。

まずは構文を巨視的に捉えることから始めよう。①の最初に「大伴の　遠つ神祖」とあり、②の最初に「人の祖」とある。このふたつの表現の違いに着目したい。

集中の「神祖」を調べると、当該の長歌四〇九四と反歌四〇九六のみとなる。当該歌において、祖先を「神祖」と言い表わしていることの意味を問わなければならない。研究史において、早くにこの「神祖」に注釈を加えていたのが、契沖である。『代匠記』(初稿本)は、その「大伴の遠つ神祖」についての注で、『日本書紀』(神代下一書)、『古語拾遺』、『新撰姓氏録』(左京神別中)の記述を列挙する。いま、その導きに従ってそれぞれを掲げてみよう。

『日本書紀』(神代下第九段一書第四)

高皇産霊尊、真床覆衾を以ちて、天津彦国光彦火瓊瓊杵尊に裹せまつり、則ち天磐戸を引開け、天八重雲を排分けて、降し奉る。時に大伴連が遠祖天忍日命、来目部が遠祖天槵津大来目を帥ゐ、背には天磐靫を負ひ、臂には稜威の高鞆を著け、手には天梔弓・天羽羽矢を捉り、及八目鳴鏑を副持ち、又頭槌剣を帯きて、天孫の前に立つ。遊行き降来り、日向の襲の高千穂の槵日の二上峰の天浮橋に到りて、浮渚在之平地に立たし、膂宍の空国を頓丘より覓国ぎ行去り、吾田の長屋の笠狭の御碕に到ります。

『古語拾遺』

復て大物主神に勅らく、八十万神を領ゐ、永に皇孫の奉護たれ。仍て大伴の遠祖天忍日命、来目部の遠祖天槵津大来目を帥ゐて、仗を帯び、前駆せしむ。

『新撰姓氏録』(左京神別中)

大伴宿祢

高皇産霊尊五世孫天押日命之後也。初天孫彦火瓊々杵尊神駕之降也。天押日命。大来目部立二於御前一。降二乎日向高千穂峯一。然後以二大来目部一。為二天靫部一。靫負之号起二於此一也。雄略天皇御世。以二入部靫負一賜二大連公一。奏曰。衛門開闔之務。於レ職已重。若有二一身難一レ堪。望与二愚児語一。相伴奉レ衛二左右一。勅依レ奏。是大伴佐伯二氏。掌二左右開闔一之縁也。

『代匠記』には挙げられていないが、『古事記』上巻の天孫降臨を語る部分にも大伴氏の遠祖についての記述が見られる。これも参照する例に加えておく。

> 故尓くして、天津日子番能迩々芸命に詔ひて、天の石位を離れ、天の八重のたな雲を押し分けて、いつのちわきちわきて、天の浮橋に、うきじまり、そりたたして、竺紫の日向の高千穂の久士布流多気に天降り坐しき。故尓くして、天忍日命・天津久米命の二人、天の石靫を取り負ひ、頭椎の大刀を取り佩き、天のはじ弓を取り持ち、天の真鹿児矢を手挟み、御前に立ちて仕へ奉りき。故、其の天忍日命、〈此は、大伴連等が祖ぞ〉。天津久米命、〈此は、久米直等が祖ぞ〉。

契沖が「大伴の遠つ神祖」についての注解で、右のような記事を引いたのは、天孫降臨に際してニニギに付き従った「神」としての相を、大伴氏の遠い祖先の中に見出したからであろう。また、『窪田評釈』は、「『神』を添えているのは、遠祖に神性を認めてのもの。」と指摘している。正鵠を射た指摘であろう。そして、これを時間の観点で考えるならば、①の冒頭部には、ニニギの天孫降臨に付き従うという神の代の時間が存在することになろう。

一方の②の「人の祖」の方はどうか。たとえば『古義』は、「人祖は、たゞ祖にて、祖先なり、凡て古へは、たゞ祖を、人之祖、たゞ子を人之子と云ることあり、」と述べ、『総釈』も、「人のは軽く添えた詞。次の『人の子』のそれも同じ。」と述べる。ともに「人の」に特に意味を見出そうとはしていない。しかし、鐵野論文は、注において、

> 従来、「人ノは習慣的に冠したもの。意味はない。」(全集)とされているが、不十分である。

と述べ、②の部分の「人の祖」と「人の子」について言及し、

> 「人の祖」「人の子」という対は、この叙述が、主として神に対する人の世界に関わることを示しているだろう。(傍線論者)

と指摘した。この指摘は鋭いのではないか。全体の構成を緻密に検討している鐵野論文のこうした処置を、本論も取り入れようと思う。「人の祖」「人の子」は、さきに検討した「神祖」と照応する。「神祖」が表わす「神の代」という時間に対して、「人の代」という時間を表わしていると把握されよう。

こうした「神の代」「人の代」という概念について、伊藤益一九九〇は教えるところが大きい。伊藤書は、巻十三に収められている人麻呂歌集歌三二五三の「葦原の　瑞穂の国は　神ながら　言挙せぬ国」と、その反歌である三二五四歌の「磯城島の　大和の国は　言霊の　助くる国ぞ」とを比較することを通して、

> 二つの日本国をかように規定することは、神代から人代（わけても、人麻呂たちの「今」）へと至る時代の推移を、言挙を不要とする状況からそれを必要とする状況への移行として理解することにほかならない。（傍線論者）

と指摘している（第四章「言霊論」）。伊藤書は、人麻呂の中に、現在を「人の代」と自覚したうえで「神の代」に対する視座があったことを教えてくれているわけだが、人麻呂の中にあったそうした視座を、家持の当該作品の中にも見出せるのではなかろうか。

さて、このような検討を経て、①から②にかけて、「神の代」から「人の代」へという時間の大きな流れがあることを、改めて確認しておきたい。当然、③の部分に示される新たな言立ても、現在という「人の代」における言立てということになる。

当該歌の構図をこのように大きくつかんでおいたうえで、次には、構文を細かく見てゆくことにしたい。

①の冒頭部分、「大伴の遠つ神祖」が「大来目主」という名前を持っていたと語られていることについては、大伴氏の遠祖が来目部を従えてニニギの天孫降臨に付き従ったと語られる前掲の『日本書紀』（神代下一書第四）や『新撰姓氏録』（左京神別中）の記述を参照することで理解が届く。そして、その大伴氏の遠祖が「神祖」と表わされていることについて、それがニニギの天孫降臨に付き従った神と捉えられているからだということをすで

に確認した。ということは、「大伴の遠つ神祖」と、その名を「大来目主」と負い持って「仕へし官」とは、同値であることになろう。よって、「仕へし官」の「官」は、「通説」のような「役職」という意味ではなく、「官人」(ただし神の代なので仕えた神とでも言うべきか)という意味になるのではないか。すなわち、この冒頭部分は、「大伴の遠つ神祖」と「その名をば　大来目主と　負ひ持ちて　仕へし官」とが同格の「の」によって結びつけられて主語に立っていると理解できるであろう。問題は、その主語を承ける述語にあたるものがどこかということだ。鐵野論文は、「通説」のようでは、

「職柄が……伝えてきた家の子孫なのだ」ということになってしまうという点に問題があると述べていた。たしかに、その主述の関係はおかしい。しかし、問題は、もっと別のところにあるのではなかろうか。つまり、作品上の時間の問題である。

繰り返しになるが、「大来目主」という名を持った「大伴の遠つ神祖」は「神の代」の存在として語られていることを忘れてはならない。「仕へし官」(原文「都加倍之官」)という過去の表現もそれを示して矛盾しない。そうした「神の代」においてなされた「言立て」が『海行かば……顧みはせじ』であり、その「言立て」の直後には、「古よ　今のをつつに」という大きな時間の幅が存在する。

さきほど確認したように、当該歌には、「神の代」から「人の代」へという時間の大きな流れが底流する。「古よ　今のをつつに」という時間の流れは、その構文全体の時間の流れを、より具体的に形作るのに機能している。「古」とは、この場合、「神祖」のいた「神の代」と同値であり、「今のをつつ」とは、まさに作品上の現在を表わす。つまり、「今のをつつに流さへる祖の子どもぞ」とは、「祖」(「神祖」を指す)の現在の子孫であるぞ、となる。

「神の代」の存在の主語に、「人の代」の述語は対応しまい。上記の主語に対応する述語は、神の代に属するところのものと考えなければならないだろう。この点から、述語にあたるのは二重傍線部の「言立て」とするのが

妥当だと考える。また、「人の代」の存在である「今のをつつに流さへる祖の子ども」も、「人の代」に属する主語を求めることになるのではないか。

本論はこうした観点から、「大伴と　佐伯の氏は」を倒置と捉え、その主語とすることにする。

ここで、さきほども挙げた『新撰姓氏録』(左京神別中)の記事を、今度は佐伯氏の部分まで含めて、改めて掲げよう。そこには、

大伴宿祢

高皇産霊尊五世孫天押日命之後也。初天孫彦火瓊々杵尊神駕之降也。天押日命。大来目部立二於御前一。降二乎日向高千穂峯一。然後以二大来目部一。為二天靫部一。靫負之号起二於此一也。雄略天皇御世。以二入部靫負一賜二大連公一。奏曰。衛門開闔之務。於レ職已重。若有二一身難レ堪。望与二愚児語一。相伴奉レ衛二左右一。勅依レ奏。是大伴佐伯二氏。掌二左右開闔一之縁也。

佐伯宿祢

大伴宿祢同祖。道臣命七世孫室屋大連公之後也。

とある。これを見ると、佐伯氏が雄略朝以後という「人の代」になって大伴氏から出た氏族であることがわかる。当該歌の右の構文は、こうした氏族の系譜の理解に符合する。すなわち、当該歌は、「遠つ神祖」としては大伴氏であるが、その祖の名を現在まで伝えている「祖の子ども」として「大伴と佐伯の氏」があるという構成になっている。大伴の遠つ神祖の「神の代」から「人の代」までの時の経過が、「ますらをの　清きその名を　古よ　今のをつつに　流」し続けたと歌うことによって、自然に描かれ、「人の代」の者たちとして「大伴と佐伯の氏」が取り出されてくるのである。

①の部分の構文を以上のように捉えたい。

第十三詔では、

また、大伴・佐伯宿祢は、常も云はく、天皇が朝守り仕へ奉る、事顧みなき人等にあれば、汝たちの祖どもの云ひ来らく、「海行かば　みづく屍、山行かば　草むす屍、王のへにこそ死なめ、のどには死なじ」と、云ひ来る人等となも聞こし召す。

とあり、「海行かば　みづく屍……のどには死なじ」と宣言し続けたのが大伴氏と佐伯氏の祖先であるとしている。本論のように捉えれば、当該歌において『海行かば……』と言立てた「神祖」の子孫が「大伴と佐伯の氏」というはこびになり、右の第十三詔の叙述と結果的に矛盾しない。

次に、②の部分の考察に移りたい。

さきの①の中で、すでに作品上の現在「今」が示されていた。この②の部分でもその作品上の現在は「言ひ継げる」という表現の中に見受けられる。この②は、その①で取り出された、「大伴と佐伯の氏」のありようを、「人の代」における「言立て」を取り込むことによって捉え直すことを眼目にしているのではなかろうか。

まずは、「立つる言立て」と「言ひ継げる言の官ぞ」への目配りをしておこう。『注釈』は、「立つる言立て」について、「立てし言立の意。」という解釈を示し、過去のことがらとして処理しようとする。しかし、ここは、そのように単純に過去と取るべきではなかろう。鐵野論文が、

「人の祖の立つる辞立」と時制を含まずに語られている。それは、「辞立」を立てることが、ウヂの世代交代に従って、現在まで幾度となく反復されてきた動作であるためではないか。

と妥当な解釈を示すように、この「立つる」によって、『人の子は　祖の名絶たず　大君に　まつろふもの』という言立てが繰り返し宣言されて来たことが表わされるしくみになっている。そして、この言立てが繰り返し宣言されて来たことが強調されるしくみは、「言ひ継げる」にも見出される。「言ひ継ぐ」に完了・存続の「り」が付くことにより、現在の「大伴と佐伯の氏」のありようが「言の官」であると捉え直されているのだ。

では、大伴氏と佐伯氏によって宣言し続けられた言立てはどのようなものとして示されているのか。まずは、

祖の名を絶たないことが言われる。次に、「大君に　まつろふもの」というように、大君に服従することの宣言がある。すでに先取りする形で述べておいたのだが、この「まつろふ」は服従する側の言葉として、「我が大君」聖武天皇の行為である「まつろへ」と対応しよう。長歌前半部において、聖武天皇の全き統治の行為が語られたわけだが、それに対応させるために、大伴氏と佐伯氏によって宣言され続けて来た服属の言立てが、この四十句にも及ぶ大きな言立ての中に採り入れられたものと判断される。そして、「ウヂの世代交代に従って、現在まで幾度となく反復されてきた」(鐵野論文)その言立てを、当該歌の中に取り入れることにより、「まつろふ」ことつまり天皇への服属が、このたびにもふたたび宣言されることになる。

このように、当該歌は、いままでの言立てを取り込むことによって構成されているのだが、それらの言立てに付け加えた最も新しい部分が③である。「我れをおきて」というように、このさらなる言立ての主体「我れ」が明示される。そして、「人の代」の「人」である「我れ」によって、門号氏族(前掲『新撰姓氏録』左京神別中、佐伯有清一九六三、参照)としての「天皇の御門の守り」という天皇の身辺警護の職務が宣言される。

さて、以上、四十句の言立てを構文に注意することを通して考察して来た。当該歌においてなされた、この新たな言立ては、過去の言立てを取り入れる形で重層的な言立てに仕上がっていると言えよう。「神の代」における「海行かば　水漬く屍　山行かば　草生す屍　大君の　辺にこそ死なめ　顧みは　せじ」という言立て、「人の代」における「人の子は　祖の名絶たず　大君に　まつろふもの」という言立て、そして、その流れの末尾に位置づけられる「我れ」による③の部分の言立てによって構成されている。この重層によって、「神祖」以来「我れ」に至るまで、常に大君の身辺にあって、大君に服従するという変わらぬ立場が、作品上で標榜されているのではないか。

六　反歌について

さて、次に、いままで見てきた長歌に付けられた反歌三首について考察しよう。改めて三首を挙げておく。

ますらをの　心思ほゆ　大君の　御言の幸を一に「の」と云ふ　聞けば貴み一に「貴くしあれば」と云ふ(四〇九五)
大伴の　遠つ神祖の　奥つ城は　著く標立て　人の知るべく(四〇九六)
天皇《すめろき》の　御代栄えむと　東なる　陸奥山に　金花咲く(四〇九七)

この三首の構成について、『全注』(伊藤博氏担当)の見解をまず参照しよう。『全注』は、
反歌は、長歌の叙述の次第を順次遡るように仕組まれている。長歌は、葦原の瑞穂の国のこと、聖武天皇と黄金出金のこと、大伴家の由来のこと、家持の感慨というように、画像が大(公)から小(私)へと絞られるようになっているから、それを正反対に遡ってゆく反歌は、当然、小(私)から大(公)へと拡大してゆくわけで、それだけ反歌第三首の結びとしての迫力が強化されることになる。全体きわめてよく考えられた構成で、このように見てくると、家持がこの反歌に、ことさら「反歌三首」と記した意図が知られるように思う。
と指摘する。この指摘は、研究史において、反歌三首の中の構成と、長歌と反歌との構成を説くものとして、大変貴重なものである。その貴重な指摘に導かれながら、本論は、別の角度から反歌の叙述のありようを捉え直すことに努めたい。

長歌の末尾で「大君の　御言の幸の　聞けば貴み」(本文系統)と歌われているところに明瞭な形で示されているように、この作品上の現在は、聖武天皇の詔を聞く時点となっている(すでに長歌の後半で「今」という形においても示されていた)。反歌三首も、そうした作品としての現在の時点で歌われているとしてよいであろう。

また、その叙述の主体についても、長歌末尾において現われていた「我れ」と同じと考えて問題なかろう。反歌三首は、「今」の「我れ」による歌であるということを、まずは確認しておきたい。

ところで、反歌第一首四〇九五の三句以降の本文系統は「大君の　御言の幸を｜　聞けば貴み」となっていて、長歌末尾の本文系統「大君の　御言の幸の｜　聞けば貴み」との間に異なりを見せている。『釈注』は、この変化について、

「を」の方が「の」より対象語への意識が表立つと見て、長歌の末尾をまとめる反歌では変化を持たせるためにこのように修正したものと見られる。

と述べる。長歌と反歌四〇九五の叙述のこの違いは、「聞く」行為の軽重にもかかわるのではないか。つまり、反歌の方で「聞く」行為がより強められる。そして、これは、当然、「聞く」主体のありようにも反映しよう。詔を聞く主体「我れ」の現われ方が長歌よりも四〇九五歌において、より鮮明になっていると捉えられる。

では、その「我れ」によって四〇九五歌はどう歌われるのか。

四〇九五歌の初・二句には、「ますらをの心思ほゆ」とある。当該の反歌三首に構成が施されていることは、右の『全注』を見て明らかであり、この「ますらをの心思ほゆ」も不用意に配置されているとは思われない。当該歌において「ますらを」という言葉は、長歌の「ますらをの清きその名」をめぐっての部分に現われており、その「ますらをの清きその名」は、「古よ今のをつつ」という時間の流れの中で、伝えられ続けて来たものとして描かれていた。さきほども確認したように、反歌四〇九五は、現在の時点から歌われているのであるから、この「ますらをの心思ほゆ」は、「古よ今のをつつ」という時間の流れを、今度は逆に、始源へと向かってさかのぼるという志向に基づいていることになろう。そして、この志向は、作品上の「今」の存在である「我れ」によってなされているということを改めて確認しておきたい。このような、現在の時点での始源への志向は、次の四〇九六歌において、よりはっきりした形で見出すことができる。では、次の四〇九六歌の考察に移ろう。

四〇九六歌では、「大伴の　遠つ神祖の　奥つ城は　著く標立て」と歌われていることが特徴としてあるわけだが、この表現について、早くに『代匠記』(初稿本)が、

汝多知乃祖止母乃云来久とある宣命の詞によりてかくはよめるなるへし

と述べ、宣命第十三詔との関連を説いた。以降の諸注が説くように、第十三詔には、

御世御世に当りて天下奏し賜ひ、国家護り仕へ奉る事の勝れたる臣たちの侍る所には表を置きて、天地と共に人に侮しめず、穢さしめず治め賜へと宣りたまふ大命を、衆聞きたまへと宣る。

という記述があり、この記述をふまえての表現であることがわかる。しかし、ただ単にふまえるという指摘だけでは十分であるとは言えないのではないか。詔の記述をふまえつつ、そして、ふまえながらも、当該歌では当該歌なりにどういう表現を採っているか、また、詔の記述をふまえて当該歌に歌い込むことによって何が果たされているか、これらが問題にされなければならないと考える。

この四〇九六歌について、『全註釈』は、「祖先を崇敬してその跡を継ごうとする思想が歌われている。」と述べているが、その祖先への「崇敬」は、この四〇九六歌において、「大伴の遠つ神祖」という表現によって表わされている。ここは、さきの四〇九五歌においては「ますらをの心思ほゆ」というように漠然と志向されていた始源が、この四〇九六歌においては「遠つ神祖」という形で具体的な像を結んでくるものと捉えられよう。

また、この反歌四〇九六の「大伴の遠つ神祖」は、長歌に続いてふたたび取り上げられているわけだが、このことによって、「我れ」が、スメロキの系譜と常に共にあった、「神祖」以来の大伴氏の系譜の末端に位置づけられることがふたたび示されるわけであり、長歌にあった「我れをおきて　また人はあらじ」という言辞に根拠が与えられることになると捉えられよう。

ここで、四〇九六歌の結句「人の知るべく」にも注意の目を向けておこう。この四〇九六歌が長歌の反歌であり、この作品全体が、『全注』が指摘するような構成にうらうちされていることを考え合わせれば、結句の「人

の知るべく」の「人」も、ただ意味なくここに置かれているとは言えないだろう。

「人」という表現は、この作品の中で、長歌の「人の祖」「人の子」において現われていた。この四〇九六歌の結句「人の知るべく」の「人」は、その長歌の「人の祖」「人の子」と照応するのであろう。鐵野昌弘一九九五が、長歌において、

「人の祖」「人の子」という対は、この叙述が、主として神に対する人の世界に関わることを示しているだろう。

と指摘していたことを、もう一度思い起こしたい。この「人の知るべく」の「人」は、「人の代」であるところの現在の人びとという意味になる。右に見た、初・二句の「大伴の遠つ神祖」と対置されていると捉えられるわけだが、現在が「人の代」であることを、作品上で改めて印象づけることになる。

このように、この四〇九六歌において、四〇九五歌において示されていた始源が「遠つ神祖」をいう形で具体化されるわけだが、作品上の現在も、「人の代」であることが明らかに示されると言えよう。そして、「我れ」が人の代の人である自覚に支えられて、反歌四〇九五、四〇九六歌は歌われていると捉えられよう。

さて、そうした、人の代の「我れ」による皇統讃美の歌が、この作品の最後に位置づけられる四〇九七歌である。『全注』の指摘のように、「東なる　陸奥山に　金花咲く」は、長歌の前半部の叙述を受けてのものである。長歌の前半部で「我が大君」聖武天皇の神としての姿とその全き統治が描かれ、後半部では、それを支え続ける臣下の側の大伴氏の来歴が描かれていたわけだが、そうした長歌の構成に照応するように、四〇九五・四〇九六歌で大伴氏の始源への志向が歌われるのに対して、四〇九七歌では「我が大君」聖武天皇についての讃美が述べられていると考えてよいだろう。遠山一郎一九九四ａは、

「遠き代に　かかりしことを　我が御代に　顕はしてあれば　食す国は　栄えむものと」という表現が、長歌中に置かれている。「栄えむ」という表現が、「食す国」を介して、「我が御代」の状態を語っており、第

三反歌冒頭の「すめろきの御代栄えむ」が、長歌中の「我が御代」の繁栄を言い換えている、と確かめられる。

と述べ、長歌と反歌の関連の的確な把握を示している。長歌中の聖武天皇自身の予祝の部分に対応して、「我が大君」聖武天皇の御代の讃美が、「我れ」によって、反歌四〇九七において歌われていると考えてよいだろう。

この点を考え合わせれば、「すめろきの御代栄えむ」の「すめろき」の指す内容について、遠山論文が、「スメロキがキミを覆う関係によって、……詔書を賀く歌第三反歌は、現天皇を祝う表現として成り立つ。」と指摘することの妥当性が保証される。つまり、この四〇九七歌では、スメロキ、すなわち神である「我が大君」聖武天皇の御代の繁栄が歌われていると捉えられる。そして、こうした検討を経て、聖武天皇がスメロキと呼ばれていることを改めて問題にしなくてはならないだろう。長歌において、神としての聖武の姿が作品上であぶり出され、聖武の神性が確認されていたわけだが、それをふまえて、「すめろきの御代」と捉え直したのである。天孫降臨以来脈々と引き継がれて来た「天の日継」としてのスメロキの系譜に聖武が加えられたことがここで宣言される。そのスメロキに対する讃美がこの四〇九七歌なのである。

ここまで述べて、改めて反歌三首のつながりを辿っておこう。右に見たように、第三の反歌四〇九七において、聖武の御代がスメロキの御代として讃美されるわけだが、その讃美をなすのは、作品上の「我れ」である。その「我れ」に、スメロキの皇統を讃美するだけの資格を与えるためにあるのが、四〇九五・四〇九六歌である。四〇九五・四〇九六歌を通して始源を辿り直し、スメロキの系譜と常にともにあった「我れ」の系譜を作品上において示すのだ。反歌三首の関係をこのように捉えておきたい。

七　ま　と　め――人の代における新たな言立て――

いま右に考察した四〇九七歌で、現在が「すめろきの御代」すなわち「神の御代」と歌われていることに、改めて注目しなければならない。詔を「聞く」現在の存在、すなわち人の代の存在の「我れ」によって、四〇九五・四〇九六歌は歌われていたのだが、そこでは、現在は人の代として述べられていた。当然「我れ」も人の代の存在となる。しかし、この四〇九七歌では、現在が「スメロキの御代」すなわち神の御代であると、その「人の代」の現在の「我れ」によって歌われている。このねじれはどう解釈したらよいのだろうか。

鐵野論文は、

始原から同質のものが反復的に出現し連鎖する、という構造を、皇統と大伴・佐伯が共有するのである。皇統は、「神」としての連鎖によって、スメロキでありつづけ、大伴・佐伯は、「人の子」即ち「人の祖」という反復によって、「名」を維持しつづけてきた。両者は、悠久の時間の中で、ともに代を重ね、その間には常に不変の関係があった。

と述べ、ふたつの系譜の対応が、当該歌の大きな構成原理になっていると説く。鐵野論文は、詳細な表現分析に支えられているだけに、導かれるところが大きいが、「大伴の遠つ神祖」についての考察については、行き届いていない点がありそうだ。

ここで、大伴氏の祖先を「神祖」と言い表わしていることの意味を改めて問いたい。すでに述べておいたように、集中で「神祖」という表現は当該歌の中の二例に限られる。「神祖」と表現することによって、当該歌で何が表わされているのかが問われなければならないだろう。

皇統は、ニニギによる天孫降臨から説き起こされ、鐵野論文が、「『神』としての連鎖によって、スメロキでありつづける」と言うように、神であり続けるものとして描かれている。これは、長歌の分析の折に確認しておいたように、聖武が「神ながら思ほしめす」と言い表わされることで、中心としての聖武が治める御代が、まさに「神の御代」としての相を帯びていたのだった。つまり、現在は、聖武に焦点を当てれば、神が治める「神の御代」であるわけだ。これは右に見たように、反歌の第三首において「すめろきの御代」と捉え直されていた。

では、大伴氏の来歴の方はどう描かれていたか。これまで見たように、まずはその始源が「神祖」として描かれている。神であるニニギによる天孫降臨に従った祖先は、当然、神としての存在であろうから、「神祖」と描かれたのだと把握できる。しかし、神祖を祖先としながらも、「古よ今のをつつ」という時間の流れを通して、人の代における人の子の存在として大伴氏・佐伯氏が描かれていた。そして人の代における言立てが語られていた。つまり、大伴氏・佐伯氏は、神の代には「神」であったが、人の代の現在は、人の子たる官であると語られる。

鐵野論文は、さきのように、両者の系譜の間に完全な同一性を見出そうとするが、正確に「大伴の遠つ神祖」に目を配るならば、両者の間には右のような違いが見出されてこよう。つまり、神であり続けるスメロキの系譜と、神祖から人の代の人たる官へと移り変わった大伴氏(そしてその系譜の末端につながる「我れ」)の系譜である。この作品では、長歌・反歌を通じて、この違いをあえて際立たせることにより、人の代の現在にあって、依然として「神」であり続ける「我が大君」聖武天皇の姿が際立たされることになる。そして、これにより、皇統の不変がクローズアップされることになるのではないだろうか。この作品の皇統讃美の方法を以上のように見定めておきたい。

この作品は、人の代の人「我れ」によって、現天皇がスメロキであり神であることが宣言され、その治める御代が「神の御代」であることが宣言されている、新たな言立ての作品であった、としてまとめとしたい。

第二節　吉野行幸儲作歌

一　はじめに

前節では「陸奥国出金詔書を賀く歌」について考察したが、この第二節では、その作品に続く形で巻十八に収められている、吉野行幸儲作歌を考察の対象としたい。そして、表現と構成の分析を通して、この歌なりの皇統讃美のありようを確かめたい。まずは、その本文を掲げよう。

為㆘幸㆓行芳野離宮㆒之時㆖儲作歌一首并短歌

高御座　天の日継と　天の下　知らしめしける　皇祖の　神の命の　畏くも　始めたまひて　貴くも　定めたまへる　み吉野の　この大宮に　あり通ひ　見したまふらし　もののふの　八十伴の男も　己が負へる　己が名負ひて　大君の　任けのまにまに　この川の　絶ゆることなく　この山の　いや継ぎ継ぎに　かくしこそ　仕へ奉らめ　いや遠長に(18四〇九八)

反歌

いにしへを　思ほすらしも　我ご大君　吉野の宮を　あり通ひ見す(四〇九九)

もののふの　八十氏人も　吉野川　絶ゆることなく　仕へつつ見む(四一〇〇)

この長歌作品には制作の月日についての記述が題詞にも左注にもないが、次の長歌作品(四一〇一～四一〇五)の左注の、「右五月十四日大伴宿祢家持依㆑興作」の「右」の及ぶ範囲を考えることによって、この長歌作品の制作状況の推定がなされている。伊藤博一九七一は、「右」は、四一〇一～四一〇五歌にかかるとし、この長歌作品の直前の同じく家持作の「陸奥国出金詔書を賀く歌」（四〇九四〜四〇九七）の詠まれた天平感宝元（七四九）年五月十二日に、この長歌作品が続けて作られたと想定する。つまり、「かような長反歌（「陸奥国出金詔書を賀く歌」。論者注）の直後に配列された吉野行幸預作讃歌が、この長反歌制作の感興と無縁であるはずがない。預作讃歌は、くがねの長反歌と根源を等しうし、おそらくは、同時に相ついで形成されたものにちがいないのである。」と述べている。

この歌の制作月日については、同じ伊藤博氏の『釈注 九』が、「『右』は四〇九八以下をさすと見るべきである。」と述べ、自らの論文の見解を訂正しているわけだが、『釈注』では、伊藤論文同様に、「この儲作讃歌が前の詔書を賀く長反歌四〇九四〜七に連動しての詠である」と指摘されている。また、小野寛一九七一ｂも、この歌について、「それは『陸奥国出金詔書』によって目覚めさせられた皇統讃美意識の落とし子であったのだ。」と述べ、「陸奥国出金詔書を賀く歌」制作において見出された皇統讃美意識の発露を、この歌の中にも見出そうとしている。

こうした先学に導かれて、本論としても、直前に配列された「陸奥国出金詔書を賀く歌」とのかかわりを考慮して論を進めたい。また、一方で、本論としては、作歌状況の推察によって歌の読みを規定して行くのではなく、当該歌の表現と構成の分析を通して、この歌なりの皇統讃美のありようを把握することに意を注ぎたい。

二　「儲作」について

当該歌の表現の分析に先立って、まず最初に、題詞にある「儲作」について検討したい。小野寛一九七八ｂは、「豫作」「預作」と「儲作」とが同義であるとする通説に疑問を呈し、「豫作」「預作」と記された歌と「依興歌」とが重なることを指摘する。そして、

家持の予作歌には二つの場合があるのではないか。一つは、はっきり目的があった。将来の、ある日のため

に、あらかじめ用意をしておいたのである。やがて来るその日に歌うために、作っておいたのである。それを家持は、「……の為に儲《ま》けて作る」と題した。もう一つは、その歌を披露する目的はなかった。その歌を作ることに興味があった。今はその時ではなく、その場ではないけれども、その時その場にいる気分で歌ったのである。これが「依興歌」である。歌うことに「興」があり、やがて披露すべきその日の為にという意識はないのである。（傍線論者）

と述べている。小野論文の指摘するような「儲作歌」と「依興歌」との間の違いを、どれだけ見出すことができるかについては、少々疑問があるが、「儲作歌」を将来のある日のために用意しておいた歌であるとする把握は妥当なものと考えられる。

ここで、集中の「儲作」の例を検討してみよう。それにより、「将来の、ある日」（小野寛一九七八b）にもう少し具体的な輪郭を与えることができると思う。「儲作」と記された集中例は、次の通りである（歌も合わせて挙げる）。

為㆘向㆑京之時見㆓貴人㆒及相㆓美人㆒飲宴之日㆖述㆑懐儲作歌二首

見まく欲り　思ひしなへに　縵かげ　かぐはし君を　相見つるかも（18四一二〇）

朝参の　君が姿を　見ず久に　鄙にし住めば　吾れ恋ひにけり一に「はしきよし　妹が姿を」と云ふ（四一二一）

同閏五月廿八日大伴宿祢家持作之

為㆑応㆑詔儲作歌一首并短歌

あしひきの　八つ峰の上の　つがの木の　いや継ぎ継ぎに　松が根の　絶ゆることなく　あをによし　奈良の都に　万代に　国知らさむと　やすみしし　我が大君の　神ながら　思ほしめして　豊の宴　見す今日の日は　もののふの　八十伴の男の　島山に　赤る橘　うずに刺し　紐解き放けて　千年寿き　寿きとよもし

ゑらゑらに　仕へ奉るを　見るが貴さ(19四二六六)

反歌一首

天皇の　御代万代に　かくしこそ　見し明らめめ　立つ年のはに(四二六七)

右二首大伴宿祢家持作之

まず最初に、ふたつ目の用例の四二六六歌の題詞には「応レ詔」とあり、四二六六歌には「豊の宴」とある。天皇の主催する「豊の宴」というきわめて公的な「場」がこの歌にはあることがわかる。次にひとつ目の四二一〇歌題詞の「貴人」は、高貴な男性を表わすことが一般的だが、『釈注』は、さらに、

この「貴人」は、表面は都の高貴な男性に対する不定称といってよい。だが、前の橘讃歌(四二一一～二)などの関連から見て、実際には左大臣正一位橘諸兄を意識しているものに相違あるまい。

と述べている。「美人」は、『新全集』によれば、「男女の別なく容姿端麗な人をいい、また才徳優れた人にもいう。」ことになり、こちらについても、宮廷の中枢のおもだった人物の出席する、改まった宴の席が想定できる。つまり、集中の「儲作」と記されるところには、かなり公的な「場」が想定されると言えよう。

ところで、「儲作」の用例は見ての通り、家持の用例に限定される。ここに、家持による作歌のひとつの方法の存在が想起されよう。この点について、『古義』は、早くに、「儲作と云こと、集中に往々見えたり、其ノ芸のたしなみあさからざりしこと、思ひやるべし」と述べていた。この『古義』の指摘に従い、「儲作」という作歌の営みの中に、将来の公的な「場」で歌を詠み上げる目的を持って作歌する、という家持の方法を見定めておくべきであろう。

三　吉野行幸従駕歌について

さて、当該歌の場合、その将来の公的な場は、題詞にあるように吉野離宮への行幸なのであるが、『万葉集』

に見られるその吉野行幸従駕歌の流れを確認しておきたい。

その流れは、周知の通り、人麻呂の「吉野讃歌」（巻一・三六〜三七、三八〜三九歌）に始まる。そして、その人麻呂「吉野讃歌」から実に三十三年ぶりの吉野行幸が、養老七年五月の元正天皇による吉野行幸であり、その折の行幸従駕歌が、いわゆる「養老の吉野讃歌」（巻六巻頭）であった。この行幸と「養老の吉野讃歌」の意義について、伊藤博一九七二は、

笠金村の吉野讃歌が、人麻呂以来三十数年ぶりに、突如として登場したのは、まさに、右に見た養老五〜六年が明けた「養老七年」、聖武即位の九箇月前のことであった。白鳳皇統にとっての多年の念願である天武再来の天子が今や実現しようとするとき、実質的にその新天子の高らかな歩みが踏み出されつつあったとき、白鳳宮廷讃歌の生まれかわりである金村の天平宮廷讃歌が出現したのであった。それは、聖武にかける天平宮廷の、あるいは示威の、あるいは願望の表現であっただろう。年次、場面、内容、どこから見ても、金村の吉野讃歌は、白鳳的古代に対する真に新たなる時代の開始を告げる〝表現〟の暁鐘であった。

と述べている。また、この行幸の時の詠かとも左注に記される車持千年の歌（九一三〜九一六歌）が、同じ巻六に配列されている。

その後の聖武天皇の吉野行幸従駕歌はどうか。神亀二年五月行幸時の金村歌（九二〇〜九二二歌）・赤人歌（九二三〜九二五歌）、天平八年六月行幸時の赤人歌（一〇〇五・一〇〇六歌）の存在が『万葉集』巻六によって知られる。

しかし、この天平八年六月以降の吉野行幸の記事は、『続日本紀』にも見られない。つまり、天平八年以来の十三年の間行われなかった吉野行幸が、この歌において突然想起され、その行幸の折の儲作歌が詠まれているということがわかる。

この点について、小野寛一九七八ｂは、「この十三年間一度もなかった吉野行幸を、この時突然予期させたの

は、この年に出た宣命『陸奥国に金を出だす詔書』に無関係ではありえない。」と述べ、吉野行幸と「陸奥国に金を出だす詔書」との関連を推察する。そのうえで、さらに、

吉野行幸は家持の幻想だったのであろうか。私は、この時点で、家持にたしかに吉野行幸に思い至らせるものがあったのではないかと思う。／それは、陸奥国出金宣命と、聖武天皇即位宣命の類似である。出金宣命の前半のことばは聖武即位宣命と全く等しい。／神亀元年(七二四)聖武天皇即位の年、家持は七、八歳の少年であった。少年の目に焼きついていたその即位のありさまが、今よみがえったのではないか。宣命に引き続いて大規模な叙位任官があった。それも今同じい。そして吉野行幸がにぎにぎしく行なわれたのだった。今回も吉野行幸があるのではないか。家持はそれをはっきりと予測したのである。

と述べている。この指摘は、家持の心情の推測に依拠するだけに、すぐさま従いがたい点があるのを否めないが、はたして、「出金宣命の前半のことばは聖武即位宣命と全く等しい。」という指摘はどうだろうか。本来ならばたとえ長くなろうとも「宣命第十三詔」と「宣命第五詔」を合わせて掲げたいところだが、紙幅の都合で省略に従わざるを得ない。

両者の文言を対照してみると、語句は重なるものの、決して「全く等しい」というわけではない。また、個々の用語にしても、このふたつの宣命だけに限られるものでもない。陸奥国出金宣命に触れた家持が聖武即位宣命を想起したとする主張は、それが家持の心中のことがらに属するだけになかなか特定することが難しいだろう。可能性が全くないとはもちろん言えないわけだが、蓋然性が高いとは言えないのではないだろうか。

一方、丸山隆司一九九六は、「家持の吉野讃歌までに発令された宣命の一覧」を掲げ、分析を施し、次のように述べている。

特徴的なことは、文武天皇から始まり元明・聖武・孝謙天皇までに至る天皇の即位に際して宣命が発令されていることである(①③⑤⑭)(この番号は、右のそれぞれの天皇の即位宣命を指している。論者注)。いいかえれば、

天皇の即位と宣命とは、いわばセットになっている。そして、それらの宣命には、「此天津日継高御座之業」(①)、「此乃天津日嗣高御座尓坐而大八島所知倭根子天皇乃大命尓…」(⑤)などという表現が例外なく見られる。として、気づかなければならないことは、家持の吉野讃歌が、孝謙天皇の即位を、いわば先取りしたような位置にあるということだ。

家持当該歌を、孝謙天皇即位を先取りしたものとするこの丸山論文は、「陸奥国出金詔書を賀く歌」の中に聖武天皇譲位・孝謙天皇即位を先取りする要素を見出そうとする、第一節で取り上げた鐵野昌弘一九九五の主張と並べて見れば、連動するものを見出せそうであり、その点で非常に興味深い。しかし、「陸奥国出金詔書を賀く歌」に、そうした孝謙天皇即位を先取りする要素が見られないことは、すでに前節で確認した通りだ。また、この丸山論文の分析には、蓋然性に欠ける点があるようだ。つまり、丸山論文自体も断っているように、家持の当該歌までの宣命しか分析の対象に据えていない。また、「天皇の即位と宣命とは、いわばセットになっている。」と述べているが、宣命は必ずしも即位の時だけに現われるわけではないことが、『続日本紀』の宣命を調べればわかる。さらに、「天津日継」「高御座」という表現も、即位の時だけに現われる表現ではない(二七八〜二七九頁を参照)。やはり、当該歌に「孝謙天皇の即位を、いわば先取りしたような位置」を見出すことは不可能であろう。

また、神堀忍一九七五は、

家持の胸中にも、当然、壬申の乱を誇りとする火が燃えていたわけで、賀出金詔書を契機に、賀出金詔書歌ともなり当面の儲作歌ともなったのであった。越中国守として遠く都を離れていた家持が、突如として吉野行幸を想うのも、実は、彼の精神の内奥においては、きわめて自然な展開にしたがったにすぎない。むしろ、元明朝以来抑圧されがちであった大伴一族の誇りが、この時、家持によって素直に自然に表現されたとみることこそ肝要である。

と述べ、大伴氏の置かれた政治的状況から、家持の心中に迫ろうとしている。また、集中には大伴旅人の吉野讃

歌(巻三・三一五～三一六歌)があるわけだが、この歌について考察する村山出一九九一も、

越中国在任中の家持が「興に依りて」といいながら、なぜ現実に従駕の可能性のない吉野行幸を想定し、預作歌を作ったのであろうか。たまたま思いついて、文学的な興がわくままに作ったというのではあるまい。家持の讃勅歌が父旅人の吉野讃勅歌の性格を意図的に受け継ぎ、家持もまた吉野が大伴氏にとっても聖地であることを深く心に刻んでいたことは、父の旅人と同然であったろうと推測されるからである。

と述べ、大伴氏と吉野とのかかわりから論じようとする。

なぜ、家持は吉野行幸を想起し、吉野行幸従駕の儲作歌を詠んだのか。結局、それは、家持の心中に属することがらである。それだけに、これ以上の詮索は不可能と思われる。ただ、この儲作歌を歌えば、人麻呂、金村・赤人・千年という宮廷歌人によって引き継がれて来た吉野讃歌の系譜上に自らの作品も位置づけられるということを、「歌人」として家持自身が了解していたであろうことについては、推測が可能なのではなかろうか。吉野讃歌は、右に触れたように家持の父旅人も詠んでいた。(1) その吉野讃歌の系譜に、家持も、この儲作歌を詠むことによってつながるのである。亡妻挽歌の系譜、皇子挽歌の系譜を継承する意図のもとにそれぞれ「悲傷亡妾歌」「安積皇子挽歌」を制作した家持であれば、この系譜の継承が企図されたことだけは確かなのではなかろうか。

これは、「I　在京期の作品　第四章」で触れたことだが、神野志隆光一九九〇bが、「吉野は天武王朝皇統意識への回路であった」と指摘していたことを思い起こしたい。現皇統を讃美するためのひとつの手段として、吉野をめぐる讃歌が有効であると認識されていたことも、想像に難くないだろう。ただ、少し先取りする形で述べるならば、当該吉野讃歌の讃美の表現は、これ以前の伝統の表現とは少し異なっていると言えそうだ。また、皇統に対する認識も、さきに「I　在京期の作品　第四章」で触れたものとは異なっていると思われる。この点は後に詳述することにしたい。

四 「我ご大君」の描写

(一) 当該歌の構成について

当該歌を読んで行くうえでの地ならしに、随分と紙数を費やしたが、さっそく表現の分析を進め、当該歌の構成と皇統讃美の方法を考えて行きたい。

当該歌は、長歌前半部「あり通ひ　見したまふらし」までが天皇の行為の描写となっており、長歌後半部「もののふの　八十伴の男も」以降が臣下の行為の描写となっている。そして、これに対応して、反歌の方も、第一首四〇九九歌が「我ご大君」についての描写、第二首四一〇〇歌が臣下についての描写となっている。清原和義一九九三も、「人麻呂や赤人の長歌の構成に較べて、吉野儲作歌は、天皇と臣下との行動が截然と分かたれて表現されている」と述べ、当該歌の構成の特徴を指摘している。また清原論文は、当該歌のこの構成と「陸奥国出金詔書を賀く歌」とのかかわりを考え、「詔の中に大伴氏の名前を見出して、新たに確認した天皇と氏との関係を、長歌から反歌に至るまで、天皇・臣下、天皇・臣下と繰り返す波動によって截然と歌った歌と言えよう。」と述べている。本書は、前節において、「陸奥国出金詔書を賀く歌」に、臣下の立場から聖武天皇に対して捧げられた新たな言立てとしての性格を見出しておいた。「陸奥国出金詔書を賀く歌」制作によって見出された、そうした天皇と臣下との関係の把握が、当該吉野儲作歌の中に、構成意識となって現われているという指摘は、大変貴重なものと考える。

ところで、清原論文は、「この自ら多用し、吉野儲作歌では長歌と反歌とに二度にわたって用いている『もののふの八十』によって臣下としての家持の立場を確認し、翻って『天の日嗣』の讃としているのである。」とも述べているが、「臣下としての家持の立場を確認し」たとする把握は、少し妥当性を欠くと言えるのではないか。当該歌では、「我ご大君」「もののふの　八十伴の男(氏人)」双方をともに描いているのであり、双方を第三者的に描く位置に、叙述の主体が置かれているわけである。なお、この点については、後にふたたび述べることにしたい。

清原論文の適切な当該歌の構成の把握に導かれつつ、「我ご大君」「もののふの　八十伴の男(氏人)」双方を第三者的に描くその位置から、双方がどのように描かれているのかを、以降分析して行くことにしたい。

(二)　長歌前半部

まず、長歌前半部の文脈を理解しておきたい。「高御座　天の日継と　天の下　知らしめしける　皇祖の　神の命の　畏くも　始めたまひて　貴くも　定めたまへる」が修飾部となり、「み吉野の　この大宮」を説明していると捉えられる。

「この大宮」という表現について、『全集』は、「コノは近くのものをさす指示語。吉野離宮において詠んだように歌ってある。」と述べ、また、『新全集』も、「……吉野離宮に奉仕して作ったように詠んでいる。」と指摘した。当該歌は、「儲作歌」であるわけで、あらかじめ作った歌であっても、このように、その「場」を強く志向して歌が詠まれていると言えよう。では、その「場」である行幸先の吉野離宮の説明において、当該歌では、どのような表現が盛り込まれているのだろうか。以下、その検討に移りたい。

当該長歌は、「高御座　天の日継」という表現によって始まる。ここでは、まず、重要な言葉としての「天の日継」について理解を深めなければならないだろう。

『代匠記』(初稿本、四〇八九歌の条)は、早くに、「あまのひつきとゝは　天照大神より、皇統の絶すつゝかせたまふ故なり。」と述べていた。また、小野寛一九七一aは、『古事記』『続日本紀』宣命、『延喜式』祝詞の、「天日嗣」(アマツヒツギ)の詳細な調査を行い、その「アマツヒツギ」を家持が「アマノヒツギ」と歌い代えたことを指摘する。そして、

「アマツヒツギ」という語が、文献的には古事記から祝詞・宣命と用いられて来ており、本来は「神聖なる

継承」の意を、また「神聖なる継承者」という意を示す語であった。それがその聖なる継承を讃えつつ継承するものをも指すようになり、全く「皇位・帝位」の別語と考えられるようになってゆく。それが宣命の三十例の調査と、記紀・祝詞の用例から推測されるのである。

と述べている。また、小野寛一九七一aは、当該家持歌に、天皇の統治する御代が代々絶えることなく受け継がれて来たことを述べる方法があること、その方法は人麻呂・赤人・金村・福麻呂とは一線を画すものであることを指摘している。そして、その特徴をなす中心的詞句が「アマノヒツギ」であると指摘している。家持の讃美のあり方を考えるうえで、この小野論文の指摘は見落とすことができないであろう。

次に、「高御座」について検討しよう。

集中、巻三に収められている次の歌、

山部宿祢赤人登二春日野一作歌一首并短歌

春日を　春日の山の　高座之　御笠乃山尓　朝さらず　雲居たなびき　容鳥の　間なくしば鳴く……（3三七二）

高按之　三笠乃山尓　鳴く鳥の　止めば継がるる　恋もするかも（三七三）

の「高座」「高按」は、三笠の山にかかる枕詞であるが、このかかり方について、『代匠記』(初稿本)は、次のように述べている。

高くらのみかさの山とは、天子の高御座の上に蓋をかけらるゝゆへに、みかさ山といはんとて、高くらのとはいへり。高みくらは、御即位の時、毎年正月元日と、蕃客朝参の時、これらに大極殿に飾らるゝを申なり。

(傍線論者)

これにより、三七二歌の「高座」が、天皇の御座すなわち「高御座」を表わすことがわかる。『代匠記』は続けて、高御座の形状や設営等について、『延喜式』第十五内蔵寮・第十七内匠寮の各条の記述を挙げて説明している。その導きに従って、いま、『延喜式』第十七内匠寮条の記述を掲げておきたい。

凡毎年元正。前一日官人率二木工長上雑工等一。装二飾大極殿高御座一。蓋作二八角一。角別上立二小鳳像一。下懸以二玉幡一。毎レ面懸二鏡三面一。当レ頂著二大鏡一面一。蓋上立二大鳳像一。惣鳳像九隻。鏡廿五面。幔台一十二基。立二高御座東西各四間一。

当該歌の「高御座」の形状も、これによってわかるが、当該歌においては、単にそうした形状や設営等だけではない把握が必要であろう。そこで、『続日本紀』に見られる「高御座」の用例を挙げたい（24の「天官御座」も「たかみくら」と訓まれるのでこれも掲げる。なお、9のみ宣命の例ではない）。

1……此天津日嗣**高御座**之業止（宣命第一詔　文武即位）
2……天皇御世御世、天豆日嗣止**高御座**尓坐而（第三詔　元明即位）
3……天皇御世御世、天豆日嗣**高御座**尓坐（第四詔　和銅改元）
4……弥高弥広尓天日嗣止**高御座**尓坐而（第五詔　聖武即位・神亀改元）
5……霊亀元年尓此乃天日嗣**高御座**之業食国天下之政乎（同）
6……天日嗣**高御座**食国天下之業乎（同）
7……天日嗣止**高御座**尓坐而（同）
8……皇朕**高御座**尓坐初由利（第七詔　天平元年八月）
9……運二恭仁宮**高御座**并大楯於難波宮一（天平十六年二月）
10……天皇御世御世、天日嗣**高御座**尓坐弖（第一三詔　陸奥国出金）
11……又天日嗣**高御座**乃業止坐事波（同）
12……天皇御世御世聞看來食國天ッ日嗣**高御座**乃業止奈母（第一四詔　聖武譲位）
13……斯天ッ日嗣**高御座**乃業者（同）

14……随法天川日嗣**高御座**乃業者（同）
15……斯天川日嗣**高御座**乃業乎（第一四詔　孝謙即位）
16……定賜来流天日嗣**高御座**次乎（第一九詔　天平宝字元年七月）
17……天皇御世御世聞看来天日嗣**高御座**乃業止奈母（第二三詔　孝謙譲位）
18……加久聞看来天日嗣**高御座**乃業波（同）
19……此天日嗣**高御座**之業乎（第二四詔　淳仁即位）
20……天日嗣**高御座**乃坐尓昇賜物乎（第二五詔　天平宝字三年六月）
21……太子尓天豆日嗣**高御座**乃継天方授万豆流（第四五詔　神護景雲三年十月）
22……然此乃天日嗣**高御座**之業者（第四八詔　弘仁即位）
23……其**高御座**天之日嗣座波（第五四詔　宝亀三年五月　廃皇太子他戸親王）
24……許能**天官御座**坐而天地八方治賜調賜事者（第六詔　天平元年八月）

右に見るように、用例の多くがさきほど確認した「アマツヒツギ」「アマノヒツギ」とともに現われる。また、祝詞「大殿祭」（『延喜式』巻八）には、

高天原尓神留坐須皇親神魯企神魯美之命以氐。皇御孫之命乎天津高御座尓坐氐。天津璽乃劔鏡乎捧持賜天。言壽……宣志久。皇我宇都御子皇御孫之命。此乃天津高御座尓坐氐。天津日嗣乎万千秋乃長秋尓。大八洲豊葦原瑞穂之國乎。安國止平氣久所知食止。……

とある。

こうした「高御座」の例の検討を通して、「高御座」は、皇位の象徴的な意味を負っており、皇統の継承といったことがらに深く関係する言葉であったと判断されよう。そして、当該例の「高御座」においても、そうし

た点を把握しておくべきであると考えられる。[2]

さて、ここまで見て来て、長歌冒頭部で「高御座　天の日継と」と歌い出だされることによって、「天照大神より、皇統の絶すつゝかせたまふ」(『代匠記』初稿本)皇位が、まさに絶えることなく継承されて来たことが、作品のうえで強調されているありようを見出せよう。ここに、家持当該歌なりの皇統讃美の機能が果たされていると捉えられる。

右に見た「高御座　天の日継と」という荘重な歌い出しに続き、次には、「天の下　知らしめしける　皇祖の神の命の　畏くも　始めたまひて　貴くも　定めたまへる　み吉野の　この大宮に」と歌われる。ここでは、「畏くも　始めたまひて　貴くも　定めたまへる」の部分、ひいては、「皇祖の　神の命」の内容が問題となる。

『日本書紀』(応神天皇の条)には、

> 十九年の冬十月の戊戌の朔に、吉野宮に幸す。時に、国樔人来朝り。因りて、醴酒を以ちて天皇に献りて、歌して曰さく……

とあり、『古義』所引の中山嚴水の説において、この記事は、「是レ吉野ノ離宮のはじめなるべし」と触れられている。しかし、当該歌の「畏くも　始めたまひて　貴くも　定めたまへる　み吉野の　この大宮」についても、右に見た『日本書紀』の記述を採り入れて、そこに応神天皇の姿を見出すべきなのであろうか。

この点について、神野志隆光一九九〇bは、

> 家持の聖武皇統意識が、応神朝に吉野宮の始まりをもとめるようなところで(日本書紀応神十九年条の吉野宮初出をよりどころとするもので『古義』をはじめとして有力な見解)捉えうるものでないことは、反歌四〇九九歌にてらして明らかだ……。応神朝まで拡散してしまっては、「いにしへを思ほすらしも」が一つの像を結ぶとはいえないであろう。

と述べる。たしかに、当該歌において、応神天皇が特に取り出されて来る必然性は見出されない。この点で、神

野志論文の指摘は、妥当なものであると捉えられる。

しかし、神野志論文のように、「『いにしへを思ほすらしも』が一つの像を結ぶ」と捉えてよいのだろうか。神野志論文には、直後に、「天武王朝としての皇統意識という点から私はこれを捉えたい。」という文言があり、「一つの像」に「天武王朝」が比定されているのが明らかだ。しかし、これは、正しい比定なのだろうか。

神野志論文の論理はこうだ。神野志論文は、小野寛一九七八bを取り上げ、

出金宣命の前半の表現と聖武即位宣命の表現との類似に留意しつつ、家持が、神亀元年の即位・吉野行幸を想起してこの儲作歌をなすに至ったと捉える小野説は、本質を射ていると思う。

と評価する。神野志論文の論理の中では、家持当該歌と聖武即位・吉野行幸とのつながりがこのように確保されたわけだ。次に、吉野行幸に思いが及べば、当然その折の金村・赤人の吉野行幸従駕歌が想起されるという判断があるようだ。そして、聖武即位に関する金村・赤人の吉野行幸従駕歌で「神代」と歌われているのは天武朝であるという、神野志氏自身の認定に基づいて、

「すめろきの神のみことの……始めたまひて……定めたまへる」・「いにしへ」ということと、金村・赤人の「神代」とが重なってくることは明らかに看取されよう。……

持統朝でも、天武・持統朝でもなく、天武朝そのものを意識して、「神代」(金村・赤人)、「すめろきの神の命」(家持)というのだと見るべきではないか。

という結論が導き出されてくる。

本論では、出金宣命に触れた家持が聖武即位宣命を想起したとする指摘には、なかなか従いがたい点があることをすでに述べた。神野志論文の家持当該歌についての把握は、この点から妥当ではないと判断されよう。

さらに、神野志論文のように、「『いにしへを思ほすらしも』が一つの像を結ぶ」と無前提に捉えてよいのだろうか。当該歌の文脈にふたたび戻って把握すべきと考える。再度、長歌の最初から文脈をなぞってみよう。

長歌の冒頭部には「高御座　天の日継と　天の下　知らしめしける　皇祖の　神の命の」とある。すでに検討したように、「高御座　天の日継と」と歌われることによって、天照大御神に由来する皇統がまさに絶えることなく継承されて来たことが、作品上で強調される。この「継承」という点を、ここでも考え合わせなくてはならないのではなかろうか。

家持当該歌には、天武でもなく、また応神でもなく、さらに某天皇に限定するというのでもない、射程の長い視座があると考えられるのではなかろうか。つまり、「高御座　天の日継」として代々皇統を継承し、「天の下」を統治した「皇祖の　神の命」の歴史の中で、吉野宮が始められ定められたことを長歌冒頭部は語っていると捉えられる。その「皇祖の　神の命」による「始めたまひ」「定めたま」う行為も、皇統の継承の歴史の中に回収されている。そして、こう捉えることで、反歌四〇九九で「いにしへを　思ほす」と歌われていることにも理解が届くのではないか。

ここまで、「み吉野の　この大宮」にかかる部分の理解を進めてきた。長歌前半部の末尾では、これまで見てきたような由緒ある吉野離宮に、「あり通ひ　見したまふ」と続く。そうした吉野離宮に行幸が何度も繰り返され、吉野の景を賞美するさまが描かれていると言える。

ところで、当該歌では、「あり通ひ　見したまふ」の主語が表わされていない。『略解』は、「ありがよひは其継々の天皇の幸し給へるを言ふ。（傍線論者）」と述べるが、『古義』は、この『略解』説を批判して、「当代天皇の、在往来ひつゝ見給ふらし、となり、（同）」と述べた。この『古義』のように捉えるのが妥当なことは、左に挙げるような歌を参照すれば確かめられるであろう。左の赤人歌では、傍線部に「見したまふ」「あり通ひ」があり、二重傍線部にその主語として「我が大君」がある。

八年丙子夏六月幸二于芳野離宮一之時山邊宿祢赤人應レ詔作歌一首并短歌

やすみしし　我が大君の　見給　吉野の宮は　山高み　雲ぞたなびく　川早み　瀬の音ぞ清き　神さびて

見れば貴く　よろしなへ　見ればさやけし　この山の　尽きばのみこそ　この川の　絶えばのみこそ　ももしきの　大宮ところ　やむ時もあらめ（6一〇〇五）

　反歌一首

神代より　吉野の宮に　蟻通　高知らせるは　山川をよみ（一〇〇六）

当該歌では、反歌に「我ご大君」という主語があり、ひるがえって、長歌のこの部分の主語も「我ご大君」であると確かめられるであろう。

その「我ご大君」の、吉野離宮に通うさまを描写したのが、「あり通ひ　見したまふ」であるわけだが、それには、「らし」がついている。すでに前章で触れたように、「らし」は、そう推定できる根拠を近くの表現に求めるわけであり、『全注　巻第十八』（伊藤博氏担当）は、

「らし」は確実な根拠に基づく推量。ここは、「すめろきの神の命」が「貴くも定めたまへる大宮」であることが根拠。

と述べている。つまり、いままで見て来た、皇統の継承にうらうちされた「皇祖の　神の命」によって吉野離宮が定められたことが、根拠となっているわけである。

（三）　反歌第一首

ここまで、長歌前半の「我ご大君」の描写の部分を考察してきたが、さきの清原和義一九九三の構成理解に基づいて、次には、同じく「我ご大君」の姿が描かれている反歌第一首四〇九九の方に考察の目を向けたい。

ここで、もう一度、四〇九九歌を掲げよう。

いにしへを　思ほすらしも　我ご大君　吉野の宮を　あり通ひ見す（四〇九九）

この一首について、『総釈』は、次のように口訳を付けている。

我が大君が、当に吉野の宮に行幸なされて、その勝れた景色を御覧遊ばす。これは、大君が、吉野の離宮の創められたその当時のことを、なつかしく御偲びなされることと、拝察し奉る次第である。

この指摘のように、当該歌は、初句・第二句と第三句〜結句とが倒置になっていると解されよう。

ところで、この反歌の方にも「らし」がある。この「らし」に関連して、『全註釈』は、「評語」として、

長歌の前半を約言したものである。ただ行幸の意を、古ヲ思ホスラシとし、アリ通ヒ見スの方は、推量にしないのが変わつている点である。

と述べているが、決して「変わつている」のではなかろう。こうした表現になっているのは、この反歌では、そもそも「あり通ひ見す」が「らし」の根拠となっているからではないだろうか。ここには、長歌の記述をふまえている点が見出せる。『全釈』は、「あり通ひ見す」について、「長歌中の安里我欲比賣之多麻布良之を断定的に言つたもの。」と述べている。この指摘は長歌前半と反歌第一首の関連を辿るうえで重要であろう。長歌の「見したまふらし」の推定が、長歌の記述を経過することで、確実なものと認定されるのである。そして、それが前提となって、反歌第一首四〇九九歌において、「吉野の宮を　あり通ひ見す」の部分が、第二句の「思ほすらしも」の根拠となっているのである。一首の構造は、このように捉えられる。

ところで、この四〇九九歌の特色として、「いにしへを　思ほすらしも」というように、天皇の心中を忖度している点が挙げられる。その特色から導き出されることがらについては、「六　むすび」で述べることとして、ここでは、「我ご大君」によってここで思慕される「いにしへ」のなかみは何なのかを考えておきたい。

ここでは、長歌冒頭部からの記述と照らし合わせるべきであろう。「高御座　天の日継」として代々皇統が引き継がれ、天の下を統治した「皇祖の神の命」の歴史を、「いにしへ」が引き取っているのである。行幸の中心たる「我ご大君」聖武天皇が、自らの来歴を思うという心中が、第三者的視座より描写されているのである。

五　「もののふの八十伴の男」の描写

（一）　伝統と創造

ここまで、「我ご大君」の描写について、長歌前半部と反歌第一首の分析を進めて来た。次には、長歌後半部と反歌第二首の分析に移りたい。

考察に先立って、「伝統と創造」という視点について付言しておきたい。

周知のように、清水克彦一九五六と、土橋寛一九五六は、柿本人麻呂の作歌の営みの中に、前代の伝統をどう継承し、また人麻呂なりの創造をどのように盛り込んでいるのかについて考察し、以後の人麻呂を研究する者に大きな道すじを示した。いま、家持の吉野讃歌を考察するにあたっても、この「伝統と創造」という視点は、きわめて有効なのではなかろうか。以下、家持は、人麻呂「吉野讃歌」以来の伝統をどのように継承したのか、また、伝統にはない表現があるとすれば、それをどのように創造したのか、という問題を中心に据えて考察して行きたい。

（二）　長歌後半部

まずは、長歌後半部について考察する。後半部は、「もののふの　八十伴の男も　己が負へる　己が名負ひて」で始まる。中心である「我ご大君」に奉仕する臣下の側の描写である。天皇に奉仕する側を吉野讃歌の中で歌うのは、人麻呂以来の伝統と考えられる。周知の、森朝男一九八四の見解を参照しておこう。

森論文は、柿本人麻呂の「吉野讃歌」、巻一・三六歌、

やすみしし　我が大君の　きこしめす　天の下に　国はしも　さはにあれども　山川の　清き河内と　御心を　吉野の国の　花散らふ　秋津の野辺に　宮柱　太敷きませば　ももしきの　大宮人は　舟並めて　朝川渡る　舟競ひ　夕川渡る　この川の　いや高知らす　水激く　滝の宮処は　見れど飽かぬかも

と、笠金村の神亀二年の吉野讃歌、巻六・九二〇歌、

あしひきの　み山もさやに　落ちたぎつ　吉野の川の　川の瀬の　清きを見れば　上辺には　千鳥しば鳴く下辺には　かはづ妻呼ぶ　ももしきの　大宮人も　をちこちに　繁にしあれば　見るごとに　あやにともしみ　玉葛　絶ゆることなく　万代に　かくしもがもと　天地の　神をぞ祈る　畏くあれども

を例示し、

〈大宮人〉の儀礼歌における代表的表出例はこのようにある。大宮人の頻繁にして多数の奉仕を、あたかも景として描くが如くに叙して、離宮を、ひいては離宮を経営する天皇を祝賀している。

と述べ、「大宮人」の奉仕を描くことの方法的意義を説明する。そして、

かかる大宮人の叙述の形式を〈景としての大宮人〉と呼んでおくことにする。したがってその際における〈景〉とは、単なる叙景の景と見えて、実は言寿ぎ的な寓喩性を内包するものである。

と述べる。

森論文に示された人麻呂の「吉野讃歌」に奉仕する側を「大宮人」として描く方法が採られており、また、金村の神亀二年の吉野讃歌にも同様の方法が採られているところを見ると、この方法は、吉野讃歌を詠むうえで継承されるべき伝統の方法と認定されていたと考えられるのではないか。「もののふの　八十伴の男も……かくしこそ　仕へ奉らめ」と歌う当該歌も、こうした伝統を踏んでいるものと解釈してよいであろう。

しかし、当該歌では、その伝統を踏みつつも、この歌なりの創造を盛り込んでいると認められそうだ。『古事記伝』(三十九巻)は、「もののふの　八十伴の男も　己が負へる　己が名負ひて」の表現に対して、

さて古ヘは、氏々の職業《ワザ》各定まりて、世々相ヒ継《ツギ》て仕ヘ奉りつれば、其ノ職《ワザ》即チ其ノ家の名なる故に、【氏々の職業は、もと其先祖の徳功《イサヲ》に因リてうけたまはり仕奉るなれば、是も賛《ホメ》たる方にて名なり、】即チ其ノ職業《ワザ》を指シても、名と云り、

と述べている。そして、こうした記述を承けて、『古義』も、

> さて己が家々の先祖より、相継ギ仕ヘ奉り来る、其ノ職々を負て、と云なり

と述べる。人麻呂の「吉野讃歌」も、金村の神亀二年の吉野讃歌も、「大宮人」の存在やその行動は描いていても、当該歌のように、その素性までは明そうとしていない。当該歌では、単に、「大宮人」と歌うのではなく、「もののふの　八十伴の男」と言い表わす。そして、各氏族の歴史を背景にして「己が負へる　己が名負ひて」と歌い、その素性を描き出しているのである。反歌第二首では、これを承けて「もののふの　八十氏人」と歌っている。

　これについて、古橋信孝一九八八は、

> すでに誰もがいうように、この歌は人麻呂の吉野賛歌をふまえて作られた。しかしこの歌の人麻呂およびそれ以降の吉野賛歌との決定的な違いは、8(「もののふの　八十伴の男」の歌句。論者注)以降の各氏族が臣下として天皇に仕えるという部分である。

と述べている。また、『全注』(一九九二年十一月)も、

> 型としては、人麻呂・赤人らの先蹤を継ぐものだが、臣下について、それぞれ家名を負い持っていると詳細に述べたのは、吉野讃歌中、この歌のみ。

と述べている。こうした見解を参照して、やはり、ここに、伝統を引き継ぎながらも新しい表現を盛り込もうとする、当該歌なりの創造の一端を見出すことができよう。

　ところで、『窪田評釈』は、「己が負へる　己が名負ひて」に対して、

> 二句、自分の職業をあらわす名を持つところの自分の名を持ってで、これは廷臣の名を、朝廷の側から見た意で、朝廷に中心を置いての言い方である。(傍線論者)

と述べている。しかし、傍線部の把握はどうだろうか。前節で確認してきたように、当該歌では、天皇の姿も第

三者的に描かれているのである。この描き方は、「もののふの　八十氏人」、つまり、臣下の側に対しても言えるのではないか。この点に関係して、次の歌を参照したい。

　橘は　於能我曳多曳多　生れれども　玉に貫く時　同じ緒に貫く（紀歌謡一二五）

　うちひさす　宮へ上ると　たらちしや　母が手離れ　常知らぬ　国の奥処を　百重山　越えて過ぎ行き　いつしかも　都を見むと　思ひつつ　語らひ居れど　意乃何身志　労はしければ　玉桙の　道の隈廻に　草手折り　柴取り敷きて　床じもの　うち臥い伏して　思ひつつ　嘆き伏せらく……（5八八六　憶良「熊凝歌」）

紀歌謡一二五の「於能我曳多曳多」はそれぞれの枝という意であり、第三者的に描く「おのが」であると捉えられる。これは、八八六歌でも同様だろう。前章「長歌作品の方法」第一節でこの歌を取り上げたように、「嘆き伏せらく」が描写の転換点となっている。それ以前が熊凝自身が自らの姿を第三者的に描く部分であり、それ以降が熊凝自身の直接話法で死に行く悲哀が述べられている部分であると考えられる。この八八六歌の「おのが」も、熊凝を第三者的に描く「おのが」である。

　つまり、この当該歌の話者の位置は、『窪田評釈』のようではなく、天皇と八十伴の男双方を第三者的に見られる位置に置かれているのである。

　身﨑壽一九九〇は、人麻呂「吉野讃歌」論の中で、森論文への批判を行っているが、その見解をいまここで参照したい。

　このように天皇についての叙述と対照させることで、「大宮人」のそれが機能している、という方法をとっているこのうたを、「景としての大宮人」という視点からではトータルにとらえきれないのではないだろうか。すくなくとも、この作品の本質のある一面をみおとしてしまうおそれが十分にあるとおもわれる。なぜなら、そこでは天皇もまた「景」としてたちあらわれているからだ。

この批判の根幹には、

その「大宮人」は天皇とともに、天皇と照応するかたちでえがかれていたからだ。

という的確な作品理解がある。当該歌でも、人麻呂「吉野讃歌」のこうした話者の位置を継承していると言えよう。

　さて、ここまで述べてきて、当該歌の中に、吉野讃歌の伝統の表現を引き継ぐ要素が見られることがわかって来た。しかし、こうしたありようを「模倣」という言葉で片付けては見誤る点が多いであろう。ここでは、伝統の表現を採ることにより、吉野讃歌の系譜に乗ることが志向されていると言えよう。一方、当該歌の中には、その伝統にはない詠み方も散見されていた。「伝統と創造」という視点が、当該家持歌にも有効であることが、このような点からわかる。

　ひきつづき、この視点に立って、次の「この川の　絶ゆることなく　この山の　いや継ぎ継ぎに　かくしこそ仕へ奉らめ　いや遠長に」という、長歌の最終部の表現を考察したい。

　この部分には山川の対比があることが明瞭だが、その表現を歴代の吉野讃歌の中に探してみよう。

やすみしし　我が大君の　きこしめす　天の下に　国はしも　さはにあれども　山川の　清き河内と　御心を　吉野の国の　花散らふ　秋津の野辺に　宮柱　太敷きませば　ももしきの　大宮人は　舟並めて　朝川渡る　舟競ひ　夕川渡る　この川の　絶ゆることなく　この山の　いや高知らす　水激く　滝の宮処は　見れど飽かぬかも（1三六　人麻呂）

……山川も　依りて仕ふる　神の御代かも（1三八　同）

山川も　依りて仕ふる　神ながら……（1三九　同）

滝の上の　三船の山に　瑞枝さし　繁に生ひたる　栂の木の　いや継ぎ継ぎに　万代に　かくし知らさむ　み吉野の　秋津の宮は　神からか　貴くあるらむ　国からか　見がほしからむ　山川を　清みさやけみ　う

べし神代ゆ　定めけらしも(6九〇七　金村　養老七年)

やすみしし　我が大君の　高知らす　吉野の宮は　たたなづく　青垣隠り　川なみの　清き河内ぞ　春へは　花咲きををり　秋されば　霧立ちわたる　その山の　いやしくしくに　この川の　絶ゆることなく　ももしきの　大宮人は　常に通はむ(6九二三　赤人　神亀二年)

やすみしし　我が大君の　見したまふ　吉野の宮は　山高み　雲ぞたなびく　川早み　瀬の音ぞ清き　神さびて　見れば貴く　宜しなへ　見ればさやけし　この山の　尽きばのみこそ　この川の　絶えばのみこそ　ももしきの　大宮所　やむ時もあらめ(6一〇〇五　赤人　天平八年)

み吉野の　吉野の宮は　山からし　貴くあらし　川からし　さやけくあらし　天地と　長く久しく　万代に　改らずあらむ　幸しの宮(3三一五　旅人)

この山川の対比の表現が、吉野讃歌の伝統としてあることが確かめられよう。

まず、巻一・三六歌(人麻呂)、巻六・一〇〇五歌(赤人)の表現のあり方に目を向けたい。これらの歌では、山と川とが、絶えることのない吉野離宮の造営の譬喩として用いられ、離宮の永遠性を保証するものとして機能している。

一方、巻六・九二三歌(赤人)では、同じような山川の対比が用いられながらも、「その山の　いやしくしくに　この川の　絶ゆることなく　ももしきの　大宮人は　常に通はむ」というように、「大宮人」の奉仕の永遠性を述べることに、この対比が機能している。この九二三歌の歌い方には、人麻呂歌にはない要素をめざした赤人なりの創造を見出せそうだが、当該歌も、そうした赤人のなした創造的表現に依拠していると言えよう。しかし、これだけでは、ともすると、「模倣」という評価が与えられてしまうかもしれない。

ここでは、この部分に、「この山の　いや継ぎ継ぎに」という表現が採られていることについて検討してみたい。「この山の　いや継ぎ継ぎに」に対して、『代匠記』(精撰本)は、「山ノ相ツ、ケルニヨソヘテ云ヘリ」と述べ、

『略解』は、「河の不レ絶如く、山の続ける如く、遠長く仕へむと也。」と述べている。つまり、山が連なっている空間の広がりによって、奉仕の永遠という時間の広がりが言い表わされているのだが、そこに、「この山の　いや継ぎ継ぎに」という表現が用いられているのである。

ここで、その「いや継ぎ継ぎに」の集中例を見ておこう。

玉たすき　畝傍の山の　橿原の　ひじりの御代ゆ　或いは「宮ゆ」と云ふ　生れましし　神のことごと　樛木乃　弥継嗣尓　天の下　知らしめししを　或いは「めしける」と云ふ　そらにみつ　大和を置きて……（1二九　人麻呂「近江荒都歌」）

みもろの　神なび山に　五百枝さし　繁に生ひたる　都賀乃樹乃　弥継嗣尓　玉葛　絶ゆる事なく　ありつつも　やまず通はむ　明日香の　古き都は　山高み　川とほしろし　春の日は　山し見が欲し　秋の夜は　川しさやけし……（3三二四　赤人「神岳に登る歌」）

滝の上の　三船の山に　瑞枝さし　繁に生ひたる　刀我乃樹能　弥継嗣尓　万代に　かくし知らさむ　み吉野の　秋津の宮は　神からか　貴くあるらむ　国からか　見がほしからむ　山川を　清みさやけみ　うべし神代ゆ　定めけらしも（6九〇七　金村「養老の吉野讃歌」）

ここまでが、当該家持歌以前の用例である。そして、左に挙げる用例は、当該歌以降の歌であり、すべて家持の手になる用例である。

向レ京路上依レ興預作侍レ宴應レ詔歌一首并短歌

蜻蛉島　大和の国を　天雲に　磐舟浮べ　艫に舳に　真櫂しじ貫き　い漕ぎつつ　国見しせして　天降りまし　払ひ平げ　千代重ね　弥嗣継尓　知らし来る　天の日継と　神ながら　我が大君の　天の下　治めたまへば……（19四二五四　家持）

為レ應レ詔儲作歌一首并短歌

あしひきの　八つ峰の上の　都我能木能　伊也継〃尓　松が根の　絶ゆる事なく　あをによし　奈良の都に
万代に　国知らさむと……（19四二六六　家持）

喩レ族歌一首并短歌

……（天孫降臨についての記述）……天の日継と　継ぎてくる　君の御代御代　隠さはぬ　明き心を　皇へに
極め尽して　仕へくる　祖の官と　言立てて　授けたまへる　子孫の　伊也都藝都岐尓　見る人の　語り継
ぎてて　聞く人の　鏡にせむを　あたらしき　清きその名ぞ　おぼろかに　心思ひて　空言も　祖の名絶つ
な　大伴の　氏と名に負へる　ますらをの伴（20四四六五　家持）

さて、この分布を見て言えることは、家持以前では、「つ（と）がの木の　いや継ぎ継ぎに」という形が類型表現としてあったということであろう。等しく、「つ（と）がの木」を介してその同音の繰り返しから「継ぎ継ぎに」が起されているのである。人麻呂「近江荒都歌」では、文脈上、「つがの木」が出てくる必然性が感じられない。それに対して赤人三二四歌や金村九〇七歌は、その登場に必然性を持たせている。そこに、第三期の赤人・金村の工夫があるにはあるのだが、依然として「つ（と）がの木の　いや継ぎ継ぎに」という類型表現を採っていることがわかる。

ところが、当該家持歌では、「つ（と）がの木」を介さない。その代りに、「この山の」に続けることで、山の連なりという空間の広がりを表わし、また、それを、時間の広がりに転じたのである。当該歌以降でも、四二六六歌のように、従来の類型表現を採る例も家持によって詠まれているのではあるが、四二五四歌、四四六五歌のように、次つぎと継起することを、「いや継ぎ継ぎに」は、単独で表わすことができるようになっている。当該歌の位置をこのように見定めたい。

『窪田評釈』は、こうした家持の営みに対して、

行幸の際の賀歌はほぼ型ができている上に、吉野離宮の行幸のものは、一段とそれが固まっており、最も新

意の出し難いものである。それとしてはこの歌は、比較的新意のあるものである。この歌は賀を、時の悠久ということに置き、それをもって統一しているものである。前段は皇室のことをいい、吉野離宮の始めの甚だ悠遠なことを語少なくいい、後段は、廷臣の御奉仕の悠遠に続くであろうことをいって、河と山とをその上での譬喩としているのである。

と述べている。当該家持歌では、右に見てきたように、表現の伝統に乗るところは乗りながらも、また、一見使い古された言葉を用いながらも、より文脈に適合する形へと表現を変えて行く工夫が見出されよう。

ここにも、吉野讃歌の伝統に対しての、当該家持歌なりの創造の一端を見定めておきたい。

ところで、『全註釈』は、

何等吉野の宮の特色を描いていない。どこの宮でもよい作である。人麻呂の作などに刺戟されて作つており、その影響も受けているが、上すべりのした実のない作になつているのは、儲作歌であることも、その原因である。末尾も類型的で、新味は全くない。

と述べている。この指摘の最後の部分の見解に従えないことは、いままで見てきた通りだ。しかし、「何等吉野の宮の特色を描いていない。どこの宮でもよい作である。」という指摘は鋭い。

だが、それは、この吉野讃歌をどこに力点を置いて作り上げるのかという問題にかかわっているのではなかろうか。当該歌には、いままで見てきたように、たしかに山川の対比があったが、それは、吉野の景を描くために持ち出されたのではなくて、「かくしこそ　仕へ奉らめ　いや遠長に」を導き出すために用いられていたのだ。『集成』が、この「かく」に対して、「眼前に展開している行幸供奉のありさまをさす。」と述べているように、当該歌では、「我ご大君」に奉仕する「もののふの　八十伴の男」の姿の描写に力が込められ、筆が割かれているのである。

（三）　反歌第二首

この姿勢は、反歌第二首においても貫かれている。反歌第二首をもう一度掲げよう。

もののふの　八十氏人も　吉野川　絶ゆることなく　仕へつつ見む（四一〇〇）

第三句「吉野川」について、『新考』は、「第三句は枕辞なり。」と述べ、『窪田評釈』は、「『吉野河』は、譬喩の意のもので、形としては枕詞的になっている。」と述べている。長歌の「この川の」を具体的に「吉野川」と表わし、長歌同様「絶ゆることなく」の譬喩としたものと思われる。そして、長歌の「この川の　絶ゆることなく……かくしこそ　仕へ奉らめ　いや遠長に」をふまえて、この四一〇〇歌では、第三・四句、そして結句の一部で「吉野川　絶ゆることなく　仕へつつ」と歌われているのである。ここに、この反歌でも、天皇への変わらぬ奉仕を歌うことに主眼が置かれていることがわかる。

（四）　ま と め

さて、ここまで、長歌後半部そして反歌第二首の表現を分析してきて、天皇に奉仕する臣下の姿を綿密に描こうとする、作品のありようを見出すことができた。さきに、本論は、清原和義一九九三の、「新たに確認した天皇と氏との関係を、長歌から反歌に至るまで、天皇・臣下、天皇・臣下と繰り返す波動によって截然と歌った歌と言えよう。」という指摘を参照していたわけだが、その妥当性が改めて確かめられる。「陸奥国出金詔書を賀く歌」を制作したことによって得られた視座が、吉野讃歌を儲作するというこのたびの機会において、王権讃美の歌として具体的な形になって現われたと言えるのではなかろうか。

六　む す び

これまで見てきたように、長歌・反歌を通じて、「天照大神より、皇統の絶すつゝかせたまふ」（『代匠記』初稿本）ところの聖なる皇統を引き継ぎ、吉野離宮に臨幸する「我ご大君」聖武天皇の姿と、その聖武天皇に奉仕し続ける「もののふの　八十伴の男（氏人）」の姿とが、対照され綿密に描かれている構成が理解できた。その両者の結びつくさまが明瞭に現われるのが、反歌であると思われる。

反歌第二首では、何を「見む」（結句）のか明らかではない。しかし、『新考』の、

ヨシ野ノ宮ヲ見ムといふべきをそのヨシヌノ宮ヲを前の歌に譲れるなり

という的確な指摘を参照することによって、前の歌四〇九九の「我ご大君」と同じ「吉野の宮」を「見む」と歌っていることがわかる。

ここで、高松寿夫一九九五の見解を参照しておこう。高松論文は、「天皇と同じ宴席に列なることの喜びを、視線の共有で象徴させる」という「理念」について説明し、当該歌においても、その「理念」があることを認めている。そして、この反歌の二首について、

「おほきみ」と「やそ氏人」とのそれぞれを主体とするものが対偶的に配置されていること瞭然であるが、この二首を論理的に結びつけるならば、「おほきみ」が「ありがよひめす」「よしののみや」を「やそ氏人」も「たゆることなくつかへつつ見む」ということになる。

と述べている。この的確な指摘により、この反歌の二首において、両者が視線を共有することによって、君臣の結びつき・「天皇と群臣の和楽」（高松論文）を表わすことが果たされていることがわかろう。

すでに、第四項の最後のところで触れておいたのだが、反歌四〇九九では、「いにしへを　思ほすらしも」というように、「我ご大君」聖武天皇の心中が忖度されている点が特色としてあった。行幸の中心たる「我ご大君」聖武天皇が、自らの来歴を思うという心中が忖度されていたのである。行幸の中心である「我ご大君」の思慮のベクトルは、「古」つまり皇統の来歴へと向かっている。一方、その中心を支える臣下である「もののふの　八十伴の男（氏人）」は一貫して天皇に奉仕するものとして描かれているわけで、そのベクトルは天皇に向かってい

るわけである。一見、ここには、向かうべき方向の齟齬があるように見受けられるのだが、右に見た「視線の共有」により、君臣の結びつきが、保たれていると言えよう。

問題は、その結びつきに支えられつつ、「我ご大君」が「いにしへを　思ほす」と歌うことにあるのではなかろうか。「いにしへを　思ほす」が、長歌で辿ることができた皇統の来歴を辿る内容を持つことについては、すでに確認したところであるが、それが、中心である天皇自らによって行われていると、作品上で歌われていることの意義を考えたいのである。

ここでも、すでに本論の中でたびたび取り上げて来た、「伝統と創造」という観点で考察したい。

家持当該歌は、人麻呂の「吉野讃歌」が持っていた、そして金村・赤人・千年などの宮廷歌人の吉野讃歌が何らかの形で持っていた、「宮ぼめ」「御代ぼめ」の要素を持つことのない作品である。吉野讃歌を歌ううえでのきまりごととしては、人麻呂のように、現在を「神の御代かも」と歌うことや、金村・赤人のように、人麻呂の影響下にあって、人麻呂「吉野讃歌」の「神の御代」を捉えて、「神代より」と歌うことであったと考えられる。そして、そのように歌うことが、吉野讃歌のひとつの伝統となっていたものと思われる。

しかし、家持当該歌ではどうだろうか。当該歌は、天孫降臨から歌い起こされている。つまり、天照大御神からの皇統が継承されて来た歴史の中に、吉野離宮を置いているのである。吉野離宮を皇統の系譜という相において捉えるこの方法は、従来の吉野讃歌の歴史にはない、まさしく家持なりの創造であった。

前掲のように、神野志隆光一九九〇bは、この「いにしへ」「いにしへを　思ほす」の「いにしへ」を、天武王朝と見なし、この作品に天武皇統意識を見出す根拠にしようとしている。しかし、当該の「いにしへ」のなかみを、神野志論文のように捉えるべきではないことは、すでに述べた通りだ。天武皇統論に収斂させてしまうべきではないのだ。ここには、天武皇統意識よりも、さらに射程の長い皇統意識を見出すことができよう。

ここで、少し、この作品の内部から抜け出ることになるのだが、作者である家持の皇統意識について述べておきたい。「Ⅰ 在京期の作品 第四章 聖武天皇東国行幸従駕歌論」の段階においては、たしかに、天武皇統意識が見出せた。しかし、ここでは、より始源へと皇統の来歴を辿ろうとする皇統意識がある。家持の中に、皇統意識の変化を見出しておくべきであろう。

では、そのきっかけとなったのは何なのか。やはり、前節で考察した「陸奥国出金詔書を賀く歌」制作の機会であると思われる。その意味で、この節の最初、「一 はじめに」で引いておいたように、小野寛一九七一bが、「陸奥国出金詔書を賀く歌」制作において見出された皇統讃美意識の発露をこの歌の中に見出して、

「陸奥国出金詔書」によって目覚めさせられた皇統讃美意識の落とし子であったのだ。

と述べていたのは正しいと言える。

しかし、これまで見てきたように、当該の家持の作品は、吉野讃歌の系譜に自らの作品を位置づけようとする意識に支えられ、また、伝統と創造とは何かという意識に支えられて、創造が盛り込まれ、新しい吉野讃歌に仕上がっているのである。この点を改めて強調しておきたい。

当該の家持の吉野行幸儲作歌は、皇統の来歴を始源から確認する方法を、伝統ある吉野讃歌の歴史の中に持ち込んだ点で画期的であり、そこに家持なりの創造を見出せる、こう述べて、本論のまとめとしたい。

また、ここに、本書が追いかけて来た〈歌まなび〉の達成の姿を見出すことができるのであり、「序 大伴家持への視座」で述べておいた、ひとつひとつの「点」が結ばれる「軌跡」を見出すことができるのである。そして、ここに、「歌人」としての家持の歩みを確かに見定めることができることを、本書の最後に述べておきたい。

（1）宮廷歌人によって歌われて来た吉野讃歌を、大伴旅人という高官が作る機会がなぜあったのかという疑問もあるのだが、それをここで問題にすることはしない。

（2）集中の当該例以外の「高御座」の用例は、左の家持歌に限られる。

獨居二幄裏一遥聞二霍公鳥喧一作歌一首并短歌（反歌は省略）

高御座　天の日継と　皇祖の　神の命の　聞こし食す　国のまほらに　山をしも　さはに多みと　百鳥の　来居て鳴く声……（18四〇八九）

この歌では、ほととぎすを詠む内容と右の長歌冒頭部の表現とが表面上適合しない。家持がなぜこの作品にこうした表現を用いたのかの理由は判断しかねる。しかし、ここでは、「高御座　天の日継と　皇祖の　神の命の　聞こし食す　国のまほらに」というような一連の表現になっていることを確認しておきたい。やはり、「高御座」と皇位・皇統ということがらとの関連をふまえておくべきものと思われる。

引用・参照文献目録

○本書はプライオリティを重視し、初出の年をもって氏名の下に付け文献を示している。
○後に論文集等に収められたものについては、閲覧の便宜上その書誌を示した。なお、その場合でも、前記プライオリティの観点から初出を明示している。

青木生子一九七一　「亡妻挽歌の系譜——その創作的虚構性——」（『青木生子著作集 第四巻 万葉挽歌論』一九九八年四月、おうふう。初出一九七一年一月）
青木生子一九七五a　「安積皇子挽歌の表現」（『青木生子著作集 第四巻 万葉挽歌論』一九九八年四月、おうふう。初出一九七五年三月）
青木生子一九七五b　「宮廷挽歌の終焉——大伴家持の歌人意識——」（『青木生子著作集 第四巻 万葉挽歌論』一九九八年四月、おうふう。初出一九七五年四月）
阿蘇瑞枝一九六三　「宮廷讃歌の系譜」（『柿本人麻呂論攷』一九七二年一一月、桜楓社。初出一九六三年一一月）
阿蘇瑞枝一九七二　『柿本人麻呂論攷』（一九七二年一一月、桜楓社）
新井喜久夫一九七八　「固関の国の律令制支配」（『古代の地方史4 東海・東北・北陸編』一九七八年三月、朝倉書店）
荒木敏夫一九八五　『日本古代の皇太子』（一九八五年一〇月、吉川弘文館）
伊丹末雄一九七八　「八月七日宴歌」（『万葉集を学ぶ 第八集』一九七八年一二月、有斐閣）
市瀬雅之一九九四　「家持の氏族意識」（『大伴家持論——文学と氏族伝統——』一九九七年五月、おうふう。初出一九九四年三月）
市瀬雅之一九九六　「『出金詔書歌』の詠作動機」（『大伴家持論——文学と氏族伝統——』一九九七年五月、おうふう。初出一九九六年三月）
井手　至一九六一　「戯奴」（『遊文録 国語史篇二』一九九九年一月、和泉書院。初出一九六一年七月）
伊藤　益一九九〇　『ことばと時間　古代日本人の思想』（一九九〇年四月、大和書房）
伊藤　博一九五七　「人麻呂殯宮挽歌の特異性」（『万葉集の歌人と作品 上』一九七五年四月、塙書房。初出一九五七年二月）
伊藤　博一九六四　「『譬喩歌』の構造——巻三・四の論——」（『万葉集の構造と成立 上』一九七四年九月、塙書房。初出一九六

四年一二月）

伊藤　博一九六五　「元明万葉から元正万葉へ」（『万葉集の構造と成立 下』一九七四年一一月、塙書房。初出一九六五年九月）

伊藤　博一九六八　「春愁」（『万葉集の歌人と作品 下』一九七五年七月、塙書房。初出一九六八年一月）

伊藤　博一九七〇　「万葉集末四巻歌群の原形態」（『万葉集の構造と成立 下』一九七四年一一月、塙書房。初出一九七〇年六月）

伊藤　博一九七一　「家持の芸――預作讃歌をめぐって――」（『万葉集の表現と方法 下』一九七六年一〇月、塙書房。初出一九七一年一月）

伊藤　博一九七二　「奈良朝宮廷歌巻」（『万葉集の構造と成立 上』一九七四年九月、塙書房。初出一九七二年九月）

伊藤　博一九七三　「家と旅」（『万葉集の表現と方法 下』一九七六年一〇月、塙書房。初出一九七三年九月）

伊藤　博一九七四ａ　「『人麻呂集歌の配列――巻七～十二の論――』」（『万葉集の構造と成立 上』一九七四年九月、塙書房）

伊藤　博一九七四ｂ　「内舎人の文学」（『万葉集の歌人と作品 下』一九七五年七月、塙書房。初出一九七四年一〇月）

伊藤　博一九九一　「地に在るがままに――大伴書持の論――」（『万葉集の歌群と配列 下』一九九二年三月、塙書房。初出一九九一年五月）

伊藤　博一九九二　「布勢の浦と乎布の崎――大伴家持の論――」（『記紀万葉論叢』一九九二年五月、塙書房）

伊藤　博二〇〇〇　「家持越中歌群三十二首――天平勝宝二年三月の歌――」（『万葉集研究 第二十四集』二〇〇〇年六月、塙書房）

稲岡耕二一九八六　「志貴親王挽歌の『短歌』について――金村の構成意識――」（『万葉集研究 第十四集』一九八六年八月、塙書房）

今井肇子二〇〇一　「安積皇子挽歌に関する一考察――宮廷挽歌の枠組みの中での歌い継ぎの意図したもの――」（『昭和女子大学大学院日本文学紀要』一二、二〇〇一年三月）

上田正昭一九七六　「大伴の門と家持」（『国文学』一九七六年四月号）

遠藤　宏一九八四　「天平十八年八月七日の家持」（『論集上代文学 第十三冊』一九八四年三月、笠間書院）

大浦誠士二〇〇〇　「天智朝挽歌をめぐって」（『美夫君志』六〇、二〇〇〇年三月）

大久保廣行一九九三　「追和歌の創出」（『筑紫文学圏論 大伴旅人 筑紫文学圏』一九九八年二月、笠間書院。初出一九九三年一一月）

大久保廣行一九九四　「熊凝哀悼歌群」（『筑紫文学圏論 山上憶良』一九九七年三月、笠間書院。初出一九九四年六月）

大久保廣行一九九五　「家持作歌の試み」（『筑紫文学圏論 大伴旅人 筑紫文学圏』一九九八年二月、笠間書院。初出一九九五年二

月）
大越寛文一九七一　「坂上大嬢の越中下向」（『万葉』七五、一九七一年一月）
大越喜文一九九二　「天平十八年八月七日の宴——家持と池主——」（『国学院雑誌』九三—一〇、一九九二年一〇月）
岡内弘子一九八二　「『命』考——万葉集を中心に——」（『万葉』一一〇、一九八二年六月）
岡田精司一九六八　「河内大王家の成立」（『古代王権の祭祀と神話』一九七〇年四月、塙書房。初出一九六八年一一月）
奥村和美一九九一　「家持歌の日付について」（『国語国文』六〇—一一、一九九一年一一月）
尾崎暢殃一九七二　「安積皇子挽歌の論」（『大伴家持論攷』一九七五年九月、笠間書院。初出一九七二年一〇月）
小野寺静子一九七二　「悲傷亡妾歌考」（『坂上郎女と家持——大伴家の人々——』二〇〇二年五月、翰林書房。初出一九七二年一〇月）
小野寺静子二〇〇〇　「春の苑紅にほふ」（『坂上郎女と家持——大伴家の人々——』二〇〇二年五月、翰林書房。初出二〇〇〇年九月）
小野　寛一九六九　「『なそふ』考」（『大伴家持研究』一九八〇年三月、笠間書院。初出一九六九年二月）
小野　寛一九七一ａ　「家持の皇統讃美の表現——『あまのひつぎ』——」（『大伴家持研究』一九八〇年三月、笠間書院。初出一九七一年一一月）
小野　寛一九七一ｂ　「家持と陸奥国出金詔歌」（『大伴家持研究』一九八〇年三月、笠間書院。初出一九七一年一二月）
小野　寛一九七三　「家持の依興歌」（『大伴家持研究』一九八〇年三月、笠間書院。初出一九七三年一二月）
小野　寛一九七七ａ　「家持の初月歌」（『大伴家持研究』一九八〇年三月、笠間書院。初出一九七七年二月）
小野　寛一九七七ｂ　「久迩京の歌」（『大伴家持研究』一九八〇年三月、笠間書院。初出一九七七年二月）
小野　寛一九七七ｃ　「坂上大嬢と家持」（『大伴家持研究』一九八〇年三月、笠間書院。初出一九七七年一一月）
小野　寛一九七八ａ　「橘奈良麻呂宅結集宴歌十一首」（『大伴家持研究』一九八〇年三月、笠間書院。初出一九七八年六月）
小野　寛一九七八ｂ　「家持予作歌の形成と背景」（『大伴家持研究』一九八〇年三月、笠間書院。初出一九七八年一二月）
小野　寛一九九〇　「万葉集追和歌覚書——大宰の時の梅花に追和する新しき歌六首の論の続編として——」（『論集上代文学　第十八冊』一九九〇年一〇月、笠間書院）
小尾郊一一九六二　『中国文学に現われた自然と自然観——中世文学を中心として——』（一九六二年一一月、岩波書店）
影山尚之一九九一　「黒人歌の再検討——家郷を偲ぶ——」（『日本文芸研究』四三—一、一九九一年四月）
影山尚之一九九二　「聖武天皇『東国行幸時歌群』の形成」（『解釈』一九九二年八月号）

金井清一一九七七　「大伴家持の長歌——花鳥諷詠長歌の機能とその成立契機——」(『万葉詩史の論』一九八四年一一月、笠間書院。初出一九七七年二月)
金田章裕・田島公一九九六　「Ⅳ古代荘園図　各論　6越中　a越中国砺波郡東大寺領荘園図」(『日本古代荘園図』一九九六年二月、東京大学出版会)
川上富吉一九六四　「大伴家持の系図意識」(『白路』一九—二、一九六四年二月)
神堀　忍一九七五　「家持作『為幸行芳野離宮之時儲作歌』の背景と意義」(『国文学』五二、一九七五年九月)
神堀　忍一九七八　「家持と池主」(『万葉集を学ぶ　第八集』一九七八年一二月、有斐閣)
菊川恵三一九九四　「人麻呂歌集七夕歌の呼称と意義」(『万葉集研究　第二十集』一九九四年六月、塙書房)
菊川恵三二〇〇二　「作品と歌人」(『「必携」万葉集を読むための基礎百科』二〇〇二年一一月、学燈社)
菊池威雄一九九四　「天平の時代思潮と出金詔——家持の賀出金詔書歌の序説として——」(『美夫君志』四八、一九九四年三月)
岸　俊男一九六六　「元明太上天皇の崩御——八世紀における皇権の所在——」(『日本古代政治史研究』一九六六年五月、塙書房)
岸　俊男一九六九　『藤原仲麻呂』(一九六九年三月、吉川弘文館)
北山茂夫一九七一　『大伴家持』(一九七一年九月、平凡社)
清原和義一九九三　「家持『吉野儲作歌』考——風土とその周辺——」(『青木生子博士頌寿記念論集　上代文学の諸相』一九九三年一二月、塙書房)
粂川光樹一九七七　「『時は経ぬ』考——試論・家持の時間——」(『論集上代文学　第七冊』一九七七年二月、笠間書院)
倉持しのぶ・身﨑壽二〇〇二　「亡妾を悲傷しびて作る歌」(『セミナー万葉の歌人と作品　第八巻』二〇〇二年五月、和泉書院)
神野志隆光一九九〇a　「天皇神格化表現をめぐって」(『柿本人麻呂研究』一九九二年四月、塙書房。初出一九九〇年四月)
神野志隆光一九九〇b　「聖武朝の皇統意識と天武神話化」(『柿本人麻呂研究』一九九二年四月、塙書房。初出一九九〇年九月)
神野志隆光一九九五　「赤人の難波行幸歌——天皇の世界と海人——」(『万葉の風土・文学』一九九五年六月、塙書房)
神野志隆光二〇〇二　「安積皇子挽歌」(『セミナー万葉の歌人と作品　第八巻』二〇〇二年五月、和泉書院)
鴻巣盛廣一九三四　『北陸万葉集古蹟研究』(一九三四年一二月、宇都宮書店)
小島憲之一九六四　『上代日本文学と中国文学　中——出典論を中心とする比較文学的考察——』(一九六四年三月、塙書房)
小島憲之一九七三　「春の雁」(『全集　三』一九七三年一二月)
小島憲之一九九四　「むつかしき哉万葉集——春苑桃李女人歌をめぐって——」(『文学史研究』三五、一九九四年一二月)

五味智英一九五一　『古代和歌』（一九五一年一月、至文堂）
近藤信義一九八六　「家持の《今》、そして始源——安積皇子挽歌を読む——」（『家持の歌を〈読む〉—セミナー古代文学'85』一九八六年七月）
西郷信綱一九五八　「柿本人麿」（『詩の発生』一九六四年三月、未来社。初出一九五八年八月）
西郷信綱一九六七　『古事記の世界』（一九六七年九月、岩波書店）
西郷信綱一九七〇　「近親相姦と神話——イザナキ・イザナミのこと——」（『古事記研究』一九七三年七月、未来社。初出一九七〇年七月）
佐伯有清一九六三　「宮城十二門号と古代天皇近侍氏族」（『新撰姓氏録の研究　研究篇』一九六三年四月、吉川弘文館）
品田悦一一九八八　「万葉和歌における呼称の表現性」（『万葉集研究　第十六集』一九八八年一一月、塙書房）
清水克彦一九五六　「吉野讃歌」（『柿本人麻呂』一九六五年一〇月、風間書房。初出一九五六年一月）
清水克彦一九九〇　「家持作中の即和歌をめぐって」（『女子大国文』一〇八、一九九〇年一二月）
鈴木武晴一九九〇　「大伴書持と『譬喩歌』」（『日本文芸論集』二一、一九九〇年九月）
鈴木利一一九八八　「国守大伴家持の上巳宴歌」（『国文学論叢』三三、一九八八年三月）
鈴木日出男一九七〇　「和歌の表現における心物対応構造」（『古代和歌史論』一九九〇年一〇月、東京大学出版会。初出一九七〇年四月）
関守次男一九六四　「家持の季節感と暦法意識」（『山口大学文学会誌』一五—一、一九六四年九月）
平舘英子一九七八　「養老の吉野讃歌」（『万葉集を学ぶ　第四集』一九七八年三月、有斐閣）
高松寿夫一九九五　「宮廷公宴における視線の共有——山部赤人、大伴家持の作品に触れながら——」（『国文学研究』一一五、一九九五年三月）
滝澤貞夫一九七九　「『紅にほふ桃の花』をめぐって」（『文学・語学』八六、一九七九年一二月）
武田祐吉一九五五　「あまのひつぎ考　大伴家持の用語の一として」（『万葉』一四、一九五五年一月）
多田一臣一九九四　『大伴家持』（一九九四年三月、至文堂）
土橋　寛一九五六　「人麻呂における伝統と創造——吉野宮讃歌をめぐって——」（『万葉集の文学と歴史　土橋寛論文集　上』一九八八年六月、塙書房。初出一九五六年九月）
鐵野昌弘一九八八　「光と音——家持秀歌の方法——」（『国語と国文学』一九八八年一月号）
鐵野昌弘一九九〇　「転換期の家持——『臥病』の作をめぐって——」（『稲岡耕二先生還暦記念日本上代文学論集』一九九〇年四

月、塙書房）
鐵野昌弘一九九五　「『賀陸奥国出金詔書歌』論」（『万葉』一五五、一九九五年一一月）
鐵野昌弘二〇〇二　「大伴家持論（前期）――『歌日誌』の編纂を中心に――」（『セミナー万葉の歌人と作品 第八巻』二〇〇二年五
月、和泉書院）
東野治之一九六九　「飛鳥奈良朝の祥瑞災異思想」（『日本歴史』二五九、一九六九年一二月）
遠山一郎一九九四ａ　「天皇神話の到達点」（『天皇神話の形成と万葉集』一九九八年一月、塙書房。初出一九九四年二月）
遠山一郎一九九四ｂ　「吉野における讃歌の継承」（『天皇神話の形成と万葉集』一九九八年一月、塙書房。初出一九九四年九月）
中西　進一九八八　「引用の意識――大伴家持における和歌と漢籍――」（『文学』一九八八年一一月号）
中西　進一九九四　『大伴家持3　越中国守』（一九九四年一二月、角川書店）
中西　進一九九五　『大伴家持5　望郷幻想』（一九九五年二月、角川書店）
中村雄二郎一九七九　『共通感覚論――知の組みかえのために――』（一九七九年五月、岩波書店）
南部　昇一九七一　「女帝と直系皇位継承」（『日本歴史』二八二、一九七一年一一月号）
芳賀紀雄一九八〇　「歌人の出発――家持の初期詠物歌――」（『日本古代論集』一九八〇年九月、笠間書院）
芳賀紀雄一九八二　「家持の桃李の歌」（『小島憲之博士古稀記念論集 古典学藻』一九八二年一一月、塙書房）
芳賀紀雄一九八四　「憶良の熊凝哀悼歌」（『万葉』一一八、一九八四年六月）
芳賀紀雄一九九一　「万葉集における『報』と『和』の問題――詩題・書簡との関連をめぐって――」（『日本古典の眺望』一九九
一年五月、桜楓社）
芳賀紀雄一九九三　「万葉集比較文学事典」（『万葉集事典』一九九三年八月、学燈社）
芳賀紀雄一九九六　「万葉五賦の形成」（『万葉学藻』一九九六年七月、塙書房）
橋本四郎一九七四　「幇間歌人佐伯赤麻呂と娘子の歌」（『橋本四郎論文集 万葉集編』一九八六年一二月、角川書店。初出一九七
四年一一月）
橋本達雄一九七〇　「めおとの嘆き――万葉悼亡歌と人麻呂――」（『解釈と鑑賞』三五―八、一九七〇年七月）
橋本達雄一九七四　「亡妾を悲傷する歌」（『大伴家持作品論攷』一九八五年一一月、塙書房。初出一九七四年一一月）
橋本達雄一九七八ａ　「活道の岡の宴歌」（『大伴家持作品論攷』一九八五年一一月、塙書房。初出一九七八年三月）
橋本達雄一九七八ｂ　「大伴家持の追和歌」（『万葉集を学ぶ 第八集』一九七八年一二月、有斐閣）
橋本達雄一九八二　「家持と池主――二首の賦とその敬和について――」（『大伴家持作品論攷』一九八五年一一月、塙書房。初出

一九八二年三月）
橋本達雄一九八四　『王朝の歌人2　大伴家持』（一九八四年一二月、集英社）
橋本達雄一九九二ａ　「万葉集原巻十三と家持」（『専修国文』五〇、一九九二年一月）
橋本達雄一九九二ｂ　「紅にほふ桃の花」（『万葉集の時空』二〇〇〇年三月、笠間書院。初出一九九二年九月）
比護隆界一九八三　「大佛造顕と大伴氏――『賀陸奥國出金詔書歌一首』の意味するもの（上）――」（『文芸研究』四九、一九八三年三月）
比護隆界一九八七　「大佛造顕と大伴氏――『賀陸奥國出金詔書歌一首』の意味するもの（下）――」（『文芸研究』五七、一九八七年三月）
廣岡義隆一九八四　「鄙に目を向けた家持」（『人文論叢』一、一九八四年三月）
藤井一二一九九四　「『越中国礪波郡石粟村官施入田地図』の歴史的性格」（『続日本紀の時代』一九九四年一二月、塙書房）
古橋信孝一九八八　「大伴家持論――歌の呪性と〈叙事〉――」（『表現としての〈作家〉―セミナー古代文学'87』一九八八年八月）
真下　厚一九九〇　「天平十二年聖武東国巡幸歌群歌考――〈妻恋ひ〉の歌のはたらきをめぐって――」（『城南国文』一〇、一九九〇年二月）
松田　聡一九九三　「家持の防人同情歌――行路死人歌の系譜――」（『国文学研究』一〇九、一九九三年三月）
松田　聡一九九六　「家持亡妾悲傷歌の構想」（『国文学研究』一一八、一九九六年三月）
松田好夫一九六六　「大伴家持と藤原広嗣の反乱」（『国文学』一九六六年一一月号）
丸山隆司一九九六　「万葉集の文学史――吉野讃歌の展相――」（『古代文学講座8　万葉集』一九九六年四月、勉誠社）
身﨑　壽一九七五　「安積皇子挽歌試論」（『万葉』九〇、一九七五年一二月。身﨑壽一九九四に再編成されるかたちで所収されている）
身﨑　壽一九八五　「家持の表現意識――『亡妾悲傷歌』を例として――」（『日本文学』一九八五年七月号）
身﨑　壽一九九〇　「宮廷讃歌の方法――和歌と天皇制序説――」（『日本文学』一九九〇年一月号）
身﨑　壽一九九二　「万葉集の題詞とうたと――巻一九巻頭歌群のばあい――」（『論集〈題〉の和歌空間』一九九二年一一月、笠間書院）
身﨑　壽一九九四　『宮廷挽歌の世界――古代王権と万葉和歌――』（一九九四年九月、塙書房）
身﨑　壽一九九六　「高市皇子とヤマトタケル――高市皇子挽歌試論――」（『国語と国文学』一九九六年四月号）
身﨑　壽一九九八　『額田王――万葉歌人の誕生――』（一九九八年九月、塙書房）第四章。（もとになった論文の初出は一九九〇

年四月）
身﨑　壽二〇〇二「作者／作家／〈作家〉」（『［必携］万葉集を読むための基礎百科』二〇〇二年一一月、学燈社）
武藤武美一九七七「紀伊国覚書――畿内と国譲り――」（『物語の最後の王――日本古代文学の精神史――』一九九四年二月、平凡社。初出一九七七年九月）
村瀬憲夫一九七八「熊凝の為に志を述ぶる歌」（『万葉集を学ぶ　第四集』一九七八年三月、有斐閣）
村瀬憲夫一九九一「大伴家持の越中秀歌群」（『後藤重郎先生古稀記念　国語国文学論集』一九九一年二月、和泉書院）
村山　出一九九一「吉野の讃歌――性格と意義――」（『奈良前期万葉歌人の研究』一九九三年三月、翰林書房。初出一九九一年八月）
森　朝男一九八四「景としての大宮人――宮廷歌人論として――」（『古代和歌の成立』一九九三年五月、勉誠社。初出一九八四年一一月）
森　淳司一九八二「万葉集宴席歌考――天平十八年八月七日、大伴家持の館の集宴歌十三首――」（『美夫君志』二六、一九八二年三月）
森　浩一一九九二「海人文化の舞台」（『海と列島文化　第8巻　伊勢と熊野の海』一九九二年一月、小学館）
森田平次一九三〇『万葉事実余情』（一九三〇年六月、石川県図書館協会発行）
森野繁夫一九七六「六朝詩の研究――『集団の文学』と『個人の文学』――」（一九七六年一一月、第一学習社）
山田孝雄一九五〇『万葉五賦』（一九五〇年八月、一正堂書店）
山本健吉一九七一『大伴家持』（一九七一年一〇月、筑摩書房）
吉村　誠一九七九「安積皇子挽歌」（『大伴家持と奈良朝和歌』二〇〇一年九月、おうふう。初出一九七九年三月）
渡瀬昌忠一九八八「人麻呂歌集の略体歌とその表記法――和風義訓熟字『出月』をめぐって――」（『渡瀬昌忠著作集　第一巻　人麻呂歌集略体歌論　上』二〇〇二年九月、おうふう、に、渡瀬一九九一と再編成され、「和風義訓熟字『出月』をめぐって」として所収。初出一九八八年三月）
渡瀬昌忠一九九一「『出月』再考――原本系玉篇の『朏』をめぐって――」（『渡瀬昌忠著作集　第一巻　人麻呂歌集略体歌論　上』二〇〇二年九月、おうふう、に、渡瀬一九八八と再編成され、「和風義訓熟字『出月』をめぐって」として所収。初出一九九一年三月）
渡瀬昌忠一九九五『万葉一枝』（一九九五年一〇月、塙書房）

所収論文初出一覧（原題、所収誌および巻号、刊行年月。原題と異なる場合に限り、各章節名もあわせて記す）

「大伴家持『悲傷亡妾歌』論――書持歌の意義――」『国語国文研究』（北海道大学国語国文学会）九九、一九九五年三月
→Ⅰ 第二章 悲傷亡妾歌

「越中における『思ふどち』の文学の始発」『国語国文研究』（北海道大学国語国文学会）一〇五、一九九七年三月
→Ⅱ 第一章 第一節 八月七日の宴

「越中賦の敬和について」『国語国文研究』（北海道大学国語国文学会）一〇八、一九九八年三月
→Ⅱ 第一章 第二節

「聖武天皇東国行幸従駕歌論」『国文学言語と文芸』（国文学言語と文芸の会、おうふう）一一五、一九九八年一一月
→Ⅰ 第四章

「大伴家持の悲緒を申ぶる歌」『美夫君志』（美夫君志会）五七、一九九八年一二月
→Ⅱ 第二章 第一節 悲緒を申ぶる歌

「追同處女墓歌」『北海道大学文学部紀要』四八―一、一九九九年八月
→Ⅱ 第二章 第二節

「大伴家持の陸奥国出金詔書を賀く歌」『北海道大学文学研究科紀要』一〇一、二〇〇〇年九月
→Ⅱ 第三章 第一節 陸奥国出金詔書を賀く歌

「万葉集巻十九巻頭歌群論」『国語国文研究』（北海道大学国語国文学会）一一七、二〇〇〇年一二月
→Ⅱ 第一章 第三節 巻十九巻頭歌群

「大伴家持の吉野行幸儲作歌」『北海道大学文学研究科紀要』一〇五、二〇〇一年一一月
→Ⅱ 第三章 第二節 吉野行幸儲作歌

「安積皇子挽歌論」『北海道大学文学研究科紀要』一〇七、二〇〇二年八月
→Ⅰ 第三章 安積皇子挽歌

あとがき

本書は、『北海道大学大学院文学研究科研究叢書』に二〇〇一年八月に応募し、審査を経て、いま刊行された。この日までのたくさんの方々のお力添えにより、本書は生まれ出ることができた。何よりもまず、深い感謝の気持を表わしたい。

本書には「所収論文初出一覧」に挙げたように学術雑誌・大学紀要において公表した論考を収めているが、前稿「安積皇子挽歌論」(二〇〇二年八月)の「注」において私は、

なまみの作者の「意図」や「意識」を問うことが無意味でありそもそも不可能であることは、もはや自明のことがらに属すと言ってよいだろう。

と稚拙かつ不正確に記してしまった。「家持の心情」と「家持の作品」とをあまりにも無批判的に結びつける論調を強く意識しすぎたのかもしれない。私の、そして本書のめざすところは、本書の「序 大伴家持への視座」に記した通りである。家持のそれぞれの作品の表現を分析しそれぞれの方法を析出する。それぞれの作品から析出されるのは「ひとつの点」であるかもしれないが、それぞれの「点」が相互に関連し合い、いくつかの「軌跡」を見出すことができたら、そこにこそ万葉「歌人」として歩んだ家持の姿を見定めるきっかけがあるだろうとするものである。序に記した「作品と作家との間にある深くて暗い谷」に何とかして臨もうとしているのである。しかし、右の前稿の記述では、この私の研究のめざすところが正しく伝わらないばかりか、大きな誤解を招

く恐れがある。このことをご教示下さったのが伊藤益先生である。本書では、そのご教示により前稿の記述に訂正を加え、また自らの研究のスタンスを再確認することができた。伊藤益先生には、このような思考と訂正の機会をお与え下さったことに改めて感謝申し上げたい。私はこれまで、拙論をしたためるごとに、ご多忙の先生方にご迷惑をおかけすることに身を縮めながらも、「ご一読賜わればこの上ない幸い」と、拙論をお送り申し上げてきた。本書は、たくさんの先生方から頂戴したご教示に支えられているわけである。そして、本書は、そのたくさんのお教えによってお導きを受けている。深く感謝申し上げたい。

月に一度、筆者の暮らす北海道の上代文学研究者が集い、「万葉集研究会」が開かれている。北海道大学大学院身﨑壽教授が発起人となり、学生・大学院生が広い知見に接することができるようにと村山出先生を会長と仰ぎ、小野寺静子先生、丸山隆司先生他の先生方にお願いして起ち上げた研究会であると聞く。私は、もう十年以上、この研究会にお世話になっており、研究発表させていただき先生方から厳しいご指導をいただいた。そうしたご指導に支えられ、私は今日まで来ている。深く感謝申し上げたい。

学部、大学院修士課程・博士後期課程と指導教官としてご指導下さり、現在も多くのお教えを与えて下さっている身﨑壽教授にも深く感謝申し上げたい。さらに、兄として姉としていつも厳しくしかし心温かく見守って下さる村田右富実氏、倉持しのぶ氏にも感謝申し上げたい。

最後に、本書を『北海道大学大学院文学研究科研究叢書』として刊行して下さる北海道大学大学院文学研究科に御礼申し上げたい。また、『研究叢書』に応募して以来、図書委員会委員長をお務めの北海道大学大学院教授関孝敏先生には大変お世話になった。この場を借りて御礼申し上げたい。また、本書刊行にあたり、北海道大学図書刊行会の今中智佳子氏には大変なご尽力を賜わった。御礼申し上げたい。

二〇〇三年早春

廣川晶輝

廣 川 晶 輝(ひろかわ　あきてる)

1968 年　群馬県安中市に生まれる
1999 年　北海道大学大学院文学研究科博士後期課程国文学専攻単位取得退学
同　年　北海道大学文学部助手
2000 年　北海道大学大学院文学研究科博士後期課程国文学専攻修了
博士(文学)北海道大学
現　在　北海道大学大学院文学研究科助手
主論文　大伴家持「悲傷亡妾歌」論——書持歌の意義——(『国語国文研究』99, 1995 年), 大伴家持の悲緒を申ぶる歌(『美夫君志』57, 1998 年), 大伴家持の陸奥国出金詔書を賀く歌(『北海道大学文学研究科紀要』101, 2000 年), 「サヨヒメ物語」の〈創出〉——筑紫文学圏の営為——(『上代文学』90, 2003 年)など

北海道大学大学院文学研究科　研究叢書 2

万葉歌人大伴家持——作品とその方法

2003 年 5 月 10 日　第 1 刷発行

著　　者　廣川晶輝

発 行 者　佐 伯　浩

発 行 所　北海道大学図書刊行会

札幌市北区北 9 条西 8 丁目　北海道大学構内 (〒060-0809)

Tel. 011(747)2308・Fax. 011(736)8605・http://www.hup.gr.jp/

アイワード/石田製本

ISBN4-8329-6381-3

事項索引

あ　行

か　行

さ　行

た　行

な　行

は　行

ま　行

や　行

ら　行

わ　行

研究者・研究論文(書)・注釈書索引(敬称略)

あ 行

か 行

さ　行

た　行

な　行

は　行

ま　行

や　行

ら・わ行